# 1400 Deutsche Gedichte und ihre Interpretationen

Herausgegeben
von Marcel Reich-Ranicki

Vierter Band

# Von
# Heinrich Heine
# bis
# Theodor Storm

Insel Verlag

Umschlaggestaltung: Hermann Michels und Regina Göllner


Quellenhinweise am Schluß des Bandes
Satz: Memminger MedienCentrum AG, Memmingen
Druck: Ebner & Spiegel, Ulm
Printed in Germany
Erste Auflage 2002

1 2 3 4 5 6 – 07 06 05 04 03 02

# Von Heinrich Heine
# bis Theodor Storm

# INHALT

## AUGUST VON PLATEN
## DIES LAND DER MÜHE

Dies Land der Mühe, dieses Land des herben
Entsagens werd' ich ohne Seufzer missen,
Wo man bedrängt von tausend Hindernissen
sich müde quält und dennoch muß verderben.

Zwar mancher Vorteil läßt sich hier erwerben,
Staatswürden, Wohlstand, eine Last von Wissen,
Und unsre Deutschen waren stets beflissen,
Sich abzuplagen und geplagt zu sterben.

Ein solcher darf zu keiner Zeit ermatten,
Er fördre sich, er schmeichle jeder Mode,
Und sei dabei, wo Glück und Macht sich gatten.

Mir, der ich bloß ein wandernder Rhapsode,
Genügt ein Freund, ein Becher Wein im Schatten,
Und ein berühmter Name nach dem Tode.

## HORST RÜDIGER
## DIE WÜNSCHE DES RHAPSODEN

Der Graf von Platen-Hallermünde gehört zu jenen entschlossenen Geistern, welche die Brücken hinter sich abbrechen und – nach neudeutschem Sprachgebrauch – aus der Gesellschaft aussteigen. Er hinterließ dem bayrischen Heer sein Offizierspatent; er brachte ein fast zehnjähriges Studium zu keinem rechten Abschluß; er ließ eine Bibliothekarssinekure im Stich und verschwand nach Italien. (Um 1830 bot das Land Zivilisationsmüden noch Gelegenheit zum Untertauchen.) Mit einer kleinen Pension Ludwigs I. von Bayern fristete er die Freiheit, die ihm nun vergönnt war. In Syrakus liegt er begraben. Wer sein Grab besuchen will, muß antichambrieren.

Wenn sie nicht gerade Sänger ihrer Heimat waren, fanden deutsche Dichter oft kein ausgeglichenes Verhältnis zu ihrem Land. Platen übt aber nicht die zu seiner Zeit unter den Jungdeutschen übliche Kritik an den Karlsbader Beschlüssen, an Zensur, Orthodoxie und Reaktion; er erkennt vielmehr nationale Eigenschaften, die uns für einen bestimmten Typus des Deutschen noch immer charakteristisch erscheinen: Ohne zu bemerken, daß er den anderen Völkern unheimlich ist, rühmt sich dieser Deutsche gern seines Arbeitsethos, einer ursprünglich calvinistischen Tugend, deren Verzerrung zum Laster auch die anderen Konfessionen faszinierte, stellt seine Fähigkeit ins Licht, im öffentlichen Leben eine Rolle zu spielen, einen »Status« in der gesellschaftlichen, ökonomischen oder gelehrten Hierarchie erklommen zu haben, der Ansehen verbürgt – und dies ohne Rücksicht auf Gesinnung oder Selbstachtung.

Obwohl das Sonett nicht in den Lesebüchern stand, habe ich es aus Sympathie schon als Schüler auswendig gelernt. Es fiel mir immer ein, wenn ich die Deutschen im Ausland wegen ihrer Pünktlichkeit und ihres Fleißes loben hörte, wenn ich vom Mythos des ewigen Wachstums las oder als ich zu meinem Vergnügen erfuhr, daß ausgerechnet Paul Lafargue, der Schwiegersohn des ökonomiegläubigen Karl Marx, ein Buch über das Recht auf Faulheit geschrieben hatte. Was Platen übergeht, sind die liebenswerten Züge, die im Streß der Beflissenheiten ersticken: zwar nicht Faulheit, aber Muße; nicht Schwelgerei, aber Fähigkeit zum Genießen; nicht Unzuverlässigkeit, aber Nachsicht gegen Mängel an Perfektionismus.

Im Schlußterzett betont ein emphatisch vorangestelltes »Mir« die Haltung des freien Mannes gegenüber dem der »Mode« frönenden Diener der Mühsal, und es ist bemerkenswert, daß Platen in der Absicht, moralische Korruption zu geißeln, hier dieselbe Vokabel gebraucht wie Schiller im Hymnos »An die Freude«. »Eine rastlose Wanderschaft wäre eigentlich die wahre Bestimmung meines Lebens«, notierte er sich. Einmal spielte er auch mit dem Plan, wie so viele Europamüde in die Vereinigten Staaten auszuwandern, merkwürdigerweise mit dem gleichen Ziel wie Mozarts bester Librettist, Lorenzo Da Ponto, nämlich »Sprachmeister in Philadelphia zu werden«.

Was ihn daran hinderte, sich der Ungewißheit eines Wanderlebens außerhalb Europas hinzugeben, war zunächst die Kraft, die Form zu wahren. Sie äußert sich in der Strenge traditioneller poetischer Gebilde; seine Sonette gehören zu den technisch makellosesten in deutscher Sprache. Dann aber stand der Flucht in den Kontinent der (damals noch) unbegrenzten Möglichkeiten die moralische Kraft zur Bescheidung im Wege. Freiwilliger Verzicht steht auf anderem Niveau als der Zwang zu »herbem Entsagen«. Die Wünsche des gräzisierenden Rhapsoden waren denkbar bescheiden und zugleich über die Maßen anspruchsvoll: der Freund, der Becher Wein – und nicht etwa die Unsterblichkeit der Seele, sondern unvergänglicher Dichterruhm. Der Verzicht auf Amt, Wohlstand, akademische Würden bereitet den Weg zur Erinnerung bei den Nachgeborenen.

Die beiden Quartette und Terzette enden mit »sterben« und »Tod«. Platen schrieb das Sonett, bevor er nach Italien aufbrach. Todesahnung begleitete die Flucht aus Deutschland wie ein Generalbaß die Melodie des Abschieds.

## AUGUST VON PLATEN
## ES LIEGT AN EINES MENSCHEN SCHMERZ

Es liegt an eines Menschen Schmerz, an eines Menschen Wunde nichts,
Es kehrt an das, was Kranke quält, sich ewig der Gesunde nichts;
Und wäre nicht das Leben kurz, das stets der Mensch vom Menschen erbt,
So gäb's Beklagenswerteres auf diesem weiten Runde nichts!
Einförmig stellt Natur sich her, doch tausendförmig ist ihr Tod,
Es fragt die Welt nach meinem Ziel, nach deiner letzten Stunde nichts;
Und wer sich willig nicht ergibt dem ehrnen Lose, das ihm dräut,
Der zürnt ins Grab sich rettungslos und fühlt in dessen Schlunde nichts;
Dies wissen Alle, doch vergißt es Jeder gerne jeden Tag,
So komme denn, in diesem Sinn, hinfort aus meinem Munde nichts!
Vergeßt, daß euch die Welt betrüg und daß ihr Wunsch nur Wünsche zeugt,
Laßt eurer Liebe nichts entgehn, entschlüpfen eurer Kunde nichts!
Es hoffe Jeder, daß die Zeit ihm gebe, was sie Keinem gab,
Denn Jeder sucht ein All zu sein und Jeder ist im Grunde nichts.

## JOACHIM C. FEST
## DIE HUNDERTSTE GHASELE

Allen seinen hektischen Träumen von Größe und Nachruhm zum Trotz, ist Platen immer nur der Dichter einer Minderheit geblieben. Um populär zu sein, fehlte ihm der schlichte, liedhafte Gefühlston, über den Goethe oder, bei allen Unterschieden, Eichendorff, Heine und Mörike geboten. Er war strenger, spröder, artistischer und hat weder im Zitatenschatz noch im Liedgut für Männerchöre je heimisch werden können. Inzwischen ist die Erinnerung an ihn auf das »Grab im Busento« und allenfalls die berühmten zwei Zeilen über Schönheit und Tod aus dem »Tristan«-Gedicht zusammengeschmolzen. Mit vielen anderen liegt er im Massengrab zeitgenössischen Traditionsverlusts.

Er war einer der gelehrtesten Dichter deutscher Sprache. Um die Lyrik der großen Weltkulturen im Originaltext lesen zu können, erlernte er elf Sprachen. Zugleich hoffte er, auf diese Weise die verborgenen Gesetze der Poesie, ihre metrischen, euphonischen Regeln entschlüsseln und so das absolute Kunstwerk verfertigen zu können, das seine inbrünstig verfolgte, fixe Idee war.

Sie stand ihm aber eher im Wege. Nicht selten erstickte er die Kunst durch sein hochgestochenes, starres Kunstwissen. Dazu rechnete auch die Vorstellung, daß die vollkommene Form nur durch die Austreibung des Persönlichen, die äußerste Selbstverleugnung des Künstlers zu erreichen sei. Aber so oft er all die geistreich ausgedachten

Theorien, das häufig ins Skurrile reichende Regelwerk hintanstellte und Schmerz, Erschütterung, Gefühlsüberwältigung allen Formenpietismus durchbrachen, gelangen ihm Gedichte von hohem und suggestivem Kunstglanz.
Zu seinen frühen Veröffentlichungen gehört ein Band Ghaselen. Der Ausdruck bezeichnet eine orientalische Gedichtform, deren Eigenart darin besteht, daß sie den Reim oder das Endwort des ersten Verspaares beliebig oft wiederholt und mit einer wechselnden Folge ungereimter Zeilen verbindet. Gerade die Widerstände, die die deutsche Sprache dieser Form entgegensetzt, haben den von allen Zwängen und Schwierigkeiten obsessiv angezogenen Dichter immer aufs neue darauf zurückgebracht.
Zu den eindrucksvollsten Stücken zählt diese, die hundertste Ghasele seines Werkes. Die ins eigentümlich Monotone fallende Magie dieser Form eignet sich offenbar nicht für jeden Inhalt. Aber für diese, wie mit einem Auftakt groß und fast dröhnend einsetzende, doch dann ins Gleichförmige, Tonlose zurücksinkende Eröffnung über die äußerste Nichtigkeit allen Lebens, aller Hoffnungen, Begierden und Schmerzen, ist sie so etwas wie die ideale poetische Figur. Acht der vierzehn Zeilen enden auf das Wort »nichts«. Nur einmal, in der neunten Zeile, erweckt der Dichter mit dem neu anhebenden »Dies wissen Alle« den Eindruck, als solle die Spur radikaler Weltverneinung verlassen und das Gedicht in eine belehrende Sentenz über den Selbstbetrug der Menschen hinübergeleitet werden. Doch schon der anschließende Vers macht die Irreführung offenbar, nicht anders als die folgenden, in direkter Wendung an den Leser vorgetragenen Zusprüche, die erst mit der abschließenden Halbzeile, nicht ohne Hohn, widerrufen werden.

Das Gedicht ist eines der frühen Zeugnisse des Nihilismus, die Rede eines Gottverlassenen vom Weltgebäude herab, daß nichts sei außer Einsamkeit, Sinnleere, Ausweglosigkeit. Seine Entstehung fällt in die Zeit, als Platen sich seiner homosexuellen Neigung und der Außenseiterstellung, in die sie ihn drängte, erstmals ganz bewußt wurde. Man wird sich schwer tun, eine Andeutung des Aufbegehrens in diesen Zeilen zu entdecken, einen Ton der Verzweiflung, in der sich immer noch ein Willensrest von Gegenwehr anzeigte. Dies kommt vom äußersten Rande und ist, in seiner konstatierenden Nüchternheit, auch über alle Resignation weit hinaus.

Und doch widerruft das Gedicht, was es bezeugt, durch sich selbst. Ausdrücklich nimmt Platen die Kunst in den Katalog des Nichtigen auf. Aber schon die nächste Zeile, die bloße Tatsache, daß er sie niederschreibt, gibt der Sinnlosigkeit den Sinn zurück. In der aus dem Jahre 1853 stammenden Ausgabe seiner Werke, die ich benutzte, findet sich am Rande ein Vermerk von alter Hand. In säuberlicher Kalligraphie steht da: »Musterhafte Vollendung in der Form. Erschreckt ganz durch den darin ausgesprochenen Pessimismus ... und tröstet.« Dahinter hat der frühere Besitzer ein schwaches Fragezeichen gesetzt, aber das hätte der Dichter ihm nicht durchgehen lassen. Denn es bezweifelt die einzige Gewißheit, die ihm in aller Depression, allem unheilbaren Kranksein an der Welt geblieben war, das Shakespearsche: »Noch ist das Schlimmste nicht, solang wir sagen können: Dies ist das Schlimmste.«

## AUGUST VON PLATEN
## LEBENSSTIMMUNG

– – – ∪ ∪ – , – ∪ ∪ – ∪ –
– – – ∪ ∪ – , – ∪ ∪ – ∪ –
– – ∪ ∪ – ∪ – ∪
∪ ∪ – ∪ ∪ – ∪ –

»Wem dein wachsender Schmerz Busen und Geist beklemmt
Als Vorbote des Tods, bitterer Menschenhaß,
Dem blühn der Gesang, die Tänze,
Die Gelage der Jugend nicht!

Sein Zeitalter und er scheiden sich feindlich ab,
Ihm mißfällt, was erfreut Tausende, während er
Scharfsichtige, finstre Blicke
In die Seele der Toren wirft.

Weh ihm, wenn die Natur zarteren Bau vielleicht,
Bildungsreicheren lieh seinem Gehör, um durch
Kunstvolle Musik der Worte
Zu verewigen jede Pein!

Wenn unreifes Geschwätz oder Verleumdung ihn
Kleinlichst foltert, und er, welchen der Pöbel höhnt,
Nicht ohne geheimes Knirschen
Unerträgliche Qual erträgt:

Wenn Wahrheiten er denkt, die er verschweigen muß,
Wenn Wahnsinn dem Verstand schmiedet ein ehrnes Joch,
Wenn Schwäche des Starken Geißel
Wie ein heiliges Zepter küßt:

Ja, dann wird er gemach müde des bunten Spiels,
Freiheitatmender wehn Lüfte des Heils um ihn,
Weg legt er der Täuschung Mantel,
Und der Sinne gesticktes Kleid.«

Ob zwei Seelen es gibt, welche sich ganz verstehn?
Wer antwortet? Der Mensch forsche dem Rätsel nach,
Gleichstimmige Menschen suchend,
Bis er stirbt, bis er sucht und stirbt.

## GOLO MANN
## ERLÖSUNG IN WELTENTSAGUNG

Das Gedicht gehört zu den »Oden«, die Platen in einem Buch sammelte. Die ersten drei entstanden noch in der deutschen Leutnantzeit, die folgenden sieben, darunter diese, während des ersten römischen Winters, 1826/27. Insgesamt gehören sie nicht zum Besten, was er geschrieben hat. Zahlreiche sind an Personen gerichtet, die erste, im Stile des Horaz, an seinen Mäzen, König Ludwig von Bayern.

Von Horaz stammen auch die in Strophen angeordneten Rhythmen. Regelmäßig zeichnet Platen die Versfüße, lange, kurze, oberhalb der Ode, damit der Leser um so besser wüßte, wie er zu skandieren hätte; worüber Heine sich lustig machte. (Heine hat später seine grausame Verspottung Platens bereut und eingestanden, er habe sie unternommen, um »in die Gazetten zu kommen«, wie Friedrich der Große mit seinem ersten Krieg.)

Die Versmaße von Ode VIII in ihrer Komposition hat Horaz oft gebraucht. Er nahm sie wie alle seine Rhythmen von den Griechen. Erinnere ich mich korrekt an meine fünfzig Jahre zurückliegenden Philologie-Studien, so haben wir von diesem nur ein einziges griechisches Fragment als Beispiel. Vor Platen handhabte sie Hölderlin mit Meisterschaft (»Heidelberg«, »Sokrates und Alkibiades«).

»Lebensstimmung« ist ein schönes und trauriges Gedicht; der Monolog eines Alternden, Abgetrennten. Sechs der sieben Strophen stehen zwischen Anführungszeichen. Die letzte ist jedoch wesentlich vom gleichen Ton. Wollte Platen sich in einen Anderen, Fremden versetzen, so gelang es ihm schlecht. Der Sänger, dessen Gehör die Natur feineren Bau verlieh, der Worte zu kunstvoller Musik gestaltet, um jede Pein zu verewigen, der mißverstandene, verleumdete, verspottete Hohe Priester – wer ist es anderes als er selbst?

Er zählte dreißig Jahre damals. Manchmal fühlte er sich schon alt. Von Deutschland hatte er sich kurz vorher für immer getrennt mit dem Sonett, welches endet mit der Zeile: »Wie bin ich satt von meinem Vaterlande!« Den Gipfel seines Könnens erreichte er früh: die »Ghaselen« mit fünfundzwanzig, die »Venezianischen Sonette« mit neunundzwanzig.

Auf seine Jugend als eine verlorene, vertane blickte der Vierundzwanzigjährige zurück, Verlaine antizipierend: »Dis, qu'as-tu fait, toi que voilà, De ta jeunesse?« Platen, der Jüngling: »O wehe, wie hast du die Tage verbracht! / Nun stille du sacht / In der Nacht, in der Nacht! / Im pochenden Herzen die Reue!« Er hatte seine Tage dichtend verbracht. – Wem es bestimmt ist, mit neununddreißig Jahren zu sterben, mit einem Werk, dessen weiteres Wachstum man sich nicht vorstellen kann, der mochte mit vierundzwanzig sich schon nicht mehr jung, mit dreißig sich alt fühlen.

Nicht immer. Schon in der folgenden Ode gibt Platen sich jung und glücklich, wäre er allein mit seinem Römerfreund, teilte nicht ihre Genossenschaft »Wein und Jugend, ein feurig' Paar«. Auch das Sich-nicht-Kümmern um das in einer Ode Gesagte ist horazisch; wobei es Horaz gar nichts ausmacht, sogar innerhalb des gleichen Gedichtes von einer Winterabend-Stimmung in die einer Sommernacht hinüberzuwechseln. Er nahm sich weniger ernst als Platen, der sich allzu ernst nahm und damit es sich allzu schwer machte.

»Sein Zeitalter und er scheiden sich feindlich ab, / Ihm mißfällt, was erfreut Tausende ...« Steppenwolf-Mentalität würde man heute sagen, zumal in Amerika. »Drogen« gab es damals noch keine – in England fing man eben an, mit Opium zu spielen –, und Platen, streng mit sich selber, unermüdlich arbeitend und lernend, höchst ehrgeizig auch, wäre der letzte gewesen, sich ihnen zuzuwenden. Statt ihrer findet der Menschenfeind Erlösung in Weltentsagung: »Freiheitatmender wehn Lüfte des Heils um ihn ...« Die letzte Strophe, vom Dichter direkt geredet, verneint den rettenden Weg. Er muß weiter suchen, hoffnungslos, nach der Seele, die ihn ganz versteht und er sie, bis er stirbt.

## AUGUST VON PLATEN
## MEIN AUGE LIESS
## DAS HOHE MEER ZURÜCKE

Mein Auge ließ das hohe Meer zurücke,
Als aus der Flut Palladios Tempel stiegen,
An deren Staffeln sich die Wellen schmiegen,
Die uns getragen ohne Falsch und Tücke.

Wir landen an, wir danken es dem Glücke,
Und die Lagune scheint zurück zu fliegen,
Der Dogen alte Säulengänge liegen
Vor uns gigantisch mit der Seufzerbrücke.

Venedigs Löwen, sonst Venedigs Wonne,
Mit ehrnen Flügeln sehen wir ihn ragen
Auf seiner kolossalischen Kolonne.

Ich steig ans Land, nicht ohne Furcht und Zagen,
Da glänzt der Markusplatz im Licht der Sonne:
Soll ich ihn wirklich zu betreten wagen?

## HANS-ULRICH TREICHEL
## DAS WAGNIS DER ANKUNFT

Venedig soll man sich vom Meer aus nähern. Dann läuft man nicht Gefahr, versehentlich bereits in Mestre aus dem Zug zu steigen und sich zwischen Vorstadtsiedlungen und Fabrikgebäuden zu verirren. Doch selbst wer nicht, aus Unkenntnis oder von sehnsüchtiger Ungeduld getrieben, vor dem Ziel aus dem Zug springt, muß erst die Bahnhofshalle der Stazione S. Lucia durchqueren, vorbei an Schiebern, Schleppern und lärmenden Reisegruppen, um in die Stadt zu gelangen. Das Glück der Liebe auf den ersten Blick wird ihm so nur schwerlich zuteil. Doch wer vom Meer kommt, so der Ratschlag der Kenner, dem offenbart sich die Lagunenstadt in all ihrem Zauber und ihrer berükkenden Schönheit.

Auch August von Platen ist, während seines ersten Venedigaufenthaltes, der vom 8. September bis zum 9. November 1824 währte, mit dem Schiff angereist. Doch auch wenn, wie er in seinem Tagebuch notiert, das erste Anlanden an der Piazzetta »imposant genug« war, so wird dem – vom Militärdienst beurlaubten – Dichter Venedig nicht sogleich zur Offenbarung. Zumal auch, wie er nach einigen Tagen bekümmert feststellt, »die poetische Ader gänzlich versiegt zu sein scheint«. Am Ende aber ist der poetische Ertrag dieser Reise reicher, als der Dichter selbst ahnte, denn die vierzehn Venedig-Sonette, die er hier verfaßte, haben vielleicht am nachhaltigsten zu Platens Ruhm als Sonettdichter beigetragen.

Platens Sonett XVIII, das erste der Venedig-Sonette, beschreibt die Ankunft durch den »Cour d'honneur« des Beckens von San Marco. »Palladios Tempel«, S. Giorgio Maggiore und die Erlöserkirche Il Redentore, sieht er, wie vor ihm Lord Byron, »dem Meer entsteigen, gleich einem Schatz von Zauberhand gehoben«. Und wie aus dem Schoß der Natur und des Meeres geboren, erhebt sich die Stadt, erheben sich Kirchen und Paläste, während die Lagune »zurück zu fliegen« scheint. Statisch dagegen, »gigantisch« und »kolossalisch« der Dogenpalast, die Seufzerbrücke und die Säule mit dem Markuslöwen, über den zu Platens Zeit der kaiserliche Doppeladler der Großmacht Österreich seine imperialen Schwingen ausgebreitet hatte, nicht zur Wonne der Venezianer.

Doch wichtiger als die politischen Anspielungen und wichtiger auch als die eher konventionelle Ausstattung der Kulisse mit den Herrschaftsbauten und Machtsymbolen der Seerepublik ist dem Autor das Wagnis der Ankunft. Denn die Stadt, die so unverhofft aus den Fluten aufgestiegen ist, rückt unversehens, je mehr sich der Autor ihr nähert, in weite Ferne. Der Markusplatz tritt vor dem Besucher zurück, wird gleichsam zu einer Lichterscheinung, ja fast zu einem überirdischen Bezirk, den zu betreten wie ein Sakrileg erscheint. Eine beinahe heilige Scheu erfaßt den Dichter, den letzten, entscheidenden Schritt zu tun. Denn wer die Erscheinung des Schönen mit Händen greift, den Ort seiner Sehnsucht leibhaftig betritt, der läuft Gefahr, seinen Zauber zu zerstören.

Vielleicht ahnte der einsame und oft genug auch schwermütige Reisende bereits, was er auf seiner zweiten Italienreise am 10. September 1826 in seinem Tagebuch notieren sollte: »daß das Glück in Italien so wenig wohnt als anderwärts«. Und vielleicht ahnte er auch schon etwas von jenem modernen Schicksal Venedigs, das beste Aussichten hat, nicht nur an seinen unsicheren Fundamenten und der beständig wiederkehrenden Flutwelle, sondern auch an all jenen zugrunde zu gehen, die sich entzückt und ungerührt zugleich seiner Schönheit bemächtigen. Venedig retten, das hieße mit Platen und über ihn hinaus möglicherweise auch, dem »Glück, sich ganz dir hinzugeben« (Sonett XXI), wenn nicht für immer, so doch für einige Zeit zu entsagen.

## AUGUST VON PLATEN
## MEIN HERZ IST ZERRISSEN

Mein Herz ist zerrissen, du liebst mich nicht!
Du ließest mich's wissen, du liebst mich nicht!
Wiewohl ich dir flehend und werbend erschien,
Und liebebeflissen, du liebst mich nicht!
Du hast es gesprochen, mit Worten gesagt,
Mit allzugewissen, du liebst mich nicht!
So soll ich die Sterne, so soll ich den Mond,
Die Sonne vermissen? du liebst mich nicht!
Was blüht mir die Rose? was blüht der Jasmin?
Was blühn die Narzissen? du liebst mich nicht!

## JOSEPH ANTON KRUSE
## VERSCHMÄHTE FREUNDSCHAFT

Die Kunst zu lieben ist keine Frage von Körperertüchtigung und erotischer Technik, oder doch eher nur beiläufig. Sie setzt vor allem Sehnsucht und Vertrauen, Ausdauer und Gegenseitigkeit voraus. Sie berührt unseren persönlichsten Bereich und schafft intimste Nähe. Die Kunst zu lieben bestimmt über unser Glück, oft genug aber scheitert sie, bleiben wir allein, werden auf uns selbst zurückgeworfen, erleiden wir Zurückweisung oder Trennung. Unsere Zärtlichkeit liegt brach. Die Dichter wissen ein Lied davon zu singen. Platen war einer der erfahrensten und kunstvollsten unter ihnen. Wehmütige oder euphorische, in der Regel jedenfalls überaus wohllautende Liebesgedichte sind sein Vermächtnis an die Nachwelt.

Petrarcas unerreichte Geliebte Laura hätte bei diesem Platenschen Echogedicht vielleicht sogar ein Einsehen gehabt. Die anakreontischen Schäferinnen hätten möglicherweise der flehentlichen Werbung eines derart beredten Liebhabers nicht widerstehen können und sich gerührt ergeben. So viel Schmerz, so viel Bemühung, solche himmelsstürmenden und blühenden Vergleiche wären imstande gewesen, sogar das härteste weibliche Herz aus Romantik und Biedermeier zu erweichen. Franz Schubert hat die Verse damals gleich in Musik gesetzt. Sie gehörten offenbar als zwanghafte Reaktion auf kühle Ablehnung und als letztes kommentierendes Abschiedswort zum Arsenal jener unglücklichen Alltagsgeschichten und Moritaten, in denen ein junger Mann ein Mädchen liebt, das sich schlimmerweise einen anderen ausgesucht hat. Eine schmeichelnde, völlig unzweideutige Trauer in den kompositorischen Wiederholungen prägt darum dieses Liebeslied.

Platens Klage verhallt diesmal in der Tat und wird nicht erhört. Das ist die tragische Triebfeder seines Genies, dem freilich eine gelegentliche Erfüllung nicht versagt blieb. Die lyrischen Annalen seiner Schmerzen und Freuden haben die Neugier des Publikums geweckt, zumal Platen von einem tollkühnen Mut besessen war. Er wollte nach dem persischen Muster des Hafis bereits in seinen frühen Ghaselen von 1821 jene Liebe besingen, die nach wie vor zu den Tabus gehört: die gleichgeschlechtliche Liebe unter Männern. Was in der Poesie möglich war, mußte doch auch im wirklichen Leben erlaubt sein. Damit unternahm der Dichter realiter, in seiner Phantasie und durch die Erinnerung Expeditionen an den Rand der öffentlich zu behandelnden Gefühlswelt. Das Liebesgeständnis des Dichters, das er einem jungen Manne macht, ist in diesem Gedicht allerdings vor die Wand gesprochen. Platen kannte derlei Erfahrungen. Wenige Jahre vorher hatte ihm ein angebeteter Altersgenosse von Anfang Zwanzig eine katastrophale Abfuhr erteilt.

Von mangelnder Würde und unnatürlichen Gelüsten, von Unlauterkeit und Verirrung eines ansonsten guten Menschen ist im Zusammenhang dieser Affäre im Briefwechsel zu lesen. Selbst dem verehrten Jean Paul war bei der Lektüre der ersten Lieferung der Ghaselen, zu denen unser Text gehört, nicht ganz wohl in seiner Haut. Eine schöne Begeisterung bei aller Einfachheit und ein Herz der Liebe und Jugend erquicke darin sogar jenen Leser, der sich nicht mit den orientalischen Mustern befreundet hätte, schreibt er in anteilnehmender Ahnungslosigkeit an den jungen Dichter. Eine leise Kritik an der Form, die einen mahnenden Fingerzeig wegen des Inhalts nicht ausschließt. Erst der Heine-Platen-Streit beendete wenige Jahre später alle Geheimniskrämerei. Platen hatte sich über Heines jüdische Beschneidung lustig gemacht, dieser zahlte es dem Adeligen mit der Bloßstellung der unteren Körperteile und ihrer vermutlichen homosexuellen Praktiken heim.

So fremd uns der litaneihafte Gleichklang der Ghasele im Deutschen anmuten mag, die radikale Subjektivität dieses Gedichtes mit seinen verzweifelt zurückgehaltenen Tränen wird uns dennoch ansprechen. Schon der frühe Graf Platen ließ nur gelten, was wirklich einen prägnanten Lebensmoment bezeichnete, wie er im Oktober 1828 vormulierte. Trotz aller erstaunlichen Deutlichkeit des Gegenstandes homoerotischer Liebe, den freilich häufig erst der Zusammenhang nahelegt, fasziniert die verschleiernd poetische Sublimation. Abweisung und Liebeserklärung geschehen nämlich in der Hauptsache durch allgemein geläufige Worte. Lebenserfahrung wird eben durch eine einvernehmliche Sprache vermittelt. Dabei ist die Freundesliebe, wie die musikalische Wirkung der Verse und ihr Wortgebrauch zeigen, in ihrer Struktur und Ausdrucksweise von den Mustern der anerkannten Liebe zwischen Mann und Frau in nichts unterschieden. Die Liebe hat nämlich kein Geschlecht. Sie ist die Sache des menschlichen Herzens.

Die hoffnungslose Liebe gleicht hier dem Weltuntergang nach mancher vergeblichen Beflissenheit, Natur und Schöpfung als Abbild des geliebten Menschen zu empfinden. Sonne, Mond und Sterne sind Bilder für die in Verlust geratene Vorstellung, einen Geliebten nach althergebrachter Weise durch Flehen und Bitten gewinnen zu können. Die Blumen haben ihre Schönheit und ihren Duft verloren.

Der nachrichtlichen Gewißheit, verschmäht zu sein, folgen Melancholie und Flucht, Einsamkeit und Verzweiflung. Der einzige Trost besteht in Vorwurf und Fragen, in ungläubiger Trauer und atemloser Anklage. Dabei hatte bereits der altkluge dreizehnjährige Platen einem Kameraden gegenüber geäußert: »Trennung ist der Menschen Los auf Erden!« Das ist wohl wahr. Kaum jemand aber vermochte über eine den Menschen ereilende Unmöglichkeit der Liebe so unumwunden und kompetent zu dichten wie er.

## AUGUST VON PLATEN
## TRISTAN

Wer die Schönheit angeschaut mit Augen,
Ist dem Tode schon anheimgegeben,
Wird für keinen Dienst auf Erden taugen,
Und doch wird er vor dem Tode beben,
Wer die Schönheit angeschaut mit Augen!

Ewig währt für ihn der Schmerz der Liebe,
Denn ein Tor nur kann auf Erden hoffen,
Zu genügen einem solchen Triebe:
Wen der Pfeil des Schönen je getroffen,
Ewig währt für ihn der Schmerz der Liebe!

Ach, er möchte wie ein Quell versiechen,
Jedem Hauch der Luft ein Gift entsaugen,
Und den Tod aus jeder Blume riechen:
Wer die Schönheit angeschaut mit Augen,
Ach, er möchte wie ein Quell versiechen!

## PETER WAPNEWSKI
## TÖDLICHE UMARMUNG

Am 2. Januar 1825 wird zu Nürnberg ein achtundzwanzigjähriger Leutnant verhört und in Arrest gesteckt. Er hat einen ihm gewährten Urlaub so fahrlässig wie bewußt überschritten. Was vor allem mit dem Venedig-Erlebnis dieser Reise zusammenhing, der ihn über alles Maß beglückenden und aufwühlenden Begegnung mit dem Kunstwerk dieser Stadt. Im Arrest legt er letzte korrigierende Hand an seine wunderbaren venezianischen Sonette – und verfaßt ein Lied. Jenes Gedicht in drei kunstvoll gereimten Strophen, das vor allem der magisch klingenden Eingangsverse halber berühmt ist, immer wieder zitiert und getragen von jenem unaufgelösten Rest Rätselhaftigkeit, der ihm einen schwebenden Reiz gibt. »Es gehört zu einem künftigen Drama, Tristan und Isolde«, schreibt der Dichter einem Freunde. Aus diesem Drama wurde nichts, wie aus so vielen anderen Plänen des Grafen August von Platen, der, aus norddeutschem Offiziers- und Beamtenadel stammend und 1796 in Ansbach geboren, über Kadettenanstalt und Pagerie dem ungeliebten Soldatenstand zubestimmt war, da die finanzielle Situation der Familie anderes nicht hergab.

Den Reiz der Rätselhaftigkeit macht allererst die Unklarheit aus, die der Person des Sprechenden gilt. Bekennt sich hier Tristan zu seinem Geschick, der todesverliebte Held, den um 1200 Gottfried von Straßburg aus keltisch-romanischen Regionen empfangen und in deutscher Sprache virtuos zum Liebesmärtyrer stilisiert hat? Spricht der Dichter? Oder jene Instanz, für die eine sich gern preziös ausdrückende Literaturwissenschaft den Begriff des »lyrischen Ich« gefunden hat?

Schönheit ist Liebe, Liebe Schönheit, und sie sind als Eros-Thanatos-Polarität gesetzhaft aufeinander bezogen. Platen, der Lyriker, zeigt hier, was Kunst vermag, was sie ist. Die unentrinnbare Verstrickung der beiden einander suchenden Mächte wird nicht erzählt, sondern in Form verwirklicht: liebende Umarmung, tödliche Umarmung. Drei Strophen, Triptychon-Struktur, Umrahmung des Mittelteils – und um dieser Architektur willen mag Platen später die vierte Strophe getilgt haben, die – als vorletzte – 1825 noch dem Erstdruck zugehörte.

Die entsprechende Linienführung innerhalb der einzelnen Strophen: Der jeweils zweite Reim wird vom ersten und dritten; der dritte vom zweiten und vierten; der vierte vom dritten und fünften umarmt. Diesem Spiel korrespondieren die Verszeilen, jede Strophe beginnt, wie sie endet; und die letzte Strophe erhält zusätzlich ihr Schlußgewicht, indem sie ein weiteres Mal die Eingangszeile zitiert: Echo-Effekt. Der hochgebildete, in vielen Literaturen und Sprachen souverän bewanderte Platen läßt sein Todes-Schönheits-Gedicht sich spiegeln in schattenhafter Beschwörung antiker Mythologie. Narziß tritt auf, der nur sich selber lieben konnte und, in seinem Ebenbild (also sich selbst) versinkend, seinen Tod suchte und fand. Und die Nymphe Echo schwebt vorüber, die dahinsiechen mußte, da Narziß ihre Liebe verschmähte, und die körperlich verschmachtete, auf die bloße Stimme reduziert: »versiechen« müssen sie beide, der Dichter verschmelzt in *einem* Wort das »Versiegen« des Quells mit dem »Hinsiechen« des Lebens.

Der »Pfeil des Schönen«: der Genitiv meint das konventionelle Amor-Bild wie den Begriff »das Schöne« wie die Schönheit des Mannes: Homosexualität wurde für Platen zum Schicksal, und er versuchte sie zu sublimieren durch die Verklärung des Erotischen in die als Schönheit begriffene Dimension absoluter, dem Menschen in seiner Erdenschwere nicht erreichbarer Existenz. Was bei Platen Fragment blieb, nahm Richard Wagner auf, Tristan und Isolde verklärend in das Reich der Nacht, der ewigen Wiederkehr jenseits alles Physischen. In jenem Werk, das Nietzsche konsequent »das *opus metaphysicum* aller Kunst« nannte und dessen Fülle des musikalischen Wohllauts der Meister des »Tods in Venedig« in seiner »Tristan«-Novelle zu Wort kommen ließ. Der unglückliche Platen, der zehn Jahre später seinen Tod auf Sizilien starb, lebt in seinen Versen fort, wenngleich ausgeschlossen aus dem Bereich, *wo Glück und Macht sich gatten. / Mir, der ich bloß ein wandernder Rhapsode, / Genügt ein Freund, ein Becher Wein im Schatten, / Und ein berühmter Name nach dem Tode.*

## AUGUST VON PLATEN
## WER WUSSTE JE DAS LEBEN?

Wer wußte je das Leben recht zu fassen,
Wer hat die Hälfte nicht davon verloren
Im Traum, im Fieber, im Gespräch mit Toren,
In Liebesqual, im leeren Zeitverprassen?

Ja, der sogar, der ruhig und gelassen,
Mit dem Bewußtsein, was er soll, geboren,
Frühzeitig einen Lebensgang erkoren,
Muß vor des Lebens Widerspruch erblassen.

Denn jeder hofft doch, daß das Glück ihm lache,
Allein das Glück, wenn's wirklich kommt, ertragen,
Ist keines Menschen, wäre Gottes Sache.

Auch kommt es nie, wir wünschen bloß und wagen:
Dem Schläfer fällt es nimmermehr vom Dache,
Und auch der Läufer wird es nicht erjagen.

## HANS CHRISTOPH BUCH
## LYRIK ALS LEBENSHILFE

Die Funktion der Lyrik als Lebenshilfe ist ebenso in Verruf geraten wie die Identifikation des Lesers mit dem Autor oder Helden eines Romans – zu Unrecht: beides sind elementare Reaktionsweisen auf Bücher, genauso alt wie die Literatur selbst, und der Kritik ist es bis heute nicht gelungen, sie den Lesern auszutreiben.

Das Sonett August von Platens bietet sich als ein Stück Lebenshilfe an: Der Dichter zieht Bilanz aus einem offenbar mißglückten Leben und lädt damit den Leser zur Identifikation ein. Aber nur auf den ersten Blick: die Lehren, die das Gedicht zieht, schmecken nicht süß, sondern bitter, die glatte Harmonie der Verse wird durch ihren Inhalt Lügen gestraft.

Es ist ein Desillusionsgedicht, das wie alle ernst zu nehmende Literatur den schönen Schein durchbricht und vom Scheitern, von der Vergeblichkeit aller menschlichen Bemühungen handelt: »Das Unzulängliche, hier wird's Ereignis.« Den Trost des ewig Weiblichen aber, das Goethes Faust »hinan« zog und vor ewiger Verdammnis rettete – diesen Trost gibt es für Platen nicht, für ihn reimt sich Liebe auf Qual und leeres Zeitverprassen: »Denn ein Tor nur kann auf Erden hoffen, zu genügen einem solchen Triebe.«

Diese Resignation hat keine metaphysischen, sondern handfeste physische Ursachen: Platen war homosexuell, in einer Zeit, in der diese Abweichung von der Normalität viel stärker tabuiert war als heute, und er machte kein Geheimnis aus seiner Veranlagung, seine Gedichte reden offen davon – jedenfalls für den, der zu lesen versteht: »Wer die Schönheit angeschaut mit Augen,/ ist dem Tode schon anheimgegeben.«

Einer, der zu lesen verstand, war Heinrich Heine, den mehr noch als Platens Homosexualität dessen Adelstitel ärgerte und der Platen um seinen literarischen Erfolg beneidete: der König von Bayern hatte dem nach Italien übergesiedelten Dichter einen Ehrensold ausgesetzt. In seinem »Romantischen Ödipus« hatte Platen den jungen Heine als getauften Juden lächerlich zu machen versucht; Heine rächte sich, indem er Platens Homosexualität öffentlich zur Zielscheibe seines Spotts machte – und das will etwas heißen bei einem gnadenlosen Spötter wie Heine, der damit einen doppelten Zweck erreichte: er demütigte einen Aristokraten, den er insgeheim um den Vorzug seiner Geburt beneidete, und schlug zugleich seinen einzigen ernst zu nehmenden dichterischen Konkurrenten aus dem Feld.

»Platen ärgert Heine und Heine Platen, und jeder sucht den andern schlecht und verhaßt zu machen, da doch zu einem friedlichen Hinleben und Hinwirken die Welt groß und weit genug ist und jeder schon an seinem eigenen Talent einen Feind hat, der ihm hinlänglich zu schaffen macht!« Diese Einschätzung des alten Goethe, im Gespräch mit Eckermann, hat die Nachwelt bestätigt. Heute, aus rückblickender Distanz, tritt das Gemeinsame zwischen beiden stärker hervor als das Trennende: Platen und Heine rücken aus der Entfernung zu *einer* Gestalt zusammen. Beide waren, in den Augen ihrer Zeitgenossen, mit untilgbaren Makeln behaftet: Heine als Jude,

Platen als Homosexueller – Unangepaßte, die nicht einmal in den Randgruppen der damaligen Gesellschaft integrierbar waren. Der Jakobiner Heine war im tiefsten Innern seines Herzens ein Aristokrat, während Platen hinter der konservativen Maske seine Abweichung von der Norm verbarg.

Poetologisch kamen beide von Goethe her, genauer gesagt vom »Westöstlichen Diwan«, dessen orientalisierende Versformen sie in der Handhabung von Reim und Metrum zu unerhörter Brillanz steigerten, was ihnen den Vorwurf kalter Perfektion und marmorner Glätte einbrachte. Hinzu tritt der Vorwurf der Laszivität bei Platen, der Frivolität bei Heine: beide waren kompromißlose Ästheten, Vorläufer eines *poète maudit* wie Baudelaire, die ihre Unangepaßtheit teuer bezahlten und als Exilierte in Krankheit und Elend endeten.

Auch ohne Kenntnis dieser biographischen Zusammenhänge kann man Platens Sonett lesen als dichterisches Menetekel, poetisches Memento mori, das eine zu allen Zeiten gültige Erfahrung festhält: das Scheitern der individuellen und kollektiven Utopien, die an den Klippen der Realität Schiffbruch erleiden, und zugleich den Triumph der Kunst, der ästhetisch gelungenen Form, über eine trostlose Wirklichkeit.

## BENNO VON WIESE
## TEUFELSKREIS DER ENDLICHKEIT

Das Sonett 68 von August von Platen entstand im Herbst 1826, an jener Wende seines Lebens, als der von homosexuellen Liebesqualen gemarterte und von seiner Heimat tief enttäuschte Dichter Deutschland verließ, um auch im Exil, in Italien, kein Lebensglück zu finden, statt dessen fand er einen frühen Tod.
Es ist eines der bittersten Gedichte der Weltliteratur, sicher auch Ausdruck einer persönlichen Schwermut, aber ebenso eine allgemeine Aussage über das menschliche Leben überhaupt, verbindlich durch das strenge, wenn man will, sogar überstrenge Festhalten an der Form des Sonetts. Aber damit erreicht Platen eine schneidende Kälte, eine von allem Persönlichen und aller »Stimmung« abstrahierende Reinheit des Gedankens, die den Leser unentrinnbar in dem kunstvollen Gefüge dieses Teufelskreises gefangenhält.
Das Gedicht beginnt mit einer Frage, die in Wahrheit gar keine ist, sondern bereits entschieden ist. »Wer wußte«, heißt es, nicht etwa: wer wüßte! Zwar steht jeder im Leben, aber immer schon neben dem Leben, mit ihm verbunden und doch nicht richtig verbunden, es »fassend«, aber es nicht »recht« fassend, es besitzend, aber doch so, daß er die Hälfte dabei verliert.
Die Art des Verlustes wird auf fünffache Weise genannt: Traum, Fieber, Gespräch mit Toren, Liebesqual, leeres Zeitverprassen. Die Möglichkeiten faktischen Lebensver-

lustes sind damit für Platen erschöpft. Die genannten Bereiche sind Chiffren, hinter denen die konkreten Situationen verborgen bleiben. Sie deuten auf das Unwirkliche (Traum), die vitale Bedrohung (Fieber), auf das bloße Gerede und damit auf das Abbrechen aller echten Kommunikation, auf die Selbstentfremdung in der Liebe und auf die Öde des geschichtslos gewordenen Daseins hin.

Das zweite Quartett schränkt nur scheinbar ein. Entzieht sich nicht der Ausnahmefall des zu einer Sendung berufenen Menschen den bisher genannten Arten des Verlierens? Aber auch hier ist der Widerspruch des Lebens stärker als die Eindeutigkeit des »ruhig und gelassen« gewählten Lebensweges. Selbst die stärkste Individualität kann der prinzipiellen Ausweglosigkeit nicht entrinnen. Das scheinbar nur aus dem Reimzwang gewählte Wort »erblassen« gewinnt so eine tiefere Bedeutung.

Der in den beiden Quartetten geschilderte Tatbestand wird in den beiden Terzetten begründet. Warum muß jeder Mensch das Leben mehr oder weniger verfehlen? »Wünschen« und »Wagen« sind die beiden Richtungen, mit denen er sich der Zukunft bemächtigt. Das Ziel dieses Vorgreifens nennt Platen »das Glück«. Vereinzelte Glücksbefriedigung ist damit nicht gemeint. Sie bliebe bloß partiell und damit zwiespältig. Glück meint hier das Leben in seiner ganzen Fülle; es ist für Platen eine mystische Kategorie, als erfüllte Ewigkeit steht sie bereits jenseits der Zeit und ihre mögliche Verwirklichung kann nur Gott vorbehalten sein. Vielleicht nicht einmal ihm.

Aber dennoch kann der Mensch auf die als »Glück« definierte Hoffnung nicht verzichten. Er ist ständig in der Zeit nach einem Ziel unterwegs, das, wäre es erreicht, seine Existenz in der Zeit gerade aufheben müßte. Die Trostlosigkeit dieser paradoxen Situation wird im letzten Terzett durch das unerbittlich Trennende: »Auch kommt es nie« noch verdoppelt. Selbst der Trost einer paradoxen Hoffnung wird vom Dichter radikal verneint. Das Glück kommt weder als Gabe von oben, vom »Dache«, noch läßt es sich als Leistung in eigene Regie nehmen. Es kommt überhaupt nicht.

Am Ende dieses Sonetts müßte der Leser gleichsam von vorne beginnen und kommt dabei aus der gewollten Kreisbewegung nicht mehr heraus. Denn das Ende mündet in den Anfang. Die Begründung der Terzette wird zur erneuten Aussage, die ihrerseits wiederum die zunächst nur feststellenden Quartette begründet. Aus diesem Teufelskreis der Endlichkeit gibt es kein Entrinnen.

## ANNETTE VON DROSTE-HÜLSHOFF
### AN***

O frage nicht was mich so tief bewegt;
Seh ich dein junges Blut so freudig wallen,
Warum, an deine klare Stirn gelegt,
Mir schwere Tropfen aus den Wimpern fallen.

Mich träumte einst, ich sei ein albern Kind,
Sich emsig mühend an des Tisches Borden;
Wie übermächtig die Vokabeln sind,
Die wieder Hieroglyphen mir geworden!

Und als ich dann erwacht, da weint' ich heiß,
Daß mir so klar und nüchtern jetzt zu Mute,
Daß ich so schrankenlos und überweis',
So ohne Furcht vor Schelten und vor Rute.

So, wenn ich schaue in dein Antlitz mild,
Wo tausend frische Lebenskeime walten,
Da ist es mir, als ob Natur mein Bild
Mir aus dem Zauberspiegel vorgehalten;

Und all mein Hoffen, meiner Seele Brand,
Und meiner Liebessonne dämmernd Scheinen,
Was noch entschwinden wird und was entschwand,
Das muß ich Alles dann in dir beweinen.

## HARALD HARTUNG
## DOPPELTE SPIEGELUNG

Ein junger, hoffnungsvoller, umtriebiger Literat und ein ältliches, kränkelndes adliges Fräulein – was zwischen Levin Schücking und der Droste war, darüber ist gerätselt und spekuliert worden. Eines ist gewiß. Levins Ermutigung der Dichterin verdanken wir viel: die Vollendung der »Judenbuche«, die Zeit- und die Heidebilder; überhaupt ein paar wahrhaft große Gedichte. Dieses rechnet nicht zu ihnen. Es scheint, bei flüchtigem Blick, kaum mehr als ein Gelegenheitsgedicht zu sein; ein recht sprödes dazu. Darin verwahrt es sein Geheimnis.

»O frage nicht…« – Wer so inständig den Frageverzicht erbittet, möchte gefragt werden – und antworten, antworten auf eine wirkliche oder fingierte Frage. Die scheinbare Abwehr gibt den Anlaß zum Bekenntnis. Die Dichterin bekennt sich zu ihrem tiefsten Gefühl: dem Ineinander von Hingerissensein und Trauer. Zu welcher Trauer die blühende Jugend des Geliebten sie führt, will sie nicht direkt heraus sagen. Ein Umweg führt zum Ziel. Sie erzählt einen Traum, den sie »einst«, also wohl vor der gemeinsamen Bekanntschaft, geträumt hat. Man glaubt derlei zu kennen: Man sitzt (wieder) in der Schulbank, und was man lesen zu können meinte, ist nicht zu entziffern. Was Annette träumt, ist kein Alptraum vom schlichten Leistungsversagen. Es ist die traumhafte Rückkehr ins Vorrationale. Aus den »Vokabeln«, den Einzelworten, sind plötzlich »wieder Hieroglyphen« geworden, Zeichen, die auf ein übermächtiges Geheimnis verweisen.

So weit die Rückkehr, so tief die Erschütterung. Das macht die Reaktion der Erwachten begreiflich: Sie weint über den Verlust des kindlichen Geheimnisstandes und trauert über die taghelle Aufgeklärtheit und Sicherheit des Erwachsenseins, die ihr – »so schrankenlos und überweis'« – als Hybris vorkommt.

Wer so trauert, ist nicht verhärtet und erloschen. Die Liebende weiß, was sie verlor; und das Verlorene glüht um so stärker auf, als es im Geliebten wiederkehrt – und im voraus aufs neue verloren ist. In dem geliebten lebensvollen jungen Menschen tritt sie sich selbst entgegen – in jenem »Zauberspiegel«, von dem das Grimmsche Wörterbuch sagt, daß man mit ihm »geister bannen und zukünftiges oder verborgenes schauen kann«. Das ist kein Spiegel, der einer alternden Frau zur Selbsttäuschung dient. Sie nimmt ihn an, gerade weil er ihr den Verzicht nahelegt: die Klage um das, was nicht mehr zu halten ist und »was noch entschwinden wird und was uns entschwand«.

Der Kreis hat sich geschlossen. In dem großen gedachten (und großgeschriebenen) »Alles« der Klage ist auch der Geliebte überwunden. Die Tränen haben eine Form gefunden. Das Gedicht – »heilig-öffentlich Geheimnis« in Goethes Sinn – läßt die Konvention hinter sich. Als es ans Publizieren ging, forderte die Konvention doch ihr Recht.

Die Droste hatte das wohl Winter 1841/42 geschriebene Gedicht im Konzept »An L.« überschrieben. Die Reinschrift »An Elise« lenkte auf eine andere (verharmlosende) Fährte: auf die Freundin Elise Rüdiger. Der Druck in der Ausgabe von 1844 verrätselte zu »An***«. Dort war ebendiesem Anonymus ein titelgleiches Gedicht zugedacht. Darin sieht sich die Droste mit dem Angeredeten als verbündetes Zwillingspaar, als Kastor und Pollux, und beschwört den Bund: »So reiche mir die Hand, mein Dioskur!« Beide Gedichte, Triumph wie Klage, stehen auf Vorder- und Rückseite desselben Manuskriptblättchens.

Nur *einen* gab es, dem die Droste den Zwillingsbund anbieten und in dem sie ihr Spiegelbild sehen wollte. Als unser Gedicht erschien, war Schücking bereits mit der jungen und schönen Luise von Gall verheiratet. Daher die Diskretion des Titels. Nach dem Tod beider Frauen – Annette starb 1848, Luise 1855 – gab Schücking dem Gedicht eigenmächtig, doch nicht unzutreffend den Titel: »Spiegelung. An Levin Schücking«.

## ANNETTE VON DROSTE-HÜLSHOFF
## AN MEINE MUTTER

So gern hätt ich ein schönes Lied gemacht
Von deiner Liebe, deiner treuen Weise,
Die Gabe, die für andre immer wacht,
Hätt ich so gern geweckt zu deinem Preise.

Doch wie ich auch gesonnen mehr und mehr,
Und wie ich auch die Reime mochte stellen,
Des Herzens Fluten wallten drüber her,
Zerstörten mir des Liedes zarte Wellen.

So nimm die einfach schlichte Gabe hin,
Von einfach ungeschmücktem Wort getragen,
Und meine ganze Seele nimm darin;
Wo man am meisten fühlt, weiß man nicht viel zu sagen.

## ROLF SCHNEIDER
## TRAURIG-BÖSES ENTGELT

Es gibt nicht sehr viele (oder doch nicht sehr viele berühmte) Gedichte, mit denen Lyriker ihre Mutter bedenken. Die früheste, die selbstverständliche Gefühlsbindung, die jedermann eingeht, scheint sich auf sonderbare Weise der ernsthaften Versbildung zu entziehen, um derart fast zu einem Monopol der trivialen Reimer zu werden; kindliche Gesangesstimmen plärren die Mama an, die Streicher jubilieren, der gemeinten und disponierten Zuhörerin feuchtet die Träne das Aug'.

Warum der Zustand so ist? Vielleicht, weil jene Bindung am innigsten ist, wenn sie zugleich, von der Natur her, besonders wortlos ist; wie dies aber nun mit Worten belegen? Vielleicht aber auch, weil nicht das Selbstverständliche, sondern das Ungewöhnliche üblicher Gegenstand des Literarischen ist. Ungewöhnlich im Verhältnis des Kindes zur Mutter wäre die Irritation; dies aber lieferte den Anlaß für jenes hartnäckige Grübeln, das sich gerne der Strophik verweigert und angemessener in erzählender oder diskursiver Prosa aufgehoben ist. Wo man es dann auch antreffen kann, in Storms »Viola tricolor«, in schwülen Geschichten des deutschen Expressionismus und in Freuds Theorien über den Ödipus-Komplex.

Von dieser Regel, wenn es denn eine ist (jedenfalls klänge sie recht plausibel), gibt es, so hat es den Anschein, die erhebliche Ausnahme der Lyrikerin Annette von Droste-Hülshoff.

»Wo man am meisten fühlt, weiß man nicht viel zu sagen.« Es klingt überzeugend. Aber ist es das denn? Gilt denn nicht, mit Goethes Tasso, daß ein Dichter ist, dem ein Gott sein Gefühl zu artikulieren gab? Die Wahrheit ist, in den Worten der Droste, daß die Dichterin diese Gabe, die für andere immer und bereitwillig zur Verfügung steht, zum Preise der Mutter jedenfalls nicht mobilisieren kann.

Anna Elisabeth, genannt Annette, von Droste-Hülshoff war ein Acht-Monats-Kind. Die riskanten Umstände der zu frühen Geburt haben das Verhältnis der Mutter zu diesem Kind nicht erwärmen können. Der Vater stand dem Mädchen immer sehr viel näher. Jene Gefühle, die man üblicherweise für die eigene Mutter hegt, richtete die kleine Annette auf jene Frau, die sich mütterlich um sie bemühte: eine Amme, Katharina Plettendorf. Die Droste hat diese Frau geliebt, wie Kinder ihre Mutter lieben: wortlos.

Gestalt und Schatten der leiblichen Mutter waren dann nochmals düster über sie gebeugt, als sie Verse und Komödien zu verfassen anfing. Aus heftiger Besorgnis, durch solch liederliches Tun könne der ständische Komment beschädigt werden, hatte die Mutter ihre Tochter veranlaßt, ihr jede verfaßte poetische Zeile vorzulegen. Es war dies eine kleine, ständige, grausame Zensur. In einer Ballade, »Das erste Gedicht«, hat die Droste erzählt, wie sie im Schloß ihrer Eltern, einem Ort von wahrhaft gotischer Düsternis, das Blatt mit ihren Versen in den Dachsparren des Turmes versteckt hat, für eine unbekannte Nachwelt. Es sei ihr Kletterausflug höchst gefährlich gewesen, versichert die Autorin, und wir werden ihr zu glauben haben. Wir ahnen die Drohung, die sie trieb,

das Resultat ihrer lyrischen Evokation auf so abenteuerliche Art zu verbergen.
So will es denn nicht verwundern, wenn die Urheberin all dessen nur die kunstvollsten Beschreibungen der Sprachlosigkeit zu erregen vermag, die angebotene »ganze Seele« wohl ein wenig giftig und das »ungeschmückte Wort« das traurig-böse Entgelt ist, mit dem hier jemand eine lange ertragene Deformation zurückzahlt. Indem alles verschwiegen werden soll, wird alles offenbar.

## ANNETTE VON DROSTE-HÜLSHOFF
## AM TURME

Ich steh' auf hohem Balkone am Turm,
Umstrichen vom schreienden Stare,
Und lass' gleich einer Mänade den Sturm
Mir wühlen im flatternden Haare;
O wilder Geselle, o toller Fant,
Ich möchte dich kräftig umschlingen,
Und, Sehne an Sehne, zwei Schritte vom Rand
Auf Tod und Leben dann ringen.

Und drunten seh' ich am Strand, so frisch
Wie spielende Doggen, die Wellen
Sich tummeln rings mit Geklaff und Gezisch,
Und glänzende Flocken schnellen.
O, springen möcht' ich hinein alsbald,
Recht in die tobende Meute,
Und jagen durch den korallenen Wald
Das Walroß, die lustige Beute!

Und drüben seh' ich ein Wimpel wehn
So keck wie eine Standarte,
Seh' auf und nieder den Kiel sich drehn
Von meiner luftigen Warte;
O, sitzen möcht' ich im kämpfenden Schiff,
Das Steuerruder ergreifen,
Und zischend über das brandende Riff
Wie eine Seemöve streifen.

Wär ich ein Jäger auf freier Flur,
Ein Stück nur von einem Soldaten,
Wär ich ein Mann doch mindestens nur,
So würde der Himmel mir raten;
Nun muß ich sitzen so fein und klar,
Gleich einem artigen Kinde,
Und darf nur heimlich lösen mein Haar,
Und lassen es flattern im Winde!

## RUTH KLÜGER
## EIN MANN, MINDESTENS

Haare, Frauenhaare, rahmen in den ersten und letzten vier Versen das Gedicht ein. Haare unterliegen in hohem Maße nicht nur der Mode, sondern auch der Sitte. Sie bedeuten Freiheit oder Unterwerfung, je nachdem, Haare unter der Haube für die Matrone, geschorene Haare für die Nonne oder als Strafe für die Hure, geknotete Haare als Zeichen von Zurückhaltung, lose Haare – aber da sind wir schon bei unserem Gedicht, in dem sie unerlaubt wild im Winde flattern. Eine umständliche Frisur besagt auch heute noch, daß ihre Trägerin über Geld und Zeit verfügt. Auf allen überlieferten Porträts trägt Droste-Hülshoff ihr Haar auf so komplizierte Weise gewickelt und aufgesteckt, daß jeder gleich weiß, was für eine feine Dame und klare, anständige Frau er da anschaut. So aber, meint sie im Gedicht, putzt man artige Kinder heraus.

»Am Turme« stammt aus Meersburg am Bodensee, in dem die Dichterin, nach der zweiten Strophe zu schließen, nicht ungern gebadet hätte. Sie war damals, im Jahr 1842, Mitte Vierzig, eine unverheiratete, also unabhängige, privilegierte Frau, soweit man als Frau unabhängig und privilegiert sein konnte. Ebendas bestreitet sie: Die Erwachsene sieht sich zum Kind erniedrigt, fein und klar, nur Männer werden mündig.

Doch die Gedanken sind frei, gerade im Turm, im Gefängnis. Es beginnt mit einer kaum verhüllten erotischen Phantasie, worin das weibliche Ich einen »wilden Gesellen«, wenn er auch nur der Wind ist, »kräftig umschlingt«. Auffallend ist die aktive Rolle, die die Frau sich dabei erträumt. Die Betonung liegt deutlich auf der Gleichheit bei einem Körperkontakt, der sich ja nicht umsonst als Männersport, als Ringkampf, gibt, den sie sogar gewinnen könnte, wenn auch unter Einsatz ihres Lebens.

Ich denke dabei an das Märchen von Rapunzel, die, gefangen im Turm, auch ihr Haar für einen Mann löst. Man kann unser Gedicht als moderne Umkehrung des Märchens lesen, denn Rapunzel wünscht sich nur den Geliebten, der an ihren Haaren hochklettert, während Drostes »Mänade« sich in kein passives Frauenschicksal retten, sondern kämpfend aus einem solchen hinaus in einen aktiven Beruf, wie Steuermann, Jäger, Soldat, treten möchte. Drunten am Strand ist Freiheit, der Bodensee weitet sich zum Weltmeer, mit Walroß und Korallen. Die zwei mittleren Strophen sind ein Schrei nach körperlicher Betätigung. Die Sprecherin möchte mitjagen, handeln, eingreifen in ein Leben, das sie jetzt nur aus der Distanz beobachtet.

Der Steuermann hat es ihr besonders angetan: selbst steuern hieße fliegen können. Schließlich kommt das eigentliche Problem unverblümt zur Sprache: Sogar der Himmel hält's mit den Männern, das mindeste, was man sein müßte, wäre ein Mann. An dieser Stelle sackt ihre Lebenskraft zusammen, die Frau schrumpft zum kleinen Mädchen, das mit seinen Haaren spielt, das Gedicht endet in Betrübnis, in einem Rückzug aus der Phantasie in die Wirklichkeit.

Annette von Droste-Hülshoff war politisch konservativ und konnte, wie die meisten Menschen, nicht über ihren Schatten, sprich Erziehung und Stand, springen. Bevormundet von ihrer Familie, ließ sie sich diese Bevormundung auch weitgehend gefallen und hat doch die unsinnigen Beschränkungen, die den Frauen auferlegt wurden, die der geistigen wie die der Bewegungsfreiheit, immer als Last und als ungerecht empfunden.

Schon als Neunzehnjährige hatte sie geschrieben: *Fesseln will man uns am eignen Herde! / Unsre Sehnsucht nennt man Wahn und Traum, / Und das Herz, dies kleine Klümpchen Erde, / Hat doch für die ganze Schöpfung Raum!* In »Am Turme« fand sie Bild und Ausdruck für diese Fesseln und diese Sehnsucht. Existentiell empfunden statt ideologisch angehaucht, gelang ihr so das erste und vielleicht das beste feministische Gedicht in deutscher Sprache.

## ANNETTE VON DROSTE-HÜLSHOFF
## AUF HOHEM FELSEN LIEG' ICH HIER

*(An Bertha Arndts)*

Auf hohem Felsen lieg' ich hier,
Der Krankheit Nebel über mir
Und unter mir der tiefe See
Mit seiner nächt'gen Klage Weh,
Mit seinem Jubel, seiner Lust,
Wenn buntgeschmückte Wimpel fliegen,
Mit seinem Dräun aus hohler Brust,
Wenn Sturm und Welle sich bekriegen.

Mir ist er gar ein trauter Freund,
Der mit mir lächelt, mit mir weint,
Ist, wenn er grünlich golden ruht,
Mir eine sanfte Zauberflut,
Aus deren tiefen, klaren Grund
Gestalten meines Lebens steigen,
Geliebte Augen, süßer Mund
Sich lächelnd winkend zu mir neigen.

Wie hab' ich gar so manche Nacht
Des Mondes Widerschein bewacht,
Die klare Bahn auf dunklem Grün,
Wo meiner Toten Schatten ziehn,
Wie manchen Tag den lichten Hang,
Bewegt von hüpfend leichten Schritten,

Auf dem mit leisem Geistergang
Meiner Lebend'gen Bilder glitten.

Und als *dein* Bild vorüber schwand,
Da streckte ich nach dir die Hand,
Und meiner Seele ward es weh,
Daß dir verborgen ihre Näh';
So nimm denn meine Lieder nun,
Sie sind aus tiefer Brust erklungen,
Laß sie an deinem Busen ruhn
Und denk, ich hab' sie dir gesungen.

## JOSEPH ANTON KRUSE
## LYRISCHE ERSATZGESPRÄCHE

Da scheint mir das Maß an Einsamkeit und Verlassenheit denn doch voll, selbst wenn es der Lyrik eigen sein sollte, besonders solche Gefühle krasser auf den Punkt zu bringen, als das im wirklichen Leben üblich ist: krank, in weiter Ferne und nebliger Höhe, nicht in der Lage, bei der vertrauten Busenfreundin sein zu können, sondern nur durch Verse eine Nähe stiftend, die obendrein vorher in der erinnernden Phantasie als sehr einseitige Vergegenwärtigung erlitten wurde. Das Lied von den zwei Königskindern, die nicht zueinander gelangen, hier von der Droste als Gelegenheitsstrophen bei Übersendung ihres Gedicht-Bandes neu erfunden, eben aus Mangel an Gelegenheit realer, leiblicher Begegnung.
Die Absenderin könnte einem leid tun, wäre nicht gerade das zerquälte Alleinsein, die tragische Rolle der Entrückten im hochgelegenen »grauen Schlosse«, wie es in einer Vorstufe zur ersten Zeile heißt, der sie offenbar befriedigende Grund für diese melancholische, aber ungemein wohlklingende Botschaft. Eine Brücke voll reicher Vokale, der Brückenschlag aus »tiefer Brust« der Dichterin zum ruhigen »Busen« der Freundin. Wird ein solcher Versuch die unterbrochene oder gar gestörte Kommunikation retten? Kann die Lektüre der Busengedichte die gemeinsame Rede, die zärtliche Geste ersetzen? Die Droste hat sehr vernehmlich aus der Not die sprechendste Tugend gemacht, indem sie Naturbilder zu Abbildern ihres Selbst-

gesprächs entwarf, eines Selbstgesprächs, das gleichzeitig den Umgang mit ihren Menschen, den Lebenden wie den Verstorbenen, bildet.

Und wie sie die Natur beschreibt und sich in ihr wiederentdeckt! Da ist die Droste ganz die erfahrene Beschwörerin eines lyrischen Präsens: der See mit seinen Tag- und Nachtfarben, mit »Klage« und »Jubel«, mit Lächeln und Weinen ist für sie das Spiegelkabinett ihrer Seele, ist ihr »Freund«, ist Archiv, Gedenkstätte und Begegnungszentrum aller Menschen, die ihr etwas bedeuten, ist sogar das erotisch anmutende Repertorium von deren Augen und Mündern.

Für die Empfängerin des Widmungsgedichtes muß allerdings dieses Bilderalbum aus wäßrigen Schattenrissen von Toten und unruhigen Reflexen der lebenden Freunde am »lichten Hang« irritierend gewesen sein. Denn die Grenze zwischen dem Reich des Todes und der Sphäre des Lebens wird trotz der jeweils zugewiesenen Tages- und Nachtzeit im gemeinsamen psychischen Element des grüngoldenen Sees durchlässig, ja überwunden. Die Gedichte als Gesprächs- und Besuchsersatz geraten zum Menetekel, wohl mahnend, aber nicht bedrohlich, sondern eher ein sanfter Hinweis auf unseren Bruder, den Tod. Der »tiefe See« und die »tiefe Brust« sind ein und dasselbe. In ihnen sind der »Toten Schatten« und das schwindende »Bild« der Freundin innig verschwistert.

Die Drostesche Form der Freundschaftserklärung muß andererseits jener Bertha Arndts, wenn sie denn die tatsächlich ausgemachte Adressatin ist, zur größten Genugtuung gereicht haben. Alle poetischen Schöpfungen werden zur Anrede an die Freundin erklärt, das lyrische Selbstgespräch zum Zwiegespräch ernannt – allerdings nur, wenn die lesende Freundin dazu bereit ist, die Früchte der Drosteschen Einsamkeit als individuelle Ansprache für sich gelten zu lassen. Die Dichterin will ihrer Leserin auf die Sprünge helfen: »Und denk, ich hab' sie dir gesungen.« Durch diese Bitte und Aufforderung erhält die merklich hilflos angehängte und wie nach schwacher Entschuldigung schmeckende letzte Strophe ihr ganz persönliches, sprödes Finale. Man kann es zugleich als allgemeine Belehrung von Lesern begreifen. Nur wenn wir die literarischen Texte als an uns gerichtete Botschaften anerkennen, als Briefe, die uns erreichen, nur dann ist es uns möglich, Dichtung und damit die Geheimnisse zwischen Himmel und Erde zu verstehen.

## ANNETTE VON DROSTE-HÜLSHOFF
## DAS SPIEGELBILD

Schaust du mich an aus dem Kristall,
Mit deiner Augen Nebelball,
Kometen gleich die im Verbleichen;
Mit Zügen, worin wunderlich
Zwei Seelen wie Spione sich
Umschleichen, ja, dann flüstre ich:
Phantom, du bist nicht meines Gleichen!

Bist nur entschlüpft der Träume Hut,
Zu eisen mir das warme Blut,
Die dunkle Locke mir zu blassen;
Und dennoch, dämmerndes Gesicht,
Drin seltsam spielt ein Doppellicht,
Trätest du vor, ich weiß es nicht,
Würd'ich dich lieben oder hassen?

Zu deiner Stirne Herrscherthron,
Wo die Gedanken leisten Fron
Wie Knechte, würd ich schüchtern blicken;
Doch von des Auges kaltem Glast,
Voll toten Lichts, gebrochen fast,
Gespenstig, würd, ein scheuer Gast,
Weit, weit ich meinen Schemel rücken.

Und was den Mund umspielt so lind,
So weich und hülflos wie ein Kind,

Das möcht in treue Hut ich bergen;
Und wieder, wenn er höhnend spielt,
Wie von gespanntem Bogen zielt,
Wenn leis' es durch die Züge wühlt,
Dann möcht ich fliehen wie vor Schergen.

Es ist gewiß, du bist nicht Ich,
Ein fremdes Dasein, dem ich mich
Wie Moses nahe, unbeschuhet,
Voll Kräfte die mir nicht bewußt,
Voll fremden Leides, fremder Lust;
Gnade mir Gott, wenn in der Brust
Mir schlummernd deine Seele ruhet!

Und dennoch fühl ich, wie verwandt,
Zu deinen Schauern mich gebannt,
Und Liebe muß der Furcht sich einen.
Ja, trätest aus Kristalles Rund,
Phantom, du lebend auf den Grund,
Nur leise zittern würd ich, und
Mich dunkt – ich würde um dich weinen!

## DIETER BORCHMEYER
## DAS ICH UND SEIN DOPPELGÄNGER

Heiner Müller pflegte gern den Witz zu erzählen: »Ein Mann geht morgens ins Bad, tritt vor den Spiegel und sagt: ›Kenn' ich nicht, wasch' ich nicht.‹« In Ferdinand Raimunds Zauberspiel »Der Alpenkönig und der Menschenfeind« erblickt der Misanthrop Rappelkopf sein Spiegelbild, und angewidert von dem Gesicht, das ihm da entgegenstarrt, zerschlägt er den Spiegel. Der sich selbst Betrachtende will sich in seinem Spiegelbild nicht erkennen. Ein Motiv, das in der Weltliteratur nicht selten wiederkehrt; aber kaum je hat ein Dichter seine Tiefe so ausgelotet, die Selbstspaltung in der Selbstbetrachtung abgründiger zum Ausdruck gebracht als Annette von Droste-Hülshoff. Die grauenvolle Erfahrung, in Traum, Halluzination oder Phantasie sich selbst als einem anderen, ja Fremden zu begegnen, zieht sich leitmotivisch durch ihre ganze Dichtung.

Es fällt oft schwer – gerade in einem so stark autobiographisch geprägten Werk –, das Lebens-Ich der Droste mit ihrem Dichter-Ich zu vermitteln. Da ist auf der einen Seite die katholische Landadlige, deren äußeres Leben sich ganz in den Schlössern ihrer Familie abspielt, weithin festgelegt durch die religiösen, karitativen und sonstigen sozialen Verpflichtungen eines unverheirateten adligen Fräuleins; nie begehrt sie ernsthaft gegen die Überlieferung ihres Glaubens und die Konventionen ihres Standes auf, ihre Dichtung bleibt das Werk von zusammengegeizten Nebenstunden.

Auf der anderen Seite aber diese Dichtung selber mit ihren weit in die Moderne vorausweisenden Kühnheiten, Finsternissen und existentiellen Grenzerfahrungen. Nichts bezeichnender für die Droste als ihr Zyklus »Geistliches Jahr«, der, als fromme Gelegenheitsdichtung begonnen, sich immer tiefer in die radikale Selbstbefragung einer zerquälten Seele verstrickt, die sich grauend am Abgrund des Nichts stehen sieht.

Das Grauen vor sich selbst ist auch das Thema ihres Gedichts »Das Spiegelbild«. Das lyrische Ich will nicht wahrhaben, daß das unheimliche Gegenüber mit seinen kometenhaften Augen und den von tiefer Selbstwidersprüchlichkeit geprägten Gesichtszügen – den faustischen »zwei Seelen«, die sich wechselseitig ausspionieren, der Doppelheit von Herrscherkälte und kindlicher Weichheit – etwas anderes ist als ein Phantom, alptraumhafte Projektion, ein Nachtmahr, der wie in der Drosteschen Ballade »Der Graue« einen jungen Menschen in einer Nacht in einen weißhaarigen Greis verwandeln kann.

Und doch ist dieses bezweifelte Ich im Spiegel, dieses »fremde Dasein« mit seinen Gemütsabgründen, die das betrachtende Ich in sein Unterbewußtsein hinabdrängt, nicht nur ein *Mysterium tremendum*, vor dem es entsetzt fliehen möchte, sondern auch ein *Mysterium fascinosum*, zu dem es sich liebend hingebannt fühlt, das gewissermaßen wie der Engel spricht: »Fürchte dich nicht!«

Diese Assoziation ist durchaus angebracht, denn das Eigentümliche, Befremdliche an diesem Gedicht ist ja, daß es das Spiegel-Ich mit den Attributen des Heiligen, den beiden Erscheinungs- und Wirkungsweisen des Numinosen – Schauder und Liebe – ausstattet, es gar zu Jahwe im brennenden Dornbusch steigert, vor dem das betrachtende Ich wie Moses zum Zeichen der Ehrfurcht die Schuhe ablegt. Noch befremdlicher: Das andere Ich verwandelt sich in einen Dämon, dessen Seele zu besitzen für das lyrische Ich ein so grauenvoller Gedanke ist, daß es angstvoll um Gnade ruft. Es würde um den verlorenen Gnadenstand dieses »Phantoms« weinen, träte es als Doppelgänger aus dem Spiegel ins wirkliche Leben.

Das Spiegel-Ich ist ein gefallener Engel – und der gefallene Engel ist der moderne Dichter: der *poète maudit*. Das fromme Edelfräulein mit der Seele Luzifers, das ist der tiefe Riß durch ihr Wesen, den Annette von Droste-Hülshoff im »Spiegelbild« schaudernd erahnt und doch nicht in ihr Selbstbildnis aufnehmen will.

## ANNETTE VON DROSTE-HÜLSHOFF
## DIE STEPPE

Standest du je am Strande,
Wenn Tag und Nacht sich gleichen,
Und sahst aus Lehm und Sande
Die Regenrinnen schleichen –
Zahllose Schmugglerquellen,
Und dann, so weit das Auge
Nur reicht, des Meeres Wellen
Gefärbt mit gelber Lauge? –

Hier ist die Dün' und drunten
Das Meer; Kanonen gleichend
Stehn Schäferkarren, die Lunten
Verlöscht am Boden streichend.
Gilts etwa dem Korsaren
Im flatternden Kaftane,
Den dort ich kann gewahren
Im gelben Ozeane?

Er scheint das Tau zu schlagen,
Sein Schiff verdeckt die Düne,
Doch sieht den Mast man ragen,
Ein dürrer Fichtenhüne;
Von seines Toppes Kunkel
Die Seile stramm wie Äste,
Der Mastkorb, rauh und dunkel,
Gleicht einem Weihenneste!

## WOLFGANG KOEPPEN
## SCHON DAS WÜSTE LAND

In den Augen der Annette von Droste-Hülshoff, so auf dem Gemälde von Johannes Sprick oder ihrem Jugendporträt von Oppermann, war immer ihr Spiegelbild, das Phantom, vor dem sie erschrak, sie selbst, die sie faszinierte, eine Besessene, gegen deren Dämon sie aufbegehrte, die Dichterin, die sich, uradlig, erzkatholisch, standesbewußt, strenggläubig, immerfort bespiegelte und nicht begriff. Sie dichtet: »Mich dünkt – ich würde um dich weinen!«

Ihre weit aufgerissenen, die Welt einladenden, saugenden, nie herausfordernden Augen wirken wie blind, das Schauen, das Staunen, das Entsetzen ist nach innen gerichtet. Herkunft und Sitte bestimmten die Freiin zur Ehe oder zur eingeschränkten, frömmelnden Existenz eines Stiftfräuleins. Die Poesie in ihr verwandelte sie aber aus einem demütigen in ein männliches Wesen, geheimnisvoll kräftig und völlig vereinsamt. Sie konnte sich nur noch schreibend den Menschen mitteilen, in ihren Gedichten, ihrer beispielhaften deutschen Prosa, in der »Judenbuche« Kleist ebenbürtig, in den ungehobenen Schätzen ihrer Briefe an unbedeutende Zeitgenossen.

Sie mochte die Literatur ihrer Generation nicht. Die Literaten wollten Gott absetzen und die gute Ordnung auf den Kopf stellen. Das schmerzte die Annette sehr. Sie fürchtete die Welt und war in ihrem Kopf so verführt, daß sie sich hineinstürzen wollte. Die Phantasien blühten.

»Meine Lieblingsgegenden sind Spanien, Italien, China, Amerika, Afrika, dahingegen die Schweiz und Otaheite, diese Paradiese, auf mich wenig Eindruck machen.« Das teilte die Zwanzigjährige, aus der Heimat, der Adelsclique, dem Kirchspiel nicht hinausgekommen, einem alten Professor in Münster mit.
Reifer geworden, bewohnte sie, zurückgezogen, drei Zimmer in der Meersburg am Bodensee. Die Burg gehörte einem Verwandten. So kam die nicht zur Ehe Geführte da hin. Sie nannte die Räume ihrer Eremitage »die Spiegelei«. Das Außen und das Innen wiederholten sich im Glas der Fenster und Spiegel und verschmolzen unentwirrbar im Spiel des Lichts. Annette von Droste-Hülshoff blickte auf sich und den See mit ihren großen, wie erstarrten Augen.
Das Wasser blieb nicht der Bodensee, kein Binnenmeer, es war der Ozean, »gefärbt mit gelber Lauge«. Es ist keine friedliche, bukolische oder romantische Landschaft; sie ist schon gestört. Um Seelenfrieden ringt zwar noch das Gedicht; doch sicher vergebens. Kanonen stehen in den Dünen, wachsen aus Schäferkarren, dem Harmlosesten, Lunten, alles in Brand zu setzen, schleichen am Boden, und ach, es ist gar nicht Meer und Ferne, es ist die Heimat, die westfälische Heide, die sich gegen den Korsaren »im flatternden Kaftane« wehren muß, allein von ihr, Annette, so bedrohlich nah schon erkannt »im gelben Ozeane«. Sie nennt die Angst »Die Steppe«. Das Meer, die Heide wären zu freundliche Titel gewesen für diese Vision.
Versteppung sah die Dichterin kommen, schon vor beinahe zweihundert Jahren »The Waste Land«, das wüste Land. Allein noch Raubvögel hausen in zerfallenen Spinnrocken.
Die Droste, das war nicht die Löwen- und Giraffenballade

des Ferdinand Freiligrath. Der war im »Bund der Kommunisten« gewesen, doch Lehrer und Schüler liebten seine Exotik heiß. Annette von Droste-Hülshoff hat nie gewagt, das Wort Revolution auch nur zu denken. Aber ihre Lyrik hatte schon die Farben des Delacroix und zugleich den artistischen Kniff, das starke Rot verblassen zu lassen zu nichts. Darum erschrecken die Lehrer und Schüler beim Lesen solcher Gedichte und stecken den Kopf in den Sand, der zu Hause und nicht in der fernen Wüste liegt.

## ANNETTE VON DROSTE-HÜLSHOFF
## DIE TAXUSWAND

Ich stehe gern vor dir,
Du Fläche schwarz und rauh,
Du schartiges Visier
Vor meines Liebsten Brau,
Gern mag ich vor dir stehen,
Wie vor grundiertem Tuch,
Und drübergleiten sehen
Den bleichen Krönungszug;

Als mein die Krone hier,
Von Händen, die nun kalt;
Als man gesungen mir
In Weisen, die nun alt;
Vorhang am Heiligtume,
Mein Paradiesestor,
Dahinter alles Blume,
Und alles Dorn davor!

Denn jenseits weiß ich sie,
Die grüne Gartenbank,
Wo ich das Leben früh
Mit glühen Lippen trank,
Als mich mein Haar umwallte
Noch golden wie ein Strahl,
Als noch mein Ruf erschallte,
Ein Hornstoß, durch das Tal.

Das zarte Efeureis,
So Liebe pflegte dort,
Sechs Schritte – und ich weiß,
Ich weiß dann, daß es fort.
So will ich immer schleichen
Nur an dein dunkles Tuch
Und achtzehn Jahre streichen
Aus meinem Lebensbuch.

Du starrtest damals schon
So düster treu wie heut,
Du, unsrer Liebe Thron
Und Wächter manche Zeit;
Man sagt, daß Schlaf, ein schlimmer,
Dir aus den Nadeln raucht –
Ach, wacher war ich nimmer,
Als rings von dir umhaucht!

Nun aber bin ich matt
Und möcht an deinem Saum
Vergleiten wie ein Blatt,
Geweht vom nächsten Baum;
Du lockst mich wie ein Hafen,
Wo alle Stürme stumm:
Oh, schlafen möcht ich, schlafen,
Bis meine Zeit herum!

## ULLA HAHN
## AUF DER SEITE DES GESTERN

Wie an der Klagemauer steht die Dichterin bei der Eibenhecke und begrüßt sie als Zeugin, als Mitwisserin um Erlebnisse vergangener Tage. Doch dieses Gedicht ist kein elegischer Rückblick, der das Vergangene vergegenwärtigt, um es noch einmal genießen zu können. »Und was verschwand, wird mir zu Wirklichkeiten«, hatte sich Goethe in der »Zueignung« noch trösten können.

Nichts davon hier. »Die Taxuswand« ist ein Gedicht über die Zeit. Der Ort ruft das Erlebnis der Zeit hervor, Raum wird zur Zeit. Doch ist er nicht dreidimensional, keine Halle, kein Garten, und die Zeit wird auch nicht als fließende Bewegung wahrgenommen. Auf den grausamen Gegensatz von Jetzt und Vorbei ist die Zeit reduziert, der Raum auf eine Wand. Als scharfer schwarzer Trennschnitt steht sie da, undurchdringlich, keine Hecke wie vor Dornröschens Märchenschloß.

Die Taxuswand ist die Zeitmauer, die gestern von heute scheidet, die Jugend vom Alter. Vorbei ist vorbei. Das Vergangene wird nicht wieder lebendig, es bleibt als Vergangenes schmerzlich bewußt. Alle Verben der Erinnerung stehen in der Vergangenheitsform, alle Bewegung, innere und äußere, ist abgeschlossen. Erinnerungen aber, denen der Gedanke des Vergangenen, des einstmals Wirklichen, des Verlustes immer schon innewohnt, sind leere Erinnerungen, tot. Wie mit einem Leichengift infizieren sie die Gegenwart und versperren den Blick in die Zukunft. In der Gegenwart steht das Ich reglos und starr wie die Wand, die es von der bewegten Vergangenheit trennt. Es stellt sich tot.

Aus dieser Erstarrung bricht der Wunsch hervor, die Zeit zum Einsturz zu bringen, sie zusammenstürzen zu lassen wie ein »schwarzes Loch«: *Und achtzehn Jahre streichen / Aus meinem Lebensbuch* – ein ewiger Traum der Menschheit. Streicht man die Zahl, streicht man vergangene Zeit, sagt Platon im Timaios.

Warum achtzehn Jahre? Das Entstehungsjahr des Gedichts ist nicht dokumentiert, die achtzehn Jahre legen jedoch nahe, daß es um 1840 geschrieben wurde, in jener glücklichen Zeitspanne, als Leben und Schreiben für die Droste zusammenfielen, als sie einmal »sein statt gelten« durfte: in der Nähe eines geliebten Menschen, des Sohnes ihrer verstorbenen Freundin, Lewin Schücking. Nun wagt sie es, eine alte, noch immer schmerzende Wunde zu schließen. Durch ein Mißverständnis, das in den erzkatholischen, adligen Kreisen der Droste allerdings als Skandal angesehen worden war, hatte sie einst ihre Jugendliebe verloren und damit auch jede Aussicht auf eine Heirat. Jetzt muß sie erkennen: Von der Seligkeit der alten Liebe trennt sie fast soviel Zeit wie vom Geburtstag des jungen Freundes: achtzehn Jahre. Die Droste ist etwa Mitte Vierzig, als sie dieses Gedicht schreibt, der siebenundzwanzigjährige Schücking nennt sie »Mütterchen«. Doppelt schwer wiegt die verlorene Zeit, lasten die Jahre.

Bleibt nur, sich der Zeit zu entziehen, jeden Widerstand, jede Selbstbehauptung – »Ich stehe gern«, »Gern mag ich stehen« – aufzugeben, um sich im Vegetativen aufzulösen, »vergleiten wie ein Blatt« – und »schlafen« bis zur endgültigen Erstarrung in Zeitlosigkeit, im Tod. Zukünftige Zeit ist zukunftslose Zeit, gewünschte Zeit ist gelöschte Zeit.

Doch die Verzweiflung gilt wohl nicht nur individuellem Verlust. Die Epoche, in der ihre Gesellschaftsschicht den Ton angab, geht zu Ende, auch das hat die Droste gespürt. Kein Zweifel, daß die »Blume« des standesbewußten, konservativen Edelfräuleins auf der Seite des Gestern blühte. Als Künstlerin aber läßt sie weder Kompromisse noch Illusionen zu. Zeit wird als Katastrophe erlebt, Vergänglichkeiten als Verhängnis, mit dem kein klassisches »ewiges Gesetz« mehr noch christliche Verheißung eines besseren Lebens über den Wolken versöhnt. Die Verzweiflung bleibt nackt. Einige wenige Gedichte wie dieses haben die »Droste« gemacht.

## ANNETTE VON DROSTE-HÜLSHOFF
## GUTEN WILLENS UNGESCHICK

Du scheuchst den frommen Freund von mir,
Weil krank ich sei und sehr bewegt,
Mein hell und blühend Lustrevier
Hast du mit Dornen mir umhegt;
Wohl weiß ich, daß der Wille rein,
Daß eure Sorge immer wach,
Doch was ihn labt, was hindert, ach,
Ein Jeder weiß es nur allein.

Ich denke, wie ich einstens saß
An eines Hügels schroffem Rain,
Und sah ein schönes Kind, das las
Sich Schneckenhäuschen im Gestein;
Dann glitt es aus, ich sprang hinzu,
Es hatte sich am Strauch gedrückt;
Ich griff es an gar ungeschickt,
Und abwärts rollte es im Nu;

Auf hob ich es, das weinend lag,
Und grimmig weinend um sich fuhr,
Und freilich, was es stieß vom Hag,
Mein schlimmes Helfen war es nur. –
Und an der Klippe stand ich auch,
Bei Vogelbrut mit Flaumenhaar,
Und drüber pfiff wie ein Korsar
Eine Weihe hoch im Nebelrauch.

Nun blitzte wie ein Strahl heran
Und immer näher schoß der Weih,
Ich schwang das Tuch, den Mantel dann,
Die jungen Vögel duckten scheu;
Und aufwärts funkelnd, angstgepreßt,
Wie Marder pfiffen sie so klar;
Da ward mir endlich offenbar,
Dies sei des Weihen eignes Nest.

So hab' ich hundertmal gefühlt,
Und tausendmal hab' ich gesehn,
Daß Nichts so hart am Herzen wühlt
Wo seine tiefsten Adern gehn,
Als – zürne nicht, die Lippen drück'
Ich sühnend auf der Lippen Rand –
Als eine liebe rasche Hand
In guten Willens Ungeschick.

## JÜRGEN JACOBS
## ZUR WOHLTAT GEHÖRT DER TAKT

Oft zu hören ist der aus Ovids Elegien stammende Spruch, daß der gute Wille auch dann zu loben sei, wenn ihm die Kräfte zur handelnden Verwirklichung seiner Absichten fehlen. Nicht weniger wahr, aber nicht ganz so verbreitet ist der Gedanke, daß der gute Wille, auch wenn er zur Tat findet, nicht selten Unheil anrichtet, weil er die Zusammenhänge, in die er eingreift, nicht übersieht oder weil er sich in blindem Eifer über die Freiheit anderer hinwegsetzt. Goethe hat diese Erfahrung in der denkwürdigen Figur des Mittler aus den »Wahlverwandtschaften« geschildert. Dieser von guten Absichten strotzende Mensch, ein ehemaliger Geistlicher, hat die Gewohnheit, »in keinem Hause zu verweilen, wo nichts zu schlichten und nichts zu helfen wäre«. Aber in der Geschichte von Goethes Roman führt dieser ungebetene Friedensstifter und Wohltäter mit seinem Übereifer und seiner Plumpheit immer nur die fatalsten Situationen herbei.

Von solchem Fehlgehen frommer Absichten handelt auch das Gedicht der Droste über das »Ungeschick« des guten Willens. Es geht aus von einer einfachen Lebenssituation: Da liegt einer krank darnieder, und wohlmeinende Angehörige halten Besuch fern, um den Leidenden vor Störung zu bewahren. Doch dieser empfindet die Fürsorge als Bevormundung und als Abtrennung von Menschen, deren Umgang ihm wichtig wäre. Dies ist ein Beispiel für die Ungeschicklichkeit, die Blindheit des guten Willens, dem das Ich, das sich hier lyrisch ausspricht, analoge Fälle aus der eigenen Erfahrung anfügt: Beim Versuch, ein Kind vor einem Unfall zu bewahren, hat es mit seinem »schlimmen Helfen« die Gefahr nur vergrößert; und als es ein Nest mit jungen Vögeln vor dem Angriff eines Raubvogels schützen wollte, hat es nur das Muttertier von seiner Brut ferngehalten.

Zwar ist die Kritik an den fürsorglichen Bewachern des Krankenbettes dadurch gemildert, daß deren Fehler sich auch im eigenen früheren Handeln entdecken läßt. Aber in der letzten Strophe des Gedichts wird dann doch mit erstaunlicher Entschiedenheit, ja fast mit Bitterkeit festgestellt, *Daß Nichts so hart am Herzen wühlt / ... Als eine liebe rasche Hand / In guten Willens Ungeschick.* Eine solche Erfahrung verursacht deshalb Ärger und ein Gefühl der Hilflosigkeit, weil man sich gegen die auf linkische Weise gutgemeinten Taten kaum auflehnen kann. Denn ihre edlen Motive entziehen die schlimmen Helfer doch aller Kritik, ja sie fordern noch Dankbarkeit.

Der von der Droste lyrisch formulierte Gedanke legt eine Modifizierung von Kants Ausspruch nahe, es sei »überall nichts in der Welt, ja überhaupt auch außer derselben zu denken möglich, was ohne Einschränkung für gut könnte gehalten werden, als allein ein guter Wille«. Ein solcher Satz mag in einer »Metaphysik der Sitten« seinen Platz haben. Aber in der Wirklichkeit unserer alltäglichen Erfahrung, das heißt in den prekären, der Gefahr des Mißverständnisses ausgelieferten Verhältnissen, in denen die Menschen miteinander leben müssen, erweisen sich die Wirkungen auch des besten Willens keineswegs immer als segensreich. Ja es kann sich zeigen, daß gerade die nach ihrem eigenen Empfinden durchaus guten Menschen in der

Selbstgewißheit ihrer moralischen Unanfechtbarkeit bisweilen schlimmes Unheil anrichten.

Was das Gedicht diskreterweise nicht mehr ausspricht, was es aber dem Leser nahelegt, ist der zu Unaufdringlichkeit und Selbstzweifel mahnende Gedanke, daß zur Wohltat auch der Takt gehört, mit dem sie erwiesen wird, und daß der gute Wille allein noch nicht garantieren kann, daß sich das Gute auch realisiert. Das ändert allerdings nichts daran, daß ohne den guten Willen das Gute nie zustande käme.

## ANNETTE VON DROSTE-HÜLSHOFF
## IM GRASE

Süße Ruh, süßer Taumel im Gras,
Von des Krautes Arome umhaucht,
Tiefe Flut, tief tief trunkne Flut,
Wenn die Wolk am Azure verraucht,
Wenn aufs müde, schwimmende Haupt
Süßes Lachen gaukelt herab,
Liebe Stimme säuselt und träuft
Wie die Lindenblüt auf ein Grab.

Wenn im Busen die Toten dann,
Jede Leiche sich streckt und regt,
Leise, leise den Odem zieht,
Die geschloßne Wimper bewegt,
Tote Lieb, tote Lust, tote Zeit,
All die Schätze, im Schutt verwühlt,
Sich berühren mit schüchternem Klang
Gleich den Glöckchen, vom Winde umspielt.

Stunden, flüchtger ihr als der Kuß
Eines Strahls auf den trauernden See,
Als des ziehenden Vogels Lied,
Das mir nieder perlt aus der Höh,
Als des schillernden Käfers Blitz,
Wenn den Sonnenpfad er durcheilt,
Als der heiße Druck einer Hand,
Die zum letzten Male verweilt.

Dennoch, Himmel, immer mir nur
Dieses eine mir: für das Lied
Jedes freien Vogels im Blau
Eine Seele, die mit ihm zieht,
Nur für jeden kärglichen Strahl
Meinen farbig schillernden Saum,
Jeder warmen Hand meinen Druck,
Und für jedes Glück meinen Traum.

## GÜNTER BLÖCKER
## LIEBE, LUST UND ZEIT

Es beginnt ganz diesseitig mit einem tiefen, beinahe wollüstigen Seufzer, mit dem entspannten Ausatmen und seligen Gliederstrecken eines Menschen, der sich – und sei es auch nur für Augenblicke – eins weiß mit der Natur. Wer ruhevoll im Grase ausgestreckt liegt, lebt in einer anderen Dimension. Düfte schlagen über ihm zusammen, eine Art Betäubung ergreift von ihm Besitz, die Welt verschwimmt.

Immer wieder hat man bewundert, mit welcher Sicherheit die Droste das Konkrete benennt und ihm gleichzeitig eine poetische Aura zu geben versteht. Allein schon die Wendung »Von des Krautes Arome umhaucht« mit der unverkennbar narkotischen Qualität des Terminus »Arom« macht das überwältigend deutlich. In dieser Eingangsstrophe wird der »süße Taumel« der vorbehaltlosen Hingabe an das Natürliche, des Versinkens in ihm zum lyrischen Ereignis – sinnennah und spirituell zugleich. Die Sprache geht in sanften Stößen, in Wellen über uns hin.

Indes, das bukolische Glück wird durch ein unerwartetes Wort getrübt, das Wort »Grab«, mit dem die Strophe überraschend und in scheinbarem Widerspruch zu sich selbst schließt. In Wahrheit ist auch dies konsequent aus der Situation und ihrer besonderen Perspektive entwikkelt. Das Dichter-Ich scheint der Erde entrückt, aber es ist ihr auch näher. Nur eine dünne Schicht trennt es vom Unterirdischen: oben die Wolke, die »am Azure verraucht«, unten das Raunen der Verstorbenen, ihr Anspruch an uns. Die Preisgegebenheit des im Grase hingestreckten sterblichen Menschen gibt ihnen neue Macht, sie kehren ins Bewußtsein der Oberwelt zurück (»Wenn im Busen die Toten dann ...«) und erfüllen es mit dem Schmerz des Unwiederbringlichen.

Diese Erfahrung, die mit dem schneidenden »Tote Lieb, tote Lust, tote Zeit« in der Mitte der zweiten Strophe charakteristische Schärfe erlangt, wird in der dritten gedanklich weitergeführt. Doch wie stets bei der Droste kommt das Gedankliche aus der Intensität der sinnlichen Wahrnehmung. Die Flüchtigkeit von Liebe, Lust und Zeit wird gemessen an anderen Flüchtigkeiten, die im Vergleich dazu den Anschein der Dauer haben: an einem jähen Sonnenstrahl, »eines schillernden Käfers Blitz«, einem letzten Händedruck.

Damit ist der Übergang zur menschlichen Sphäre hergestellt. Für die Droste selbst freilich bedurfte es solcher Ausdrücklichkeit kaum. In ihrem Weltverständnis sind menschliche und außermenschliche Wirklichkeit zauberisch ineinander verwoben. Aus diesem Einssein gewinnt die letzte Strophe, die wie die vorangegangenen aus einem einzigen großbogigen Satzfragment besteht, Aufschwung und Hoffnung. Vogelflug und Himmelslicht sollen, so bittet die Dichterin, für immer mehr sein als bloße Naturphänomene, nämlich Beweger auch unseres Inneren, Seelenereignisse.

In dieser gebethaften Hinwendung wird der religiöse Untergrund der Drosteschen Lyrik erkennbar. Doch anders als in manchen ihrer geistlichen Gedichte ist hier nichts von Glaubensnot, kein verzagtes »Herr, gib mir, daß ich sehe!«, sondern die Gewißheit, in den Dingen selbst Geborgenheit zu finden. Jeder »kärgliche Strahl« kann ein Anruf des Glücks sein, und der Traum, der es begleitet, hat seinen Ursprung im Irdischen, in einer der Wirklichkeit zugeneigten Frömmigkeit, von der diese Verse in ihrer eigentümlichen Verschränkung von Herbheit und Überschwang lebendiges Zeugnis ablegen.

## ANNETTE VON DROSTE-HÜLSHOFF
## LOCKE NICHT

Locke nicht, du Strahl aus der Höh',
Noch lebt des Prometheus Geier,
Stille, still, du buhlender See,
Noch wachen die Ungeheuer
Neben deines Hortes kristallnem Schrein,
Senk die Hand, mein fürstlicher Zecher,
Dort drunten bleicht das morsche Gebein
Des, der getaucht nach dem Becher.

Und du, flatternder Fadenstrauß,
Du der Distel mystische Rose,
Strecke nicht deine Fäden aus
Mich umschlingend so lind und lose,
Flüstern oft hör' ich dein Würmlein klein,
Das dir heilend im Schoß mag weilen,
Ach, soll ich denn die Rose sein,
Die zernagte, um andre zu heilen?

## WILHELM GÖSSMANN
## DER DISTEL MYSTISCHE ROSE

Wem kommen nicht beim Lesen eines Gedichts Einfälle? Die Dichterin Annette von Droste-Hülshoff gibt sie in diesem Gedicht-Fragment (1844) in der ersten Strophe selbst: Anspielungen auf Goethe, Schiller und den Nibelungenstoff. Es sind Bilder poetischer Anmaßung und einer moralischen Desillusionierung. Diese Strophe erscheint mir jedoch nur wie ein germanistisches Vorspiel, das ich, wenn ich an dieses Gedicht denke, immer vergesse.

Anders die darauf folgenden Verse. Sie haben mein eigenes Dichtungsverständnis seit der Studienzeit entscheidend mitgeprägt. Literatur, Kunst, Dichtung – als heilende Kraft. Meist verschlinge ich mich selbst in den Fängen der Algengewächse, die unter die Wasseroberfläche ziehen und die Vorstellungen nicht mehr loslassen. Im Augenblick der Freude über die Blüte, die blüht, wo man es nicht erwartet, kommt es zu der unheimlichen Feststellung, daß in ihr eine kleine Raupe schlummert, die die Rose zernagt.

Das aus der Natur übernommene Phänomen, es soll solche Distelblüten geben, umgewandelt in eine vegetative Metapher, macht Mühe, zu erschließen. Fadenstrauß und Blüte stehen in verschiedenen Gedichten der Droste für die Bedeutung der Poesie. Hier ist dieses Bild mit dem Tod und Zerstörung ankündigenden Bild des Wurmes in Beziehung gebracht. »An solcher Blüte, o warum der

Wurm«, fragt die Droste in einem späteren Gedicht (»Im Keim des Daseins ...«). Das Schönste, das die Dichterin kennt, die aufgeblühte Blume, fällt der Zerstörung anheim, und sie, die das Schönste hervorbringen kann, das Gedicht, spürt die Paradoxie.

Nicht das Gesunde, nicht schon das poetisch Schöne gibt eine vollkommene Auskunft über unser Dasein, sondern erst die Erfahrung der Vergänglichkeit von allem Lebendigen. Nicht die romantische Verschmelzung mit der Natur, sondern die Rückverwiesenheit auf die eigene Person führt zur Heilung. Heilung ist Illusionszerstörung, der Verweis auf eine Gnade oder innere Kraft, die es ermöglicht, die Todesgefährdung und Vergänglichkeit anzunehmen und mit dieser Einsicht glücklich leben zu können. Erotik schwingt in das Verständnis des Schönen ein, weibliche Erotik durch das Bild des Schoßes für das Innerste der Rose. Die zweite Strophe wird getragen von einem weiblichen lyrischen Ich, das die selbsterschaffene vielbezügliche vegetative Metapher anzusprechen wagt und darin einkehrt wie in ein »Schneckenhäuschen«. Die Medizin der Dichterin ist Poesie und die darin sich vollziehende Reflexion. Eine solche Poesie redet nicht laut, sie flüstert, sagt leise, worum es im Grunde geht: eine Naturmystik, der sich das Gedicht in einer einprägsamen Meditation nähert. Wie in dem berühmten Gedicht »Im Grase« wird auch in der Strophe mit dem Bild der mystischen Rose die Naturtrunkenheit aufgeschreckt von Vergänglichkeitssymbolen. Das Rollen-Ich des Dichters (die Droste spricht noch maskulin) wird von der Dichterin reflektiert. Sie mystifiziert sich nicht selbst.

## HEINRICH HEINE
## AN DIE JUNGEN

Laß dich nicht kirren, laß dich nicht wirren
Durch goldne Äpfel in deinem Lauf!
Die Schwerter klirren, die Pfeile schwirren,
Doch halten sie nicht den Helden auf.

Ein kühnes Beginnen ist halbes Gewinnen,
Ein Alexander erbeutet die Welt!
Kein langes Besinnen! die Königinnen
Erwarten schon kniend den Sieger im Zelt.

Wir wagen, wir werben! besteigen als Erben
Des alten Darius Bett und Thron.
O süßes Verderben! o blühendes Sterben!
Berauschter Triumphtod zu Babylon!

## WERNER ROSS
## DER BITTERE GESCHMACK DES TRIUMPHS

Dieses Gedicht ist nicht im Heineton, in einem der Heinetöne, geschrieben. Es stößt stürmisch vor, fanfarenschmetternd, die End- und Binnenreime wirken wie schnelles rhythmisches Beifallklatschen. Furios und glorios wird zur Welteroberung geschritten, und zur Welt als einem eher unverdaulichen Objekt gesellen sich die Frauen, nichts Geringeres als Königinnen, gleich mehrere, kniend, wie sich's gehört. Krieg wird noch auf altertümliche Weise geführt, mit Schwert und Pfeil, und es gibt einen wirklichen Helden, der heißt Alexander und hat tatsächlich mit dreißig ein gewaltiges Stück Welt im Sturm genommen.

Aber Heine meint nicht Alexander. Das Gedicht ist ein Aufruf zu frischer Eroberungstat, es ist ja überschrieben »An die Jungen«. In der ersten Strophe ist es an einen einzelnen gerichtet, den neuen Alexander offenbar, in der dritten spricht eine Mehrzahl, die Schar, die mit dem Eroberer die Beute teilt.

Wir ahnen, wer der Held ist, der da so siegessicher vorprescht. Heine war alt, krank und müde, als er dieses Gedicht schrieb. Es erschien zuerst 1847 und wurde dann in den »Romanzero« aufgenommen, in das zweite Buch, das »Lamentationen« betitelt und also keineswegs für Triumphgesänge geeignet ist.

Im Jahr 1846 war Ferdinand Lassal, der sich alsbald in Lassalle umbenannte, nach Paris gekommen und hatte mit

Heine Freundschaft geschlossen. Lassalle hatte Hegel gelesen und seinem Vater mitgeteilt, daß er sich nun in seiner dritten Phase befinde, die ihn zur sich selbst erfassenden Vernunft, »d.h. zum selbstbewußten Gott« gemacht habe. Heine bewunderte den jungen Mann, er sah in ihm den Vertreter eines neuen Zeitalters, das »nichts von jener Entsagung und Bescheidenheit wissen will, womit wir uns mehr oder weniger heuchlerisch in unserer Zeit hindurchgelungert und hindurchgefaselt ...«

Lassalle war der Sieger und machte kein Hehl daraus. Er, der Itzig (so nannte ihn Karl Marx), hatte die Gräfin Hatzfeldt, eine Dame aus fürstlichem Geblüt, erobert, beinahe eine Königin. Als er später in vollbesetzten Sälen für seine Partei agitierte, meinte er, »so müsse es bei der Stiftung neuer Religionen ausgesehen haben«. Die Freundschaft zerschlug sich bald, denn Lassalle erwartete von Heine Vasallendienste.

Wenn das Gedicht ihn meint (vielleicht auch noch Karl Marx, der es ja auch nicht unter hohem Adel tat), dann ist dieser lyrische Siegeslauf mit Bitterkeit unterlegt. Heine, der Emigrant, Heine, der Trommler ohne Armee, Heine, der zu Tode Verwundete – und an ihm vorbei marschieren nun die Bataillone der neuen Zeit, an ihrer Spitze der junge Jude aus Breslau, dem der Vater das Geld nachwirft, der rauschende Champagner-Soireen veranstaltet. Darum ist dieses Heldenlied ganz auf die Schlußpointe hin angelegt, die im gleichen Rhythmus, als ginge es mit dem Siegen immer so weiter, mit den gleichen gleißenden Vokabeln, mit »süß« und »blühend«, den Sturz, das Ende beschreibt: »Berauschter Triumphtod zu Babylon!«

Heine kann nicht umhin, sich und die anderen an jene Ballade zu erinnern, die er schon mit sechzehn, den Klang der

Synagogengesänge noch im Ohr, gedichtet hatte, von dem gotteslästerlichen König Belsazar. In den Rausch der Sieger-Überheblichkeit tritt unbemerkt und unvermittelt der Tod. Heine hat aus Triumph und Tod *ein* Wort gemacht. Wenn er Lassalle meint: Was für eine Prophezeiung! Was für ein genauer Bezug zur angemaßten Göttlichkeit! Heine konnte nicht mehr erfahren, daß Lassalle mit neununddreißig starb, nicht sehr viel älter als Alexander, im Duell für eine seiner adligen Damen.

Zur Zeit der Freundschaftsblüte schrieb Heine an Lassalle: »Wohl haben Sie das Recht, frech zu sein ... In Vergleichung mit Ihnen bin ich doch nur eine bescheidene Fliege.« Aber diese Fliege summt noch immer; Lassalle mit zwölf Bänden gesammelter Schriften und Reden ist ziemlich tot.

## HEINRICH HEINE
## AN EINEN EHEMALIGEN GOETHEANER
(1832)

Hast du wirklich dich erhoben
Aus dem müßig kalten Dunstkreis,
Womit einst der kluge Kunstgreis
Dich von Weimar aus umwoben?

Gnügt dir nicht mehr die Bekanntschaft
Seiner Klärchen, seiner Gretchen?
Fliehst du Serlos keusche Mädchen
Und Ottiliens Wahlverwandtschaft?

Nur Germanien willst du dienen,
Und mit Mignon ists vorbei heut,
Und du strebst nach größrer Freiheit
Als du fandest bei Philinen?

Für des Volkes Oberhoheit
Lünebürgertümlich kämpfst du,
Und mit kühnen Worten dämpfst du
Der Despoten Bundesroheit!

In der Fern hör ich mit Freude,
Wie man voll von deinem Lob ist,
Und wie du der Mirabeau bist
Von der Lüneburger Heide!

## HANSPETER BRODE
## MIT GOETHE DEMOKRATISCH WERDEN

Das Gedicht entstand im August 1832, also fünf Monate nach Goethes Tod, und es bezeichnet den Riß, der im Gefolge dieses Ereignisses ideen- und literaturgeschichtlich in Deutschland eintritt. Heinrich Heine, dessen politische Anschauungen durch die Pariser Julirevolution von 1830 endgültig Profil gewannen, hat häufig vom »Ende der Kunstperiode« gesprochen und daran die Forderung geknüpft, der Schriftsteller müsse sich dem Tagesgeschehen zuwenden. In bewußter Abkehr von der Goethezeit macht Heine hier Ernst mit seinem Programm.

Vordergründig richten sich diese Strophen gegen einen Studienfreund aus gemeinsamen Göttinger Universitätsjahren. Dieser hat sich nunmehr ins politische Geschäft geworfen und leistet (als Mitglied der zweiten Kammer zu Lüneburg) seinen Beitrag im Kampf gegen Monarchen und Duodezfürsten des Deutschen Bundes. Aber Heine, obgleich selbst Anhänger des demokratischen Gedankens, hält nichts davon. Er weilt 1832 bereits »in der Fern« des Pariser Exils, das er im Vorjahr bezogen hat. Von weltstädtischer Warte aus blickt er über den Rhein hinweg voller Unbehagen ins enge deutsche Lüneburg.

Heines Bedenken gegen die gewandelte Einstellung des ehemaligen Gefährten lassen sich in dreifacher Hinsicht resümieren: Zum einen wird deutlich, daß mit Goethes Ableben die große Zeit des emanzipatorischen Aufschwungs in Deutschland vorbei ist. Im Zeitalter Metternichs ist Anpassung bei ruhigem Gang der Geschäfte Trumpf, und wo sich demokratische Kräfte regen, sind sie nach Heines Ansicht zum Scheitern verdammt: Von Leuten wie diesem »Goetheaner« ist infolge mangelnder Vorbereitung und unzureichender Praxis politisch nichts zu gewärtigen.

Denn der liberale Gedanke verbindet sich, zweitens, schon jetzt mit dem nationalen, und daran – Heine wittert es bereits drei Jahrzehnte vor Bismarck – wird er eines Tages zerbrechen. Das erotisch durchtönte, mittelmeerisch-europäische Freiheitsverlangen, das den Schriften Goethes Glanz und Signatur verlieh – man denke an Mignons Italienlieder – schlägt um in patriotische Engstirnigkeit; »Germanien« lautet hinfort die Parole. Statt Philines Pantöffelchen also die altdeutsche Freiheitsvariante, an die Stelle erotischer Weiträumigkeit tritt bornierte Teutomanie.

Die verpflichtende Größe der Französischen Revolution von 1789 ist in Vergessenheit geraten, weil der Gedanke der Volkssouveränität zurücktritt hinter jenem anderen, jetzt energisch aufkeimenden der »Wiedergeburt Deutschlands«. Mit dieser Akzentverschiebung hatte das Hambacher Fest vom Mai 1832 gerade eben Furore gemacht. Heine mißtraut den »kühnen Worten« der deutschen Mirabeaus von Lüneburger Westentaschenformat; wo es an Tatkraft fehlt, wird die obrigkeitliche Misere nur um so gründlicher verlängert.

Zum dritten: Wenn Heine den »klugen Kunstgreis« in »müßig kalter« Sphäre ansiedelt, so bedeutet dies keineswegs Feindschaft gegen Goethe, diesen »Ali Pascha unserer Literatur«, wie Heine ihn früher schnoddrig respektvoll nennen konnte. Hier tut sich vielmehr die Verachtung kund, die Heine für deutschtümelnde Anhänger oder Gegner Goethes empfindet. Er wehrt sich gegen ein auf vaterländische Teilnahme abgestelltes Goethebild und gegen Leute, die dem großen Alten aus Weimar kühle Reserve gegenüber der nationalen Euphorie von 1813 vorwerfen.

Wie anders nicht zu erwarten, stieß dieses Gedicht auf scharfe Ablehnung im radikal-demokratischen Lager. Selbst der titanische Karl Marx, der von Lüneburg und verwandten Bestrebungen gewiß nichts erwarten durfte, äußerte Empörung und schloß aus diesen Strophen einmal mehr auf Heines fragwürdigen Charakter (Franziska Kugelmann überliefert es in ihren Memoiren). Indessen, Heine behielt recht mit seiner bitteren Skepsis: Das deutsche Bürgertum im 19. Jahrhundert hat die goethische Hinterlassenschaft teils vaterländisch verfälscht, teils reaktionär mißachtet und somit das gewaltigste Erbe seiner Geistesgeschichte verraten, als es den »Sonderweg« in die machtgeschützte Innerlichkeit antrat.

Mit Goethe demokratisch werden und nicht gegen Goethe national, so lautet die Botschaft dieses Gedichtes. Sich dessen zu erinnern ist zeitgemäß, solange die deutsche Frage als quälendes Problem fortbesteht.

## HEINRICH HEINE
## AN EINEN POLITISCHEN DICHTER

Du singst wie einst Tyrtäus sang,
Von Heldenmut beseelet,
Doch hast du schlecht dein Publikum
Und deine Zeit gewählet.

Beifällig horchen sie dir zwar,
Und loben schier begeistert:
Wie edel dein Gedankenflug,
Wie du die Form bemeistert.

Sie pflegen auch beim Glase Wein
Ein Vivat dir zu bringen,
Und manchen Schlachtgesang von dir
Lautbrüllend nachzusingen.

Der Knecht singt gern ein Freiheitslied
Des Abends in der Schenke:
Das fördert die Verdauungskraft
Und würzet die Getränke.

## GÜNTER KUNERT
## VERDAUUNGSFÖRDERUNG

Dieses heitere Kabinettstückchen des sonst eher melancholischen Ironikers ist gleichermaßen eine trauervolle Elegie wie ein (unbewußtes) Urteil über das eigene Werk. Entstanden ist das »Gedicht aus dem Nachlaß« im Jahre 1841, also im Vormärz, und gemünzt auf die soeben erschienenen »Unpolitischen Lieder« des Hoffmann von Fallersleben. Diesem wird unterstellt, er singe wie Tyrtäus, was ein etwas zwiespältiges Kompliment darstellt. Denn die Legende meint, die Athener hätten im Zweiten Messenischen Krieg den hilfesuchenden Lakedaimoniern nichts als einen lahmen Schulmeister zur Unterstützung geschickt, eben den Tyrtäus. Der jedoch, o Wunder, habe die Verzagten durch seine Kriegslieder dermaßen begeistert, daß sie die Feinde schlugen.

Nun aber singt der historisch verspätete Tyrtäus von 1841 zur falschen Zeit und vor den falschen Leuten: Es herrscht kein Krieg, sondern Biedermeier. »Das Volk, der große Lümmel«, mit Heines Worten gesprochen, schnarcht unter der Zipfelmütze hinterm Ofen, obwohl diverse Dichter unaufhörlich bemüht sind, ihn aufzuwecken. Trotz des Reveille-Getrommels der Worte geht das deutsche Wintermärchen (mit kurzer Unterbrechung 1848) seinen gewohnten Gang. Die deutsche Geschichte nimmt ihren bekannten Verlauf: bis zur Realisierung von Heines düsterer Prophezeiung, daß dort, wo man Bücher verbrenne, dasselbe auch mit Menschen geschehe. Übrigens nicht zuletzt unter Absingen des berühmtesten Liedes Hoffmanns von Fallersleben.

Trotz gegenteiliger Behauptungen: Die wirkliche Wirklichkeit ist stets eine andere als die literarisch hervorgerufene. Die frommen Hymnen der religiösen Inbrunst und der Erlösungssehnsucht haben die Geschäfte nicht gehindert und die Verbrechen nicht verhindert. Ja, noch die global bekannteste und demnächst ebenso global vergessene weltliche Hymne, nämlich die »Internationale«, ist schließlich zum Liedertafelbestandteil von Parteiversammlungen und Veteranentreffen geworden. Die Verdammten dieser Erde sind aufgewacht, um sich gegenseitig die Kehle durchzuschneiden und ein letztes Gefecht nach dem anderen zu veranstalten; das im Refrain beschworene Menschenrecht übertönt seine ständige Mißachtung und Verletzung. Der Knecht singt gern ein Freiheitslied, weil nur im Zustand der Bewußtseinslosigkeit Freiheit imaginiert werden kann. Dergestalt haben alle aufrüttelnden Gedichte und chorfähigen Appelle ihren psychohygienischen Zweck erfüllt.

Insofern irrt Heine, wenn er sagt, für Revolutionsklänge habe Tyrtäus junior die falsche Zeit und die falsche Zuhörerschaft gewählt. Die naive Erwartung, es bedürfe nur des richtigen Augenblickes und der richtigen Leute, damit die Macht des Wortes zur »materiellen Gewalt werde, wenn sie die Massen ergreift«, ist eine selbstbefriedigende, doch notwendige Einbildung für den politischen Dichter, um seinen übermenschlich großen Gestus durchzuhalten. Alle politischen Dichter, die wahrhaft genialen wie die unbedeutenden, eint der Aberglaube, ihre Zeilen würden durch Augen und Ohren der Empfänger stracks zur Aktion. Und Heinrich Manns oftmals mißbrauchte Sentenz, die Bücher von heute seien die Taten von morgen, impliziert nicht Literatur, sondern Propaganda. Kein Roman von Proust oder Kafka, kein Gedicht von Rimbaud oder Keats hätte sich dazu angeboten. Und nicht einmal Heines Gedichte haben den vom Dichter erhofften Auftrag erfüllt. Das hat er – wie man es diesem zu seinen Lebzeiten ungedruckten Gedicht entnehmen kann – wohl gewußt und hat es, entgegen dieser Einsicht, dennoch nicht glauben wollen. Weil die Vorbedingung unserer Kreativität reine Irrationalität ist.

## HEINRICH HEINE
## AN MEINE MUTTER B. HEINE, GEBORENE V. GELDERN

### I

Ich bins gewohnt, den Kopf recht hoch zu tragen,
Mein Sinn ist auch ein bißchen starr und zähe;
Wenn selbst der König mir ins Antlitz sähe,
Ich würde nicht die Augen niederschlagen.

Doch, liebe Mutter, offen will ichs sagen:
Wie mächtig auch mein stolzer Mut sich blähe,
In deiner selig süßen, trauten Nähe
Ergreift mich oft ein demutvolles Zagen.

Ist es dein Geist, der heimlich mich bezwinget,
Dein hoher Geist, der alles kühn durchdringet,
Und blitzend sich zum Himmelslichte schwinget?

Quält mich Erinnerung, daß ich verübet
So manche Tat, die dir das Herz betrübet?
Das schöne Herz, das mich so sehr geliebet?

### II

Im tollen Wahn hatt ich dich einst verlassen,
Ich wollte gehn die ganze Welt zu Ende,
Und wollte sehn, ob ich die Liebe fände,
Um liebevoll die Liebe zu umfassen.

Die Liebe suchte ich auf allen Gassen,
Vor jeder Türe streckt ich aus die Hände,
Und bettelte um gringe Liebesspende –
Doch lachend gab man mir nur kaltes Hassen.

Und immer irrte ich nach Liebe, immer
Nach Liebe, doch die Liebe fand ich nimmer,
Und kehrte um nach Hause, krank und trübe.

Doch da bist du entgegen mir gekommen,
Und ach! was da in deinem Aug geschwommen,
Das war die süße, langgesuchte Liebe.

## HANS CHRISTOPH BUCH
## EIN KUNSTVOLLER HILFESCHREI

Es ist ein literarischer Sonntagsanzug, in dem der junge Heine hier vor seine Mutter tritt, und das Schnittmuster für diesen nach der neuesten Mode gearbeiteten Anzug hat er sich bei seinem Bonner Professor August Wilhelm Schlegel ausgeliehen, dem der angehende Dichter mehrere Sonette gewidmet hat. In seinen Vorlesungen über romantische Poesie, die Heine im Wintersemester 1819/20 besuchte, bezeichnete Schlegel das Sonett als »Bravourstück, worin sich der Virtuose zeigen könne«, und siedelte es an der Grenze vom Lyrischen zum Didaktischen an.

Dieser Doppelcharakter läßt sich auch am vorliegenden Gedicht ablesen: Einerseits will der Student Harry Heine seiner Mutter demonstrieren, bis zu welcher Meisterschaft er eş in der Poesie gebracht hat, andererseits leistet er Abbitte dafür, daß er vom rechten Berufsweg abgekommen ist und die von seine Mutter angestrebte Karriere als Rechtsanwalt oder Bankkaufmann ausgeschlagen hat. »Letztere war überhaupt nicht damit zufrieden, daß ich Verse machen lernte«, schrieb Heine in einem erst postum gedruckten Memoirenfragment: »Sie hatte nämlich damals die größte Angst, daß ich ein Dichter werden möchte; das wäre das Schlimmste, sagte sie immer, was mir passieren könne.«

Die doppelte Bewegung, in der sich der Sohn der Mutter annähert und im gleichen Atemzug von ihr entfernt, hat Heines Sonett bis in seine Zweistrophigkeit hinein geprägt und kehrt auf allen Ebenen des Texts wieder: als Widerspruch zwischen intimer Zwiesprache und öffentlicher Huldigung, zwischen dem hohen, ja erhabenen Ton des Gedichts und seiner privaten Vertraulichkeit, zwischen rhetorischem Überschwang und schlichtem Gefühlsausdruck.

Nicht nur durch die ungewöhnliche Form, auch durch seinen Inhalt ist das vorliegende Sonett, auf den ersten Blick jedenfalls, untypisch für den Dichter: Die souveräne Distanz zur eigenen Person fehlt hier ebenso wie die ironische Pointe, die heutige Leser mit Heines Lyrik assoziieren. Ich kenne kaum ein deutsches Gedicht, in dem das Wort Liebe so oft vorkommt wie in der zweiten Strophe dieses Doppelsonetts, das trotz seiner Kunstfertigkeit wie ein Hilfeschrei klingt. Insofern sind die Verse doch nicht untypisch, denn Heines Weltruhm beruht auf der Verbindung von literarischer Virtuosität mit Gefühlsunmittelbarkeit.

Der Autor trägt sein Herz zu Markte und stellt seine Leiden ungeschützt bloß, die, anders als die Leiden des jungen Werther, nicht nur auf unerwiderte Liebe zurückzuführen sind. Man könnte das Gedicht psychoanalytisch interpretieren, als Sehnsucht nach dem verlorenen Paradies der Kindheit und der Geborgenheit der Mutterliebe, deren frühe Prägung das Leben des Erwachsenen bestimmt. Aber eine solche Deutung greift zu kurz, abgesehen davon, daß der junge Heine gerade erst dem Elternhaus entwachsen war.

Auch der Autor des »Werther« war ein Muttersöhnchen; aber anders als Frau Rat Goethe war Betty Heine, geborene von Geldern, Jüdin, und ihr Erziehungsprogramm zielte auf die Emanzipation der Juden in Deutschland.

Hier liegt die Quelle der leidvollen Erfahrung, der das Sonett Ausdruck verleiht: eine Diskriminierung, der Heine durch seinen Übertritt zum Protestantismus zu entgehen versuchte und die ihn schließlich ins französische Exil getrieben hat, wo er die literarische Anerkennung fand, die seine deutschen Landsleute ihm vorenthielten. Insofern hat der Sohn das von der Mutter gesteckte Ziel erreicht, obwohl die üble Nachrede, vor der er nach Paris floh, ihn auch hier eingeholt und seinen Nachruhm bis heute verdunkelt hat.

## HEINRICH HEINE
## ANNO 1839

O, Deutschland, meine ferne Liebe,
Gedenk ich deiner, wein ich fast!
Das muntre Frankreich scheint mir trübe,
Das leichte Volk wird mir zur Last.

Nur der Verstand, so kalt und trocken,
Herrscht in dem witzigen Paris –
O, Narrheitsglöcklein, Glaubensglocken,
Wie klingelt ihr daheim so süß!

Höfliche Männer! Doch verdrossen
Geb ich den artgen Gruß zurück. –
Die Grobheit, die ich einst genossen
Im Vaterland, das war mein Glück!

Lächelnde Weiber! Plappern immer,
Wie Mühlenräder stets bewegt!
Da lob ich Deutschlands Frauenzimmer,
Das schweigend sich zu Bette legt.

Und alles dreht sich hier im Kreise,
Mit Ungestüm, wie'n toller Traum!
Bei uns bleibt alles hübsch im Gleise,
Wie angenagelt, rührt sich kaum.

Mir ist, als hört ich fern erklingen
Nachtwächterhörner, sanft und traut;

Nachtwächterlieder hör ich singen,
Dazwischen Nachtigallenlaut.

Dem Dichter war so wohl daheime,
In Schildas teurem Eichenhain!
Dort wob ich meine zarten Reime
Aus Veilchenduft und Mondenschein.

## JOST HERMAND
## ORTE. IRGENDWO

Wie übel es Heine in Deutschland ergangen ist, ist allgemein bekannt. Diesem Manne wurde wirklich alles angelastet: Eitelkeit, Gewinnsucht, Zynismus, Charakterlosigkeit, Gallomanie, Knoblauchgeruch, Vaterlandslosigkeit, Genußsucht, Oberflächlichkeit, Nihilismus, Wurzellosigkeit, Unsittlichkeit, Sensationalismus und was es sonst noch an »undeutschen« Charaktereigenschaften gibt. Angefangen von den Vipern Metternichs und den urteutonischen Rauschebärten des Vormärz bis zu den Völkischen und den Nazis: immer wieder traten im Deutschland der letzten 150 Jahre Gruppen auf, die an diesem Dichter ihr Mütchen zu kühlen versuchten. Selbst die Gebildeten unter seinen Verächtern bewiesen dabei oft eine seltsame Blindheit, indem sie sogar Heines witzigste Kapriolen und Hyperbeln für bare Münze nahmen.
Das gilt in besonderem Maße für seine Gedichte über Deutschland, die Heine nach 1831 im Pariser Exil geschrieben hat. Als ich diese Gedichte (die man mir in der Schule selbstverständlich vorenthalten hatte) gegen Ende der fünfziger Jahre zum erstenmal las, war ich für den politischen Stachel hinter ihrer verführerischen Glätte noch unempfindlich – und fand sie daher reichlich sentimental. All das erschien mir zu persönlich, ja geradezu privatistisch und damit unverbindlich. Auf den ersten Blick (und mit dem begnügte ich mich damals) gab es hier nichts Positives, nichts Aufbauendes, nichts Moralisch-

Erhebendes. Vor allem in dem Gedicht »Anno 1839« reihten sich offenbar nur witzige Antithesen aneinander, ohne daß sich daran in der letzten Strophe irgendein Lehrsatz oder wenigstens eine Sentenz anschloß.

Heute dagegen, nach vielen Jahren außerhalb Deutschlands, lese ich dieses Gedicht natürlich anders. Plötzlich nehme ich hinter seiner scheinbaren Oberflächlichkeit ganz neue Dimensionen wahr. Schließlich soll weder das, was hier zum »Lobe« Deutschlands, noch das, was hier zuungunsten Frankreichs gesagt wird, so aufgefaßt werden, wie es da steht. Denn das eine ist gar nicht so positiv und das andere gar nicht so negativ gemeint, wie es beim ersten Lesen wirkt.

Was in diesem Gedicht tatsächlich zum Ausdruck kommt, ist eine utopische Sehnsucht, die sich offenbar nirgends, weder in Deutschland noch in Frankreich oder irgendeinem anderen Land, zu Hause fühlt. Hier äußert sich eine Gesinnung, die sich an allem stößt, die mit allem unzufrieden ist, die alles wechselseitig in Frage stellt – und damit allen Genügsamen und in nationalen Klischees Befangenen ein ständiger Stachel im Fleische sein muß.

Nun, eine solche Empfindlichkeit, die überall aneckt, hat auch ihre bedenklich egoistischen Züge (und Heine wäre der letzte, der das nicht zugegeben hätte). Aber sie enthält zugleich einen Schuß Dialektik, der weit über das einzelne Ich hinausweist und zu einer im hegelianischen Sinne neuen Synthese drängt. Und damit gibt es in diesem Gedicht doch einen idealen Ort, der allerdings vom Leser selbst erschlossen werden muß. Heines »Anno 1839« läßt sich deshalb – über alles witzig unterkühlte Heimweh, über alle Deutschland-Problematik, über alle Freude an der ironischen Widersprüchlichkeit hinaus – auch als eine

Einübung in Dialektik lesen, für die es in der deutschen Lyrik vor Brecht nur wenige Beispiele gibt. Wer sich diese »dialektisierende Optik«, um einen Begriff Walter Benjamins aufzugreifen, einmal angeeignet hat, wird sie sich schwerlich wieder abgewöhnen können.

## HEINRICH HEINE
## AUTODAFÉ

Welke Veilchen, stäubge Locken,
Ein verblichen blaues Band,
Halb zerrissene Billette,
Längst vergeßner Herzenstand –

In die Flammen des Kamines
Werf ich sie verdroßnen Blicks;
Ängstlich knistern diese Trümmer
Meines Glücks und Mißgeschicks.

Liebeschwüre, flatterhafte
Falsche Eide, in den Schlot
Fliegen sie hinauf – es kichert
Unsichtbar der kleine Gott.

Bei den Flammen des Kamines
Sitz ich träumend, und ich seh,
Wie die Fünkchen in der Asche
Still verglühn – Gut Nacht – Ade!

## HELMUT KOOPMANN
## ABSCHIED VON DER LIEBE

Literarische Revisionen sind nicht gerade häufig. Wer erklärt schon gern ein früheres Unvermögen? Lessing hatte die Freiheit. Er fand, daß man über sein Jugendwerk noch lange nicht so viel Böses gesagt habe, als man hätte sagen können – und verwarf es. Max Frisch schrieb: »Öffentlichkeit als Partner? Ich finde glaubwürdigere Partner« – »Öffentlichkeit als Partner« ist der Titel eines zuvor von ihm veröffentlichten Bandes.

Diese Widerrufe leuchten uns ein. Aber was kann Heine veranlaßt haben, das zu verbrennen, was ihm lyrischen Weltruhm gebracht hatte? Denn wir wollen doch nicht ernsthaft annehmen, daß er einigen verstaubten Liebesplunder aus seiner Jugend mit nach Paris genommen hatte, um ihn schließlich dort in den Kamin zu werfen. Nein, vermutlich hat er anderes dem Feuer überantwortet. Verbrannt hat er gelegentlich tatsächlich etwas – dreimal, um genau zu sein. Das war, wie wir wissen, 1847, 1849/50 und 1851. Der Anlässe gab es manche: Einmal waren es Papiere zum Erbschaftsstreit, einmal war es etwas aus dem Bereich der Theologie und ein letztes Mal – das interessiert uns besonders – offenbar allgemein Literarisches. Die schönsten Giftblumen, so schreibt er an seinen Verleger Campe 1850, habe er mit entschlossener Hand ausgerissen und vielleicht dabei sogar manches unschuldige Nachbargewächs in den Kamin geworfen. Darunter seien, so berichtet er einem Besucher, auch »hübsche Sachen« gewesen. Und in Heines Nachwort zum »Romanzero« heißt es, er habe Gedichte, die nur halbwegs Anzüglichkeiten gegen den lieben Gott enthielten, mit »ängstlichstem Eifer den Flammen überliefert«. Auf dieses Geständnis hin hat sein Freund Heinrich Laube ihm damals die einzig richtige Antwort gegeben: »Dein Autodafé ist eine unverantwortliche Albernheit.«

Nun ist mit keiner Zeile bei Heine allerdings die Rede davon, daß er tatsächlich Gedichte aus dem Umkreis des »Buches der Lieder« später dem Feuer überantwortet hätte. Was er damals geschrieben hatte, war alles veröffentlicht worden – und der Verleger wollte stets mehr von ihm, als er liefern konnte. So müssen wir das Gedicht also vermutlich auf doppelte Weise allegorisch lesen: Nicht Veilchen, Locken und ein blaues Band sind gemeint, sondern Gedichte, die davon handeln; und die Verbrennung ist keine wirkliche, sondern eine ideelle. Anders gesagt: Heine kehrt sich in der Zeit einer tiefen inneren Erschütterung von dem ab, was ihn einst berühmt gemacht hatte: von seiner erotischen Lyrik. Was Heine blieb, waren die »Hebräischen Melodien«. Im Bild des Lazarus hat er sich noch einmal in einem Gedichtzyklus selbst porträtiert.

Heines Gedicht ist ein Gedicht am Rande des Lebens, aber dennoch: Amor kichert bei diesem Autodafé, und der Dichter sieht seiner verbrennenden Romantik träumend, träumerisch nach. Der letzte große deutsche Romantiker endet nicht sauertöpfisch oder mit einem Gejammer über die schlechte Welt. Im Nachwort zum »Romanzero« heißt es: »Doch Geduld, alles hat sein Ende. Ihr werdet eines Morgens die Bude geschlossen finden, wo euch die Puppenspiele meines Humors so oft ergötzten.« Er schloß sie fünf Jahre nach dieser Feststellung. Doch die von ihm dem Feuer überanwortete Liebeslyrik wurde nicht zu Asche. Sie feierte eine glänzende literarische Wiederauferstehung – bis heute hin, durch viele Sprachen. Hier gilt einmal nicht der Satz von Gabriel García Márquez: »Ein guter Schriftsteller läßt sich besser nach dem beurteilen, was er vernichtet, als nach dem, was er veröffentlicht.«

## HEINRICH HEINE
## BEGEGNUNG

Wohl unter der Linde erklingt die Musik,
Da tanzen die Burschen und Mädel,
Da tanzen zwei, die niemand kennt,
Sie schaun so schlank und edel.

Sie schweben auf, sie schweben ab,
In seltsam fremder Weise,
Sie lachen sich an, sie schütteln das Haupt,
Das Fräulein flüstert leise:

»Mein schöner Junker, auf Eurem Hut
Schwankt eine Neckenlilje,
Die wächst nur tief in Meeresgrund –
Ihr stammt nicht aus Adams Familie.

Ihr seid der Wassermann, Ihr wollt
Verlocken des Dorfes Schönen.
Ich hab Euch erkannt, beim ersten Blick,
An Euren fischgrätigen Zähnen.«

Sie schweben auf, sie schweben ab,
In seltsam fremder Weise,
Sie lachen sich an, sie schütteln das Haupt,
Der Junker flüstert leise:

»Mein schönes Fräulein, sagt mir, warum
So eiskalt Eure Hand ist?
Sagt mir, warum so naß der Saum
An Eurem weißen Gewand ist?

Ich hab Euch erkannt, beim ersten Blick,
An Eurem spöttischen Knixe –
Du bist kein irdisches Menschenkind,
Du bist mein Mühmchen, die Nixe.«

Die Geigen verstummen, der Tanz ist aus,
Es trennen sich höflich die beiden.
Sie kennen sich leider viel zu gut,
Suchen sich jetzt zu vermeiden.

## WALTER HINCK
## DIE MASKEN FALLEN

Nach der Sage sind Nixen als schöne Jungfrauen hinter schmucken Jünglingen her und als Wassergeister erkennbar nur am nassen Saum des Gewandes. Der durch Fischzähne entstellte Wassermann raubt Menschenmädchen und entführt sie in sein Wasserhaus. Nixe wie Wassermann lieben die Musik und mischen sich gern unter tanzende Menschen. Heinrich Heine kannte sich in den Sagen aus, als im Herbst 1841 diese Romanze entstand. Er hatte in seiner Schrift »Elementargeister« aus ihnen geschöpft.
Seine Romanze läuft nicht auf ein düsteres Ende zu wie Goethes Ballade »Der Fischer«, wo der lockende Nixengesang den Mann ins Wasser hinabzieht. Unnachahmlich die Grazie, mit der Heine der Konfrontation von Menschen und Elementargeistern eine ganz neue Spielart hinzugewinnt und auch seine eigene Romanze »Die Nixen« weit hinter sich läßt. Im unvermuteten Aufeinandertreffen von Wassermann und Nixe beim Tanz unter der Linde begegnet die Mythe sich selbst, sieht sich im Spiegel, erkennt und durchschaut sich.
Aber Heine bleibt bei der witzigen Mythenentzauberung nicht stehen. Er füllt den durch Parodie entstandenen Leerraum wieder auf. Denn gerade durch ihr Gebaren, den »spöttischen Knix«, den ironischen Ton bei der wechselseitigen Entlarvung, verraten sich die Figuren als das, als was sie sich tarnen: als schöner Junker und schönes Fräulein, als zwei in Gesellschaftsformen Erfahrene. Die

scheinbare Enttarnung ist in Wahrheit eine Maskerade, die vom Leser eine weitere Demaskierung verlangt. Nicht mehr Elementargeister und Zauberwesen naturmagischer Dichtung sind es, die sich hier beim Dorftanz unter die Burschen und Mädchen mischen, sondern zwei menschliche »Abenteurer« der Liebe. Zwischen der Sagenversion und Heines Umformung steht vermittelnd die Geschichte Don Juans, des Libertins, des überführten Verführers. Doch bleibt bei aller gesellschaftlichen Eleganz der beiden »Abenteurer« nicht verborgen, daß sie Außenseiter sind. Die Maskerade erlaubt eine weitere Dechiffrierung; das Gedicht bietet noch eine andere Lesart an, eine historische, die der Lebenssituation des jüdischen Dichters gerecht wird. Mitzudenken sind die Kehrseiten der Judenemanzipation im neunzehnten Jahrhundert: die Anpassungsversuche, die Assimilation.

Immer hat Heine, gerade im Pariser Exil, mit der Linde – wie der Eiche – Deutschland assoziiert (*Mit seinen Eichen, seinen Linden,* heißt es in »Nachtgedanken«, *Werd ich es immer wiederfinden*). Zumal der Tanz unter der Linde ist alter deutscher Brauch. Und da darf man sich die beiden Fremden unter den deutschen Tänzern auch als Juden und Jüdin vorstellen, die hier einander unerwartet begegnen, wobei die Doppelbödigkeit des Dialogs darin besteht, daß die beiden Außenseiter eben doch aus »Adams Familie« stammen.

In Heines früher Romanze »Donna Clara« entdeckt sich der fürs Schloßfest als Ritter kostümierte stattliche Mann nach einer Verführungsszene seiner spanischen Geliebten, die fortwährend das »schmutzige Judenvolk« schmäht, als der Sohn des großen Rabbi Israel von Saragossa. Solchen Triumph erleben »Junker« und »Fräulein« nicht. Sie haben sich als Angehörige derselben Sippe erkannt und gegenseitig auf Abwegen ertappt; sie sind aneinander nicht interessiert, weil sie zuviel voneinander wissen. Lesen wir also in Heines Romanze »Begegnung« eine kleine Gleichnisgeschichte mit, entdecken wir die subtilen Winke jüdischer Selbstironie.

## HEINRICH HEINE
## BELSATZAR

Die Mitternacht zog näher schon;
In stummer Ruh lag Babylon.

Nur oben in des Königs Schloß,
Da flackerts, da lärmt des Königs Troß.

Dort oben in dem Königssaal
Belsatzar hielt sein Königsmahl.

Die Knechte saßen in schimmernden Reihn,
Und leerten die Becher mit funkelndem Wein.

Es klirrten die Becher, es jauchzten die Knecht;
So klang es dem störrigen Könige recht.

Des Königs Wangen leuchten Glut;
Im Wein erwuchs ihm kecker Mut.

Und blindlings reißt der Mut ihn fort;
Und er lästert die Gottheit mit sündigem Wort.

Und er brüstet sich frech, und lästert wild;
Der Knechtenschar ihm Beifall brüllt.

Der König rief mit stolzem Blick;
Der Diener eilt und kehrt zurück.

Er trug viel gülden Gerät auf dem Haupt;
Das war aus dem Tempel Jehovahs geraubt.

Und der König ergriff mit frevler Hand
Einen heiligen Becher, gefüllt bis zum Rand.

Und er leert ihn hastig bis auf den Grund,
Und er rufet laut mit schäumendem Mund:

Jehovah! dir künd ich auf ewig Hohn –
Ich bin der König von Babylon!

Doch kaum das grause Wort verklang,
Dem König wards heimlich im Busen bang.

Das gellende Lachen verstummte zumal;
Es wurde leichenstill im Saal.

Und sieh! und sieh! an weißer Wand
Da kams hervor wie Menschenhand.

Und schrieb, und schrieb an weißer Wand
Buchstaben von Feuer, und schrieb und schwand.

Der König stieren Blicks da saß,
Mit schlotternden Knien und totenblaß.

Die Knechtenschar saß kalt durchgraut,
Und saß gar still, gab keinen Laut.

Die Magier kamen, doch keiner verstand
Zu deuten die Flammenschrift an der Wand.

Belsatzar ward aber in selbiger Nacht
Von seinen Knechten umgebracht.

## PETER VON MATT
## KNALLEFFEKT UND RAFFINESSE

Ist das nicht die bekannteste aller Balladen? Die Vermutung sei geäußert, ohne dem »Erlkönig« und dem »Taucher«, »John Maynard« und »Des Sängers Fluch« zu nahe treten zu wollen. Das Gedicht hat im breitesten Bewußtsein Karriere gemacht, und während vom »Grab im Busento« bis zu »Nis Randers« tausend Evergreens vergilbten, lärmt Belsatzars Troß ungehindert weiter. Die Schule hat dabei natürlich ihre Hand im Spiel. Lehrpersonen zeigen eine geheimnisvolle Neigung zu dem Text. Wer ihn nie auswendig lernen mußte, soll vortreten!

Heine hat bessere Gedichte geschrieben, raffiniertere nur wenige. Er operiert wie ein Postmoderner mit allen Spielformen der Trivialität. Das Metrum läßt er klappern, die Reime schnappen, die Wortwahl ist grell und die Moral von der Eindeutigkeit jener Kinnhaken, die einen Match beenden. Aber gleichzeitig gibt er ständig zu verstehen, daß er diese Effekte sehr überlegt setzt. Auf jede Kraßheit folgt ein Moment tatsächlicher Subtilität. Insbesondere die delikaten Rhythmuswechsel lassen das Klappern und die Sprachschminke als Zitat eines naiveren Redens erscheinen: einer, der es anders kann, will es diesmal so. Das bestätigt sich in der Art, wie erzählt wird. Zwischen die Strophen, die nach bänkelsängerischer Manier jede mit einer Szene zusammenfallen, fügen sich prachtvolle Steigerungen über mehrere Verspaare hin.

Dennoch garantiert das alles noch keinen, garantiert vor

allem nicht diesen Erfolg. Er wird etwas einsichtiger, wenn man nach der Pointe fragt. Sie erweist sich als verblüffend doppelläufig. Das Gedicht kann ebensogut jakobinisch wie monarchistisch gelesen werden. Revolutionäre Seelen genießen darin den Sturz des Königs, dem die Geschichte das Menetekel an die Wand geschrieben hat; die Konservativen aber dürfen mit Befriedigung zusehen, wie der Aufstand gegen die göttliche Ordnung bestraft wird.

Der letzte Grund für den Erfolg ist jedoch auch so noch nicht benannt. Ich wage nur zögernd davon zu reden, denn es geht um das Seelenleben der Schullehrer. Vieles deutet darauf hin, daß sie die Ballade, ohne sich dessen bewußt zu sein, als die ins Mythische gesteigerte Darstellung einer Schulklasse erleben, wo der Lehrer vorübergehend fehlt. In Belsatzar erkennen sie instinktiv jenen sommersprossigen Rädelsführer, der in jeder Klasse steckt und unweigerlich zu »frevlen Handlungen« schreitet und »grause Worte« äußert, sobald der Pädagoge sich kurzfristig verzieht. Wer wüßte nicht, erinnerte sich nicht mit Scham und Lust, wie es da zugeht (»er brüstet sich frech und lästert wild«) und wie alle anderen es genießen (»die Knechteschar ihm Beifall brüllt«). Und heimlich horchte doch jeder auf die nahenden Schritte im Korridor.

Was für den sensiblen Erzieher aber die Assoziation zwischen dem babylonischen Gelage und einem tobenden Schulzimmer endgültig zwingend macht, ist die Schrift an der Wand. Wunderbar, wie hier des Lehrers eigenstes Medium zur Apotheose findet. Die Tafel an der Wand, auf die er selbst täglich die Wahrheit in hellen Zeichen setzt, an der von seiner Hand erscheint, was gilt und Gesetz ist und notfalls ein Strafmaß festhält, sie wird zum numinosen Ort verklärt, vor dem der lärmende Troß verstummt und dem totenblassen Rädelsführer die frevlen Knie schlottern. Das kann man wirklich nur noch auswendig lernen lassen.

## HEINRICH HEINE
## DAS FRÄULEIN STAND AM MEERE

Das Fräulein stand am Meere
Und seufzte lang und bang,
Es rührte sie so sehre
Der Sonnenuntergang.

Mein Fräulein! sein Sie munter,
Das ist ein altes Stück;
Hier vorne geht sie unter
Und kehrt von hinten zurück.

## WALTER HINDERER
## DIE SENTIMENTALEN SEUFZER

Sie gehören sicher nicht zu den raffiniertesten oder kunstvollsten Versen, die Heinrich Heine geschrieben hat, aber sie fesseln das Ohr wie eine eingängige Melodie, die einem nicht mehr aus dem Kopf geht und die zum Nachsummen verführt. Dabei ist es genaugenommen ein Gegengedicht, ein Gegengesang, in dem man die süffige Tonart, die hier parodiert und kritisiert wird, ohne schlechtes Gewissen noch mitgenießen kann. Doch ist das nicht so etwas wie höheres Indianerspiel, der Versuch, abgedroschene Schlager mit einem Kunstgriff wieder hoffähig zu machen? Zugegeben: die beiden scheinbar so traditionell gereimten und rhythmisierten Strophen haben die Qualität eines Chansons oder Songs mit einem zünftigen kabarettistischen Einschlag. Dem sentimentalen Volksliedton, dem auch Heine keineswegs immer zum Vorteil seiner lyrischen Produktion gehuldigt hat, wird hier gekonnt widersprochen – mit den poetischen Mitteln der Parodie, der Ironie und des Witzes.

Die Verse stammen aus dem Zyklus »Seraphine«, der vermutlich 1832 entstanden ist und in dem Heine in fünfzehn Gedichten verschiedene Spielarten und Möglichkeiten seiner Lyrik rekapituliert. Romantische und biedermeierliche Versatzstücke stehen hier neben formalisierten Naturbildern und politischen Anspielungen. Nicht immer wurden dabei die Erwartungen des zeitgenössischen Lesers enttäuscht oder durch Ironie verfremdet. Jedoch das

Gedicht vom »Fräulein ... am Meere«, das im Zyklus unter Nr. 10 eingereiht ist, nimmt eindeutig die falschen Töne und Gefühlslagen der epigonalen Naturlyrik der Zeit aufs Korn und setzt sich damit kritisch mit einer poetischen Schreibweise (auch der eigenen) auseinander.

Wie in einem kitschigen Werbefilm ist hier alles Staffage: das Meer, der Sonnenuntergang, das Seufzen und die Rührung; ja selbst das Fräulein scheint nicht aus der Wirklichkeit, sondern aus dem Klischeearsenal des Guckkastens zu stammen. Ist schon in der zweiten Zeile, in dem Binnenreim »lang und bang« die satirische Absicht kaum zu überhören, mit dem so auffallend gedehnten »sehre« setzt Heine – und nicht etwa bloß aus Verlegenheit, weil er ein passendes Reimwort auf »Meere« braucht – ein pointiertes kritisches Signal, das ebenso blitzartig wie einleuchtend die ganze abgestandene Natursentimentalität in Frage stellt. Außerdem übertreibt dieses »sehre« den Leierkastenton der Strophe dergestalt parodistisch, daß der Leser am liebsten selbst in die Kurbel greifen möchte. Aber in der zweiten Strophe läßt Heine von selbst die Katze aus dem Sack. Der Leierkastenmann gibt sich in seiner Anrede an das Fräulein als kritischer Arrangeur und Regisseur der Naturszene zu erkennen. Gegen die falschen Seufzer und die sentimentale Rührung ermahnt er das Fräulein zur Munterkeit und erläutert ihm den sich ständig wiederholenden Wechsel von Sonnenunter- und Sonnenaufgang als ein altes Schauspiel.

Für mich gehört dieses Gedicht Heines zu einer witzigen Form- und Denkkultur, für die man in Deutschland schon immer zuwenig Verständnis besaß. Es überrascht nicht, daß auch Karl Marx diese Verse besonders schätzte. Er hatte sie ständig parat und pflegte sie, wie Franziska Kugelmann, die Tochter eines engen Freundes, überliefert, »bei übertriebenem Gefühlsausbruch« gewissermaßen als Heilmittel zu zitieren; denn auch ihm war »Sentimentalität, diese Karikatur wahren Gefühls ..., aus tiefstem Grunde zuwider«. Er hielt es wie Heinrich Heine mit Goethe, der sich bereits in einem Distichon dergestalt von den Sentimentalitäten distanziert hatte: *Auf das empfindsame Volk habe ich nie was gehalten, es werden, / Kommt die Gelegenheit, nur schlechte Gesellen daraus.*

## HEINRICH HEINE
## DAS MEER ERGLÄNZTE WEIT HINAUS

Das Meer erglänzte weit hinaus
im letzten Abendscheine;
Wir saßen am einsamen Fischerhaus,
Wir saßen stumm und alleine.

Der Nebel stieg, das Wasser schwoll,
Die Möwe flog hin und wieder;
Aus deinen Augen, liebevoll,
Fielen die Tränen nieder.

Ich sah sie fallen auf deine Hand
Und bin aufs Knie gesunken;
Ich hab von deiner weißen Hand
Die Tränen fortgetrunken.

Seit jener Stunde verzehrt sich mein Leib,
Die Seele stirbt vor Sehnen; –
Mich hat das unglückselge Weib
Vergiftet mit ihren Tränen.

## JOSEPH ANTON KRUSE
## NORDSEELIEBE

Ein flirrender, verführerischer Glanz auf der Meeresfläche, ein Bündnis der Farben von Wasser und Himmel. Jeder, der das Meer kennt und liebt, wird seinen eigenen Aussichtspunkt besitzen, von dem aus er der ungebändigten Weite Reverenz erweist. Jeder kennt auch die Verselbständigung von Versen als Ausdruck einer Erfahrung oder Stimmung, losgelöst vom ursprünglichen Zusammenhang. Mir fällt die Anfangszeile dieses XIV. Gedichts aus dem »Heimkehr«-Zyklus im »Buch der Lieder« unweigerlich ein, wenn ich, da sie mir am nächsten und vertrautesten ist, zur holländischen Küste nach Walcheren fahre. Man nähert sich von Domburg aus Westkapelle, erreicht endlich die Höhe des Deiches und ist stets von neuem überwältigt, weil rechter Hand bis zum Horizont das Meer, zumal an heiteren Tagen, nicht einfach glänzt, sondern wirklich weit hinaus »erglänzt«. Nur die erste Zeile ist mir dann jedesmal gegenwärtig und das treffendste Bild für den hellen Tag an der Nordsee.

In Wirklichkeit aber entwirft die Anfangszeile die Staffage für ein Abend- oder besser noch Nachtgedicht. Sie benennt die Unendlichkeit als Grund für die tödliche Liebessehnsucht am Schluß der Strophen. Sie intoniert bereits alle Elemente von Einsamkeit, Schweigen und Traurigkeit, die in der kleinen Geschichte vom Liebespaar am Fischerhaus erzählt werden. Die genaue Zeit, jene Minuten des letzten Lichtes vor Einbruch der Nacht, jener

»Abendsonnenschein« aus dem »Loreley«-Gedicht desselben Zyklus, wird als Hinweis für das Bühnenbild gleich in der zweiten Zeile nachgeliefert. Dann noch die beiden ersten Zeilen der zweiten Strophe, die das abendlich-nächtliche Meer beschreiben: den aufsteigenden Nebel, die wachsende Flut, die unruhige Möwe. Das stille Meerbild der ersten Strophe gerät in beängstigende bedrohliche Bewegung. Der Rest des Gedichtes gibt die wortlose Liebesgeschichte wieder, eine tränenvolle, aber durchaus nicht tränenselige Geschichte.

Was bei den Liebesgedichten Heines aus seiner deutschen Zeit üblicherweise erwartet wird, das petrarkistische Motiv mit der sich verweigernden, hartherzigen, untreuen Geliebten, hat hier dem ersten Anschein nach einem idealischen, romantischen Liebespaar Platz gemacht. Sie weint in liebevoller Ergriffenheit; er kostet anbetend ihr Tränenpfand und ist anschließend krank vor Liebe. Leib und Seele des Liebhabers trauern dem Mysterium der Begegnung am Meeresstrande nach. Der glücklichste Augenblick der Nähe bedeutet nämlich eher Symbol als wirkliche Erfüllung. Aber die hingebungsvolle Geliebte fungiert selbst hier noch als Zauberin oder »weiße« Nixe. Dem Gleichklang folgen Ruhelosigkeit und Zerstörung. Die Stunde am nächtlichen Meer ist Undine vorbehalten, der liebenden Wasserfee auf der Suche nach einer menschlichen Seele. Der Geliebte hat sich an sie verloren und wird das Leben opfern müssen.

Das Gedicht ist innerhalb der »Heimkehr« nur eine Variation unter mehreren Seebildern, die zumeist während oder nach Heines erster Begegnung mit der Nordsee im Cuxhavener Sommer 1823 entstanden sind und in denen sich mehrfach die Wasserfrauen seiner bemächtigen. Heine hat damals die Nordsee für die deutsche Lyrik entdeckt. Endlich ist er, wie er am 29. Juli 1826 von der Norderneyer Badereise seinem Verleger Julius Campe schreibt, ihr »Hofdichter«. Und in seinem Prosa-»Reisebild« über die Nordsee formuliert er eine subtile Bejahung des Liebesgebots: »Ich liebe das Meer wie meine Seele.« Er folgert schließlich wenige Sätze später: »Denn das Meer ist meine Seele.«

Diese Weise der Identifikation mit Wellen, Sturm, Seeabenteuern und Weite, wie die Nordsee nach seinen eigenen Berichten sich ihm oftmals dargeboten hat, ist der Schlüssel zum Verständnis des Gedichtes. Der Dichter leiht jenem aus dem Element entstiegenen und zur Person gewordenen »unglückselgen Weib« seine Seele. Das ist die zum stummen Dialog gestaltete Metapher für seine durch die Naturerfahrung hervorgerufene schmerzhafte Sehnsucht. Wir stoßen an die Grenzen der Unendlichkeit und können uns doch mit ihr nicht vereinigen. Franz Schubert hat in der Vertonung des Gedichtes ebendieser Unerfüllbarkeit des abgründigen Gefühls solche Klänge verliehen, daß der Text bis zur Rührung mit der Musik verschmilzt; nicht umsonst ist das Lied ein Teil seines »Schwanengesangs«.

## HEINRICH HEINE
## DAS NEUE ISRAELITISCHE HOSPITAL ZU HAMBURG

Ein Hospital für arme, kranke Juden,
Für Menschenkinder, welche dreifach elend,
Behaftet mit den bösen drei Gebresten,
Mit Armut, Körperschmerz und Judentume!

Das schlimmste von den dreien ist das letzte,
Das tausendjährige Familienübel,
Die aus dem Niltal mitgeschleppte Plage,
Der altegyptisch ungesunde Glauben.

Unheilbar tiefes Leid! Dagegen helfen
Nicht Dampfbad, Dusche, nicht die Apparate
Der Chirurgie, noch all die Arzeneien,
Die dieses Haus den siechen Gästen bietet.

Wird einst die Zeit die ewige Göttin, tilgen
Das dunkle Weh, das sich vererbt vom Vater
Herunter auf den Sohn, – wird einst der Enkel
Genesen und vernünftig sein und glücklich?

Ich weiß es nicht! Doch mittlerweile wollen
Wir preisen jenes Herz, das klug und liebreich
Zu lindern suchte, was der Lindrung fähig,
Zeitlichen Balsam träufelnd in die Wunden.

Der teure Mann! Er baute hier ein Obdach
Für Leiden, welche heilbar durch die Künste
Des Arztes (oder auch des Todes!), sorgte
Für Polster, Labetrank, Wartung und Pflege –

Ein Mann der Tat, tat er was eben tunlich;
Für gute Werke gab er hin den Taglohn
Am Abend seines Lebens, menschenfreundlich,
Durch Wohltun sich erholend von der Arbeit.

Er gab mit reicher Hand – doch reichre Spende
Entrollte manchmal seinem Aug, die Träne,
Die kostbar schöne Träne, die er weinte
Ob der unheilbar großen Brüderkrankheit.

## HANS OTTO HORCH
## DIE UNHEILBAR GROSSE BRÜDERKRANKHEIT

»An den Mann, der gefunden, daß daß beste was an mir ist, daß ich sein Name führe« – so adressiert der Hamburger Bankier Salomon Heine 1843 einen Brief an seinen Neffen Heinrich. Gerade erst war dieser von jener etwa zweimonatigen Deutschland-Reise aus Hamburg nach Paris zurückgekehrt, die äußerer Anlaß der Niederschrift von »Deutschland. Ein Wintermärchen« werden sollte.
Die launige Adresse Salomons weist auf das zwischen Zuneigung und Groll changierende Verhältnis von Onkel und Neffe, das geprägt war von zwei kaum miteinander zu vermittelnden Prinzipien jüdischen wie allgemein-bürgerlichen Selbstverständnisses: Geld und Geist, Besitz und Bildung. Daß Besitz sozial verpflichtet, war dem gläubigen Juden Salomon Heine selbstverständlich, und so setzte er sich im Sinne der religiösen Pflicht zur Wohltätigkeit nicht nur für seine Familie und nicht allein für bedürftige Juden ein, sondern auch – etwa nach dem schlimmen Hamburger Brand von 1842 – für leidende Christen.
Heinrich hatte 1837 eine von Salomon gegründete Vorschußkasse für »unbemittelte hiesige Einwohner« als Institut diskreditiert, »um heruntergekommene Schacherer wieder auf die Beine zu bringen«; nun, im Herbst 1843, sah er die Wohltätigkeit seines Onkels in einem besseren Licht, hoffte wohl auch wie Hirsch-Hyazinth in den »Bädern von Lucca«, daß er von ihm »ganz famillionär« behandelt würde.

Am 7. September 1843 war das von Salomon Heine zum Gedenken an seine 1837 verstorbene Frau Betty gestiftete Krankenhaus der Hamburger Israelitischen Gemeinde eröffnet worden; vom November 1843 datiert die Reinschrift des zu diesem Anlaß verfaßten Heineschen Gedichts. Es ist also ein Gelegenheitsgedicht, das allerdings programmatischen Charakter besitzt – wohl ein Grund, warum es Heine in den Zyklus »Zeitgedichte« der »Neuen Gedichte« (1844) integriert. Der Panegyrikus auf Onkel Salomons Wohltätigkeit bildet dabei eher die Oberfläche; immerhin gelingt er so überzeugend, daß Joseph Mendelssohn 1845 das Gedicht in sein Gedenkbuch für den im Jahr zuvor verstorbenen Salomon Heine aufnimmt.

In einer tieferen Dimension zeugt das Gedicht von einer schmerzlichen Empörung: Geschrieben als einziges der Zeitgedichte im Versmaß der Tragödie wie des für die Geschichte der Emanzipation so bedeutsamen Lessingschen »Nathan«, dem reimlosen fünfhebigen Jambus, beklagt es nicht nur die Tragik des jüdischen Emanzipationsprozesses seit der Aufklärung, der europaweit durch immer wieder aufflammenden Antisemitismus vereitelt zu werden droht, sondern der jüdischen Geschichte als ganzer. Es ist eine böse Trias der »Gebresten«, die Heine hier zusammenspannt – *Armut, Körperschmerz und Judentume.*

Noch provokanter erscheint aber seine Kennzeichnung des Judentums selbst: Der Glaube der Vorfahren wird als ansteckende Krankheit beklagt, die *unheilbar tiefes Leid* mit sich gebracht habe. In einer ersten Fassung der zweiten Strophe hieß es gar: *Der in den Geist zurückgetretne Aussatz, / Die altegyptisch heilge Glaubensseuche* – eine schrille Polemik gegen den jüdisch-christlichen Monotheismus, der Heine um diese Zeit noch als ödes »nazarenisches« Gegenbild wider den sinnenfrohen Polytheismus des »Hellenentums« erscheint. Im Buch über Ludwig Börne hatte Heine wenige Jahre zuvor diesen Gegensatz gleichsam anthropologisch fundiert: »alle Menschen sind entweder Juden oder Hellenen, Menschen mit ascetischen, bildfeindlichen, vergeistigungssüchtigen Trieben, oder Menschen von lebensheiterem, entfaltungsstolzem und realistischem Wesen.«

Nur wenige Jahre später wäre ein Gedicht gegen die *unheilbar große Brüderkrankheit* in dieser Schärfe wohl nicht mehr möglich gewesen. Heines Wertschätzung für die Bibel als das »portative Vaterland« der Juden hatte auch in einer Zeit des Kampfes gegen das »Nazarenertum« nicht nachgelassen; nun, auf seiner »Matratzengruft«, fand er zu einem Judentum zurück, dessen Geschichte für ihn in seiner Jugend im Umkreis des Berliner »Vereins für Cultur und Wissenschaft der Juden« zu einer Quelle poetischer Inspiration geworden war. Angesichts eines Übermaßes an Schmerzen gab Heine der Gedanke an Jehovah Halt, mit dem er wie Hiob hadern konnte. Die Synagoge freilich blieb ihm so fremd wie zuvor, und Versuche gar, ihn als reuigen Sünder für die Kirche zu reklamieren, nötigten ihm nichts als spöttische Verachtung ab.

## HEINRICH HEINE
## DER ASRA

Täglich ging die wunderschöne
Sultanstochter auf und nieder
Um die Abendzeit am Springbrunn,
Wo die weißen Wasser plätschern.

Täglich stand der junge Sklave
Um die Abendzeit am Springbrunn,
Wo die weißen Wasser plätschern;
Täglich ward er bleich und bleicher.

Eines Abends trat die Fürstin
Auf ihn zu mit raschen Worten:
Deinen Namen will ich wissen,
Deine Heimat, deine Sippschaft!

Und der Sklave sprach: Ich heiße
Mohamet, ich bin aus Yemmen,
Und mein Stamm sind jene Asra,
Welche sterben, wenn sie lieben.

## JOSEPH ANTON KRUSE
## LIEBE ALS KRANKHEIT ZUM TOD

Gerade die letzte Zeile hat es vielen Heine-Lesern angetan: ein Nebensatz als tragische Pointe einer Liebesgeschichte, die dort endet, wo eigentlich ihr Beginn hätte sein können. Endlich das erste Gespräch, die erste Verständigung über größte Klassenunterschiede hinweg. Das Interesse der Sultanstochter gilt ohne Rücksicht auf den gesellschaftlichen Abstand der Person des Sklaven. Worüber ist sie mehr beunruhigt: Darüber, daß sie ihn heimlich begehrt – oder über seinen äußeren Verfall? Sie möchte ihn besitzen, indem sie alles, was ihn betrifft, erfährt. Er gesteht ihr seine Liebe durch die Nennung der Herkunft, die alles verrät.

Der Asra nämlich gehört zu jenen, deren Liebe gleichzeitig Krankheit zum Tode bedeutet. Krank vor Liebe, gibt es für ihn keine Rettung mehr. Damit sind beide Liebenden verloren. Heine, der früher die Emanzipation des Fleisches verkündet hatte, läßt hier den Spiritualismus triumphieren. Denn diese Liebe findet ihre Erfüllung erst jenseits von Leben und physischem Glück. Sie ist mit dem Sterben identisch, überwindet auf diese Weise alle sozialen Barrieren und macht gleich. Eine Gleichheit, die aus der vergänglichen Natur selbst erwächst, aus unserem Trieb zum Tode, der erst die schrankenlose Vereinigung ermöglicht.

Die Schlußzeile mit ihrer Verschmelzung von Liebe und Tod vor dem Hintergrund der Jugend verdankt ihre Wirkung auch einem sprachlichen Mittel, dem Stabreim. Überhaupt muß man die vier Strophen einmal mit Hilfe aller einander entsprechenden Stabreime zu lesen versuchen. Sie markieren als besonders intime Form der Wiederholung die tödliche Konsequenz dieser Geschichte, die im orientalischen Palastgarten aus 1001 Nacht spielt. Der tägliche Abendspaziergang der Sultanstochter ist Anlaß, nicht Ursache für die unheilbare Sehnsucht des Sklaven. Ausgangspunkt der Liebesgeschichte ist die weibliche Schönheit. Die Fürstin ist sogar »wunderschön«; deshalb »ward« der Sklave immer bleicher. Mit raschen »Worten« »will« sie endlich »wissen«, wer er ist. Die letzte Zeile des Gedichts enthält dann die abgründige Antwort des Mannes: »Welche sterben, wenn sie lieben.« Der Stabreim bildet gewissermaßen den inneren Zirkel des Gedichts und gibt ihm einen sublimen Zusammenhalt. Aber auch die vokalischen Gleichklänge dienen als verbindende Elemente, sogar als Ersatz für den Endreim. Ihn glaubt man ohne Frage vorhanden, so sehr klingen die Verse. Die Wiederholungen von Worten und ganzen Zeilen, die eleganten Zeilensprünge, selbst das überleitende »Und« zu Beginn der letzten Strophe fügen diesem Eindruck das Ihre hinzu.

Der strenge Aufbau in zwei Teile dämpft die Sentimentalität. Die beiden ersten Strophen beschreiben das Szenarium, in dem sich die Sultanstochter bewegt, während der Sklave seine genau korrespondierende unbewegliche Rolle spielt. Auch der von ihr in Gang gesetzte Dialog der beiden letzten Strophen lebt aus der Entsprechung. Alle Fragen werden der Reihe nach gelöst, das Rätsel seiner Person gelüftet. Doch gerade dadurch endet das Drama in der paradoxen Einheit von Liebe und Tod.

Als »Der Asra« 1846 im »Morgenblatt für gebildete Stände« erschien, war Heine schon von seiner Krankheit gezeichnet, aber noch nicht an die »Matratzengruft« gefesselt. Der endgültige Platz des Gedichts im Zyklus »Historien« des »Romanzero«-Bandes von 1851 drückt dann auch diesem Text, der zu den konzentriertesten und kürzesten dieser Sammlung gehört, den Stempel der Botschaft eines Todkranken auf. Heine nimmt von seinen Lesern Abschied und resümiert Themen und Einsichten seines Lebens.

Das Publikum kannte ihn aus dem »Buch der Lieder« von 1827 als den unglücklich-ironischen Liebhaber. Es hatte ihn als desillusionierten, vom Liebes-»Fasching« des Pariser Großstadtlebens enttäuschten Lebemann in den »Neuen Gedichten« von 1844 kritisiert. Im »Romanzero« sieht der Autor von den privaten Irritationen ab, denen er sich erst am Ende in den Gedichten an die »Mouche« wieder ausliefert. Hier erzählt er nur bittersüße, manchmal auch groteske Liebesgeschichten aus verschiedensten Ländern und Zeiten.

## HEINRICH HEINE
## DER SCHEIDENDE

Erstorben ist in meiner Brust
Jedwede weltlich eitle Lust,
Schier ist mir auch erstorben drin
Der Haß des Schlechten, sogar der Sinn
Für eigne und für fremde Not –
Und in mir lebt nur noch der Tod!

Der Vorhang fällt, das Stück ist aus,
Und gähnend wandelt jetzt nach Haus
Mein liebes deutsches Publikum,
Die guten Leutchen sind nicht dumm;
Das speist jetzt ganz vergnügt zu Nacht
Und trinkt sein Schöppchen, singt und lacht –
Er hatte recht, der edle Heros,
Der weiland sprach im Buch Homeros':
Der kleinste lebendige Philister
Zu Stukkert am Neckar, viel glücklicher ist er
Als ich, der Pelide, der tote Held,
Der Schattenfürst in der Unterwelt.

## ARMIN AYREN
## TRIUMPH DES SPIESSERS

Oft und viel hat Heinrich Heine vom Tod gesprochen und vom Jenseits. Für den Himmel der Christen hatte er fast nur Spott übrig: »Lebt wohl! Dort oben, ihr christlichen Brüder, / Ja, das versteht sich, dort sehn wir uns wieder.« So endet das zweite Gedicht im »Romanzero«, und das dritte, »Auferstehung«, zeichnet eine Karikatur des Jüngsten Gerichts.

Kein Weiterleben im Drüben also – aber auch keins im Hüben, durch das geschaffene Werk, das den Dichter überdauert? In Heines letzten Lebensjahren, die er, auf einer »Matratze festgenagelt«, schmerzgepeinigt seinem »Grab entgegen« liegt, stellt er sich diese Frage oft. »Epilog«, ein Pendant zu unserem Gedicht, tut den Ruhm übers Grab hinaus brüsk ab: »Torenworte! Narrentum!« Und es trinken dort nicht nur die guten Leutchen ihr Schöppchen, jene Philister, die sich vom sterbenden Dichter abwenden – nein, auch er selber tränke gern, zöge den Alkohol allem Ruhm vor:

Gleichfalls eine beßre Wärme
Wärmt dem Menschen die Gedärme
Wenn er Glühwein trinkt und Punsch
Oder Grog nach Herzenswunsch

Der Schluß dieses Gedichts, der Heines Verlangen nach den ihm nicht mehr zu Gebote stehenden irdischen Genüssen so kraß ausspricht, ist mit dem des hier abgedruckten fast identisch:

Der Pelide sprach mit Recht:
»Leben wie der ärmste Knecht
In der Oberwelt ist besser,
Als am stygischen Gewässer
Schattenführer sein, ein Heros,
Den besungen selbst Homeros.«

Die beiden Passagen nehmen bezug auf Odysseus' Besuch in der Unterwelt, den Homer im Elften Gesang der »Odyssee« erzählt. Dort rühmt Odysseus den Achill: »Vormals im Leben ehrten wir dich wie einen der Götter, / Wir Achaier, und nun, da du hier bist, herrschest du mächtig / Unter den Geistern; drum laß dich den Tod nicht reuen, Achilleus!« Dieser jedoch antwortet schroff: »Preise mir jetzt nicht tröstend den Tod, ruhmvoller Odysseus. / Lieber möcht ich fürwahr dem unbegüterten Meier, / Der nur kümmerlich lebt, als Tagelöhner das Feld baun, / Als die ganze Schar vermoderter Toter beherrschen.«

Schattenfürst, Dichterfürst – für Heine fließt das in eins zusammen. Der Sänger macht den Helden nicht wieder lebendig und auch sich selbst nicht durch seinen Gesang.

Man läse das Gedicht wohl falsch, nähme man es vor allem als Klage des rasch Vergessenen, der seine Leser verhöhnt, weil sie sich von ihm abwenden: liebes deutsches Publikum, gute Leutchen, Philister. Zwar schwingt diese Bitterkeit mit. Aber der Philister behält recht, nicht weil er Philister ist, sondern weil er lebt.

»Lieber ein lebendiger Hund sein, als ein toter Löwe!« Leben, Leben – was sonst zählt? Wenn der Spießer triumphiert, nur weil er weiterlebt, muß sich Heines Ironie gegen sich selbst kehren. Nur noch mit Heine kann Heine jetzt Possen reißen. So läßt er den Tod leben, behauptet,

jedwede weltlich eitle Lust sei in ihm erstorben, rettet sich in ein augenzwinkerndes »schier« und in formale Späße: siedelt die Philister in Stuttgart an (nirgends kommt der Name »Meier« häufiger vor) und läßt, nachdem das ganze Gedicht jambisch lief, den Peliden daktylisch flennen.
Heine – das ist immer Ironie und kein Ende. Ist es nicht auch Ironie, daß er mit Versen, die den Nachruhm ironisch abtun, eben diesen Nachruhm so mühelos erringt?

## HEINRICH HEINE
## AUS DEM LYRISCHEN INTERMEZZO

Die alten, bösen Lieder,
Die Träume schlimm und arg,
Die laßt uns jetzt begraben,
Holt einen großen Sarg.

Hinein leg ich gar Manches,
Doch sag ich noch nicht was;
Der Sarg muß sein noch größer
Wies Heidelberger Faß.

Und holt eine Totenbahre,
Von Brettern fest und dick:
Auch muß sie sein noch länger
Als wie zu Mainz die Brück.

Und holt mir auch zwölf Riesen,
Die müssen noch stärker sein
Als wie der heilge Christoph
Im Dom zu Köln am Rhein.

Die sollen den Sarg forttragen
Und senken ins Meer hinab,
Denn solchem großen Sarge
Gebührt ein großes Grab.

Wißt ihr, warum der Sarg wohl
So groß und schwer mag sein?
Ich legt auch meine Liebe
Und meinen Schmerz hinein.

## HANS J. FRÖHLICH
## MANCHES OHNE REIM

Meine Klassenkameraden spielten Indianer oder Fußball, bastelten Stukas oder sammelten Granatsplitter. Ich komponierte. Mit zehn schrieb ich kleine Stücke für Klavier, die ich vor jedermann sorgfältig versteckte; denn Komponieren war eine verbotene Freude. Mit zwölf fing ich an, Lieder zu schreiben. Texte zu finden, die mir gefielen, war nicht einfach. Die Gedichte im Lesebuch schienen mir ungeeignet, und die väterliche Bibliothek mit den goldenen Klassiker-Ausgaben und dem lyrischen Hausschatz gab es nicht mehr. Sie war 1943 mit unserer Wohnung und allem Inventar durch eine Sprengbombe zerstört worden.
Aber ich besaß ein romantisches Lieder-Album. Darin fand ich auch dieses Heine-Gedicht, vertont von Robert Schumann. Es gefiel mir so sehr, daß ich es gleich noch einmal vertonen wollte, ganz anders als Schumann, nicht in esoterischem cis-Moll, sondern in dunklem a-Moll. Über einem Passacaglia-Thema im Klavier mit vollgriffigen Akkorden erfand ich eine chromatisch sich windende Melodie, die – wie ich meinte – den Text schaurig-schön illustrierte.
Was mich an dem Gedicht faszinierte, ohne daß ich es richtig verstand, war der von Strophe zu Strophe größer und schwerer werdende Sarg. (Ich war in dem Alter, wo mich alles anzog, was mit Tod und Grab zusammenhing.) Es schien mir vollkommen einleuchtend, daß ein solcher Sarg, größer als das Heidelberger Faß, länger als die

Brücke zu Mainz, von zwölf Riesen getragen werden mußte. Nur hinsichtlich des Sarginhalts war ich mir nicht recht im klaren.

In der ersten Strophe heißt es, die »alten, bösen Lieder« sollten begraben werden, die »Träume schlimm und arg«. Daß man gewisse Träume begraben müsse, hatte ich die Erwachsenen schon sagen hören. Sie meinten damit aber weniger die schlimmen als die angenehmen. Aber – Lieder begraben?

In der zweiten Strophe gibt sich der Dichter geheimnisvoll, erwähnt nur, daß er »gar Manches« in den Sarg hineinlegen will, ohne mit der Sprache herauszurücken. Da blieb viel Spielraum für die Phantasie, auch die musikalische, und mit einer Septime abwärts (statt, wie bei Schumann, einer Sext aufwärts) glaubte ich »Manches« vieldeutig ausgedrückt zu haben. Daß die zwei Schlußzeilen des Gedichts des Rätsels Lösung bringen, habe ich erst später begriffen. Das ironisch gesetzte Wörtchen »auch«, durch das der wahre Inhalt des Sarges heruntergespielt wird, habe ich in seiner Bedeutung verkannt. Für mich waren Liebe und Schmerz lediglich Grabbeigaben, die den durch »gar Manches« riesigschweren Sarg nur um weniges noch schwerer machten.

Weiß ich es heute besser? Ich habe meine alten Lieder nicht begraben; sie verschwanden einfach. Doch immer, wenn ich dieses Gedicht lese, fällt mir sofort wieder diese chromatische Melodie zu den Worten ein. Was ich inzwischen weiß, was ich nun verstehe: daß Heine die bösen Lieder wie die schlimmen Träume, die ja seine Lieder und seine Träume waren, von der Liebe und dem Schmerz gar nicht trennen konnte; daß also nicht »Manches«, sondern »Alles« in diesen Sarg hineingelegt werden sollte; daß das

Gedicht selber der Sarg war, in dem alles Platz hat; daß Heine sich in und mit diesem Gedicht von seinen alten Schmerzen und damit von der bösen Poesie lossagen wollte, weil »in schönen Versen allzu viel gelogen worden« sei; daß er aber zugleich wußte: »Was ich liebe, liebe ich für immer.«

Heine beschreibt nicht die Größe seiner Leiden. Er gibt nur die Maße und das Gewicht des Sarges an, in den er seine Liebe und seinen Schmerz hineinlegen will, für die es in diesem Gedicht, wie für »Lieder« und »Manches«, keinen Reim gibt.

## HEINRICH HEINE
## DIE GRENADIERE

Nach Frankreich zogen zwei Grenadier,
Die waren in Rußland gefangen.
Und als sie kamen ins deutsche Quartier,
Sie ließen die Köpfe hangen.

Da hörten sie beide die traurige Mär:
Daß Frankreich verloren gegangen,
Besiegt und zerschlagen das große Heer –
Und der Kaiser, der Kaiser gefangen.

Da weinten zusammen die Grenadier
Wohl ob der kläglichen Kunde.
Der eine sprach: Wie weh wird mir,
Wie brennt meine alte Wunde!

Der andre sprach: Das Lied ist aus,
Auch ich möcht mit dir sterben,
Doch hab ich Weib und Kind zu Haus,
Die ohne mich verderben.

Was schert mich Weib, was schert mich Kind,
Ich trage weit beßres Verlangen;
Laß sie betteln gehn, wenn sie hungrig sind –
Mein Kaiser, mein Kaiser gefangen!

Gewähr mir, Bruder, eine Bitt:
Wenn ich jetzt sterben werde,

So nimm meine Leiche nach Frankreich mit,
Begrab mich in Frankreichs Erde.

Das Ehrenkreuz am roten Band
Sollst du aufs Herz mir legen;
Die Flinte gib mir in die Hand,
Und gürt mir um den Degen.

So will ich liegen und horchen still,
Wie eine Schildwach, im Grabe,
Bis einst ich höre Kanonengebrüll
Und wiehernder Rosse Getrabe.

Dann reitet mein Kaiser wohl über mein Grab,
Viel Schwerter klirren und blitzen;
Dann steig ich bewaffnet hervor aus dem Grab –
Den Kaiser, den Kaiser zu schützen.

## JOACHIM C. FEST
## MEHR ERHITZT ALS ERLEUCHTET

Allen Mut zur Vereinfachung zusammennehmend, kann man in der deutschen Lyrik zwei genealogische Linien ausmachen: die eine eher liedhaft, mit Gedichten voll von Gemütstönen, die sich emphatisch über den Formenkatalog hinwegsetzen; die andere streng, in nahezu jeder Zeile ein hohes poetisches Kalkül verratend und häufig gedanklich verschlüsselt. Der Gegensatz ist vielfältig definierbar, die Namen Goethe, Heine oder Trakl stehen für die eine Linie; Hölderlin, Platen oder Stefan George für die andere.

Die Neigung für Gedichtetes entwickelt sich leichter und früher an den Zeugnissen der ersten Kategorie. Dann aber verwirft man, um von der eigenen Erfahrung zu reden, die alten Götter, da die eine Vorliebe die andere verbietet, ehe beide sich schließlich nebeneinander behaupten, Heines »Grenadiere« beispielsweise neben »Brot und Wein«.

Und wenn von solchen frühen Erinnerungen die Rede ist, kann jenes Grammophon nicht fehlen mit Schalltrichter, Handkurbel sowie bizarr gebogenem und im Betrieb unruhig wippendem Tonabnehmer. Denn viele Gedichte der klassischen und romantischen Zeit sind am einprägsamsten über die Musik erreichbar, nicht durchweg die bedeutendsten, aber zahlreiche bedeutende eben doch. Wie unsäglich die Schluchzer auch klingen mochten, mit denen ein längst vergessener Bariton das »Mein Kaiser, mein

Kaiser gefangen« aus Robert Schumanns Vertonung vortrug: etwas von der grandiosen Heineschen Unmittelbarkeit teilte sich darin unvergeßlich mit.
Heine hat in der Dialogpartie, die den dramatisch pointierten Höhepunkt des Gedichts bildet, zwei schroff unterschiedene Charaktere gegenübergestellt. Der eine hausväterisch besorgt, vom Lärm und abenteuernden Zugriff der großen Geschichte nur gestört, nicht ohne Unruhe an die Familie und die Rückkehr in den bürgerlichen Pflichtenkreis denkend; mit deutlicher Mißbilligung wird ihm nur eine Strophe zugeteilt, während dem anderen mehr als fünf gewährt werden: er steht weit über dergleichen privater Beschränktheit, weiß sich im Dienst einer Sache, die jeden Einsatz rechtfertigt und noch dem Toten eine Pflicht zuweist.
Dieser allein ist gemeint, das Gedicht eine Huldigung vor der Macht des großen, über den Einzelnen hinausweisenden Gedankens und nicht, wie man mitunter fälschlich gedeutet hat, vor dem Kaiser der Franzosen. Heine war kein Monarchist, auch kein Anwalt des Napoleonkults, wiewohl er Bonapartes Verdienste um die Ausbreitung der Ideen von 1789, nicht zuletzt auch um die Emanzipation der Juden, hoch achtete.
Der Kaiser ist nur eine Metapher: eine konkrete Erscheinung jener Idee, nach der die Menschen unentwegt auf der Suche sind, die sie unter wechselnden Vorzeichen finden und zur Not sich auch konstruieren. Denn irgendein überpersönlicher Gedanke erst, eine Zukunftsvorstellung, das Gefühl der Teilhabe an einer objektiven Bewegung der Geschichte gibt dem Leben einen Sinn; dem Leben vieler jedenfalls, die in ihm selber keinen zu finden wissen. Die »Grenadiere« sind auch ein Gedicht vom Un-

genügen, sogar von der Verächtlichkeit privater Existenz, privaten Glücks.
Heine hat sich später verschiedentlich vom »Buch der Lieder«, dem das Gedicht entstammt, distanziert. Die der Zahl nach weit überwiegenden Liebesgedichte hat er als »in Honig getauchte Schmerzen« abgetan und im übrigen versichert, damals habe die Wahrheit ihn mehr erhitzt als erleuchtet. Zu denken ist, daß der zweite Vorbehalt vor allem auf Gedichte wie dieses zielt. Die bessere Einsicht, so meinte der Dichter, die er später gewonnen habe, laute weit einfacher, die Menschen sollten nur das tun, was tunlich ist – in der Kunst wie im Leben.

## HEINRICH HEINE
## DIE JAHRE KOMMEN UND GEHEN

Die Jahre kommen und gehen,
Geschlechter steigen ins Grab,
Doch nimmer vergeht die Liebe,
Die ich im Herzen hab.

Nur einmal noch möcht ich dich sehen,
Und sinken vor dir aufs Knie,
Und sterbend zu dir sprechen:
Madame, ich liebe Sie!

## WULF SEGEBRECHT
## MADAME, ICH LIEBE SIE!

Liebende empfinden ihre intimen Beteuerungen, wenn ich recht unterrichtet bin, als höchst poetisch, höchst individuell und höchst einmalig. Zyniker und kalte Analytiker der Herzenssprache behaupten demgegenüber, Liebende flüsterten sich im Prinzip immer dasselbe zu und ihre Schwüre seien eigentlich, genaugenommen, ziemlich banal und trivial.
Heinrich Heines Gedicht bespricht beide Aspekte des gängigen Liebesdiskurses: die vermeintliche Einmaligkeit des individuellen Liebesbekenntnisses und seine offensichtlich komische Kehrseite; das Gedicht realisiert beides: die ewige Trivialität und die ewige Originalität der Sprache der Liebe.
Banaleres als der Anfangsvers kann kaum ausgedacht werden: »Die Jahre kommen und gehen« – je nun, was sonst sollten sie tun, alles ist nun einmal vergänglich. Spätestens das Pathos der zweiten Zeile – »Geschlechter steigen ins Grab« – entlarvt diese Allerweltseinsicht als Binsenweisheit, die nur dazu dient, der These von der Unvergänglichkeit der Liebe den gehörigen topischen Kontrast zu verschaffen. Damit ist das Thema entwickelt: Alles vergeht – was aber bleibet, stiftet (angeblich) die Liebe. Diese antithetische Argumentation ist so unoriginell wie möglich und so typisch wie denkbar. So, mit echten Belanglosigkeiten und mit falschem Pathos, reden halt die Liebesleut' daher, eh wie je, in der Lyrik wie im Leben.

Diese Rekapitulation üblicher Sprechweisen der Liebenden, die zugleich ihre Demaskierung ist, scheint sich in der zweiten Strophe ungehindert fortzusetzen. Daß der Liebende sich danach sehnt, nur ein einziges Mal seine Liebe offenbaren zu dürfen, daß er sogar bereit ist, für diesen einmaligen Lebensaugenblick »aufs Knie« zu sinken und flugs zu sterben, gehört zu den ebenso konventionellen wie komischen und letztlich unlogischen Strategien aller Liebeserklärungen, so ernst sie auch immer gemeint sein mögen. Die behauptete Ewigkeit der Liebe tritt in den Gegensatz zu der ersehnten Einmaligkeit ihrer Erfüllung. Die allgemeine Vergänglichkeit derer, die ins Grab steigen, wird in Wahrheit nicht aufgehoben von demjenigen, der, im Bestreben, sie aufzuhalten, »aufs Knie« sinkt, um sogleich, inmitten der höchsten Seligkeit, zu sterben. Steigen und sinken sind nur zwei Seiten derselben Sache: Sie bezeugen die pathetische Allgegenwärtigkeit der Platitüde: Das Triviale ist immer schon da, wo sich die Liebe öffentlich äußert, gleichgültig, ob es um ihre Ewigkeit geht oder um ihre Einmaligkeit.

Dennoch hat sich von der ersten zur zweiten Strophe etwas verändert. An die Stelle der anonymen Allgemeinplätze der ersten Strophe sind nun direkte Anreden an ein Du getreten, an die Geliebte. Dreimal wird sie so angeredet, wie es in der Liebe ohnehin, in der Lyrik erst recht und in der Liebeslyrik geradezu ausnahmslos die Regel ist: mit dem »Du«. Und erst ganz am Schluß, dort, wo üblicherweise das entscheidende Liebesbekenntnis steht, auf das alles hinausläuft, wechselt Heine die Anredeform und geht zum scheinbar distanzierten »Sie« über. Ist dieses »Sie«, noch dazu an eine »Madame« gerichtet, worunter man sich eine gereifte, vielleicht gar schon verheiratete

Frau vorstellen mag, nur eine witzige Pointe, die das Liebesbekenntnis selbst und alles Vorangegangene relativieren oder gar für ungültig erklären will?
Das wäre aber nur eine Lesart der komplizierten Sache, die »Liebe« heißt. Die andere Lesart ergibt sich dann, wenn man die distanzierte »Sie«-Anrede an die Geliebte als den Versuch versteht, die Konventionen der Liebeslyrik, in der undifferenziert geduzt wird, zu durchbrechen und sich der Geliebten mit einer ganz und gar unüblichen, einmaligen, originellen Anrede zuzuwenden. Das Originelle des Liebesgedichts bestünde dann gerade in der Verwendung der Formen der Distanz, während sich die distanzlosen Liebesbeteuerungen als das Konventionelle erwiesen.
Die eine Lesart zuzulassen, ohne die andere auszuschließen – das ist Heines Kunst. »Ich werde nächstens meine Geliebte besingen«, verriet er 1824 stolz einem Göttinger Studienfreund, »so idealistisch wie ich nur kann, werde sie aber immerfort Sie nennen.«

## HEINRICH HEINE
## DIE LORELEY

Ich weiß nicht was soll es bedeuten,
Daß ich so traurig bin;
Ein Märchen aus alten Zeiten,
Das kommt mir nicht aus dem Sinn.

Die Luft ist kühl und es dunkelt,
Und ruhig fließt der Rhein;
Der Gipfel des Berges funkelt
Im Abendsonnenschein.

Die schönste Jungfrau sitzet
Dort oben wunderbar;
Ihr goldnes Geschmeide blitzet,
Sie kämmt ihr goldenes Haar.

Sie kämmt es mit goldenem Kamme
Und singt ein Lied dabei;
Das hat eine wundersame,
Gewaltige Melodei.

Den Schiffer im kleinen Schiffe
Ergreift es mit wildem Weh;
Er schaut nicht die Felsenriffe,
Er schaut nur hinauf in die Höh.

Ich glaube, die Wellen verschlingen
Am Ende Schiffer und Kahn;
Und das hat mit ihrem Singen
Die Lore-Ley getan.

## HANS-ULRICH TREICHEL
## WARUM SO TRAURIG?

Es ist das berühmteste Gedicht Heinrich Heines, und so manchem klingt der 1824 erstmals publizierte Text gar wie ein althergebrachtes Volkslied in den Ohren und nicht wie das Werk eines im französischen Exil gestorbenen Intellektuellen und Dichters. Die Vertonung durch Friedrich Silcher (1837), dem wir auch das »Ännchen von Tharau« zu verdanken haben, hat das Ihrige beigetragen, diesen Eindruck noch zu verstärken.

Wir wissen nicht, was Heine selbst dazu gesagt hätte, wäre einmal, vielleicht während eines Spazierganges am Rheinufer, ein Ausflugsdampfer mit Männergesangverein an ihm vorbeigefahren und hätte das »Ich weiß nicht, was soll es bedeuten« so süß und sentimental zu ihm herübergeweht. Wahrscheinlich hätte er einen spöttischen Vers darauf verfaßt, vielleicht aber wäre er auch ein wenig gerührt und zugleich beschämt gewesen von der Tatsache, daß ihn ausgerechnet die nicht einmal von ihm selbst, sondern von Clemens Brentano im Jahre 1800 erfundene sirenenhafte Jungfrau namens Lore Lay zum deutschen Volksschriftsteller gemacht hat, dessen Gedicht man nun von allen Dächern pfeift.

Nicht gerührt, sondern höchst irritiert hätte ihn allerdings das unter anderen auch von Theodor W. Adorno kolportierte Gerücht, daß ausgerechnet die Nazis ihn »beinahe zu Ehren« brachten, »als sie unter die Loreley jenes berühmt gewordene ›Dichter unbekannt‹ setzten« und damit

Heines Verse als Volkslied »sanktionierten«. Für den Wahrheitsgehalt dieses Gerüchts fehlt bis heute jeder Beleg. Und selbst wenn sich ein solcher eines Tages finden ließe: ein Volkslied ist Heines Loreley nicht. Und schon gar keines mit Blut-und-Boden-Haftung.

Gewiß ist der Text sentimental, und so manchen mag auch ein wohliger und symbiosefreudiger Schauder überkommen, wenn er sich in die Rolle des Schiffers versetzt, der der erotisch-musikalischen Verlockung nicht widerstehen kann und darum untergeht. Insofern ließen sich »die alten Zeiten« sogar als die *guten* alten Zeiten verstehen, in denen man nicht nur verlockt und verführt, sondern darüber hinaus auch noch »verschlungen« wird.

Derartige sinnliche Überwältigungen sind heutzutage und waren auch schon zu Heines Zeiten so leicht nicht mehr zu haben. Ersehnt wurden sie freilich damals wie heute. Und darum ist auch die (von der Heine-Forschung bis heute nicht restlos geklärte) Frage nach der Traurigkeit des Dichters nur höchst unzureichend beantwortet, wenn man das Gedicht entweder biographisch deutet und auf Heines unglückliche Liebe zu seiner Cousine Amalie verweist oder aber die Loreley zur Verkörperung des deutschen Wesens erklärt, an dem der Jude Heine irre geworden und an dem er letztlich zugrunde gegangen ist. Damit täte man dem lockigen Blondhaar und dem, was es repräsentiert, wohl doch zuviel Ehre an.

Warum also ist der Dichter der Loreley »so traurig«? Sicherlich wegen Amalie, und sicherlich auch, weil er an seinem Vaterland leidet. Aber vielleicht mehr noch, weil die alten Märchen mit ihren schönen Jungfrauen, gewaltigen Melodien und vielversprechenden Katastrophen nur noch um den Preis zu haben sind, daß sie entweder ironisch unterminiert werden oder aber von Friedrich Silcher vertont.

## HEINRICH HEINE
## DIE SCHLESISCHEN WEBER

Im düstern Auge keine Träne,
Sie sitzen am Webstuhl und fletschen die Zähne:
»Deutschland, wir weben dein Leichentuch,
Wir weben hinein den dreifachen Fluch –
  Wir weben, wir weben!

Ein Fluch dem Gotte, zu dem wir gebeten
In Winterskälte und Hungersnöten;
Wir haben vergebens gehofft und geharrt,
Er hat uns geäfft und gefoppt und genarrt –
  Wir weben, wir weben!

Ein Fluch dem König, dem König der Reichen
Den unser Elend nicht konnte erweichen,
Der den letzten Groschen von uns erpreßt
Und uns wie Hunde erschießen läßt –
  Wir weben, wir weben!

Ein Fluch dem falschen Vaterlande
Wo nur gedeihen Schmach und Schande,
Wo jede Blume früh geknickt,
Wo Fäulnis und Moder den Wurm erquickt –
  Wir weben, wir weben!

Das Schiffchen fliegt, der Webstuhl kracht
Wir weben emsig Tag und Nacht –

Altdeutschland, wir weben dein Leichentuch,
Wir weben hinein den dreifachen Fluch,
Wir weben, wir weben!«

## ECKART KLESSMANN
## KEINE DEUTSCHE MARSEILLAISE

Am 4. Juni 1844 stürmten einige hundert halbverhungerte Weber das Haus ihres Arbeitgebers in Peterswaldau; tags darauf zählte man schon dreitausend in Langenbielau im Aus- und Aufstand. Preußisches Militär rückte an und feuerte rücksichtslos auf die Entrechteten: Elf Tote und zahlreiche Verletzte blieben auf dem Platz, auch Frauen und Kinder befanden sich unter den Opfern.

Die Nachricht von der brutalen Niederschlagung dieser Hungerrevolte ging durch die Presse, und aus der Zeitung erfuhr auch Heine von den Vorfällen. Schon am 10. Juli 1844 erschien sein Gedicht »Die schlesischen Weber« im »Vorwärts« und kursierte dann bald als Flugblatt in Deutschland. In Preußen empfand man die Strophen als Majestätsbeleidigung; öffentliches Rezitieren in Wirtshäusern wurde mit zwei Jahren Gefängnis geahndet.

Die uns heute vertraute Fassung in fünf Strophen entstand 1845 und wurde im Oktober 1846 veröffentlicht. Von den politischen Gedichten Heines ist keines so populär geworden wie dieses. Es sei die »Marseillaise der deutschen Arbeiter«, schrieb 1847 begeistert ein französisches Journal. Zweifellos prägt Heines Verse ein hämmernder Rhythmus, aber eine Marseillaise? Der Gesang aus den Tagen der Französischen Revolution ist getragen vom revolutionären Elan, von Siegeswillen und Zuversicht. Aber davon ist in Heines Gedicht nichts zu finden. Den hämmernden Rhythmus liefert der Webstuhl; sein Maß bestimmt den

Alltag jener, die an ihn gekettet sind wie einst die Galeerensklaven an ihre Ruderbänke.

Die Marseillaise war und ist ein Lied begeisterter Patrioten. Doch hier sprechen nicht Patrioten, sondern Menschen, die sich von ihrem Vaterland verraten wissen. Dabei greift Heine geschickt auf jene Parole zurück, mit der 1813 die preußischen Soldaten und Kriegsfreiwilligen in den Kampf gegen Napoleon gezogen waren: Mit Gott für König und Vaterland!

Mit Gott? Doch der erwies sich im Bunde mit jenen, die das Geld und die Macht besitzen und für die Barmherzigkeit ein Wort ist, das man gern von der Kanzel hört, damit man es dann im täglichen Leben nicht mehr zur Tat werden lassen muß. Schließlich hatte Gott nach seinem unerforschlichen Ratschluß nun einmal Arme und Reiche geschaffen und selber die Obrigkeit eingesetzt, die sich auf ihn berief. Da standen Thron und Altar ganz fest zusammen.

Und der König? Friedrich Wilhelm IV. von Preußen, den man sentimental den »Romantiker auf dem Thron« nannte, gab sich zwar liberal, wenn ihm Bettina von Arnim ihren Report über das Arbeiterelend präsentieren durfte, aber damit hatte es dann auch sein Bewenden. Bettina mochte Unziemliches drucken lassen, der König ließ es – wenn überhaupt – lesen und schwieg.

Blieb das Vaterland. Auch unter den schlesischen Webern mögen 1813 einige gewesen sein, die als Patrioten gegen die Franzosen gekämpft hatten. Das Vaterland hatte es ihnen nicht gedankt. Schon das Verfassungsversprechen des Königs galt nach dem Sieg nicht mehr, und jeder machte sich strafbar, der daran zu erinnern wagte. Das Vaterland verhinderte jeden Ansatz von Reform oder sozialer Gerechtigkeit.

Die Bibel sagt von Gott (in Luthers Übersetzung): »In ihm leben, weben und sind wir«, und das Verb »weben« steht hier in seiner Assonanz als Inbegriff menschlichen Tuns. Bei Heine lautet der sich einhämmernde Refrain der fünf Strophen »wir weben, wir weben« und bezeichnet die Arbeit eines Vierundzwanzigstundentags: Arbeiten ums Verrecken.

Das Elend der schlesischen Weber, das wohl den meisten Zeitgenossen erst durch Heines Verse bekannt wurde, hat in der Nachfolge Gerhart Hauptmann zu seinem Drama »Die Weber« (1891) und Käthe Kollwitz zu einem Graphik-Zyklus (1897) inspiriert. Es könnte sein, daß Heines Gedicht viele hat erkennen lassen, daß Gott, König und Vaterland nicht nur für militärische Erfolge die Verantwortung tragen.

## HEINRICH HEINE
## DOKTRIN

Schlage die Trommel und fürchte dich nicht,
Und küsse die Marketenderin!
Das ist die ganze Wissenschaft,
Das ist der Bücher tiefster Sinn.

Trommle die Leute aus dem Schlaf,
Trommle Reveille mit Jugendkraft,
Marschiere trommelnd immer voran,
Das ist die ganze Wissenschaft.

Das ist die Hegelsche Philosophie,
Das ist der Bücher tiefster Sinn!
Ich hab sie begriffen, weil ich gescheit,
Und weil ich ein guter Tambour bin.

## HANS DAIBER
## DIE TIEFE AN DER OBERFLÄCHE

Für mich ist das die Hymne des Journalismus, eines relativ fröhlichen Kriegs, denn die Getroffenen bleiben am Leben. Das Trommelmotiv gibt es öfters bei Heine, da schlagen vielleicht die Kindheitserinnerungen durch, die er im Buch Le Grand übertrieb. Die Marketenderin taucht ebenfalls noch anderweitig auf, sie ist nur herzhaftes Dekor. Wenn man ihren Auftritt hier als Rat auffaßt, auch sein Vergnügen in der Branche zu suchen, dann ist sie doppelt gerechtfertigt.

Ernster ist's mit der Hegelschen Philosophie. Als Harry Heine in Berlin Jura studierte, verglich man den grämlichen, ältlichen, schwäbelnden, sich verklausulierenden Professor Hegel mit Aristoteles, Alexander, sogar mit Christus, und Heine wurde einer seiner Jünger. Die Steigerung des Selbstgefühls, die Hegel verursachte, hat Heine sich erhalten, obwohl er sich allmählich immer mehr von ihm distanzierte.

Als er das Gedicht »Doktrin« schrieb (1842), das sogleich in der Pariser »Deutschen Zeitung« veröffentlicht wurde, war Hegel schon elf Jahre tot. Als man »Doktrin« im »Vorwärts!« (damals noch mit Ausrufungszeichen) lesen konnte (1844) und bald darauf im Buch, äußerte Heine sich spöttisch über den »Maestro«. Und noch einmal zehn Jahre später nannte er ihn eine »Bruthenne« auf »fatalen Eiern«.

Heine hat die Hegelsche Doktrin nie geprüft, ein Philosoph ist er nie gewesen, aber ihre politische Bedeutung hat er vorausgesehen – auch daß man sie rechtsherum und linksherum exerzieren kann. Er hat also das Wesentliche durchaus erkannt, obwohl er Hegel im Detail »ehrlich gesagt, selten verstand«, und »Doktrin« ist sogar ein Bekenntnis zur Simplifikation. Die Leichtfertigkeit des Gedichts ist sein Charme; in der gebotenen Eile ins Schwarze treffen, das ist es, was man Heine als Journalist neiden kann. Divinatorisch erkannte er die Tiefe an der Oberfläche.

Das Gedicht ist scheinbar schnell geschrieben; aber die Lässigkeit ist kalkuliert, schnell geschrieben hat Heine nie. Was sich leichtfertig gibt, wurde nicht leicht fertig. Die purzelnden Daktylen täuschen das vor, zumal da sie schadhaft sind, nämlich trochäisch gebremst. Diese Bremswirkung hebt »Marketenderin«, »ganze Wissenschaft«, »Bücher tiefster Sinn«, »Leute aus dem Schlaf«, »Reveille mit Jugendkraft« stark hervor, zumal da man in Versuchung ist, den trommelnden Daktylus beizubehalten und Silben zu doppeln: Máharketéhenderín. Diese prosaischen Brechungen sind gewiß Berechnung. Dreimal bringt ein Auftakt die Versfüße vorübergehend ins Stolpern. Daß zwei Zeilen wiederholt werden, steigert Behauptungen zu Beteuerungen: es sei wirklich nicht mehr dran an den Büchern und der Wissenschaft. Zwölf Zeilen waren ihm offenbar schon zuviel, um die fundamentale, aber einfache Lehre zu formulieren.

Hat Heine mit anmutiger Geste ein glänzendes Senkblei geworfen? Es ist wohl nur ein versilberter Korken. Hätten seine Worte das volle Gewicht, sie wären längst untergegangen. So aber bleibt das Rezept für mediengerechtes Verhalten publik: furchtlos trommelnd voranzugehen.

## HEINRICH HEINE
## EIN FICHTENBAUM

Ein Fichtenbaum steht einsam
Im Norden auf kahler Höh.
Ihn schläfert; mit weißer Decke
Umhüllen ihn Eis und Schnee.

Er träumt von einer Palme,
Die, fern im Morgenland,
Einsam und schweigend trauert
Auf brennender Felsenwand.

## WOLF WONDRATSCHEK
## WAS TRÄUMT DIE PALME?

Gelobt sei Heinrich Heine, denn er hat sich – wie keine zweite deutsche Dichterseele – vor allem in *verständlichen* Gedichten ausgetobt. Dafür ist er, bis heute, eigentlich eher bestraft worden. Gerade jene Leute, die lieber keine Deutlichkeiten haben mögen (schon gar nicht in der Poesie), rächen sich, daß sie nun plötzlich *auch* verstehen müssen, was gemeint ist. So ist, glücklicherweise, Heine nie zu jenem Marmor erstarrt, der unsere Klassiker für alle Zeiten den nachkommenden Zeiten enthebt. Andersherum wußte er wohl am besten selbst, daß ihn gerade deren Zorn über den eigenen Tod hinaus lebendig halten würde.

Was Geheimnis ist, und unausdeutbar, gelang Heine sanft im Übergang zur Ironie. Groß war er darin, daß er jene deutschen Dunkelheiten vermied, die doch nur der Eitelkeit der Intellektuellen schmeicheln, die alle Engpässe ihres Fühlens, Träumens und Verstehens einölen mit Interpretation; und genau dafür taugt ein so schönes, so schön einfaches Gedicht wie das hier nicht viel. Hat das nicht doch eher ein Kind hingeschrieben, um sich in Reimen zu üben?

Die verkennbare Qualität eines einfachen Gedichts liegt oft nur in einem einzigen Wort, einem Wörtchen gar. Ich liebe, bis zur schieren Bewunderung, dieses eine Wörtchen »trauert« – es macht alles auf eine schwermütige Weise unlogisch. Welche Logik wäre denn auch denkbar?

Etwa die, daß einem Erfrierenden der bloße Gedanke zu verbrennen, für Sekunden wenigstens, doch Erleichterung verschafft?

Der Traum selbst trauert, und Heine hält die Gefühle ausweglos in der Balance. Da träumt der nordische Fichtenbaum nicht frierend davon, eine palmwedelnd freche Kokospalme zu sein, in irgendeiner meerblauen Brise schaukelnd, und wie in Schlagertexten bestückt mit boshaften Affen. Das Land, wo die Zitronen blühen? Der heilende Süden? Nein, er träumt vom brüderlichen Leid und der entsetzlichen Gemeinsamkeit im Schweigen und im Einsamsein; träumt, selbst gequält, doch nur von anderen Qualen.

Die Palme! Wo sie ist, da ist Wasser. Und Wasser ist, wo sie wächst, Luxus. Die Palme ist der Dandy unter den Bäumen, kräftig, wie eine den Himmel peitschende Reitgerte gebogen. Kein Baum strebt so direkt, so elegant hinauf – und scheitert dann so geschmeidig. Während der Fichtenbaum, der meine Phantasie weit weniger erregt, immer wirkt, als warte er eher ganz eisern ab, die Spitze hochgereckt zum Himmel wie ein Dolch, stur, mächtig und düster, da bezaubert die Palme, wie es Roland Barthes ausdrückt, mit »höherer Wirkung«.

Der Fichtenbaum, dessen Rauschen einen Nietzsche nächtelang wachhielt, träumt nicht von seiner Erlösung, nicht einmal von Illusion (die da wären: Strand, Sonne, Meer – wofür die Palme sinnbildlich vereinfacht ja steht). Von allem Luxus, selbst dem einer Oase, wo Palmen bekanntlich gedeihen, im Stich gelassen, trauert er, nicht mehr Mythos, und auch ohne jene verzaubernde Eleganz, der Eleganz eines Einsamen. Ich sehe natürlich seinen Stolz, auch seine Demut – und fühle, wie einfach und

endgültig tödlich die beiden Welthälften sich zueinanderfügen.
Von diesem Kreis eingeschlossen, findet kein Traum zur Utopie, und kein Gequälter Heilung von der Mühsal, einzeln auszuharren, zu leben und zu leiden. Diese zwei Strophen widerlegen das idealistische Nord-Süd-Gefälle unserer Empfindungen, dieser Süden – ausgedehnt wohlweislich über Italien hinaus bis hinunter und hinüber ins Morgenland – ist eben auch nur die Hölle. Und das erzählt uns Heine so großartig kleinlaut im naivsten Tonfall, wie es eben nur ein Dichter vermag, dem die »deutsche Muse« nicht eine reine, unberührt entrückte, holde Weiblichkeit ist, sondern, wie er es in der Vorrede zur zweiten Auflage vom »Buch der Lieder« zu sagen wagt, »die gute Dirne«.
Das Gedicht als die Bekanntschaft mit dem Sagbaren, bei Heine gar dem Singbaren; der Traum nicht als tröstende Ergänzung zum trostlosen Leiden und Leben, sondern als überraschende Wahrheit; und die Poesie einfach und verständlich statt einfältig hochtrabend – das gefällt mir, das Herabsinken aufs höhere Niveau.

## HEINRICH HEINE
## EIN JÜNGLING LIEBT EIN MÄDCHEN

Ein Jüngling liebt ein Mädchen,
Die hat einen andern erwählt;
Der andre liebt eine andre,
Und hat sich mit dieser vermählt.

Das Mädchen heiratet aus Ärger
Den ersten besten Mann,
Der ihr in den Weg gelaufen;
Der Jüngling ist übel dran.

Es ist eine alte Geschichte,
Doch bleibt sie immer neu;
Und wem sie just passieret,
Dem bricht das Herz entzwei.

## MARCEL REICH-RANICKI
## DIE ALTE GESCHICHTE

Heine, der Panerotiker, dem man gerne nachsagt, er sei der frivolste deutsche Dichter, war in Wirklichkeit der diskreteste: So wissen wir über die erotischen Erlebnisse, die seinen Versen zugrunde lagen, so gut wie nichts. Zu den wenigen Ausnahmen gehört das Gedicht »Ein Jüngling liebt ein Mädchen« aus dem »Lyrischen Intermezzo«.

Die Sache ist längst geklärt: Der junge Heine liebte seine Hamburger Cousine Amalie, die von ihm nichts wissen wollte, da sie in einen anderen verliebt war; dieser wiederum gab einem anderen Mädchen den Vorzug – weshalb die verärgerte Amalie eiligst einen John Friedländer aus Ostpreußen heiratete. Heine ging leer aus und war, wie man sich denken kann, enttäuscht und verbittert. Er hat sich darüber in Briefen an Freunde mehrfach geäußert – nicht sehr ausführlich, doch unmißverständlich.

Das Gedicht erzählt den Vorgang. Aber die Darstellung ist ungewöhnlich. Denn hier wird nicht beschrieben oder geschildert, hier werden nur Mitteilungen aneinandergereiht, hier wird referiert. Noch knapper und sachlicher geht es nicht: Für eine Affäre, in die immerhin fünf Personen verstrickt waren, braucht Heine nur zwei Strophen mit insgesamt acht kurzen Versen. Das poetische Vokabular, von dem er damals, um 1822, reichlich Gebrauch machte, wird vermieden. Hier finden wir kein Mondlicht, keinen Abendglanz, keine Morgensonne und weder Wald noch Flur, weder liebliche Blumen noch schattige Bäume.

Nichts erfahren wir über des Mädchens Äugelein und Wängelein und Händchen klein.
Verwendet werden nur die gebräuchlichsten Worte, die Worte des prosaischen Alltags. Der Autor berichtet kühl und gleichgültig – so auffallend kühl und so betont sachlich, daß man gleich vermutet, er wolle etwas verbergen. Die kurzen Feststellungen ergeben einen Duktus, den man später Telegrammstil nennen wird. Was sie zur Folge haben, dafür hat die deutsche Sprache (ein interessanter Umstand!) kein Wort zur Verfügung. Wir müssen uns mit einem Fremdwort behelfen: *Understatement*. Das Fazit macht dann ganz deutlich: In den beiden informierenden Strophen haben wir es mit einem schreienden *Understatement* zu tun.
Diese Geschichte sei alt und banal, doch gleichwohl neu – für jenen nämlich, der sie erleben muß. Denn der Schmerz verdrängt alle anderen Regungen. Und die Tatsache, daß Millionen ähnliches erlitten haben und gleichzeitig erleiden, ist kein Trost. Wen es betrifft, richtiger: trifft, dem (erst jetzt gibt es als Schlußakkord ein poetisches Bild) bricht das Herz entzwei. Den harten männlichen Reimen, die die Ordnung vortäuschen (*erwählt – vermählt, Mann – dran*), folgt in der dritten Strophe nur ein Halbreim. Wenn ihm aber daran gelegen wäre, dann hätte Heine einen reinen Reim auf »neu« schon gefunden. Aber hier wollte er den unreinen, eben den Halbreim haben. Das Reimwort, das er wählt – *entzwei* – klingt wie ein Verzweiflungsruf: Es lehnt sich gegen die Harmonie auf.
Der erste Vers der letzten Strophe ist übrigens ein Selbstzitat: Im Brief an einen Freund, dem er über Amalie schrieb, bezeichnete er sie als »die Klippe, woran mein Verstand gescheitert ist«. Und fügte hinzu: »Es ist eine alte Ge-

schichte.« Gescheitert? Ja, denn die Liebe »sieht mit dem Gemüt, nicht mit den Augen. Und ihr Gemüt kann nie zum Urteil taugen«. Das stammt von jenem, dessen Werk Heine »das weltliche Evangelium« nannte: von Shakespeare.

Von den vielen Komponisten, die Heines Lieder vertont haben, gebührt Robert Schumann die Palme. Doch das Gedicht »Ein Jüngling liebt ein Mädchen« (wohl nur dieses einzige) hat er leider mißverstanden. Das Tempo des Liedes hat er nicht bestimmt, so daß es stets flott und munter gesungen wird – und es läßt sich gar nicht anders singen. Den düsteren, den alarmierenden Hintergrund hören wir sowenig wie den Aufschrei des Liebenden. Die zwischen den Zeilen verborgene Dramatik hat Schumann übersehen. Da hilft auch nicht das Ritardando bei *wem sie just passieret.* Nach den letzten Worten kehrt die Begleitung sofort zum ursprünglichen Zeitmaß zurück, dem raschen, dem heiteren. Schumann hat viele Gedichte Heines noch schöner und noch reicher gemacht, dieses jedoch ärmer. Aber es ist vollkommen – ohne Musik.

## HEINRICH HEINE
## ENFANT PERDU

Verlorner Posten in dem Freiheitskriege,
Hielt ich seit dreißig Jahren treulich aus.
Ich kämpfte ohne Hoffnung, daß ich siege.
Ich wußte, nie komm ich gesund nach Haus.

Ich wachte Tag und Nacht – Ich konnt nicht schlafen,
Wie in dem Lagerzelt der Freunde Schar –
(Auch hielt das laute Schnarchen dieser Braven
Mich wach, wenn ich ein bißchen schlummrig war).

In jenen Nächten hat Langweil ergriffen
Mich oft, auch Furcht – (nur Narren fürchten nichts) –
Sie zu verscheuchen, hab ich dann gepfiffen
Die frechen Reime eines Spottgedichts,

Ja, wachsam stand ich, das Gewehr im Arme,
Und nahte irgend ein verdächtger Gauch,
So schoß ich gut und jagt ihm eine warme,
Brühwarme Kugel in den schnöden Bauch.

Mitunter freilich mocht es sich ereignen,
Daß solch ein schlechter Gauch gleichfalls sehr gut
Zu schießen wußte – ach, ich kanns nicht leugnen –
Die Wunden klaffen – es verströmt mein Blut.

Ein Posten ist vakant! – Die Wunden klaffen –
Der Eine fällt, die Andern rücken nach –
Doch fall ich unbesiegt, und meine Waffen
Sind nicht gebrochen – Nur mein Herze brach.

## MANFRED WINDFUHR
## EIN POSTEN IST VAKANT

Heine hat in den Leidensjahren auf die Hauptfragen seines Lebens letzte Antworten gegeben, über das Erreichte Bilanzen aufgestellt. »Enfant perdu« ist sein politisches Vermächtnis, erschienen 1851 im »Romanzero« am Ende der ersten »Lazarus«-Serie. Heine resümiert darin seine Rolle im Kampf gegen die Restauration.

Die Jahresangabe ist recht exakt, denn Anfang der zwanziger Jahre begann er mit den ersten kritischen Artikeln und Gedichten. Er unterstützte die beiden Revolutionen seiner Zeit, wenn auch mit abnehmender Intensität, und beförderte in einem nicht nationalistisch zu verstehenden Sinn die ersten Schritte unserer Demokratie. Jetzt nahm ihm die fortschreitende Lateralsklerose die Feder aus der Hand. Das Ergebnis seiner politischen Erfahrungen erschien ihm mit Recht zwiespältig.

Bei dem Wort »Freiheitskrieg« dachten die deutschen Zeitgenossen natürlich nicht an demokratische Emanzipation oder Revolution im Bund mit den fortgeschrittensten Franzosen, sondern an ihren Kampf gegen Napoleon I., also an einen eher gegenrevolutionären Vorgang. Wie oft funktioniert Heine zentrale Begriffe seiner Zeit um und gibt ihnen einen gegenteiligen Sinn. Mit diesem Gedicht schließt er offensichtlich an eigene, wiederholt gebrauchte Formulierungen an, die über Jahre hinweg begegnen.

1829 heißt es an der Marengo-Stelle der Italienreise pathetisch: »Aber ein Schwert sollt ihr mir auf den Sarg legen;

denn ich war ein braver Soldat im Befreiungskriege der Menschheit.« Gegenüber seinem Mentor Varnhagen äußert Heine im Juli 1833, anspielend auf aristokratische Überheblichkeit und antijüdischen Druck: »Daß ich aber einst die Waffen ergriff, dazu war ich gezwungen durch frechen Hohn, durch frechen Geburtsdünkel – in meiner Wiege lag schon meine Marschroute für das ganze Leben.« In den synthetischen Helgoländer Briefen aus dem Börnebuch (1840) nimmt er die vorige Bemerkung auf und führt sie bereits nahe an die spätere Gedichtaussage heran: »Einst, als ich noch jung und unerfahren, glaubte ich, daß wenn auch im Befreiungskampfe der Menschheit der einzelne Kämpfer zugrunde geht, dennoch die große Sache am Ende siege.«

Wie sehr der Anfang von »Enfant perdu« Selbstzitat ist und sein soll, belegt eine bisher unausgewertete Handschrift aus dem Düsseldorfer Heine-Institut. Auf der Grundlage einer Schreiberabschrift, die bereits den späteren Wortlaut der ersten beiden Zeilen enthält, erwägt der Autor mit der für die Krankheitszeit typischen zittrigen Bleistiftschrift folgende Version (im Klartext): »Verlor'ner Posten in dem Freiheitskrieg der Menschheit/ Treulich hielt ich seit dreißig Jahren aus.« Der Dichter hat seine früheren Formulierungen noch exakt im Kopf und vergißt für einen Augenblick das gewählte fünftaktige Metrum. Auch der Anfang der zweiten Zeile ist metrisch fehlerhaft. Daher kehrte er danach wieder zur früheren Version zurück.

Die Variante bekräftigt, daß wir es nicht mit dem nationalen Kampf von 1813, sondern mit einem emanzipatorischen Weltvorgang zu tun haben. Andererseits enthält die Handschrift bereits die korrekte Version der dritten Zeile:

»Ich kämpfte ohne Hoffnung, daß ich siege.« Obwohl auch der Erstdruck das Präteritum aufweist, verwenden die meisten Heine-Ausgaben bis heute hier irrigerweise die Präsenzform »kämpfe«, auch die unserem Abdruck zugrunde gelegte Ausgabe. Ob sich die Editoren doch nicht mit Heines Selbstpensionierung als Politiker zufrieden geben wollten?

Trotz einiger sarkastischer Züge und Annäherungen an den Prosaduktus ist der anspruchsvoll-bekenntnishafte Ton früherer politischer Aussagen geblieben. Entgegen der heute um sich greifenden Praxis, Heine als reinen Ironiker zu verstehen, zeigen uns die Quellen, daß er immer dann feierlich-pathetisch wird, wenn für ihn zentrale Anliegen zur Rede stehen. Ähnlich ernste Töne begegnen auch in manchen klagenden Liebesgedichten, religiösen Konfessionen und prophetischen Ankündigungen. Vor Unterschiebung von Ironie durch den Interpreten muß an solchen Stellen ausdrücklich gewarnt werden.

## HEINRICH HEINE
## EPILOG

Unser Grab erwärmt der Ruhm.
Torenworte! Narrentum!
Eine beßre Wärme gibt
Eine Kuhmagd, die verliebt
Uns mit dicken Lippen küßt
Und beträchtlich riecht nach Mist.
Gleichfalls eine beßre Wärme
Wärmt dem Menschen die Gedärme,
Wenn er Glühwein trinkt und Punsch
Oder Grog nach Herzenswunsch
In den niedrigsten Spelunken,
Unter Dieben und Halunken,
Die dem Galgen sind entlaufen,
Aber leben, atmen, schnaufen,
Und beneidenswerter sind,
Als der Thetis großes Kind –
Der Pelide sprach mit Recht:
Leben wie der ärmste Knecht
In der Oberwelt ist besser,
Als am stygischen Gewässer
Schattenführer sein, ein Heros,
Den besungen selbst Homeros.

## EVA DEMSKI
## DAS LEBEN MUSS DICKE LIPPEN HABEN

Er mußte sein rechtes Augenlid mit der Hand anheben, um sehen zu können. Tageslicht ertrug er kaum, seine Beine waren erst wie Baumwolle, dann versagten sie ganz. Er litt an heftigen Migräneanfällen, Mund und Schlund waren zeitweise gelähmt, so daß er nichts mehr essen konnte. Er magerte schrecklich ab, und wer ihn sah, erschrak: »Wenn ich auch nicht gleich sterbe«, klagte er zwei Jahre vor seinem Tod, »so ist doch das Leben für mich für immer verloren, und ich liebe doch das Leben mit so inbrünstiger Leidenschaft.«

Die Trauer und die Sehnsucht nach dem Leben sprechen aus Heines Epilog, laut und eigentlich kunstlos, in paarigen Reimen, die großartig simpel sind, als sei das ganze artistische Bemühen nichts mehr wert angesichts des Gehenmüssens. In seiner Matratzengruft leidend und dichtend, hat er für sich entschieden: Es ist das Leben, das wirklich wichtig ist, nicht Nachruhm und Ehre, nicht Eleganz und Kultiviertheit. Es darf ruhig stinken, das Leben, es darf dreckig sein und ohne Feinheit, man muß es nur fühlen und halten dürfen. Wenn einer so wie Heine dran ist, beneidet er sogar einen pissenden Hund auf der Straße um sein Wohlbefinden und sein fröhliches und unbewußtes In-der-Welt-Sein.

Das Leben muß dicke Lippen haben, wenn es einen küßt. Und wie Goethe oder nach ihm Joyce vertraute Heine sein Leben einer Frau an, die alles andere war als kongenial, feingeistig oder intellektuell. Christiane, Mathilde, Nora – sie waren höchst irdisch, mit einem großen Appetit in jeder Beziehung und von nachsichtiger Großzügigkeit in ihrer Liebe. Sie waren das Leben mit den dicken Lippen, mit ihnen konnte man Glühwein und Punsch trinken und den eisigen Schrecken über die Vergänglichkeit vergessen – für eine kurze Weile.

In der Matratzengruft im Exil, auf seinem weichen Schmerzenslager hat Heine eine seiner produktivsten Phasen. Gedicht um Gedicht entsteht, und der Ruhm war ihm keineswegs gleichgültig, genausowenig wie das Geld, eines seiner lebenslangen Verzweiflungsthemen. Nur vordergründig braucht er es für die »Verbrengerin«, wie er seine verschwenderische und verfressene Mathilde zärtlich nennt – es ist nach der demütigenden Erbschaftsgeschichte auch ein Symbol für Anerkennung, für Achtung, Sicherheit und Würde.

Sein Vaterland hat ihn, einen seiner größten Dichter, nicht damit verwöhnt, und doch denkt er aus der Matratzengruft unaufhörlich dorthin. *Ich bin ein deutscher Dichter, / Bekannt im deutschen Land; / Nennt man die besten Namen, / So wird auch der meine genannt.* Gewiß, das war ihm wichtig, und er forderte es ein, mit Stolz und zu Recht.

Und doch: Wenn das Ende und die Dunkelheit näher kommen, wird alles andere blaß und schwächlich neben dem Leben, dieser Kostbarkeit, die auch im Besitz von Gaunern, armen Teufeln und Halunken nichts von ihrem Glanz verliert. Als habe grade ihm, diesem glühenden Verehrer, das Leben selber seine Krallen besonders grausam durchs Gesicht ziehen wollen, begnügt es sich nicht mit den normalen Gemeinheiten, die es unter dem Begriff

Alter für jeden bereithält. Ihn quält und foltert es über Jahre, aber seine gelegentlichen Ausbrüche, daß er nur Mathildes wegen sich nicht selbst töte, sind nur die halbe Wahrheit. Mathilde ist das Symbol des Lebens, nach dem er sich so verzweifelt sehnt.

Man macht es sich mit dem Begriff der »Erlösung« bei den zu Tode Kranken vielleicht ein wenig zu leicht. Heine hat das Ende nach den Jahren des Leids und der herrlichsten Dichtung gespürt. Gott werde ihm verzeihen, soll er zum Schluß gesagt haben. Das sei schließlich sein Metier.

## HEINRICH HEINE
## GEDÄCHTNISFEIER

Keine Messe wird man singen,
Keinen Kadosch wird man sagen,
Nichts gesagt und nichts gesungen
Wird an meinen Sterbetagen.

Doch vielleicht an solchem Tage,
Wenn das Wetter schön und milde,
Geht spazieren auf Montmartre
Mit Paulinen Frau Mathilde.

Mit dem Kranz von Immortellen
Kommt sie, mir das Grab zu schmücken,
Und sie seufzet: »Pauvre homme!«
Feuchte Wehmut in den Blicken.

Leider wohn' ich viel zu hoch,
Und ich habe meiner Süßen
Keinen Stuhl hier anzubieten;
Ach! sie schwankt auf müden Füßen.

Süßes, dickes Kind, du darfst
Nicht zu Fuß nach Hause gehen;
An dem Barrière-Gitter
Siehst du die Fiaker stehen.

## FRIEDRICH TORBERG
## BLUMEN DER UNSTERBLICHKEIT

In diesem Gedicht ist der ganze Heine. Wäre der Begriff »total« steigerungsfähig – man könnte es sein totalstes Gedicht nennen.
Er war ein evangelisch getaufter Jude, und was an ihm jüdisch war, ist trotz der Taufe jüdisch geblieben. Er hat sich oft genug seines Judentums besonnen, gern, ungern, wehmütig, kämpferisch, verzweifelt. Aber den Anspruch auf ein »Kadosch«-Gebet an seinen Sterbetagen hatte er verwirkt, das wußte er, und den Anspruch auf eine Messe hatte er nicht erworben, auch das wußte er. Im übrigen kennt der evangelische Ritus keine gesungenen Totenmessen, und das jüdische Gebet für die Sterbetage heißt »Jiskor«, nicht »Kadosch« (oder »Kadisch«). Natürlich wußte er auch das und hielt es mit Recht für unwichtig. Hier geht es ja nicht um liturgische Korrektheit, sondern um Bild und Stimmung des Gedenktags, um die fast schon klischierte Vision der Trauer, die sich einer gesungenen Messe und einem gesagten Kadosch beigesellt. Beides wird ihm versagt bleiben. Und darin ist eigentlich schon seine ganze Lebensgeschichte enthalten.
Nicht aber die Geschichte seines Schaffens, seines Werks, seines Ruhms. Denn daß »nichts« gesagt und gesungen würde, daß man seiner vergessen könnte – daran glaubt er ja selbst nicht. Wenn er dennoch so tut, als glaubte er's, geschieht es mit dem koketten Zwinkern dessen, der sich des Gegenteils sicher weiß. Er hat es längst zu Protokoll

gegeben: »Nennt man die besten Namen, so wird auch der meine genannt.«
Die Koketterie setzt sich in die nächste Strophe fort, in die skeptische Einschränkung, daß Frau Mathilde sein Grab »vielleicht« besuchen wird, »wenn das Wetter schön und milde«. Sonst vielleicht nicht. Und was sie auf den Montmartre lockt, ist nicht der Friedhofsbesuch allein, sondern gleichermaßen ein Spaziergang mit Paulinen, ihrer Freundin, über die er sich als »Mathildens Melone« lustig zu machen liebte. Das Ganze ist von der Melancholie eines Grabgangs ziemlich weit entfernt.
Immerhin: Frau Mathilde hat einen Kranz mitgebracht, ihm das Grab zu schmücken, und die feuchte Wehmut in ihren Blicken tut der klischierten Trauer eine weitere Genüge. »Pauvre homme!« seufzt sie. »Ich bin ein deutscher Dichter, bekannt im deutschen Land«, hieß es in jenem Protokoll. Aber wenn an seinem Sterbetag schon etwas gesagt wird, wird es französisch gesagt. Klingt ja auch viel hübscher als »Armer Kerl!« Französisches mitten in einem deutschen Gedicht macht sich immer gut, kommt seiner weltmännischen Grandezza gerade recht. Noch einmal flackert die Koketterie von vorhin auf, noch ein letztesmal.
Jetzt nämlich wird's ernst, viel ernster, als es den ungebrochen lässigen Anschein hat, so ernst wie in seiner zur ungefähr gleichen Zeit entstandenen Beschwörung »An die Engel« mit den erschütternden Zeilen: »Seid Schild und Vögte eurem Ebenbilde, / Beschirmt, beschützt mein armes Kind, Mathilde!« und nochmals nach der Todesahnung zum Schluß »Ihr Engel, schützt Mathilde!« Nur daß in der »Gedächtnisfeier« aus dem armen Kind ein süßes, dickes geworden ist. Nur daß er ihr anstelle des Schutzes

der Engel, den er ihr nicht anbieten kann, wenigstens einen Stuhl anbieten möchte – und nicht einmal dazu reicht es. Er muß die Fiaker vom Barrière-Gitter herbeizitieren, damit sie sein süßes, dickes Kind nicht zu Fuß nach Hause gehen lassen.

Es ist ein Kavalier von himmlischen Gnaden, der sich hier verabschiedet und mit wahrhaft überirdischer Eleganz auf Mathilde, auf uns, auf sich selbst herniederlächelt. Es ist der ganze Heine, der uns aus den fünf Strophen dieser Autobiographie entgegenglitzert und entgegenzwinkert. Es ist eine Gedächtnisfeier, wie sie ihm keine noch so klangvoll gesungene Messe, kein noch so fromm gesprochenes Kadosch hätten veranstalten können. Schon deshalb nicht, weil er nicht an solche Gedächtnisfeiern glaubt.

Der Kranz jedoch, den Frau Mathilde ihm mitgebracht hat, besteht aus Immortellen, den Blumen der Unsterblichkeit. An die glaubt er.

## HEINRICH HEINE
## HELENA

Du hast mich beschworen aus dem Grab
Durch deinen Zauberwillen,
Belebtest mich mit Wollustglut –
Jetzt kannst du die Glut nicht stillen

Preß deinen Mund an meinen Mund,
Der Menschen Odem ist göttlich!
Ich trinke deine Seele aus,
Die Toten sind unersättlich.

## GERT UEDING
## DAS UNBEFRIEDIGTE WEIB

Auch wenn man nicht weiß, daß Heinrich Heine das kleine Gedicht zuerst im Oktober 1851 als Motto zu seinem »Tanzpoem« genannten Prosa-Libretto »Der Doktor Faust« veröffentlicht hat, verrät schon der erste Vers, daß hier nicht die Homerische Helena, sondern die magisch beschworene Wiedergängerin der Volkssage und des Goetheschen Dramas spricht. Nur von ferne vernimmt man noch die Phantasiebedürfnisse der Renaissance, deren magische Künste die wiederentdeckten vorbildlichen Gestalten der Antike leibhaftig aus dem Grab der Vergangenheit heraufrufen sollten. Doch Heines Helena ist weniger vom humanistischen Geist, gar vom Geist des humanistischen Gymnasiums beseelt als vielmehr von der erotischen Freizügigkeit der Saint-Simonisten.

Die schönste Frau des Altertums darf man sich getrost eher nach dem Modell einer Marilyn Monroe denn nach demjenigen der antiken Plastik vorstellen. Wobei ich freilich gleich hinzusetzen möchte, daß auch die griechischen Bildwerke zum erotischen Genuß gemacht waren und wir Winckelmann- und Gymnasium-Geschädigten mit unseren Primanerphantasien der historischen Wahrheit näher kamen als die meisten Pauker mit ihren anämischen Interpretationen. Diese Helena jedenfalls reiht sich zwanglos ein in die Schar der Dianas, Hortenses, Emmas oder Katharinas, die die erotischen Gelegenheitsgedichte Heines schon lange bevölkern und die Freuden der sinnlichen

Liebe mal derb, mal graziös reklamieren. So hatte der Autor auch seine Gründe, wenn er Faust in diesem Rollengedicht namentlich gar nicht mehr auftreten läßt: dieser allein ist es gewiß nicht mehr, den Helena derart freimütig anspricht.

Das unbefriedigte Weib redet zum Manne, der sie erweckte, ohne ihre »Wollustglut« dann wirklich stillen zu können. Ihre Identifikation mit der trojanischen Helena ist daher nur vorläufig, eine mythologische Reminiszenz, von der sich das Triebgeschehen schnell löst, um in einer anderen Bildsphäre erneut zur Erscheinung zu kommen. Die aus dem Totenreich Heraufbeschworene und zum Liebes-Leben Erweckte erscheint dem Manne jetzt als unersättlicher Vampir, der sein Dasein dem göttlichen Odem der Menschen verdankt. Mit aller Sehnsucht hatte er sie sich herbeigewünscht, jetzt wird er den Leib, den er gerufen, nicht mehr los.

Das sind männliche Angstphantasien, die aus der Unterlegenheit stammen – oder vielmehr aus der Unfähigkeit, die widersprüchlichen Liebeswünsche an die eine Frau zu richten: die zügellosen ebenso wie die zarten, die ausschweifenden wie die unschuldigen. Darin bleiben viele Primaner bis in ihr Alter: den Genuß des Fleisches suchen sie bei der Künstlerin Fröhlich oder einer ihrer lasterhaften Schwestern; an dem Mädchen, das sie geheiratet haben, lieben sie die schüchterne Weiblichkeit, und niemals erscheint sie ihnen auch als die Schöne der Nacht. Der Mechanismus ist hinlänglich bekannt, auch Heinrich Heine war nicht frei davon, wenn wir an die seelenschmerzliche Liebeslyrik des »Buchs der Lieder« und ihre leichtgeschürzten Gegenstücke in den »Verschiedenen Gedichten« denken. Eine Dissonanz, die zwar auch in der »Helena« noch spürbar bleibt, aber jetzt nicht mehr das Hauptgewicht trägt: Der Autor dieses Gedichts – man weiß es – ist seit drei Jahren an die Matratzengruft gefesselt.

Bereits die Strophenform signalisiert den Stimmungswechsel: In der Geschichte der deutschen Lyrik finden wir sie vor allem in Klage- und Totenliedern. In ihre Nachbarschaft gehört auch Heines Gedicht. Es ist eine elegische Meditation über den Tod, den die Liebe bringt, über die Wollust, die zerstört. Helena in jedem Weibe verkörpert die Einheit von Tod und Sexus.

So stellt sich Heine illusionslos selbst Diagnose und Horoskop zugleich: So tot und unersättlich wie die magische Traumfigur wird auch ihr Adressat bald sein. Im Text des Tanzpoems vom Doktor Faust wird die Verwandtschaft noch deutlicher. Dort erscheint Helena schließlich als zu einer »fast zum Gerippe entfleischten Leiche« verwandelt – Sinnbild für die Enttäuschung des Lebens, die auch ein hohes Paar wie diese beiden nicht verschont.

## HEINRICH HEINE
## ICH HAB IM TRAUM GEWEINET

Ich hab im Traum geweinet,
Mir träumte, du lägest im Grab.
Ich wachte auf, und die Träne
Floß noch von der Wange herab.

Ich hab im Traum geweinet,
Mir träumt', du verließest mich.
Ich wachte auf, und ich weinte
Noch lange bitterlich.

Ich hab im Traum geweinet,
Mir träumte, du bliebest mir gut.
Ich wachte auf, und noch immer
Strömt meine Tränenflut.

## WERNER WEBER
## SCHATTENGESPRÄCH

»Tragödien, nebst einem lyrischen Intermezzo, von H. Heine«: der Band ist 1823 erschienen. Zum »Intermezzo«, zur Gedichtfolge zwischen den Tragödien »William Ratcliff« und »Almansor«, gehört als Nummer fünfundfünfzig »Ich hab im Traum geweinet«. 1827 erscheint das »Intermezzo« als Teil im »Buch der Lieder«; danach hat das Gedicht »Ich hab im Traum geweinet« den größeren Echoraum. Das Ohr kann nun die Rede prüfen, »wie der Gaumen die Speise schmeckt«.

Heine war anfangs der Zwanzig, als er die Strophen schrieb. Eine Strophenfolge, deutlich organisiert und in der Deutlichkeit verwunschen – das gleiche immer anders; ein kalkuliertes Betören. Das ist nicht geklopft wie jenes »Ein Jüngling liebt ein Mädchen, / Die hat einen andern erwählt ...«; keine »getrommelten Tränen«. Ein Lied will zu sich kommen; es beschwört sich selber mit immer denselben Gebärden und hält doch den Zweifel aus, was wahrer sei: Schmerzen zu beweinen oder sie zu belachen. Heine, der nicht mogelt, hat im Hinblick auf eine solche Sorte von kleinen, maliziös-sentimentalen Liedern gesprochen. Es seien »nur Variazionen desselben kleinen Themas«. Aber das kleine Thema hat bei den Lesern große Neugier geweckt. Wer war es und wann und wo? Die entsprechenden Geschichten sind bekannt. Nicht gleich bekannt ist Heines Bemerkung (gegenüber Immermann, Lüneburg, 10. Juni 1823): »Es kränkte mich tief und bitter, als ich gestern im Briefe eines Bekannten ersah, wie er sich mein ganzes poetisches Wesen aus zusammengerafften Histörchen construiren wollte ...« Ich lasse die Histörchen. Das Gedicht hat eigene Kompetenz. (Bei Valéry heißt das: *l'œuvre est l'œuvre.*)

Drei Strophen, jede von ihnen zur Hälfte besetzt mit der gleichsinnigen, gleichlautenden Folge: »Ich hab im Traum geweinet«; »mir träumte«; »ich wachte auf«. Durch die refrainartige Wiederholung verliert der Vorgang – wenn das Ohr die Rede prüft, wie der Gaumen die Speise schmeckt – seine Delikatesse. Doch gerade da nimmt das Besondere seinen Anfang. Das Weinen – »Ich hab im Traum geweinet« –, so noch schematisch angeflogen, wird beseelt, von Strophe zu Strophe, durch wunderbar erwogene Variationen einfacher Redensart: »die Träne / Floß noch von der Wange herab«; »ich weinte / Noch lange bitterlich«; »noch immer / Strömt meine Tränenflut«. Und die unsinnlichen temporalen Elemente – »noch«, »noch lange«, »noch immer« – verlängern die Sinnlichkeit der im Traum erfahrenen Ereignisse in den Tag, ins Wachsein hinein. Aber nur bedingt in den gegenwärtigen Tag, ins gegenwärtige Wachsein; alles bleibt von Flören des Präteritums umspielt, als wäre bare Gegenwärtigkeit nicht auszuhalten. Es sind geträumte Möglichkeiten von Verlust, stillschweigend von verbitterter Hoffnung auf Glück umgeben – im geträumten »du bliebest mir gut« (andere Fassung: »du wärst mir noch gut«) die wehe Gegenstimme: du bleibst mir gut, du bist mir gut. Da ist dann das Weinen nicht nur Sache des Traums, keine Gebärde des Es war Einmal; es ist Gegenwart, die das Gedicht bis zu diesem Schluß versteckt hat: »und noch immer / Strömt meine Tränenflut«.

Am 14. April 1822 hat Heine an seinen Freund Christian Sethe geschrieben, er habe sich in schlafloser Nacht alles aufgezählt, was er liebe, und da sei als »Nr. 1« ein weiblicher Schatten, der jetzt nur noch in seinen Gedichten lebe. Zu Heines Schattengesprächen gehört das Gedicht »Ich hab im Traum geweinet«. Es gibt sich wie ein Volkslied, Marke »Wunderhorn«; oder mitbestimmt durch den Ton des »reisenden Waldhornisten« Wilhelm Müller, dessen Liedern Heine »jugendliche Ursprünglichkeit« nachrühmte. Aber Heine weiß, daß er seinen eigenen Liedern gerade das – »jugendliche Ursprünglichkeit« – nicht nachrühmen kann; für sie gilt das Gegenteil: Artistik, in unvergleichlichem Wechsel des Tons von süßem, leidenschaftlichem Singen bis zum trotzig-ironischen Nennen. Bei Robert Schumann, op. 48, 1840 – »Dichterliebe« –, ist manches davon zu hören; dort die Nummer 13: »Ich hab im Traum geweinet«. Ein Schattengespräch in Musik.

## HEINRICH HEINE
## ICH HATTE EINST EIN SCHÖNES VATERLAND

Ich hatte einst ein schönes Vaterland.
Der Eichenbaum
Wuchs dort so hoch, die Veilchen nickten sanft.
Es war ein Traum.

Das küßte mich auf deutsch und sprach auf deutsch
(Man glaubt es kaum
Wie gut es klang) das Wort: »Ich liebe dich!«
Es war ein Traum.

## WALTER HINCK
## SPRACHE ALS VATERLAND

Ein Exilgedicht, ein Liebesgedicht, ein Gedicht über die Heimatsprache. Heine schrieb es in der frühen Zeit seiner Pariser Emigration (Erstdruck 1834). Es ist unter den Versen, die er zunächst in der Gruppe »Träumereien«, dann unter dem Titel »In der Fremde« zueinander stellte, das schönste, nämlich das wortkargste und sinnreichste. Man merkt, was Heine dem deutschen Volkslied verdankt, seiner Innigkeit und Schlichtheit – seiner Süße; und man sieht, wie dieser Rohstoff durch seine Sprachraffinerie gegangen ist.

Natürlich muß man auf der Hut sein. Seine Lobrede kann auch Spottrede sein, seine Bonhomie Ironie; oft sind seine Schalmeienklänge Sirenengesänge. Zumal Teutonisches ist nie vor seiner Davidsschleuder sicher. So hat er nicht nur einmal den Eichenbaum, wenn er ihn als Symbol germanischen Kraftprotzentums verstand, satirisch gefällt.

Heine wendet die Ironie auch gegen sich selbst. So setzt der Schluß eines 1839 entstandenen Gedichts die erste Strophe unseres Textes ins Zwielicht. Es ist dort »Schildas teurer Eichenhain«, in dem sich der Dichter so wohl fühlte und wo er seine »zarten Reime« aus »Veilchenduft und Mondenschein« wob. Schilda? Das ist natürlich ein Wortsignal für Abstand. Und doch unterläuft auch dort Sympathie die ironische Abwehr.

In unserem Text ist dem Dichter das »schöne Vaterland« zu einem »Traum« geworden. Freilich meint Traum hier

nicht einfach das Unwirkliche. »Traum« steht für einen Zustand zwischen »traumhaftem« Glück und Glück als bloßem Traum. Jedenfalls ist das Vaterland in diesem Gedicht der Wehmut, des Heimwehs tatsächlich würdig.
Was Heimat bedeuten kann, faßt die zweite Strophe im Kuß und im Wort der Geliebten zusammen. Vor allem hier offenbart sich Heines Verskunst. Durch den Satzeinschub in Klammern wird die Volkslieddiktion rhythmisch aufgebrochen und die Erwartung wirkungsvoll zum entscheidenden Wort »Ich liebe dich!« hingehalten. Keine andere Sprache, so gibt der Dichter zu verstehen, hat ein angemesseneres Wort für Zärtlichkeit als die Heimatsprache; sie eben ist die Sprache der Zärtlichkeit.
Aber noch tiefere Beziehungen zu dieser Sprache deuten sich an. Heine ist Jude, ist im doppelten Sinne »heimatlos«. Dem Exil ging das »innere Exil« des jüdischen Außenseiters voraus. Nur in der deutschen Sprache konnte er eigentliche Heimat finden. So schreibt schon der frühe Heine, der Bonner Student, im Aufsatz »Die Romantik«: »das deutsche Wort« ist »unser höchstes Gut«, ein »Freiheitswecker«, ist »ein Vaterland selbst demjenigen, dem Torheit und Arglist ein Vaterland verweigern«.
Ein Vaterland in diesem Sinne ist dem Dichter die deutsche Sprache geblieben. Und viele der Verfolgten, die in unserem Jahrhundert vom Hitlerregime ins Exil getrieben wurden, zumal jüdische, haben berichtet, wie sehr sie gerade in Versen Heines ihre eigenen Empfindungen ausgedrückt fanden. So bleibt bedeutende Dichtung lebendig für verwandte Erfahrungen in anderer geschichtlicher Situation.

## HEINRICH HEINE
## ICH RIEF DEN TEUFEL

Ich rief den Teufel und er kam,
Und ich sah ihn mit Verwundrung an.
Er ist nicht häßlich und ist nicht lahm,
Er ist ein lieber, scharmanter Mann,
Ein Mann in seinen besten Jahren,
Verbindlich und höflich und welterfahren.
Er ist ein gescheuter Diplomat,
Und spricht recht schön über Kirch und Staat.
Blaß ist er etwas, doch ist es kein Wunder,
Sanskrit und Hegel studiert er jetztunder.
Sein Lieblingspoet ist noch immer Fouqué.
Doch will er nicht mehr mit Kritik sich befassen,
Die hat er jetzt gänzlich überlassen
Der teuren Großmutter Hekate.
Er lobte mein juristisches Streben,
Hat früher sich auch damit abgegeben.
Er sagte, meine Freundschaft sei
Ihm nicht zu teuer, und nickte dabei,
Und frug: ob wir uns früher nicht
Schon einmal gesehn beim spanschen Gesandten?
Und als ich recht besah sein Gesicht,
Fand ich in ihm einen alten Bekannten.

## GERT UEDING
## EIN MANN WIE DU UND ICH

»Wo er einen Spaß macht, liegt ein Problem verborgen« – man kann diesen von Goethe auf Lichtenberg gemünzten Satz in den meisten Fällen auch auf Heinrich Heine umadressieren; beide Schriftsteller handhaben das Salz des Witzes in gleicher Weise scharf, funkelnd und tiefgründig. Das 1824 vermutlich in Berlin entstandene Gedicht hat sein Autor selbst wenig hochgeschätzt, es sogar »unbedeutend« genannt und für den Erstabdruck »durchaus kein Honorar« verlangt; ins »Buch der Lieder« hat es aber immerhin Eingang gefunden.

Auf den ersten Blick wirkt das Gedicht nicht anders, als es bisher – ohne je größere Aufmerksamkeit zu erwecken – auch aufgefaßt wurde: nämlich als lyrische Spottrede über den zeitgenössischen Literaturbetrieb vor allem Berlins, der trotz aller modernen Maskerade immer noch der romantisierenden Mode eines Fouqué anhängt; nur ist es gerade *en vogue*, bei Professor Bopp Sanskrit und seinem Kollegen Hegel Philosophie der Weltgeschichte zu studieren, doch die einheimische Provinzialität wird dadurch nicht berührt. Auch die Anspielung auf »Hekate«, ein literaturkritisches Wochenblatt der Zeit, verstärkt den literatursatirischen Charakter des Gedichts, von dem sich denn prompt auch dessen Herausgeber, der Schauerdramatiker Adolf Müllner, persönlich karikiert fühlte.

Das alles gehört zum Spaß unseres Spottvogels Heine. Und die tiefere Bedeutung? Sie wird schon mit dem ersten

Vers annonciert und läuft dann, so unauffällig wie der Protagonist des Gedichts, beiher. Denn natürlich denkt der Leser, dachte auch Heine, an die berühmteste Teufelsbeschwörung der deutschen Literatur: die der Faust-Stoff überliefert hat. Einen zweiten Hinweis liefern die Studienvorlieben des kommoden teuflischen Gefährten, sie stimmen mit denen des Autors überein, der aus jenen Eindrükken seiner Berliner Zeit später literarisch und politisch sehr weitreichende Folgen gezogen hat. Und drittens hat Heine auch seinem räsonierenden Ich eigene Züge gegeben: »Er lobte mein juristisches Streben«, heißt es im fünfzehnten Vers unmißverständlich.

Das Böse also wird in diesem Gedicht recht alltäglich gesehen. Der Teufel, ein Mann wie du und ich (»Ihr seht einen Mann wie andre mehr«, sagt Goethes Mephisto), hat keinerlei abstoßende Züge, er ist Abkömmling eines optimistischen Jahrhunderts, das ihn nur noch als eine abgetakelte Gestalt begreifen kann, der alles Widersacherische abgeht, von Nachtgrauen und Satanischem keine Spur. »Der Teufel ist eine schlechte, ästhetisch unbrauchbare Figur«, dekretierte der preußische Staatsphilosoph Hegel gar, womit auch des Teufels Austreibung aus der Kunst beschlossene Sache war.

Unglaube und Säkularisierung, die Reduktion des Bösen und Verbrecherischen auf einen Defekt der Seele oder der Gesellschaft, hatten indes eine höchst dubiose Folge: Das bisher mit dem Teufel illustrierte Unheil, die von ihm gemeinte Unmenschlichkeit und Immoralität sind nicht mit dem mythologischen Bild zugleich entzaubert, gar verschwunden, sondern lebendiger und tätiger denn je. Dem Teufel, so kann man den paradoxen Sachverhalt ausdrükken, konnte man keinen besseren Gefallen tun, als ihn zu leugnen, anonym betreibt er ja seine Geschäfte aufs erfolgreichste. Ganz so wie Heines Diplomat mit dem blassen Gesicht, der sich in den Hörsälen ebensogut auskennt wie auf dem literarischen Markt, über Kirche und Staat gewandt parliert und beim spanischen Gesandten verkehrt.

Das Gedicht steht mit einigen anderen in einem kleinen Zyklus, und bei Heines Neigung zu dieser Kompositionsform darf man bei der Interpretation die Nachbargedichte nicht außer acht lassen. Und wirklich folgt auf unser Gedicht ein zweistrophiges Poem, das in den Versen kulminiert: *Und die ewige Verdammnis / Ist kein bloßer Pöbelwahn.* Womit nun auch die letzte Frage beantwortet werden kann: Den »alten Bekannten«, den der verblüffte Teufelsbeschwörer zuletzt im Gesicht des vorgeblichen Diplomaten und Allerweltskerls wiedererkennt, dürfen auch wir getrost mit dem satanischen Unheilbringer identifizieren, der das größte Interesse daran hat, nicht mehr als metaphysischer Ernstfall, sondern als trivialer Allerweltsfreund der menschlichen Geschichte zu gelten.

## HEINRICH HEINE
## IM RHEIN, IM SCHÖNEN STROME

Im Rhein, im schönen Strome,
Da spiegelt sich in den Welln,
Mit seinem großen Dome,
Das große, heilige Köln.

Im Dom da steht ein Bildnis,
Auf goldenem Leder gemalt;
In meines Lebens Wildnis
Hats freundlich hineingestrahlt.

Es schweben Blumen und Englein
Um unsre liebe Frau;
Die Augen, die Lippen, die Wänglein,
Die gleichen der Liebsten genau.

## PAUL MICHAEL LÜTZELER
## DIE LIPPEN DER LIEBSTEN FRAU

Etwas allzu larmoyant hatte Schiller in seinem Gedicht »Die Götter Griechenlands« sein Leid über den Verlust von Sinnenfreude, Schönheit, Grazie geklagt: all das sei mit dem Untergang der weltfrohen hellenischen Götterwelt dahin, all das habe vor der düster-ernsten Jammertal-Religion des Christentums weichen müssen. Schiller gab sich als Kind von schicksalhafter Traurigkeit: *Ja, sie kehrten heim, und alles Schöne, / alles Hohe nahmen sie mit fort, / Alle Farben, alle Lebenstöne, / Und uns blieb nur das entseelte Wort.*

Als Rheinländer, Jude und Protestant mit Aufenthalten im weltstädtischen Hamburg und Besuchen in Berliner Salons wie dem von Rahel Levin erlebte schon der frühe Heine einen Kosmopolitismus, den sich der junge Schiller, Zögling einer schwäbisch-militärischen Pflanzschule, nur literarisch imaginieren konnte. Heines kurze Verse scheinen Schillers langes Gedicht widerlegen zu wollen. Der Rhein ist »schön«, der Dom ist »groß«, und Köln ist »heilig«. Hat sich antikisch Schönes, Hohes in die rheinische Metropole verirrt? Oder hat es sich dort erhalten? Immerhin war sie jahrhundertelang Hauptstadt einer römischen Provinz. Gibt es gar farbige Lebenstöne im Dom der Christen? Das »Bildnis« dort strahlt »freundlich« in des »Lebens Wildnis«. Und auch »Blumen und Englein« symbolisieren nicht gerade »das entseelte Wort«.

Der Dom, der Rhein, die Wellen, die Madonnen sind Gemeinplätze in den Versen der Zeit; die hätten auch fromme Nazarener und rheinbegeisterte Romantiker besingen können. Bei einem Eichendorff oder Brentano spalten sich Christentum und Antike in Reihungen wie Heiliges und Sinnliches, Keusches und Nacktes, Jungfrau und Venus, Altarikone und Marmorstatue. Heine jedoch bringt all das (Schiller zu Trotz) wieder zusammen: Das Bild »unsrer lieben Frau« ist auf »meines Lebens Wildnis« bezogen; Göttliches und Animalisches kommen in der Verbindung vom »goldenen Leder« zusammen, und »die Augen, die Lippen, die Wänglein« der Madonna »gleichen genau« denen »der Liebsten«. Die Geliebte hat etwas gemein mit der Madonna, und die »liebe Frau« wirkt so erotisch, daß sie mit der »Liebsten« assoziiert wird.

Heine hat hier von der europäischen Kultursymbiose wohl mehr erfaßt als seine zeitgenössischen Aufspalter. Vielleicht wollte er mit dem Gedicht auch an die christliche »Frohe Botschaft« erinnern, die davon weiß, daß Göttliches menschlich und Menschliches göttlich wird. Dazu hätte das Gemälde, auf das er anspielt, anregen können. Stefan Lochners »Dombild« (übrigens auf Holz, nicht auf Leder gemalt) von 1450, das offiziell »Altar der Stadtpatrone« heißt, befindet sich seit 1810 im Kölner Dom. Sind die beiden Seitenflügel aufgeklappt, zeigt sich das berühmte Bild der Schutzheiligen der Stadt – samt Gefolge und »Englein« – und die in der Mitte thronende, unnahbar wirkende Himmelskönigin mit dem Jesuskind.

Das Dombild hat aber noch eine entschieden weltlichere Version der »lieben Frau« in petto. Bei zugeklappten Altarflügeln sieht man das Außenbild, eine »Verkündigung Mariä«: Auf der rechten Tafel hält der (mit kühn gespreizten Flügeln ausgestattete) Engel Gabriel brav sein Spruchband hoch, auf dem man das *gratia plena* entziffert; die linke Tafel zeigt jene Schöne, auf die sich die Verse beziehen dürften. Lochner stellt sie dar mit hüftlangem, wallendem Haar. Zu seiner »lieben Frau« waren vor Heine schon Dürer und Goethe gepilgert. Das Pilgern hat nicht aufgehört. Immer noch soll es Wallfahrer geben, die in Köln das »Bildnis« und die »Liebste« aufsuchen.

## HEINRICH HEINE
## IN DEN KÜSSEN

In den Küssen welche Lüge!
Welche Wonne in dem Schein!
Ach, wie süß ist das Betrügen,
Süßer das Betrogensein!

Liebchen, wie du dich auch wehrest,
Weiß ich doch, was du erlaubst:
Glauben will ich, was du schwörest,
Schwören will ich, was du glaubst.

## KLARA OBERMÜLLER
## MIT DEM SCHLIMMSTEN RECHNEN

Unter all den bittersüßen, seltsam zerrissenen Liebesgedichten Heinrich Heines ist das eins der seltsamsten. Fast möchte man es masochistisch nennen, wie da einer die Lüge besingt und das Betrogensein preist. Oder ist es nur ein Tändeln und Kokettieren zwischen zwei Liebenden: zwischen dem Mädchen, das seine Unschuld verteidigt, und dem jungen Mann, der so tut, als ginge er darauf ein?

Heine war noch keine dreißig, als er diese Verse um 1824 zu Papier brachte. Auf welche seiner frühen, unerfüllten Liebeserlebnisse sie sich beziehen, ist ungewiß. Und letztlich auch unerheblich; denn was zählt, ist die Erfahrung, daß alle Liebe trügerisch ist und das vermeintliche Glück nichts anderes als Hingabe an einen schönen Schein. Glauben, was du schwörest, schwören, was du glaubst: Die Liebenden machen sich gegenseitig etwas vor, Betrügen und Betrogensein sind zwei Seiten ein und desselben Spiels, das so lange funktioniert, als keines der beiden auf dem Wahrheitsbeweis besteht.

Wer so wie Heine von der Brüchigkeit menschlicher Beziehungen überzeugt ist, hat nur die Wahl, zu leiden oder sich vorzusehen. Heine sieht sich vor. Er weiß, daß auf die Echtheit der Gefühle kein Verlaß ist. Er weiß, daß er stets der Betrogene, der Zurückgewiesene sein wird. Und sehnt sich doch so sehr danach, das Gegenteil zu erleben: die unverbrüchliche Liebe, das bedingungslose Angenommensein. Doch die Angst des gebrannten Kindes ist stärker. Um nicht wieder und wieder enttäuscht und betrogen zu werden, gibt er sich frivol und anmaßend. Heine beißt, um nicht gebissen zu werden. Verletzlich, wie er ist, verletzt er auch die, die ihm gewogen sind. Am meisten aber verletzt er wohl sich selbst. Das ist nicht nur in der Liebe so, sondern auch im gesellschaftlichen Leben.

Der Jude Heinrich Heine hat zeit seines Lebens darunter gelitten, daß er, der Deutschland über alles liebte, den Deutschen nicht als echter Deutscher galt. Kurz nachdem er das kleine Gedicht aus dem Zyklus »Die Heimkehr« geschrieben hatte, 1825, ließ Heine sich taufen. Und hat es bald schon wieder bereut. Der Taufzettel wurde ihm nicht zum »Entréebillet« in die deutsche Gesellschaft, wie er sich dies erhofft hatte. Die deutsche Gesellschaft nahm ihn nicht auf. Ein Betrogener, ein Zurückgewiesener auch hier, hat er fortan die Gesellschaft geschmäht, die ihn verschmähte. Und doch schreibt er etwa um die gleiche Zeit in trotziger Selbstbehauptung die berühmten Verse: *Ich bin ein deutscher Dichter, / Bekannt im deutschen Land: / Nennt man die besten Namen, / So wird auch der meine genannt.*

In einem Atemzug mit Goethe? Das war wohl hier gemeint. Am 1. Oktober 1824 hat Heine dem Dichterfürsten in Weimar seine Aufwartung gemacht. »Will nur Ihre Hand küssen und wieder fortgehen«, heißt es in dem Brief, der den Besuch ankündigt. Ist es verwegen anzunehmen, daß ihm bei der Gelegenheit auch ein paar frühe Gedichtzeilen Goethes wieder in den Sinn kamen, die er dann auf seine Weise variierte? Der Duktus jedenfalls ist täuschend ähnlich: *In deinen Küssen welche Liebe / O welche Wonne, welcher Schmerz*, heißt es in der ersten Fassung von Goethes »Willkommen und Abschied«. *In den Küssen welche Lüge! / Welche Wonne in dem Schein!* klingt es bei Heine wie ein bitteres Echo wider. Und wo Goethe das Glück preist, zu lieben und geliebt zu werden, singt Heine von der Süße des Betrügens und dem noch süßeren Betrogensein. Ironie, Sarkasmus als Schutzschild gegen die Enttäuschung? Heine wäre nicht der einzige, der sie zu diesem Zwecke einsetzte.

Goethe hingegen kennt keine Ironie. Er braucht sie nicht. Er weiß sich angenommen und bewahrt sich die Gewißheit, geliebt zu werden, selbst dann noch, wenn er verlassen wird. Bei Heine ist es umgekehrt. Er nimmt in den Küssen die Lüge vorweg, die ihnen folgt, und hütet sich, in einer Wonne aufzugehen, die sich als trügerisch erweisen könnte. Heine kommt der Enttäuschung zuvor, indem er immer schon mit dem Schlimmsten rechnet. »Heimkehr« hat er seinen Gedichtzyklus genannt. Er muß gewußt haben, daß Heimkehr für ihn, wenn überhaupt, immer nur eine vorläufige sein würde.

## HEINRICH HEINE
## LEISE ZIEHT DURCH MEIN GEMÜT

Leise zieht durch mein Gemüt
Liebliches Geläute.
Klinge, kleines Frühlingslied,
Kling hinaus ins Weite.

Kling hinaus, bis an das Haus,
Wo die Blumen sprießen,
Wenn du eine Rose schaust,
Sag, ich laß sie grüßen.

## MARCEL REICH-RANICKI
## EINE HERRLICHE BAGATELLE

Dieses Gedicht bedarf nicht der geringsten Erklärung. Es erzählt von einem Frühlingslied, das ins Weite hinausklingen möge, bis an ein bestimmtes Haus, »wo die Blumen sprießen«; und wenn es dort eine Rose finde, dann solle es sie grüßen – von jenem, der es auf den Weg geschickt hat. Das ist alles. Dreimal verwendet Heine in den acht Versen das Verbum »klingen«. Das eben ist diese poetische Miniatur: Klang, Rhythmus und Melodie, es ist »liebliches Geläute«. Nur liebliches Geläute, schwebend, anspruchslos und ein wenig konventionell? Eine hübsche Bagatelle also und nicht mehr?

Die Verse sind in einem wichtigen, einem folgenreichen Jahr im Leben Heines entstanden: 1831. Er hatte damals beschlossen, nach Frankreich umzuziehen und sich in Paris niederzulassen. Die Entscheidung, sich von dem Land seiner Sprache zu trennen, war ihm zwar schwergefallen, doch bedauert hat er sie nie. Gewiß, hier wie dort galt er als ein Außenseiter, als ein Fremdling. Aber unter den Deutschen war er ein Jude, unter den Franzosen ein Deutscher. Mit anderen Worten: In Deutschland gehörte er zu den Ausgestoßenen, in Frankreich zu den Ausländern.

In Heines »Buch der Lieder«, das vier Jahre vor dem Gedicht »Leise zieht durch mein Gemüt« veröffentlicht wurde, steht die Liebe im Mittelpunkt, beinahe immer die unglückliche Liebe. Denn zwischen und hinter den Versen der berühmten Sammlung verbirgt sich das Leid eines jungen Menschen, der, in die deutsche Welt hineingeboren, von ihr angenommen werden möchte. Wir hören von einem Neuankömmling in der Gesellschaft, dem man die Gleichberechtigung verweigert, der verschmäht und zurückgewiesen wird, der allein und einsam bleibt. Diese besondere Situation des Juden Heine verleiht seiner frühen erotischen Lyrik ihre Trauer und ihre scharfen Akzente, ihren Gram und ihren Groll. Ihr zugleich verdankt sie ihren Reiz und ihre Eigenart.

Das Lied »Leise zieht durch mein Gemüt« behandelt ebenfalls das zentrale Motiv des »Buchs der Lieder«, doch jetzt auf andere Art. Blumen gehören zu den ältesten Symbolen der Weltliteratur, Rosen zu den beliebtesten: Wenn von ihnen in der Poesie die Rede ist, hat der Autor (natürlich nicht immer, aber sehr häufig) Frauen im Sinn und die Liebe. Das trifft auch auf unser Gedicht zu. Denn warum sonst sollte jener, der hier spricht, an einer Rose so sehr interessiert sein, daß er ihr ein Lied wie eine Brieftaube senden möchte?

Das Frühlingslied ist also beides in einem: Der Postillon d'Amour und die offenkundig zarte Botschaft, die überbracht werden soll. Ähnliches war schon im »Buch der Lieder« zu lesen. Aber das Lebensgefühl, das hier zutage tritt, ist ungleich milder und sanfter als früher, von Bitternis, von Unmut oder Zorn gibt es im Gedicht »Leise zieht durch mein Gemüt« keine Spur mehr. Das hat, glaube ich, mit Heines Entscheidung von 1831 zu tun.

Ob diese so harmlos anmutenden Verse kurz vor seiner Umsiedlung nach Frankreich entstanden sind oder kurz danach – auf jeden Fall vernehmen wir die Stimme nicht mehr jenes Unglücklichen, der sich lauthals und bisweilen schrill beklagte, er habe die Liebe vergeblich gesucht und

vergeblich die Hände ausgestreckt, die Antwort sei stets nur Haß gewesen. Würde ihn auch jene Schöne abweisen, die ihm unter allen Blumen die Rose, unter allen Frauen die allerschönste scheint? Er will es nicht darauf ankommen lassen, er will nicht vor ihrer Tür stehen oder zu ihrem Fenster hinaufblicken. Ihm genügt es, wenn sein Frühlingslied sie erreicht. Das übrige wird sich schon von selbst ergeben – oder auch nicht. Nur: Ob sein Gruß erwidert werden wird, kann er gelassen abwarten.
So zeugt das Gedicht von einem anderen, einem neuen Abschnitt im Leben Heinrich Heines, von seiner nach vielen Niederlagen erlangten Selbstsicherheit und Souveränität, von seiner endlich gewonnenen Freiheit. Muß man den biographischen Hintergrund kennen, um von dem Gedicht entzückt zu sein? Nein, aber es kann auch nicht schaden. Die kaum zu überbietende Popularität dieser Verse hängt freilich in erster Linie mit ihrer sprachlichen Vollendung zusammen, mit ihrem Charme und ihrer Grazie – und übrigens auch mit der Vertonung, die von Felix Mendelssohn Bartholdy stammt. Es ist eine Bagatelle, jawohl, aber eine herrliche Bagatelle.

## HEINRICH HEINE
## LOTOSBLUME

Wahrhaftig, wir beide bilden
Ein kurioses Paar,
Die Liebste ist schwach auf den Beinen,
Der Liebhaber lahm sogar.

Sie ist ein leidendes Kätzchen,
Und er ist krank wie ein Hund,
Ich glaube, im Kopfe sind beide
Nicht sonderlich gesund.

Vertraut sind ihre Seelen,
Doch jedem von beiden bleibt fremd
Was bei dem andern befindlich
Wohl zwischen Seel und Hemd.

Sie sei eine Lotosblume,
Bildet die Liebste sich ein;
Doch er, der blasse Geselle,
Vermeint der Mond zu sein.

Die Lotosblume erschließet
Ihr Kelchlein im Mondenlicht,
Doch statt des befruchtenden Lebens
Empfängt sie nur ein Gedicht.

## WALTER HINCK
## SEELENLIEBE, MAGERKOST

Mouche (Fliege) nannte Heine die junge deutsche Schriftstellerin Elise Krinitz, die ihm in seinem letzten Lebensjahr (1855/56) durch regelmäßige Besuche die schweren Tage der »Matratzengruft«, des Krankenlagers in seiner Pariser Wohnung, leichter machte; und »Lotosblume« ist das wohl bekannteste seiner Mouche-Gedichte. Ohne Wehleidigkeit belächelt der Autor seine eigene Hilflosigkeit, Entsagung und auch Lächerlichkeit. Die Ironie, bewundert und gefürchtet als geistige Waffe Heines, hier dient sie, als Selbstironie, dem Dichter zu seelischem Selbstschutz.
Das ironische Spielfeld schafft sich Heine durch den Rückbezug auf ein früheres Lotosblumen-Gedicht, auf den zehnten Text im Zyklus »Lyrisches Intermezzo« (1822 bis 1823), mit dem die Lotosblumen-Metapher überhaupt erst in die deutsche Lyrik eingeführt wird. Partner im Liebesgleichnis sind dort die Lotosblume, die sich am Tage gegen die Sonnenstrahlen abschirmt, und der Mond, bei dessen Licht sich die Blüte sehnsuchtsvoll öffnet. Man muß, um das Gleichnis zu verstehen, nicht unbedingt den mythischen Hintergrund des Lotossymbols kennen (nach den Vorstellungen der alten Inder ruhte der Weltenschöpfer auf dem Lotos; bei ihnen war der Lotos Sinnbild der Erde, bei den Ägyptern Sinnbild des Universums). Immerhin geht auch im Gedicht der kosmische Horizont nicht verloren. Doch bleibt der Beziehung von Mond und Blume die Liebeserfüllung versagt.

Das Gedicht an die Mouche wendet das Gleichnis der frühen Verse ins Prosaische, entzaubert die Mondnacht und verzichtet auf den Schmelz der Wehmut. Jämmerlich ist der Zustand des »kuriosen Paars«, das sich in die Rollen von Mond und Lotosblume hineinträumt; für das silbernfahle Licht des Monds bietet der Liebhaber seine Krankenblässe. Als die eigentliche Krankheit aber wird die Körperlosigkeit der Liebe (das Fehlen dessen, was »zwischen Seel und Hemd«) diagnostiziert, also das erzwungenermaßen »Platonische« der Beziehung. Eine wahrhaft tragikomische Situation. Denn es ist Heine gewesen, der nicht aufhörte, gegen die Sinnenfeindlichkeit der jüdischen und christlichen Religion und der puritanischen Republikaner zu protestieren, die Wiederversöhnung von Geist und Leib zu fordern und einen »Sensualismus« zu predigen, als dessen poetisches Muster er Goethes »West-östlichen Divan« rühmte. Ausgerechnet der Verkünder der Sinnenfreude ist nun auf die Magerkost der Seelenliebe gesetzt.

Heine treibt die ironische Selbstdemontage weiter in der letzten Strophe. Aber gegenüber den Versen aus dem »Lyrischen Intermezzo«, wo die Lotosblume in »Liebesweh« verharrt, hat die körperlose Liebe und damit die Entsagung hier doch auch ihre produktive Seite. Zeugt diese Liebe kein neues Leben, so doch etwas anderes: Dichtung. Das empfangene Gedicht ist, obwohl lächerlich als bloßer Ersatz, doch auch das Tröstliche; der komische Liebhaber ist eben doch mehr als ein Eunuch. Denn die Pointe des Gedichts ließe sich umkehren: wenn auch »nur ein Gedicht«, so doch »immerhin ein Gedicht«. Das ironische Spiel mit der Zeugungs- und Empfängnismetapher tastet die dichterische Schöpfungskraft des »lahmen« Liebhabers nicht an (und in der Tat hat Heine dem Martyrium in der Matratzengruft ja ein erstaunliches dichterisches Werk abgerungen).

In einem weiteren Gedicht preist Heine der Mouche die beiderseitige Enthaltsamkeit, die Liebe ohne »Fleisch« und ohne »Taten«, als eine »Art Gesundheitsliebe« an. Mit gleichem Recht läßt sich von einer »Gesundheitsironie« in den späten Gedichten sprechen. Die Selbstironie setzt sich der Resignation entgegen, stabilisiert die Gemütslage und hilft das geistige Überleben sichern.

## HEINRICH HEINE
## MEIN HERZ, MEIN HERZ

Mein Herz, mein Herz ist traurig,
Doch lustig leuchtet der Mai;
Ich stehe, gelehnt an der Linde,
Hoch auf der alten Bastei.

Da drunten fließt der blaue
Stadtgraben in stiller Ruh;
Ein Knabe fährt im Kahne,
Und angelt und pfeift dazu.

Jenseits erheben sich freundlich,
In winziger, bunter Gestalt,
Lusthäuser, und Gärten, und Menschen,
und Ochsen, und Wiesen, und Wald.

Die Mägde bleichen Wäsche,
Und springen im Gras herum;
Das Mühlrad stäubt Diamanten,
Ich höre sein fernes Gesumm.

Am alten grauen Turme,
Ein Schilderhäuschen steht;
Ein rotgeröckter Bursche
Dort auf und nieder geht.

Er spielt mit seiner Flinte,
Die funkelt im Sonnenrot,
Er präsentiert und schultert –
Ich wollt, er schösse mich tot.

## HANS-ULRICH TREICHEL
## ABSOLUT NEGATIV

Fast scheint es, als blicke der dort oben »an der Linde« Gelehnte (der mit einem gewissen grammatikalischen Recht auch an *die* Linde hätte gelehnt sein können) nicht auf eine wirkliche Szenerie, sondern als blättere er bloß in einem Bilderalbum mit dem Titel »Romantische Ansichten«.
Und darum würden wir dieses Gedicht, das zu den bekanntesten des Autors gehört und gleich nach der Loreley seinen Platz im Zyklus »Die Heimkehr« in Heines »Buch der Lieder« gefunden hat, wohl auch nur als konventionelles, wenn nicht gar kitschiges und verlogenes Genrebildchen beiseite legen, gäbe es nicht die Schlußzeile des Textes, auf die alles hinausläuft und ohne die wir es mit einem allzu idyllisch gemalten Landschaftsbild zu tun hätten. Erst der so kühl und lakonisch ausgesprochene Todeswunsch des lyrischen Ich macht die Idylle überhaupt erträglich, indem er der klischeehaften Anordnung von Mensch und Vieh, von Natur und kleinstädtischer Welt den Todesstoß gewissermaßen gleich mit versetzt.
Allerdings ist diese heile Welt, auf die der Todessehnsüchtige blickt und in der manche Interpreten eine Ansicht Lüneburgs vermuten, auch vorher schon nicht ganz so heil und kitschig-vollkommen, wie es auf den ersten Blick scheint. Speziell der Stadtgraben, der »blau« wie das Mittelmeer ist und zudem noch »fließt« wie der Rhein, verleiht der romantischen Ansicht durchaus irreale Züge und erweist sich darüber hinaus für das Metrum

und den Fluß des Gedichts eher als Staustufe denn als Katalysator.
Doch auch der so anmutige und wohlgemute Knabe im Kahn zeigt sich bei näherem Hinschauen als ein nervöser und hyperaktiver Mensch, der zu viele Dinge gleichzeitig tut und gut beraten wäre, wenn er sich beim Angeln um einiges ruhiger verhielte und aufs Fahren und Pfeifen am besten ganz verzichtete. Daß schließlich die Mühle, die in keiner romantischen Landschaft fehlen darf, ausgerechnet Diamanten »stäubt«, verleiht dem ansonsten eher behäbigen Gerät einen Zug von Unerbittlichkeit. Nicht anheimelnd ist diese Mühle, sie macht einen vielmehr frösteln vor so viel zermalmender Energie.
Die Idylle ist also mehr als gestört in dieser wie am Fließband und aus Fertigteilen montierten Welt, denen jede individuelle Gestalt abgeht: *Lusthäuser, und Gärten, und Menschen, / Und Ochsen, und Wiesen, und Wald*. Und so wundert es nicht, daß auch der so dekorative und farbenfrohe Wachsoldat die Unheimlichkeit eines Spielzeugsoldaten hat, der unter die Menschen geraten ist und vor dem man sich, wie vor allen beseelten Maschinen, in acht nehmen muß. Daß sich ausgerechnet in seinem Gewehr das Sonnenrot spiegelt, ist zunächst dem Reimreflex »rot«-»tot« zu danken, der sich gleichsam automatisch einstellt.
Doch daß der Reimvirtuose Heine sich diesem schlichten Reflex überläßt, ist nicht dichterische Bequemlichkeit oder bloße Konvention. Es ist die Ironie dessen, der seiner Traurigkeit sowenig einen individuellen oder gar »authentischen« Ausdruck zutraut wie seinem Wunsch, diese Traurigkeit nicht mehr zu spüren. Darum ist beides, die konventionelle Weltschmerzgeste des Anfangs wie der To-

deswunsch am Ende, unlösbar eingespannt in das Bild einer Welt, die aus den Fugen zu geraten droht, weil alles in ihr gewaltsam harmonisch gefügt ist.

Es ist zugleich eine Welt, in der sich das lyrische Ich nur noch insofern einrichten kann, als es sein Schicksal einem mechanischen Wesen, einem Pappkameraden überläßt. Das mag ironisch nennen, wer will. Ich finde es, mit Kierkegaard gesprochen, absolut negativ.

## HEINRICH HEINE
## MEIN KIND, WIR WAREN KINDER

Mein Kind, wir waren Kinder,
Zwei Kinder, klein und froh;
Wir krochen ins Hühnerhäuschen,
Versteckten uns unter das Stroh.

Wir krähten wie die Hähne,
Und kamen Leute vorbei –
Kikereküh! sie glaubten,
Es wäre Hahnengeschrei.

Die Kisten auf unserem Hofe,
Die tapezierten wir aus,
Und wohnten drin beisammen,
Und machten ein vornehmes Haus.

Des Nachbars alte Katze
Kam öfters zum Besuch;
Wir machten ihr Bückling und Knickse
Und Komplimente genug.

Wir haben nach ihrem Befinden
Besorglich und freundlich gefragt;
Wir haben seitdem dasselbe
Mancher alten Katze gesagt.

Wir saßen auch oft und sprachen
Vernünftig, wie alte Leut,
Und klagten, wie alles besser
Gewesen zu unserer Zeit;

Wie Lieb und Treu und Glauben
Verschwunden aus der Welt,
Und wie so teuer der Kaffee,
Und wie so rar das Geld! – – –

Vorbei sind die Kinderspiele,
Und alles rollt vorbei –
Das Geld und die Welt und die Zeiten,
Und Glauben und Lieb und Treu.

## GUNTRAM VESPER
## DAS ERSTE GEDICHT

In den trüben trostlosen Jahren des Nachkriegs, als er, blaß und abgemagert, Landarzt in einer sächsischen Kleinstadt war, kam mein Vater immer erst am späten Abend zerschlagen von seinen Besuchstouren auf die Dörfer zurück: das Elend, die Verwirrung, die Verzweiflung, die er wieder gesehen, erlebt hatte. Und doch las er noch stundenlang, Nächte hindurch. Nie habe ich seinen Nachttisch frei von Büchern gesehen; Ernst von Salomon, Heinrich und Thomas Mann, Konstantin Simonow, Eugen Kogon, Brecht und Becher in ungeordneten Stößen und Stapeln, die zu Bergen wurden; jede Broschüre, jedes Buch mit der brennenden Hoffnung auf Antwort, Erklärung, Wahrheit in die Hand genommen, nach tausend stockfinsteren Jahren.

Neujahrstag 1947. Bei beginnender Dämmerung sah ich vom Erker aus, wie der menschenleere Marktplatz unter Neuschnee verschwand. Leise trat mein Vater ins kalte Zimmer und setzte sich zu mir. Ohne jedes weitere Wort sagte er langsam zwei oder drei Mal Heinrich Heines Gedicht über die Kindheit auf. Ich hörte alltägliche Worte, wie von der nächsten Straßenecke, aber was sie zu sagen imstande waren, auf welche Weise; nie habe ich in den weiten, verlockend funkelnden Bereichen der Literatur mehr Schönheit und größere Wahrheit gesehen als beim ersten Blick.

Dieses Gedicht, sagte mein Vater noch, hat jemand geschrieben, den sein Unglück erst gewiegt und dann erstickt hat.

Heine hat die Verse, als achtunddreißigstes Gedicht der »Heimkehr« im »Buch der Lieder« zu finden, wohl 1823 geschrieben; in der Handschrift sind sie der geliebten jüngeren Schwester Charlotte gewidmet, an die sich der Text wendet.

Dauernde Kopfschmerzen, die Relegation in Göttingen, ein unwilliger Onkel als Geldgeber, dessen Tochter Amalie und die unglückliche Liebe zu ihr, Anfeindungen des noch ungetauften Juden, der große Ausweg Paris in immer weiterer Ferne; die Verbindung zwischen Heines persönlicher und der allgemeinen Misere der Metternichzeit legte ein Blick zurück auf den in Düsseldorf verbrachten Lebensabschnitt nahe, als Bruder und Schwester noch »zwei Kinder, klein und froh«, waren. Dennoch überrascht die Intensität der Rückwendung, der Grad des Leuchtens jener ersten Jahre.

Mit dem lässigen Luxus einer angeboren musikalischen Sprache und dem überströmenden Reichtum an einfachen Bildern, der die Wirkung Heinescher Lyrik für mich so groß und geheimnisvoll macht, wird eine Reihe kindlicher Unternehmungen in einer Umgebung geschildert, wie sie den in unseren Nordweststädten aufwachsenden Kindern nicht im Traum mehr zur Verfügung steht: es gab einen Hof, das Hühnerhaus, einen Hahn wahrscheinlich, Stroh, Kisten, eine Katze, auch »kamen Leute vorbei«.

Und diese Teile einer doch eigentlich erwachsenen Welt sind den Kindern, ihren Spielen, die Hang und Zufall erzeugen, freigegeben, die Kisten können tapeziert und bewohnt werden, man darf ins Häuschen und unter das Stroh kriechen, die Passanten ankrähen. Von Aufsichts-

personen ist nicht die Rede. Wenn das kein Paradies war, heute wäre! Die Verzauberung wächst mit dem Abstand. Aber Heine bleibt nicht bei der Schilderung einer Idylle, wie tief auch immer empfunden, stehen, er singt nicht nur das Lied auf die strahlenden Tage der Kindheit und auf die erregende Spannung, mit der man die Welt erst erfährt und dann aus sich heraus darstellt. Das Leben, sein Leben, ist ja weitergegangen, »vorbei sind die Kinderspiele«, die Schwester hat geheiratet, und er, der junge, schon berühmte Dichter, sieht als Bindungsloser, Ausgehaltener den Abgrund zwischen der Kinderwelt und dem, was jetzt um ihn ist oder nicht ist, laufend größer werden.
So erkenne ich in der letzten Strophe nicht bloß die ironische Schlußwendung à la mode, die Zerstörung der Illusion, sie scheint mir, soll das Gedicht nicht eine schöne Lüge bleiben, der unbedingt nötige Kontrapunkt für die Wahrheit des Ganzen zu sein. Wie eng hohe Welle und tiefes Tal, Freude und Schmerz zusammengehören, hat gerade Heinrich Heine sehr früh und später immer besser gewußt.

## HEINRICH HEINE
## NACHTGEDANKEN

Denk ich an Deutschland in der Nacht,
Dann bin ich um den Schlaf gebracht,
Ich kann nicht mehr die Augen schließen,
Und meine heißen Tränen fließen.

Die Jahre kommen und vergehn!
Seit ich die Mutter nicht gesehn,
Zwölf Jahre sind schon hingegangen;
Es wächst mein Sehnen und Verlangen.

Mein Sehnen und Verlangen wächst.
Die alte Frau hat mich behext,
Ich denke immer an die alte,
Die alte Frau, die Gott erhalte!

Die alte Frau hat mich so lieb,
Und in den Briefen, die sie schrieb,
Seh ich, wie ihre Hand gezittert,
Wie tief das Mutterherz erschüttert.

Die Mutter liegt mir stets im Sinn.
Zwölf lange Jahre flossen hin,
Zwölf lange Jahre sind verflossen,
Seit ich sie nicht ans Herz geschlossen.

Deutschland hat ewigen Bestand,
Es ist ein kerngesundes Land,
Mit seinen Eichen, seinen Linden,
Werd ich es immer wiederfinden.

Nach Deutschland lechzt ich nicht so sehr,
Wenn nicht die Mutter dorten wär;
Das Vaterland wird nie verderben,
Jedoch die alte Frau kann sterben.

Seit ich das Land verlassen hab,
So viele sanken dort ins Grab,
Die ich geliebt – wenn ich sie zähle,
So will verbluten meine Seele.

Und zählen muß ich – Mit der Zahl
Schwillt immer höher meine Qual,
Mir ist, als wälzten sich die Leichen
Auf meine Brust – Gottlob! sie weichen!

Gottlob! durch meine Fenster bricht
Französisch heitres Tageslicht;
Es kommt mein Weib, schön wie der Morgen,
Und lächelt fort die deutschen Sorgen.

## ECKHARD HEFTRICH
## DER MUTTER LAND

»Ich weiß nicht, was soll es bedeuten ...« bis 1933 dürften die Anfangszeilen der Lore-Ley die bekanntesten Verse von Heine gewesen sein. Dann avancierten die ersten Zeilen von »Nachtgedanken« zur heimlichen Parole. Nach 1945 kam es zu einer inflatorischen Anwendung des geflügelten Wortes. Das ist bis heute so geblieben. Von Heine dergestalt Gebrauch zu machen, hatten die Exilliteraten ein größeres Recht als alle Späteren. Indessen wurden selbst die Verjagten von 1933 damit eher dem großen Vorfahren gerecht als seinem Gedicht, auch wenn sie noch wußten, daß diese Nachtgedanken 1843 den Zyklus »Zeitgedichte« schlossen, also auf ein Hier und Jetzt verwiesen.

Zwar ist vom Hier erst in der letzten Strophe die Rede, aber dies Frankreich ist schon da, während neun Strophen lang an das Dort gedacht wird. Hieße es nur Deutschland, wäre die Sache eindeutig. Aber Heine ist selten eindeutig. Auch wer nicht weiß, daß er die pure Tendenzpoesie verhöhnt hat, und auch wer die Entstehungsgeschichte nicht kennt, wird von der zweiten Strophe an wissen, daß es sich nicht um versifizierte Propaganda handelt.

Man hat rekonstruiert, daß den »Nachtgedanken« ein kürzeres Gedicht über den Trennungsschmerz und die Furcht um die kranke Mutter voraufging. Heine hat etliche Klagelieder geschrieben, in denen die Stimme aus der Fremde und nicht aus dem freieren Land jenseits des

Rheins herübertönt und allein vom Heimweh kündet. Kann man behaupten, er habe das ursprüngliche Gedicht verdorben, nur weil er es nicht beim Lyrischen beließ, sondern das Politische damit verband? Wohl kaum. Ohne den Anteil von Genie in seinem stupenden Talent hätte Heine vielleicht eine unsaubere Mischung zuwege gebracht, nicht aber die irisierende Verschmelzung von Gefühl und Ironie. Denn auch Ironie ist im Spiel, beim kerngesunden Land so gut wie bei der alten Frau, die Gott erhalte.

Meisterschaft verrät sich schon durch die Kunst, mit der in der ersten Zeile das drohende Leiern des vierhebigen Jambus mit Paarreimen gebannt wird. Dem Metrum zufolge liegt ja die taktbestimmende Hebung auf dem »ich«. Aber der natürliche Rhythmus nähert den Anfang dem musikalischeren Daktylus an: »*Denk* ich ...« Das wiederholt sich in der Mitte mit dem Wort »Deutschland«.

Ein Jahrhundert vor Heines Zeitgedicht hatte Edward Young in seinen »Nachtgedanken« den Tod von Anverwandten betrauert. Dem Buch war auch in Deutschland ein enormer Erfolg beschieden, nicht des Jenseitstrostes, sondern des Klagens wegen, bis in die gebrochene Spätromantik hinein. Heines Hoffnung ist nicht aufs Jenseits gerichtet, und darum bleibt sie so bedroht von den Jahren und all den Toten, in denen sich der Verlust summiert. Ist Heimat wirklich dort, wo die Toten ruhn? Hier ruhen sie nicht, es ist ja von den Phantasmen der Nacht die Rede, sie heißen gar Leichen. Die Sehnsucht gilt dem Lande um der Lebenden willen.

Daher tönt heimlich das unausgesprochene Wort Mutterland durch die lautstarke Einheit von Deutschland und Vaterland. Dieses Land wird nicht mit dem System gleichgesetzt, das jene ins Exil zwingt, die auch die Freiheit der anderen lieben. Doch kann von solchem Land nicht anders mehr gesprochen werden als von seiner romantischen Poesie, für die hier Eichen und Linden stehen, also ironisch. Daß das Land gesund genug wäre, um auch die Krankheit der Restauration heil zu überstehen, bleibt eine etwas bleiche Hoffnung. Doch ist die Wirklichkeit, gottlob, mehr als ein Versprechen, konkreter auch als der die Völker umtreibende Geist von 1789: »Ma femme . . ., belle comme l'aurore« (Meine Frau . . ., schön wie die Morgenröte) heißt diese Wirklichkeit in Heines eigener französischer Version.

## HEINRICH HEINE

»Nicht gedacht soll seiner werden!«
Aus dem Mund der armen alten
Esther Wolf hört' ich die Worte,
Die ich treu im Sinn behalten.

Ausgelöscht sein aus der Menschen
Angedenken hier auf Erden,
Ist die Blume der Verwünschung –
Nicht gedacht soll seiner werden!

Herz, mein Herz, ström aus die Fluten
Deiner Klagen und Beschwerden,
Doch von ihm sei nie die Rede –
Nicht gedacht soll seiner werden!

Nicht gedacht soll seiner werden,
Nicht im Liede, nicht im Buche –
Dunkler Hund, im dunkeln Grabe,
Du verfaulst mit meinem Fluche!

Selbst am Auferstehungstage,
Wenn, geweckt von den Fanfaren
Der Posaunen, schlotternd wallen
Zum Gericht die Totenscharen.

Und alldort der Engel abliest
Vor den göttlichen Behörden
Alle Namen der Geladnen –
Nicht gedacht soll seiner werden!

## GOLO MANN
## NIEDERLAGE UND TRIUMPH

In zwei »Diesseits und jenseits des Rheins« überschriebenen Strophen vergleicht Heine die heitere Kunst der Franzosen, die Liebe, mit der ganz anderen Kunst der Germanen. »Aber wir verstehen uns baß, Wir Germanen auf den Haß. Aus Gemütes Tiefen quillt er, Deutscher Haß! Doch riesig schwillt er Und mit seinem Gifte füllt er Schier das Heidelberger Faß.« Wenn oder insoweit dieser Vergleich zutrifft, gehörte der Dichter so gut zu den Germanen wie zu den Franzosen. Er konnte grimmig hassen.

Damit ist nicht der Spott gemeint, witzig oder bitter, für den er berühmt wurde und blieb, als ob er nicht auch andere, ernste, schöne, traurige Musik gemacht hätte. Haß ist gemeint. Er richtete sich gegen »Feinde« im allgemeinen; so in dem Gedicht »Vermächtnis«, in dem er sie christlich mit »schönen Gottesgaben« bedenkt, nämlich allen seinen Leiden: »Meine Krämpfe sollt ihr haben, Speichelfluß und Gliederzucken ...« Heines Haß richtete sich auch gegen Einzelne und da, zu Zeiten, am wütendsten gegen seine Hamburger Verwandten.

Die Sache war, daß sein Oheim, der steinreiche Salomon, ihm die Weiterzahlung einer Pension auch über seinen, Salomons, Tod hinaus versprochen hatte, in seinem Testament dem berühmten Neffen aber ganze 8000 Franken bestimmte, woran der Sohn Karl, nun Besitzer von dreißig Millionen Talern, sich schärfstens hielt. Kein anderes Erlebnis, persönliches oder öffentlich historisches, hat den

Dichter in so wilden Haß und ohnmächtigen Zorn gejagt wie dieses. Unglücklich traf es mit dem Ausbruch seiner Krankheit, der letzten, zwölf Jahre währenden, zusammen; die Botschaft aus Hamburg wirkte auf den Zustand des Körpers, so wie dieser die banalgeizige Haltung des Vetters zum Satanischen verzerrte.

Aus solcher Stimmung entstanden nicht weniger als sechs Gedichte des im Bett sich Wälzenden. Man findet sie eines nach dem anderen, aber nicht in der letzten von Heine selber veranstalteten Sammlung, dem »Romanzero«, sondern in der »Nachlese«; was sich daraus erklärt, daß eine drei Jahre später, 1847, dennoch wieder aufgenommene regelmäßige Pensionszahlung mit der Bedingung verbunden war, Heine dürfe kein Wort über seine Verwandten veröffentlichen, ohne es vorher der Zensur des Vetters unterbreitet zu haben. Nun lassen fünf von den sechs Gedichten an Deutlichkeit nichts zu wünschen übrig. Der Kranke spricht in der ersten Person; Blutsfreunde, »Magen und Sippen« sind es, die ihm den Tod geben, »Affrontenburg« ist Salomons Landhaus bei Hamburg, der Dichter dringt in die Hölle, um den treulosen Oheim zur Rede zu stellen ... Als viertes in der Reihe steht »Nicht gedacht soll seiner werden!«

Das ist ganz anders. Es steht höher. Hier verwandelt Heine den eigenen Haß in Mitleid für die arme alte Jüdin, die er ehedem kannte. Vermutlich war es der eine, einzige Liebhaber, von dem sie ihm sprach – von dem sie *nicht* sprach –, der sie betrogen hatte, so daß der lange Rest ihres Lebens gar kümmerlich verlief. Daß sie, indem sie den Schurken ewiger Vergessenheit weiht, dennoch an ihn denken muß, wollen wir übersehen, zumal sie selber den Widerspruch nicht bemerkt. Sie ist schlichten, frommen

Geistes. Sie glaubt an das Antreten zum Jüngsten Gericht, die Posaunen, an den Engel, alle Namen verlesend, die es je auf Erden gab, aber diesen nicht, diesen nicht! Hier wird eine Steigerung erreicht, die nach den ersten vier Strophen kaum noch möglich scheint; sind solche gewaltigen, armen Klänge von Haß und Verwünschung noch zu überbieten? Die fünfte bringt ein Ritardando; es ist die einzige, in der das »Nicht gedacht soll seiner werden« fehlt. Genau damit erhebt sich der Fluch, wo er zum fünften und letzten Mal erklingt, noch über alles Vorhergegangene. Ein zu höchster Kunst sublimierter, durch Mitgefühl veredelter Ausbruch von Düsternis und Verzweiflung, von Lebens-Niederlage und von bitterem Triumph auch. Kaum je hat Heine etwas Stärkeres gemacht.

## HEINRICH HEINE
## POMARE

Sie tanzt. Wie sie das Leibchen wiegt!
Wie jedes Glied sich zierlich biegt!
Das ist ein Flattern und ein Schwingen,
Um wahrlich aus der Haut zu springen.

Sie tanzt. Wenn sie sich wirbelnd dreht
Auf einem Fuß, und stille steht
Am End mit ausgestreckten Armen,
Mag Gott sich meiner Vernunft erbarmen!

Sie tanzt. Derselbe Tanz ist das,
Den einst die Tochter Herodias'
Getanzt vor dem Judenkönig Herodes.
Ihr Auge sprüht wie Blitze des Todes.

Sie tanzt mich rasend – ich werde toll –
Sprich, Weib, was ich dir schenken soll?
Du lächelst? Heda! Trabanten! Läufer!
Man schlage ab das Haupt dem Täufer!

## DIETER BORCHMEYER
## DIE POESIE TANZT

Sie tanzt. Wer? »Königin Pomare«, die unter diesem Künstlernamen im Pariser Jardin Mabille das Halbwelt-Publikum berückende Cancan-Tänzerin Elise Sergent. Ihr hat Heinrich Heine einen Zyklus von Gedichten im »Romanzero« gewidmet, der mit dem Jauchzen der Liebesgötter im Herzen des Dichters beginnt und in parodiert barocker *Memento-mori*-Manier mit der Betrachtung ihres Todes endet.

Sie tanzt. Wer? Heines Muse selber. Auf den ersten Blick erscheint sein Gedicht höchst akkurat gebaut. Vier Strophen mit vier Versen aus vierfüßigen Jamben, deren erstes Paar jeweils mit männlicher und deren zweites mit weiblicher Kadenz schließt. Regulärer geht es eigentlich nicht. Doch wie der Dichter aus der Haut, so wollen die Verse aus ihrem Metrum springen. Immer wieder tanzen sie aus der Reihe ihres jambischen Maßes, wenn der Poet seine Vernunft zu verlieren droht. Es zuckt ihm in den Beinen, man spürt fast körperlich den Wirbel des exzentrischen Tanzes in diesen Strophen. Kein anderer deutscher Dichter hat seine Verskunst derart tanzen gelehrt.

»Herodias II.« sollte das Gedicht ursprünglich heißen. Richtiger wäre gewesen »Salome II.«, aber die biblische Herodias ist immer wieder mit ihrer Tochter, die Herodes um den Verstand tanzte, identifiziert worden, so auch im Caput XIX von Heines »Atta Troll«, wo Herodias-Salome, das Haupt des Johannes in der Hand, mit Dianas

Wilder Jagd an dem Dichter vorbeizieht und ihn mit ihrem Blick betört: *Warum hast du mich so zärtlich / Angesehn, Herodias?* Herodias II. betört nun aber nicht durch ihre Blicke, sondern durch ihre Beine.

Der Tanz ist als Ausbund der Lebenslust für Heinrich Heine die einzige Kunst, die sich dem Spiritualismus des Christentums stets mit Erfolg widersetzt hat. In ihm feiern die antiken Freudengötter ihr letztes Fest. Freilich, sein wahres Wesen entfaltet der Tanz nicht im »christianisierten« klassischen Bühnen- und Gesellschaftstanz, sondern in der obszönen Vitalität des Cancan, dessen laszive Posituren Heine immer wieder an die Bacchantenzüge an antiken Vasen und Basreliefs gemahnen.

In seinem Essay »Die Götter im Exil« erzählt er die Volkslegende von den Bacchanalen, welche Dionysos und sein berauschtes Personal heute noch in Tempelruinen, abgeschiedenen Wäldern oder unterirdischen Höhlen feiern, wo sie »noch einmal den Freudentanz des Heidentums, den Cancan der antiken Welt tanzen, ganz ohne hypokritische Verhüllung, ganz ohne Dazwischenkunft der Sergeants-de-Ville einer spiritualistischen Moral«. Diese Sergeants-de-Ville pflegten nämlich in den Pariser Ballsälen gegen die Cancan-Tänzer einzuschreiten, wenn gar zu deutlich wurde, daß in diesem entfesselten Tanz, der die gesellschaftliche Ordnung zu gefährden schien – einen Tanz auf dem Vulkan nennt Heine ihn – »der unmittelbare Akt der Begattung sich symbolisch vollzieht« (so Richard Wagner über den Cancan in seinen »Erinnerungen an Auber«).

Freilich, der Schatten des Christentums läßt sich auch vom Cancan nicht verscheuchen. Nach einem bretonischen Volkslied, das Heine in der »Lutetia« erwähnt, ist der Tanz verflucht, »seit die Tochter der Herodias vor dem argen Könige tanzte, der ihr zu Gefallen Johannes töten ließ«. Die Quelle der Lust ist vergiftet, die tanzende Muse eine Verderberin. Oscar Wildes »Salomé« wirft ihre Schatten voraus. Der von Pomare rasend getanzte Poet wird zu einem zweiten Herodes. Der Dichter, der sich dem Tanz verschreibt, ist wie dieser verflucht – ein *poète maudit*. Das ist für Heine das Verhängnis der Sinnlichkeit in der christlichen Welt.

## HEINRICH HEINE
## PROLOG

In Gemäldegalerien
Siehst du oft das Bild des Manns,
Der zum Kampfe wollte ziehen,
Wohlbewehrt mit Schild und Lanz.

Doch ihn necken Amoretten,
Rauben Lanze ihm und Schwert,
Binden ihn mit Blumenketten,
Wie er auch sich mürrisch wehrt.

So, in holden Hindernissen,
Wind ich mich in Lust und Leid,
Während Andre kämpfen müssen
In dem großen Kampf der Zeit.

## LUDWIG HARIG
## HEITERE RESIGNATION

»Freizeit« heißt eine sonntägliche Sendung im Fernsehen, der Titel ist in das Bild einer Stoppuhr eingeblendet. Kennzeichnet diese Verquickung von so etwas lustvoll Ungebundenem wie Freizeit mit einem mechanischen Zeitmeßgerät wie einer Stoppuhr nicht diese unsägliche Planwirtschaft, die unser Leben beherrscht?

Lehrzeit, Arbeitszeit, Lebenszeit verstreicht, die Freizeit ist verplant, der Mensch müht sich in Kreativitätssymposien, Selbstfindungsweekends, Autogentrainingskursen um Rückgewinnung seiner Freiheit, dabei trägt er, situations- und marktgerecht, Countryblazer, Sportswearhose, Freizeithemd. Ein Kaufhaus wirbt mit dem Satz »Aktiver leben ist, einfach auf Sieg zu setzen«.

Alles im Menschen sei Organisation, sagt Wilhelm von Humboldt in seinen »Ideen zu einem Versuch, die Grenzen der Wirksamkeit des Staates zu bestimmen«, er wendet sich vehement gegen alles, was der Staat über seine Aufgabe, für Schutz nach außen und Rechtssicherheit nach innen zu sorgen, hinaus unternimmt, den Menschen an die kurze Leine zu nehmen. Er, der Mensch, sei ein Rädchen in der Maschine, sagt der Volksmund.

Das alles ruft Heines Gedicht in mir hervor, dieser »Prolog« zu einem Frühlingsliederzyklus, der für mich eine Abkehr von gesellschaftlichen Forderungen und eine rettende Hinwendung zum Spielerischen bedeutet. Das Gedicht ist im November 1830 entstanden, ein halbes Jahr nach der Pariser Julirevolution, die, zur tiefen Enttäuschung Heines, die Staatsmacht vom Adel auf das Bürgertum übertrug. Heine, im dreiunddreißigsten Jahr seines Lebens, eben entschlossen, von Deutschland nach Frankreich überzusiedeln, steigt aus dem zwanghaften revolutionären Zeitkampf aus und rettet sich, in heiterer Resignation, im freien Gedankenspiel.

Er windet sich, hin- und hergerissen, »in holden Hindernissen«, »in Lust und Leid«, er nimmt das uneindeutige Wechselspiel auf sich und spielt in ihm mit. So sind die Amoretten, die ihn necken, nicht einfach nur putzige Liebesgöttinnen, welche sich ihrer Pappflügel entledigen und als erotische Gärtnerinnen auftreten, und auch die Blumenketten sind nicht aus Stoffresten und Geschenkpapier gebastelt, wie es eine dieser »Freizeit«-Fernsehsendungen gezeigt hat: sie sind Metaphern für das Spielerische selbst, das »dem Menschen die Fesseln aller Verhältnisse abnimmt und ihn von allem, was Zwang heißt, sowohl im Physischen, als im Moralischen entbindet«, wie Schiller in einem seiner Augustenburger Briefe schreibt.

Heine lag schon in seiner Pariser Matratzengruft, opiumsüchtig, halbblind, mit erweichendem Rückenmark, als er, zehn Jahre später, im Gespräch mit Eduard von Fichte noch einmal auf die deutschen Verhältnisse zu sprechen kam: »Die Demagogen von Deutschland haben immer die Sitte gehabt, sich an mich zu wenden, indem sie voraussetzten, daß ich durch Dick und Dünn mit ihnen gehen werde; als ich mich hierauf nicht einlassen konnte, wurde ich mit unendlicher Feindschaft und Verläumdung verfolgt«, sagt er. So hatte er sich vom »Treiben dieser Leute« ins Spiel mit den eigenen Gefühlen, den eigenen Gedanken zurückgezogen.

In unserer Zukunft wird es viel Freizeit geben, wird viel heitere Resignation nötig sein. Ja, sie wird, so paradox und provokativ es klingen mag, die Qualität unserer Zukunft werden müssen. Ist nicht das Spiel der winzige Freiraum, den das Rad braucht, wenn es sich in der Achse bewegen will?

## HEINRICH HEINE
## SEI MIR GEGRÜSST

Sei mir gegrüßt, du große,
Geheimnisvolle Stadt,
Die einst in ihrem Schoße
Mein Liebchen umschlossen hat.

Sagt an, ihr Türme und Tore,
Wo ist die Liebste mein?
Euch hab ich sie anvertrauet,
Ihr solltet mir Bürge sein.

Unschuldig sind die Türme,
Sie konnten nicht von der Stell,
Als Liebchen mit Koffern und Schachteln
die Stadt verlassen so schnell.

Die Tore jedoch, die ließen
Mein Liebchen entwischen gar still;
Ein Tor ist immer willig,
Wenn eine Törin will.

## PETER HÄRTLING
## KEINE HEIMKEHR

1823 und 1824 schrieb Heinrich Heine seinen Zyklus »Die Heimkehr«; drei Jahre später nahm er ihn in seine erste Gedichtsammlung, »Buch der Lieder«, auf. Damals lebte und studierte er in Göttingen und Berlin, beobachtete, provozierte und dichtete. Die Frage, ob er heimkehren wolle, hätte ihn verblüfft und aufgebracht. Wohin? Nach Düsseldorf zog ihn nichts, und Hamburg war ihm, trotz des hilfreichen Onkels Salomon, verleidet: Dort hatte ihm Kusine Amalie, sein »goldener Stern«, unlängst den Korb gegeben. Das hinderte ihn nicht daran, ihr mit Gedichten weiter nachzustellen. Er dichtete sie um und neu. Was scherte ihn ihre abweisende Boshaftigkeit in der Realität, wenn er sie ihr in der Poesie mühelos austreiben konnte. Oder wenn es ihm gelang, ihre Abwesenheit kunstvoll zu beklagen.

Es ist eine bereits erprobte Geschichte. Der Siebzehnjährige hatte einem Freund geschrieben: »Ich bin ein wahnsinniger Schachspieler. Schon beim ersten Stein habe ich die Königin verloren, und doch spiele ich noch, spiele um die Königin.« Da offenbart er das Muster, nach dem er lebt und dichtet. Nur fehlt noch eine wesentliche Farbe: die der Ironie. Sie wird ihm helfen, das Exemplarische vom Biographischen zu lösen und für seine Lieder eine ebenso betörende wie aufsässige Musik zu finden.

»Sei mir gegrüßt« steht als 17. Stück in dem Zyklus. Ihn erwartet die Stadt seiner einstigen Liebe. Seine Stadt kann es nicht mehr ganz sein. Sie hat sich in der Erinnerung von ihm entfernt, erscheint ihm »geheimnisvoll«. Jetzt, indem er sie wiedersieht und begrüßt, erkennt er sie anders, empfängt sie ihn als alte und vergeßliche Mutter, die sein Liebchen im Schoß bewahrt und zur Welt gebracht hat. Ein Stadtkind. Ein Straßenmädchen? Er spielt an und spielt ihr auf diese Weise mit. Immerhin hat er sie in der Obhut der Stadt gelassen, hat sie Türmen und Toren anvertraut.

Unmerklich beginnen, als reagierten sie auf ein leises Beben, die Bedeutungen zu verrutschen. Die Wirklichkeiten, denen der Heimkehrer (den er ohnehin nur spielt) schon ehedem mißtraute, verlieren ihren Halt. Die Türme und die Tore beleben sich. Sein Lied weckt sie, damit er mit ihnen rechten kann. Es fehlt nicht viel, und er gibt ihnen Namen. »Ihr solltet mir Bürge sein.« Sie konnten nicht von der Stelle, als sein Liebchen sich auf und davon machte, die »Bürgen«, die Bürger.

In der letzten Strophe nimmt das Tempo zu. Nicht nur die Bedeutungen hüpfen; die beiden Vokale, O und I, führen sich geradezu wie Rausschmeißer auf – bis der Umlaut sie wehmütig aufhält: »Wenn eine Törin will.« Und ein sonderbarer Zug zieht nicht in die Stadt ein, sondern verläßt sie, wandert dem Liebchen nach: Der Zorn hakt beim Sarkasmus unter, die Trauer bei der Melancholie.

In dem Zyklus variiert Heine das Thema Heimkehrer, Liebste, Stadt vielfach. Er beklagt und besingt, höhnt und rühmt, spielt und spiegelt, und einmal, im 20. Stück, gibt er sich und seinen Zustand preis. Die Bühne Stadt bekommt Tiefe, die lyrische Erzählung ein Echo. Der Heimkehrer spaltet sich und sieht sich zu in seiner Qual, seiner Fremde. Das wandlungsreiche Ich wird benannt: *Da steht auch ein Mensch und starrt in die Höhe, / Und ringt die*

*Hände, vor Schmerzensgewalt*. Das ist ein bisher ungehörter Tonfall, so, als würde eine Passionsmusik angestimmt.

»Die Heimkehr«, das lernte der junge Heine dichtend, kann nie mehr als eine Möglichkeit sein, denn wer einen Ort verließ und später zurückkommt, hat sich verändert und der Ort auch. Das Tor und die Törin. Das eine bleibt, die andere geht. Am Ende des Gedichtkreises wird die Frage nach dem Liebsten bloß noch gestellt, damit der Schmerz ein Ende habe:

*Jene Flammen sind erloschen,*
*Und mein Herz ist kalt und trübe,*
*Und dies Büchlein ist die Urne*
*Mit der Asche meiner Liebe.*

## HEINRICH HEINE
## SIE HABEN DIR VIEL ERZÄHLET

Sie haben dir viel erzählet
Und haben viel geklagt;
Doch was meine Seele gequälet,
Das haben sie nicht gesagt.

Sie machten ein großes Wesen
Und schüttelten kläglich das Haupt;
Sie nannten mich den Bösen,
Und du hast alles geglaubt.

Jedoch das Allerschlimmste,
Das haben sie nicht gewußt;
Das Schlimmste und das Dümmste,
Das trug ich geheim in der Brust.

## PETER HÄRTLING
## ÜBLE NACHREDE

»Sie haben dir viel erzählet« steht als vierundzwanzigstes Gedicht in dem Zyklus »Lyrisches Intermezzo«. Sechzehn der insgesamt fünfundsechzig Stücke hat Robert Schumann vertont und seinem Liederkreis einen Titel gegeben, der unverhohlen Heine meint: »Dichterliebe«. Das vierundzwanzigste Gedicht allerdings sparte er aus (wie andere Gedichte auch). Wahrscheinlich hat er schon beim ersten Lesen gemerkt, daß die drei Strophen, so »gesungen« sie scheinen, sich seiner Musik widersetzten. Und dies aus einem Grund, dessen Abgründigkeit er wohl begriff, in seinem Kunstverstand dem Dichter durchaus nah: die virtuose »Melodei« wird hier (und nicht nur in diesem Gedicht) mit Vorsatz schrill und »unmusikalisch«.

»Sie«! Wen ruft der liebende Sänger höhnisch und nicht ohne triumphierende List da auf? Wer sind »sie«, die ihn der Angebeteten durch üble Nachrede abspenstig machen? »Sie«, das ist eine Geschichte für sich, und die birgt die Erfahrungen des jungen Harry Heine, die tatsächlichen und die eingebildeten.

Zwar steht das »Lyrische Intermezzo« im »Buch der Lieder«, das ihn 1827 berühmt machte, aber veröffentlicht hat er den Zyklus zum ersten Mal 1823, eingeklemmt zwischen den Tragödien »William Ratcliff« und »Almansor«. Und entstanden ist er 1821 und 1822, als er, unterstützt von seinem Onkel Salomon, Jura in Berlin studierte und im Salon der Rahel Varnhagen verkehrte. Ihr dankt er geradezu überschwenglich in der Vorrede zur zweiten Auflage des »Buchs der Lieder«, »der liebreichen Freundin, die mir immer die unermüdlichste Teilnahme widmete und sich oft nicht wenig für mich ängstigte, in jener Zeit meiner jugendlichen Übermüten, als die Flamme der Wahrheit mich mehr erhitzte als erleuchtete ...«

Das vierundzwanzigste Gedicht hat er unbezweifelbar erhitzt geschrieben, an schmerzlicher Erleuchtung mangelt es ihm dennoch nicht. Denn »sie« spricht er nicht bloß vage an, »sie« bleiben für keinen Augenblick anonym. Indem er sie nennt, erkennt er sie: es sind jene, die er herausgefordert hat, die Spießer, die Kleinmütigen, die Neider; jene, die der Freiheit seiner Liebe mißtrauen; jene, die ihre intellektuelle Enge für Patriotismus halten; jene, die ihn spüren lassen, daß er anders, daß er ein Jude ist. Jene, die nie ihm direkt nachstellen, sondern seine Nächsten plagen, um ihn zu treffen.

Seine Liebste zum Beispiel. Die verwirren sie mit Gerüchten und Gerede und verderben ihre Liebe zu ihm. »Sie nannten mich den Bösen / Und du hast alles geglaubt.« Der Böse, der Satansbraten. Das ist ein rechtes Christenwort gegen den Juden – und du hast alles *geglaubt.* Wer diesen leise tremolierenden Vers nachdenklich wiederholt, dem wird klar, welch enorme Last die flinken Heineschen Wörter oft mit sich schleppen. (In Berlin arbeitete er im übrigen eine Weile im Verein für Kultur und Wissenschaft der Juden mit.)

Da sein Mädchen den anderen und nicht ihm glaubt, muß er ihr auch demonstrieren, weshalb – und also schlägt er eine Heinesche Volte. Zuvor kann er ihnen nicht mehr kommen. Das nicht. Doch überlisten, übertrumpfen kann er sie, die »ein großes Wesen« mit gemeinen Sätzen mach-

ten, allemal. In seinem Lied und mit ihm ist er ihnen »überlegen«: »Doch was meine Seele gequälet / Das haben sie nicht gesagt.« Was er ihnen am Ende offenbart, haben sie auch nicht erwartet.
Er geht ins Feuer, ehe es jene, die ihm nachstellen, entfachen. Das ist eine alte bittere Geschichte. Für sie hat keiner so süße Weisen gefunden wie Heinrich Heine. Je vertrauter sie uns werden, um so mehr schmerzen sie uns. Und darum hat der gescheite Robert Schumann dieses Lied nicht vertont, denn er hörte genau hin, als der freche Junge an die Rampe trat und seiner Liebsten wie seinem Publikum erklärte:
*Das Schlimmste und das Dümmste,*
*Das trug ich geheim in der Brust.*

## HEINRICH HEINE
## WENN ICH, BESELIGT VON SCHÖNEN KÜSSEN

Wenn ich, beseligt von schönen Küssen,
In deinen Armen mich wohl befinde,
Dann mußt du mir nie von Deutschland reden; –
Ich kanns nicht vertragen – es hat seine Gründe.

Ich bitte dich, laß mich mit Deutschland in Frieden!
Du mußt mich nicht plagen mit ewigen Fragen
Nach Heimat, Sippschaft und Lebensverhältnis; –
Es hat seine Gründe – ich kanns nicht vertragen.

Die Eichen sind grün, und blau sind die Augen
Der deutschen Frauen; sie schmachten gelinde
Und seufzen von Liebe, Hoffnung und Glauben; –
Ich kanns nicht vertragen – es hat seine Gründe.

## WOLFGANG PREISENDANZ
## ZWIESPÄLTIGE ERINNERUNG

Nie sollst du mich befragen – das aus der Lohengrin-Sage bekannte Frageverbot ergeht hier in einem Bettgespräch an die französische Geliebte des Emigranten. Warum sie nicht von Deutschland reden soll, bleibt ausgespart. Der insistierende, in der Mittelstrophe über Kreuz gestellte Refrain »Ich kanns nicht vertragen – es hat seine Gründe« läßt, auch durch den Gedankenstrich, offen, weshalb das Wohlbefinden in ihren Armen kein Gespräch über seine Herkunft verträgt. Nur versteckt deutet sich an, daß dabei Reizthemen berührt werden könnten: das Wort Sippschaft hat gewöhnlich einen abschätzigen Beiklang. Aber erst in der dritten Strophe scheint eine indirekte und mehrdeutige Begründung seiner Weigerung auf: mehrdeutig, weil in der Reminiszenz Sentimentalität und Hohn konkurrieren.

Man hat angenommen, dem Dichter in Paris seien Fragen nach seiner deutschen Vergangenheit unleidlich, weil ihn die Erinnerung an die im »Buch der Lieder« umkreiste unglückliche Liebe quäle. Demnach wäre der Tenor der letzten Strophe eindeutig wehmütig, nostalgisch. Aber läßt der Satz »sie schmachten gelinde / Und seufzen von Liebe, Hoffnung und Glauben« nicht eher auf ein Gran Sarkasmus schließen, wenn man die Ironie der Anspielung auf 1. Korinther 13 erfaßt? Paulus wird zitiert, der doch wie kein anderer auf die Sünde »im Fleisch«, in der Geschlechtslust pochte; und diese Anspielung auf die paulinische Sündenlehre hat die erotische Euphorie zur Folie, von der die Eingangsverse sprechen.

Ich denke also, der Refrain »Ich kanns nicht vertragen« bezieht sich in der Schlußstrophe auf die unmittelbar vorausgehende Charakteristik deutscher Frauen; »blauäugige Töchter gebildeter Stände, schöne blonde Seelen, die ihren Strickstrumpf oder sonst eine Handarbeit ins Theater mitgebracht haben und *gelinde schwärmen* wollen, ohne daß ihnen eine Masche fällt«, schreibt Heine an anderer Stelle. Liest man die letzte Strophe im Licht dieser und zahlreicher anderer mokanter Lobreden auf die »holde Schwärmerei«, die »stillen Tugenden der deutschen Frauen«, auf ihre schamhafte Züchtigkeit (»Da lob ich Deutschlands Frauenzimmer, / Das schweigend sich zu Bette legt«) – rückt man das Pariser Bettgespräch in den Kontext solch ironischer Huldigungen, die fast immer die Französinnen zum Gegenbild haben, so könnte man der These beipflichten, ironische Rede sei allemal mit einer mehr oder weniger starken Aggressivität verbunden.

Demnach schlüge auch in unserem Gedicht der Anflug nostalgischer Erinnerung in kaum verhüllte Persiflage um, die Grenze zwischen Gebanntheit und Spott verschwimmt. Ironie verweist hier wie vielmals bei Heine auf die unaufhebbare Ambivalenzerfahrung eines, dem die Erinnerung an Deutschland in den Armen einer Französin Verlust und Gewinn umschließt, eine Wunde und ein Entronnensein bedeutet.

Ludwig Bechstein berichtet 1836, zwei Jahre nach der Niederschrift des Gedichts, von einem Gespräch mit Heine am Billettschalter der Italienischen Oper in Paris. Auf die Frage, ob er nicht wieder nach Deutschland zurückkehren wolle, habe Heine »wehmütig lächelnd« geantwortet: »Schwerlich. Ich bin der Tannhäuser, der im Venusberg gefangen sitzt; die Zauberfei gibt mich nicht los.« Diese Antwort bekundet die gleiche Schwebelage zwischen Heimweh, Fernliebe und neuartigem Wohlbefinden, die den Refrain »Ich kanns nicht vertragen – es hat seine Gründe« zwielichtig macht.

## HEINRICH HEINE
## WIE LANGSAM KRIECHET SIE DAHIN

Wie langsam kriechet sie dahin,
Die Zeit, die schauderhafte Schnecke!
Ich aber, ganz bewegungslos
Blieb ich hier auf demselben Flecke.

In meine dunkle Zelle dringt
Kein Sonnenstrahl, kein Hoffnungsschimmer,
Ich weiß, nur mit der Kirchhofsgruft
Vertausch ich dies fatale Zimmer.

Vielleicht bin ich gestorben längst;
Es sind vielleicht nur Spukgestalten
Die Phantasien, die des Nachts
Im Hirn den bunten Umzug halten.

Es mögen wohl Gespenster sein,
Altheidnisch göttlichen Gelichters;
Sie wählen gern zum Tummelplatz
Den Schädel eines toten Dichters. –

Die schaurig süßen Orgia,
Das nächtlich tolle Geistertreiben,
Sucht des Poeten Leichenhand
Manchmal am Morgen aufzuschreiben.

JÜRGEN JACOBS

## SPIRITUALISTISCHES SKELETT

Die elf Gedichte des kleinen Zyklus »Lazarus« sind, wie der Titel schon andeutet, in den Tiefen jener »Matratzengruft« entstanden, in der Heine seit 1848 gefangen lag. Während der endlosen Leidensnächte, in denen der Kranke nur mit Hilfe großer Dosen Morphium für wenige Stunden Schlaf fand, war ihm das Dichten das einzige »Linderungsmittel«. Sein zum Innenhof gelegenes Zimmer in der Pariser Rue d'Amsterdam erschien ihm als »dunkle Zelle«, ja als Grab, aber es war für ihn, wie er 1851 im Nachwort zum »Romanzero« schreibt, »ein Grab ohne Ruhe«. Und sein elendes Leben war ihm kein Leben mehr, sondern »der Tod ohne die Privilegien der Verstorbenen, die kein Geld auszugeben und keine Briefe oder gar Bücher zu schreiben brauchen«.

Das »Lazarus«-Gedicht »Wie langsam kriechet« spiegelt die Qualen des hoffnungslos Leidenden, und zwar ohne am Ende mit Heinescher Ironie, mit einer Pointe den melancholischen Ton durchbrechen zu können. Zu bedrükkend ist offenbar das Gefühl, gelähmt und hinfällig zu sein, ja schon zu den Abgestorbenen zu gehören. Allerdings flackern dann in den langen Nachtstunden fiebrige Halluzinationen auf: »Altheidnisch göttliches Gelichter« wirbelt durch den Kopf des kranken Dichters – *toute la clique des dieux païens*, wie es etwas salopper in der von Heine autorisierten französischen Prosafassung des Gedichts heißt. Aber die antiken Götter treten hier als Ge-

spenster auf, als entfesselte Dämonen, die eine wilde Orgie feiern. Am Morgen danach findet sich der Leidende auf seine triste Situation zurückgeworfen. Mit seiner »Leichenhand« versucht er, die nächtliche Phantasmagorie festzuhalten – aber auch das nur »manchmal«.
Um die Bitterkeit und die Verzweiflung dieses Gedichts ganz zu verstehen, muß man sich vor Augen führen, daß der frühere, gesunde und lebensbejahende Heine sich immer wieder zu »griechisch-heidnischer Götterlust« bekannt hatte. Er predigte das weltfreudige «Hellenentum« und suchte Distanz zu der leibfeindlichen Askese des »Nazarenertums«, das er in der jüdisch-christlichen Tradition erkannte.
Heine mußte nun erfahren, daß seine Krankheit ihm ein Leben im »hellenischen« Stil unmöglich machte. Er hat einmal diesen Bruch in seiner Existenz selbstironisch so geschildert, daß ihn sein letzter Gang vor dem Versinken in der Matratzengruft in den Louvre zur Venus von Milo geführt habe. Denn besonders diese Göttin gehörte zu den »holden Idolen«, die er in glücklichen Tagen angebetet hatte. Die kleine Geschichte schließt mit den Sätzen: »Zu ihren Füßen lag ich lange und weinte so heftig, daß sich dessen ein Stein erbarmen mußte. Auch schaute die Göttin mitleidig auf mich herab, doch zugleich so trostlos, als wollte sie sagen: siehst du denn nicht, daß ich keine Arme habe und also nicht helfen kann?«
Der beredte Anwalt des sinnenfreudigen Hellenentums fand sich bald als »spiritualistisches Skelett« wieder. Seine alten Götter erscheinen ihm jetzt nur noch als Fieber-Phantasmen, als nächtliche Spukgestalten, deren tolles Treiben den Schmerzensmann daran erinnert, was ihm nicht mehr möglich ist. Zwar fügen sich ihm die Verse

noch zu runden poetischen Gebilden, aber sie nehmen den Ton der verzweifelten Klage an und führen – in einem anderen »Lazarus«-Gedicht – zu der ergreifenden Bitte um Erlösung »von diesem schrecklichen Lebensleide«.

## HEINRICH HEINE
### WO?

Wo wird einst des Wandermüden
Letzte Ruhestätte sein?
Unter Palmen in dem Süden?
Unter Linden an dem Rhein?

Werd ich wo in einer Wüste
Eingescharrt von fremder Hand?
Oder ruh ich an der Küste
Eines Meeres in dem Sand?

Immerhin! Mich wird umgeben
Gotteshimmel, dort wie hier,
Und als Totenlampen schweben
Nachts die Sterne über mir.

## JOSEPH ANTON KRUSE
## DIE WELT ALS GRAB

Für gewöhnlich, wenn wir uns mit dem Tod beschäftigen, denken wir über den Zeitpunkt nach, zu dem er uns ereilt. Auch die Art und Weise, wie wir ihm ins Auge blicken, mag uns vielleicht beunruhigen. Am wenigsten, glaube ich, ängstigen wir uns darüber, wo man uns bestatten wird.

Heines Strophen über die eigene Grabsuche frappieren mich besonders, wenn ich ihnen auf dem Montmartre-Friedhof in Paris begegne. Dort bilden sie den Schmuck jenes eindrucksvollen Monuments der Jahrhundertwende, das an den Dichter und seine Frau Mathilde erinnert. Das Gedicht leistet dem geordneten Gräberfeld leisen Widerstand, steht dazu im poetischen Kontrast, da die Ungewißheit des Ortes seit dem 20. Februar 1856, dem Tag seiner Beerdigung, durch diese allerletzte Adresse beseitigt ist.

Die Zeilen selbst waren erst dreizehn Jahre nach Heines Tod bekanntgeworden. Sie wurden 1869 aus dem Nachlaß veröffentlicht, stammen aber wohl schon aus den dreißiger oder frühen vierziger Jahren. Im Frühjahr 1843 entwarf Heine ein erstes Testament; die Fassung von 1846 enthält dann folgenden Wunsch: »Sterbe ich in Paris, so will ich auf dem Kirchhofe des Montmartre begraben werden, auf keinem andern, denn unter der Bevölkerung des Faubourg Montmartre habe ich mein liebstes Leben gelebt.« Diese ausdrückliche Bestimmung hat einiges mit

dem Gedicht gemein, weil die Unwägbarkeit des Endes durch diesen kleinen Vorbehalt der testamentarischen Verfügung anerkannt wird.
Die rhetorischen Fragen in den beiden ersten Strophen sind dazu Variationen. Sie variieren gleichzeitig das überlieferte Bild von Lebenslauf und Wanderschaft. Dabei ist auch der Zeitpunkt angesprochen, aber ebenfalls Art und Weise des Todes erfragt. Mit einem baldigen, plötzlichen Tod wird gar nicht erst gerechnet. Die Mühen des Lebens vollenden sich »einst« nach mancher Rast in weiter, erlösender Zukunft. Jedoch ist das Ziel der Wanderung so unbestimmt wie das Schicksal des Wanderers und die Art seines Sterbens. Gerne hat Heine Nord und Süd literarisch miteinander konfrontiert. Im Gedicht »Ein Fichtenbaum steht einsam« bilden Fichte und Palme die Symbole unerfüllter Sehnsucht. Hier dagegen bezeichnen die Palmen im Süden und die Linden am Rhein seine mögliche Grabstätte, entfernteste Pole nach allen erdenklichen Wechselfällen des Lebens.
Schon im IV. Kapitel von »Ideen. Das Buch Le Grand« aus dem Jahre 1826 entwarf er sich seine »Ruhestätte«: »Ein Baum wird meinen Grabstein beschatten. Ich hätte gern eine Palme, aber diese gedeiht nicht im Norden. Es wird wohl eine Linde sein, und Sommerabends werden dort die Liebenden sitzen und kosen.« Im Gedicht nun schreitet Heine die Weltgegenden ab: ein Fremdling in der Wüste, ein nach Irrfahrten ans Land gespülter toter Odysseus. Die unendlichen Möglichkeiten von Zeit, Ort und Umständen des Endes werden metaphorisch durchgespielt, ohne Angst und Schrecken, gelassen, elegisch.
Die fünf Fragen nach dem »Wo?« (ein Titel, der dem Gedicht vom Herausgeber des Nachlasses, Adolf Strodt-

mann, verliehen wurde) sind im Grunde nur eine einzige Frage nach dem Ziel und Sinn des Weges und der dafür aufgewendeten Kraft. Eine Antwort darauf gibt es nicht. Die Tröstung bleibt immanent. Denn was die dritte Strophe beschwört, ist nicht religiös zu nennen, sondern eher weltfromm und weltläufig. Unsere Erde wird nach dem Tod zum Universalfriedhof, über dem sich der Sternenhimmel wölbt. Die Einsamkeit und Heimatlosigkeit löst sich in grandioser Weise auf. Die Erde, die uns empfängt, ist allein für uns da. Die Sterne leuchten zum Zeichen der Erinnerung an den zur Ruhe gekommenen Schläfer. Ein ergänzender, aufklärender Satz, der den Gedanken des Gedichtes umwendet, steht in der »Reise von München nach Genua« von 1828, wo es im XXX. Kapitel heißt: »Unter jedem Grabstein liegt eine Weltgeschichte.«

Auf Heines Grab sind außer Blumen auch immer wieder Kieselsteine zu finden, ein jüdischer Brauch des Totengedächtnisses, aus uralter Wüstentradition überkommen. Der Montmartre-Friedhof ist eben größer als Paris. Auch Linden und Palmen wachsen manchmal am gleichen Ort.

## HEINRICH HEINE

Worte! Worte! Keine Taten!
Niemals Fleisch, geliebte Puppe,
Immer Geist und keinen Braten,
Keine Knödel in der Suppe!

Doch vielleicht ist dir zuträglich
Nicht die wilde Lendenkraft,
Welche galoppieret täglich
Auf dem Roß der Leidenschaft.

Ja, ich fürchte fast, es riebe,
Zartes Kind, dich endlich auf
Jene wilde Jagd der Liebe,
Amors Steeple-chase-Wettlauf.

Viel gesünder, glaub ich schier,
Ist für dich ein kranker Mann
Als Liebhaber, der gleich mir
Kaum ein Glied bewegen kann.

Deshalb unsrem Herzensbund,
Liebste, widme deine Triebe;
Solches ist dir sehr gesund.
Eine Art Gesundheitsliebe.

## RUDOLF WALTER LEONHARDT
## ENDSPIEL MIT DER WIRKLICHKEIT

An Kunst des Reimes und des Rhythmus sind diese Verse, scheint es, kaum zu unterbieten. So machten die Dichter des Volkes gern ihre Lieder, aus denen dann Volkslieder wurden: in ganz regelmäßigen, kurzen Strophen, säuberlich immer abwechselnd gereimt: aten – uppe aten – uppe. Die einzige Freiheit, die sich der Reimer mit dem Metrum erlaubt, ist die, daß er die vier Versfüße einmal voll ausschwingen, sie ein andermal abrupt mit der betonten Silbe abbrechen läßt.
Sieht man sich diese »einzige Freiheit« etwas näher an, dann merkt man, daß sie raffiniert gehandhabt wird, Monotonie vermeidend, Symmetrie herstellend; dann spürt man die Handschrift eines Meisters oder mindestens eines Routiniers.
Aber ob Meister oder Routinier – wo bleibt »das Kreative«? Kreativität heißt, wenn ich mich auch ungereimt so ausdrücken darf: immer mal wieder was Neues. Neu ist nicht, daß ein Greis sich der in jedem Falle als keusch vorzustellenden Geliebten empfiehlt mit dem Hinweis, physiologisch nicht Vollziehbares hätte doch auch sein Gutes. Die Tonart freilich, in der dies hier geschieht, ist zumindest ungewöhnlich. Schrille Dissonanzen stellen den Volkslied-Charakter ironisch in Frage. Die »Triebe«, deren Reimverwandtschaft zur »Liebe« im deutschen Sprachraum schon so viel poetisches Unheil gestiftet hat, werden höchst sonderbaren hygienischen Verordnungen unterworfen.

Und hier wie allenthalben bei Heine kommt Biographie ins Spiel. Der Herzensbündler glaubte ja an den eigenen Gliedern erfahren zu haben, daß physische Kontakte zur Frau Venus krank machen – eben venerisch. Halb war ihm das eingeredet worden, halb hielt er es für wahr, halb will er es anderen einreden. Dreimal halb? Heine überzog gern.

Das Originelle, das eigentlich »Kreative« an diesem Gedicht liegt in dem Spiel, das da mit der Wirklichkeit getrieben wird.

Um dieses Spiel voll würdigen zu können, muß man freilich auch die Wirklichkeit kennen. Herausgerissen aus der Situation des völlig Gelähmten, der eben in der Tat »kaum ein Glied bewegen kann«, des Schmerzensmannes, dem nur noch Opium hilft, des Todkranken, der wenige Monate später dann auch stirbt, herausgerissen aus dieser Endspiel-Situation wäre dies kein besonders bemerkenswertes Gedicht.

Aber wenn man es in die Zusammenhänge stellt, in die es hineingehört, dann empfinde ich es als ungeheuerlich, als überwältigend, wie da der Kunstwille sich aufbäumt gegen die von allen Seiten auf ihn eindringende Vergeblichkeit.

Zum richtigen Verständnis des Gedichtes gehört auch noch die Mitempfindung der makabren Ironie. Wie den »kranken Mann«, der da spricht, so gab es ja auch die »geliebte Puppe« wirklich. Das Gedicht hat der sterbende Heine geschrieben für jene späte Besucherin an seinem Krankenbett, die sich mal Fräulein van Belgern nannte, mal Margot, mal Sarah Dennigson, mal Camilla Selden und die eigentlich Elise Krinitz hieß; der von so viel Namen verwirrte Heine nannte sie (nach dem Siegel ihres

Ringes) »meine allersüßeste fine mouche« – und so nennen sie seitdem auch die Literaturhistoriker: die Mouche.
Die meisten von ihnen rekonstruieren sich diese Gestalt aus Heines Gedichten, und sie gewinnt dadurch die Züge eines barmherzig-erotischen Engels der letzten Stunde.
Meiner Ansicht nach gehört es zur ätzenden Essenz dieses Gedichtes, daß die »Mouche« keineswegs ein Engel war, sondern ein ziemlich ordinäres und überspanntes Frauenzimmer. Sie hatte Heine wohl aufgesucht, um den Kontakt zu ihrem alten Verehrer, einem Alfred Meißner, wiederherzustellen. Ganz anders, als sie sich das vorgestellt hatte, fand sie auf einmal sich geworfen in die Rolle der letzten Verehrerin des sterbenden Dichters. Es schmeichelte ihr, diese Rolle anzunehmen. Seinen Tod verschlief sie.
Heines Mouche-Gedichte haben sie unsterblich gemacht.
Es gibt keine Gerechtigkeit in der Lyrik.

## HEINRICH HEINE
## ZUM LAZARUS

Laß die heil'gen Parabolen,
Laß die frommen Hypothesen –
Suche die verdammten Fragen
Ohne Umschweif uns zu lösen.

Warum schleppt sich blutend, elend,
Unter Kreuzlast der Gerechte,
Während glücklich als ein Sieger
Trabt auf hohem Roß der Schlechte?

Woran liegt die Schuld? Ist etwa
Unser Herr nicht ganz allmächtig?
Oder treibt er selbst den Unfug?
Ach, das wäre niederträchtig.

Also fragen wir beständig,
Bis man uns mit einer Handvoll
Erde endlich stopft die Mäuler –
Aber ist das eine Antwort?

## DOLF STERNBERGER
## HOFFNUNGSLOSER DIALOG

Das Gedicht gehört der letzten Sammlung an, die Heine noch selbst veranstaltet hat, es ist als Nachtrag »zum Lazarus« bezeichnet. Es gehört zu den vollkommensten, die er geschrieben hat. Alles ist knapp, derb, einfach ausgesprochen, kein Wort zuviel. Der Vers kommt rasch, doch gewichtig einher. Er ist wie die letzte Phase eines hoffnungslosen Dialogs. Setzt ein mit der lauten und unwirschen Aufforderung, an ungenannte geistliche Adresse gerichtet, einmal endlich ohne Bild und Gleichnis, ohne Mythos und Legende Bescheid zu geben.

Die »verdammten Fragen« folgen sogleich und deutlich genug, in der zweiten Strophe. Eigentlich ist es nur eine einzige Frage. Die Frage des Psalmisten. Keine christliche Frage, trotz der Beschwörung der Szene des Kreuztragens. Das Leiden wird hier keineswegs angenommen, gar verklärt. Nicht ein Dulder redet, sondern ein Aufsässiger. Es ist Hiob. Nicht nach Liebe und nicht nach Gnade wird gefragt, sondern nach Gerechtigkeit.

Kaum ist die Frage gestellt, scheint der Frager und Ankläger von seinem Partner abzulassen und ins eigne Grübeln oder in eine Unterredung mit seinesgleichen zurückzufallen. Der Befragte ist stumm geblieben. Jetzt wird der Verantwortliche genannt, »unser Herr«, wie man von einem Abwesenden redet, in Vermutungen, da nichts Verläßliches von ihm bekannt ist. Die versuchten Erklärungen sind so respektlos wie ernsthaft. Ein spottendes Gezeter

des hellsten Verstandes. Auf pfiffige Weise zweifelt er an Gottes Allmacht, in burschikosem Ton an Gottes Güte. Nicht an Gott.
Mit der vierten Strophe tritt der Sprecher aus Gespräch wie Erwägung hervor, wendet sich gleichsam ans Publikum, trifft nur noch eine Feststellung. »Man« stopft uns die Mäuler: der andere bleibt gegenwärtig, handelt sogar. Ermattet klingt die Empörung in der letzten Zeile nach, eine Art demagogischer Klage.
Der unvollkommene oder verfehlte Reim oder der »kolossale Halbreim« (wie der genaue Leser und Kenner Werner Kraft gesagt hat, und auf »Antwort« sei schlechthin kein natürliches Reimwort zu finden) verschärft den Sinn der Klage, fast unmerklich und doch ungeheuerlich. Wir können uns keinen Reim darauf machen, daß wir ohne Bescheid, womöglich ungehört, sterben sollen.

## FRANZ SCHUBERT
## KLAGE AN DAS VOLK

O Jugend unsrer Zeit, Du bist dahin!
Die Kraft zahllosen Volks, sie ist vergeudet,
Nicht einer von der Meng' sich unterscheidet,
Und nichtsbedeutend all' vorüberzieh'n.

Zu großer Schmerz, der mächtig mich verzehrt
Und nur als Letztes jener Kraft mir bleibet;
Denn tatlos mich auch diese Zeit zerstäubet,
Die jedem Großes zu vollbringen wehrt.

Im siechen Alter schleicht das Volk einher,
Die Taten seiner Jugend wähnt es Träume,
Ja spottet töricht jener gold'nen Reime,
Nichtsachtend ihren kräft'gen Inhalt mehr.

Nur Dir, o heil'ge Kunst, ist's noch gegönnt
Im Bild die Zeit der Kraft und Tat zu schildern,
Um weniges den großen Schmerz zu mildern,
Der nimmer mit dem Schicksal sie versöhnt.

## FRIEDRICH DIECKMANN
## DAS TATENLOSE LEBEN

Dieses Gedicht, das der Sonettstrophe folgt, ohne sich zum Sonett zu runden, existiert nur in einer einzigen, brieflich mitgeteilten Fassung; der Verfasser konnte nicht an eine Veröffentlichung denken. Es war nicht sein erstes Gedicht; sein lyrisches Œuvre ist schmal, aber gewichtig. Abgesehen von einigen jugendlichen Gelegenheitsarbeiten, unter denen »Die Zeit« (1813) besonderes Interesse verdient, sind uns noch zwei Gedichte überliefert: »Der Geist der Welt«, drei 1820 aufgezeichnete Strophen, denen offenbar eine hitzige weltanschauliche Debatte vorausgegangen war, und »Mein Gebet« von 1823, ein vierstrophiges Gedicht, das einer Lebenskrise weitreichenden dichterischen Ausdruck gab.
Einen ganz andern Ton schlagen ein Jahr später vier Strophen einer Klage über das Volk an, die an keine dritte Instanz ergeht, sondern ohne Aussicht, Gehör zu finden, an das Volk selbst. Die Verse sind im Sommer 1824 auf einem nordungarischen Schloß entstanden, dessen Besitzer, eine kunstsinnige Magnatenfamilie, den Verfasser für einige Monate als Musikmeister engagiert hatten. In der ländlichen Abgeschiedenheit empfindet Schubert »das tatenlose unbedeutende Leben, welches unsere Zeit bezeichnet«, schärfer denn je und macht sich einem Wiener Freund gegenüber, dem Lyriker Franz von Schober, in Versen Luft, deren Eindringlichkeit in der Lyrik des Biedermeier einzig dasteht; nicht aus Heines und nicht aus

Grillparzers Schubladen ist ein vergleichbarer Text zutage getreten.
Er gilt dem Österreich und im weiteren Sinn dem Deutschland jener nachnapoleonischen Periode, in der die deutschen Fürsten mit wenigen Ausnahmen, darunter dem Großherzog von Sachsen-Weimar, ihr dem kämpfenden Volk von 1813/14 gegebenes Verfassungsversprechen gebrochen und die vor allem unter der studentischen Jugend gärende Unruhe durch Ausnahmegesetze niedergeschlagen hatten, die bis 1848 in Kraft waren. Stagnation und Repression senkten sich wie Mehltau über das geistige und politische Leben; in Schuberts Freundeskreis bezeichneten Verhaftungen, Ausweisungen und Amtsenthebungen die Bahn der Metternichschen Politik, die in Gentz ihren Theoretiker und in dem Grafen Sedlnitzky einen Polizei-Exekutor gefunden hatte, der über eine Armee geheimer Observanten gebot. Schuberts Strophen ziehen das Fazit aus diesem weitgespannten Versuch, der Geschichte Zügel anzulegen.
Gleichmaß und Gleichmacherei der Tatlosigkeit geben dem Dichter das Bild greisenhaften Umherschleichens einer ziellos tappenden Menge ein. Welcher Art die goldnen Reime sind, deren Inhalt niemand mehr kennt, läßt sich nur ahnen; offenbar ist die jüngstvergangene deutsche Dichtung gemeint, die von Klopstock über Schiller und Goethe bis zu Wilhelm Müller reicht, den Schubert ein Jahr zuvor für sich entdeckt hatte. Dies alles leuchtet wie aus weiter Ferne in das Reich Franz' I., eines Staatshaupts, das sich als der oberste Garant des geistig-politischen Stillstands verstand.
Die »heil'ge Kunst« der letzten Strophe ist von Schobers »holder Kunst« in dem berühmten, von Schubert kompo-

nierten Lied deutlich unterschieden. Sie ist kein Flucht-Raum der Entrückung, sondern hat die Aufgabe, »die Zeit der Kraft und Tat« erinnernd zu bewahren; so widersetzt sie sich der Versöhnung mit herrschender Apathie, so komfortabel diese ausgestaltet sein mag. Wo alles stockt, kann die Kunst nur eins: die falsche Harmonie stören.

## AUGUST HEINRICH HOFFMANN VON FALLERSLEBEN
## DAS LIED DER DEUTSCHEN

Deutschland, Deutschland über alles,
Über alles in der Welt,
Wenn es stets zu Schutz und Trutze
Brüderlich zusammenhält,
Von der Maas bis an die Memel,
Von der Etsch bis an den Belt –
Deutschland, Deutschland über alles,
Über alles in der Welt!

Deutsche Frauen, deutsche Treue,
Deutscher Wein und deutscher Sang
Sollen in der Welt behalten
Ihren alten schönen Klang,
Uns zu edler Tat begeistern
Unser ganzes Leben lang –
Deutsche Frauen, deutsche Treue,
Deutscher Wein und deutscher Sang!

Einigkeit und Recht und Freiheit
Für das deutsche Vaterland!
Danach laßt uns alle streben
Brüderlich mit Herz und Hand!
Einigkeit und Recht und Freiheit
Sind des Glückes Unterpfand –
Blüh im Glanze dieses Glückes,
Blühe, deutsches Vaterland!

## RUTH KLÜGER
## DER WEG ZUR DRITTEN STROPHE

Vielleicht ist der Hamburger Verleger Campe daran schuld, daß unter dem Wust patriotischer Gedichte der nachnapoleonischen Zeit »Das Lied der Deutschen« zum berühmtesten und berüchtigtsten wurde. Denn Campe veröffentlichte diesen unbedeutenden Text im September 1841 zusammen mit Haydns Kaiserhymne, der Melodie, die es zum Lied machte und ihm Flügel gab.

Hoffmann von Fallersleben, Verfasser der Kinderlieder »Ein Männlein steht im Walde«, »Kuckuck, Kuckuck ruft aus dem Wald« und »Wer hat die schönsten Schäfchen?«, war ein liberaler, aufrechter Germanist, der sein Amt dank seiner »Unpolitischen Lieder« (die natürlich politisch waren) verlor und dem, wie seinem Altersgenossen Heine, die Kleinstaaterei, das Philistertum, die Reste des Feudalismus zuwider waren. Heine erwähnt ihn freundschaftlich in »Deutschland. Ein Wintermärchen«, wenn er von den »konfiszierlichen Büchern« im eigenen Kopf sagt: *Sie sind gefährlicher noch als die / Von Hoffmann von Fallersleben.* Weit entfernt davon, mit dem Säbel zu rasseln, schrieb Hoffmann im selben Sommer 1841, in dem das Deutschlandlied entstand, die Verse: *Sind nur darum Europas Staaten, / Daß die Soldaten grünen und blühn? / Müssen für drei Millionen Soldaten / Unsre zweihundert Millionen sich mühn? // . . . Ganz Europa ist eine Kaserne, / Alles Dressur und Disziplin*«.

Und trotzdem schleppt das Deutschlandlied den ganzen

Schlamm von hundertfünfzig Jahren nationalistischer Überheblichkeit mit. 1841 konnte es noch als legitimer Patriotismus gelten, wenn der Dichter die deutsche Sprachgrenze umreißt, also ein kulturelles Deutschland beschwört, das seine politische Zersplitterung überwinden soll, nicht eines, das imperialistische Gelüste hegt. Später liest sich derselbe Text als bedrohlich für die Nachbarn. Mit »über alles in der Welt« und dem auftrumpfenden »Schutz und Trutze« war allerdings von Anfang an ein aggressiv-kämpferischer Ton angeschlagen, der schon 1867 Mißbilligung im französischen Parlament erregte. Im Ersten Weltkrieg wurde das »Deutschlandlied« zum Kriegslied: in der Weimarer Republik zur Nationalhymne, in Reaktion auf die Niederlage. Durch die Nazis erhielt es schließlich die schillernd bösartige Aura eines absoluten Machtanspruchs, der bereit ist, alles zu zerstören, was sich ihm in den Weg stellt. Im besetzten Deutschland war das Lied verboten. 1952 kürt die Bundesrepublik die dritte Strophe zur offiziellen Hymne. Diese brave, farblose Endstrophe ohne Auftakt steht sozusagen kopflos im Raum, als sei das Lied erst hingerichtet und dann der Rumpf künstlich neu belebt worden.

Leider ist die anrüchige erste Strophe poetisch die beste. Genaue Angaben sind auch in der Lyrik wirkungsvoll, und die geographischen Namen, eingeklammert in das begeisterte Bekenntnis zur Einheit, haben eine Zugkraft, einen gewissen Sog, die den blassen Abstraktionen der letzten Strophe fehlen. Die zweite, schwächste Strophe behandelt die halbe Bevölkerung, nämlich die Frauen, als Exportware von gutem Ruf wie Wein. Zwar ist es nicht so gemeint, doch es liegt im Wesen minderwertiger Literatur, daß oft etwas peinlich anderes dasteht, als gemeint war.

Und das trifft im Grund auf das ganze Gedicht zu, das beispielhaft ist für ein Werk, in dem sich einzelne Elemente verselbständigt haben wie ein unheilbarer Krebs. Im heutigen englischen Sprachgebrauch bezeichnen die beiden deutschen Wörter »über alles« einen scheuklappenhaften Fanatismus. Bei internationalen Anlässen hört die Welt immer noch die erste Strophe, auch wenn die harmlose dritte gesungen oder auch nur Haydns Musik gespielt wird.

Durchschnittslyrik ist nicht so widerstandsfähig wie gute Verse. Sie löst sich leichter von ihren Ursprüngen und hängt mehr von Wind und Wetter ab. Das Deutschlandlied ist ein Palimpsest, wo die Phasen eines erst anschwellenden, dann aus allen Fugen geratenen und wieder abflauenden Nationalismus übereinander auf dasselbe Blatt geschrieben sind, ein poetisches Vexierspiel für Kenner deutscher Geschichte.

## AUGUST HEINRICH HOFFMANN VON FALLERSLEBEN
## DER DEUTSCHE ZOLLVEREIN

*24. Februar 1840*

τοῦ γὰρ κράτος ἐστὶ μέγιστον.
Homeri Ilias 2.118

Schwefelhölzer, Fenchel, Bricken,
Kühe, Käse, Krapp, Papier,
Schinken, Scheren, Stiefel, Wicken,
Wolle, Seife, Garn und Bier;
Pfefferkuchen, Lumpen, Trichter,
Nüsse, Tabak, Gläser, Flachs,
Leder, Salz, Schmalz, Puppen, Lichter,
Rettich, Rips, Raps, Schnaps, Lachs, Wachs!

Und ihr andern deutschen Sachen,
Tausend Dank sei euch gebracht!
Was kein Geist je konnte machen,
Ei, das habet ihr gemacht:
Denn ihr habt ein Band gewunden
Um das deutsche Vaterland,
Und die Herzen hat verbunden
Mehr als unser Bund dies Band.

## VOLKER NEUHAUS
## AM ANFANG WAR DIE PARODIE

August Heinrich Hoffmann, der sich nach seinem Geburtsort von Fallersleben nannte, schrieb dieses Gedicht der eigenen Datumsangabe zufolge ziemlich genau eineinhalb Jahre vor seinem »Lied der Deutschen«, das seit 1922 unsere Nationalhymne ist. Er veröffentlichte es noch im selben Jahr in Hamburg bei Hoffmann & Campe, dem politisch engagiertesten Verlag der Zeit, in seinen »Unpolitischen Liedern«. Die Sammlung mit dem natürlich ironisch gemeinten Titel, die Hoffmann wenig später seine Breslauer Professur kosten sollte, ist in sieben »Sitzungen« unterteilt, bei denen offensichtlich Gleichgesinnte – »unser Bund« – jeweils diese Lieder singen.

Hoffmann hat zeitlebens an dem bis zur Goethezeit herrschenden Verständnis von »Lied« als einer zum Gesang bestimmten Dichtform festgehalten: »Das wahre lyrische Dichten erscheint mir wie ein musikalisches Komponieren mit Worten; wir schreiben statt der Töne Worte auf; ich habe mich so daran gewöhnt, daß ich beinahe nie dichte, ohne zugleich zu singen.« Julius Fröbel hat in seinen Lebenserinnerungen berichtet, wie sein Gast Hoffmann zu dichten pflegte – »nicht selten singend, immer aber laut«:

Er stimmte eine bekannte Melodie an und unterlegte sie nach und nach mit einem neuen Text. Dies hatte den Vorteil, daß auch seine neuesten Lieder sogleich von Hoffmann, wie er es liebte, in geselliger Runde zur Gitarre vor-

getragen und von den Anwesenden mitgesungen werden konnten.
So dichtete Hoffmann auf die bekannte Haydnsche Kaiserhymne am 26. August 1841 in Helgoland das sogenannte »Deutschlandlied« – auch zunächst ein Trinklied, das in seiner zweiten Strophe gattungsgemäß Weib, Wein und Gesang hochleben läßt und für das Hoffmann als Schlußvariante der letzten Strophe statt »Blüh' im Glanze dieses Glückes/ Blühe, deutsches Vaterland!« notierte: »Stoßet an und ruft einstimmig: / Hoch das deutsche Vaterland«. Aber nicht nur unserer späteren Nationalhymne, auch dem Zollvereinslied ist Haydns Melodie unterlegt. Lebt »Deutschland, Deutschland über alles« vom Zusammenklang eines hymnischen Textes mit einer feierlich getragenen Melodie von höchster Weihe, so gewinnt unser Gedicht seinen Reiz aus dem bewußt gesuchten Kontrast zwischen den kaiserlichen Tönen und der kakophonen Reihung banalster Alltagsdinge in der ersten Strophe.
Dieses Mißverhältnis von hohem Ton und niederem Inhalt – und genauso wird seit der Antike die Parodie definiert – nimmt die zweite Strophe dann im Text selbst auf, wenn das ganze Gerümpel und Gerumpel der ersten feierlich als die »deutschen Sachen« apostrophiert werden, denen »tausend Dank« gebühre, da sie ein »Band ... Um das deutsche Vaterland« »gewunden« und »die Herzen ... verbunden« haben. Mit dieser ironischen Hymne für den deutschen Zollverein von 1834 liegt der ziemlich einmalige Fall vor, daß ein Dichter die Parodie dem eigenen Original voranschickt, selbst das Lächerliche bewußt vor das Erhabene stellt und erst auf das heute vergessene Satyrspiel das Werk folgen läßt, das neben einigen zu

Volksgut gewordenen Kinderliedern seinen Namen bis heute bewahrt hat.

Sein Spott gilt darin einem Entwicklungsstand der deutschen Einigungsbestrebungen, der in etwa dem der heutigen Europäischen Gemeinschaft entspricht: wirtschaftlich auf dem Weg, ein Riese zu werden, politisch zum Zwerg verkümmert, die Europa-Erbse normierend, aber zu einer gemeinsamen Politik unfähig. Denselben Stand der deutschen Einigung hat auch Heine in »Caput 2« von »Deutschland. Ein Wintermärchen« verspottet. Für Hoffmann als letztlich wirklich »unpolitischen« Dichter waren ganz andere Dinge »deutsche Sachen«: Nicht »Schwefelhölzer, Fenchel, Bricken / . . .«, sondern »Deutsche Frauen, deutsche Treue, / Deutscher Wein und deutscher Sang« sollten uns »zu edler That begeistern / Unser ganzes Leben lang«, sollten Deutschland einigen und es so »über alles in der Welt« stellen. Selbst diese zum Slogan gewordene Zeile klingt bei unserer vorgezogenen Selbstparodie schon im Motto aus der Ilias an, das den Zollverein preist. Es lautet (in Voßens Übersetzung): »denn er ist mächtig vor allen«.

## AUGUST HEINRICH HOFFMANN VON FALLERSLEBEN
## MICHEL-ENTHUSIAST

*Es wächst der Mensch*
*mit seinen höhern Zwecken.*
Schiller

Es reist so mancher Philister
Ins Land Italia,
Auf daß er nachher sich rühme:
Auf Ehr, auch ich war da!

Zwar hat er des Ärgers nicht wenig
Und manchen großen Verdruß,
Und teuer muß er erkaufen
Den hochgepriesnen Genuß.

Doch nur ein deutscher Philister,
Der achtet nicht Hitz und Durst,
Nicht Maut und Paßbeschwernis,
Es ist ihm alles Wurst.

Trotz glühendem Scirocco,
Trotz drückendem Sonnenschein
Spaziert er zu allen Ruinen,
Zu allen Villen hinein.

Er geht in alle Kirchen,
In alle Galerien
Und läßt sich vom Servidore
Wie ein Bär am Seile ziehn.

Noch spät am Abend besteigt er
Ganz müde die steilsten Höhn
Und spricht, vom Schweiße triefend:
Italien ist doch schön!

## PETER DEMETZ
## EIN DEUTSCHER BÄR AM SEILE

Professor Dr. August Heinrich Hoffmann von Fallersleben, der Verfasser des Deutschlandliedes, war lang ein unsteter Geselle, aber nicht, weil er es so wollte. Nachdem er seine milde liberalen »Unpolitischen Lieder« (1840) publiziert hatte, enthob ihn die preußische Regierung seines Lehramtes an der Universität Breslau, strich seinen Pensionsanspruch, verwies ihn des Landes, und da andere Länder dem preußischen Beispiel folgten, war er viel auf Reisen und rezitierte seine Gedichte, ein Vorfahre Wolf Biermanns, in zigarrendampfenden, aber fortschrittlichen Herrenzirkeln, und nicht ohne Honorar.

Engländer, Franzosen, Juden oder Russen mochte er eigentlich gar nicht (obwohl er von Freiheit am Mississippi träumte), und auch seine italienische Reise im Frühherbst 1844 war eher ein Zufall, wenn nicht gar ein Unfall, denn es zog ihn nichts in das Land der Zitronen. Immerhin: er hatte die schönste Gelegenheit, den deutschen Philister auf Achse zu sehen und den Anbruch eines bürgerlichen Massentourismus zu beobachten.

Die Epoche der romantischen Wanderburschen war vorbei, die (bei Eichendorff zumindest) »von Marmorbildern« sangen, »von Gärten, die überm Gestein in dämmerenden Lauben verwildern«. Jetzt wurden Pässe vidiert, Mautgebühren bezahlt, Erlebnisse »erkauft«, und das Wichtigste war, nicht im Lande Italia gewesen, sondern »auch« dagewesen zu sein, in Konkurrenz mit anderen

Reisenden und den Kollegen zu Hause, die vormärzliche Version des *Keeping-up-with-the-Schulzes.* Das Ärgerlichste, daß dem Philister »alles Wurst« war, denn der geradezu physiologische Gleichmut, mit dem er Durst und Hitze ertrug, war im Grunde der gleiche, mit dem er die Schikanen der heimatlichen Behörden akzeptierte, wahrhaftig ein deutscher »Bär am Seile«.

Man hat Hoffmann von Fallersleben oft einen Schüler des französischen Freiheitssängers Béranger genannt, aber es wäre angemessener, ihn als Autor deutscher Tisch- und Gesellschaftslieder zu lesen, die er liebevoll sammelte und kommentierte. Er dichtete, wie andere ein Glas Wasser trinken, immer auf Eingängigkeit und Sangbarkeit bedacht, wenige Reime, und mit literarischen Assoziationen und Halbzitaten rasch bei der Hand. Leider nahm ihn die italienische Reise nicht für Italien ein – er beging den Fehler, sich einem reichen und wißbegierigen Gutsherren als Cicerone und Reisemarschall zu verdingen.

Anstatt zu führen war er bald der Mitgeschleppte, denn Herr Tange von Barkhausen, sein Auftraggeber und »Michel-Enthusiast«, wollte alles ganz genau sehen, ein Reisekonsument ohne alle Unterscheidungskraft. »Alles« ist das Stichwort, »alle« Ruinen, »alle« Villen, »alle« Kirchen, »alle« Galerien – das ist im Gedichte so, und auch in Hoffmanns »Memoiren«, in denen er uns über die Reise berichtet. Die Pointe des Gedichtes entspringt dem Motto am Anfang (Schillers idealistischer Begriff vom Ziel des Menschen) und der Heine-Erinnerung im letzten Satz. In Heines Harzreise ist es der junge Kaufmann, »ein langes Brechpulver«, der die Andacht des Sonnenunterganges am Brocken zerstört: »Wie ist die Natur doch im allgemeinen so schön!« Hier ist es der spießige Erlebniskonsument, der

»schwitzend« auf die Hügel klettert, um Italien »doch so schön« zu finden.

Von diesem Reiseschock erholte sich Hoffmann nicht wieder, und er war froh, wieder wegzukommen. *Esel, Büffel, Flöh' und Wanzen, / heil'ger Knoblauch, lebe wohl!* Heine war wenigstens bereit, den idealistischen italienischen »Orangenphilister« vom deutschen »Kartoffelphilister« zu unterscheiden, er nicht.

## UNBEKANNTER DICHTER
## KEIN FEUER, KEINE KOHLE

Kein Feuer, keine Kohle
kann brennen so heiß,
als heimliche Liebe,
von der niemand nichts weiß.

Keine Rose, keine Nelke
kann blühen so schön,
als wenn zwei verliebte Seelen
beieinander tun stehn.

Setze du mir einen Spiegel
ins Herze hinein,
damit du kannst sehen,
wie so ehrlich ichs mein.

## ULLA HAHN
## HEIMLICHE LIEBE

Wer in diesen Strophen spricht, Mann oder Frau – wir wissen es nicht. Er singt für sie, sie für ihn, sie singen gemeinsam ein und dasselbe Lied, doch jeder mit seiner eigenen Stimme, das »Wir« bleibt zwischen den Zeilen verborgen. Denn von heimlicher Liebe ist offenkundig die Rede, diesem uralten Thema, besonders beliebt im Rokoko und sprichwörtlich berühmt durch die 37. Aria aus dem Notenbüchlein der Anna Magdalena Bach: »Willst du dein Herz mir schenken / so fang es heimlich an.«
Wenig hat sich verändert seither, nur nicken die beiden sich nicht mehr verstohlen beim Wasserholen am Brunnen zu oder nach der Andacht vor der Kirchentür. Er küßt ihr die Hand bei einem Empfang oder hält ihr die Kantinentür auf, sie reden wie zu allen Zeiten die gleichen Wörter wie alle, aber in einer Sprache, die nur sie verstehen. Ein wenig zu laut und zu lustig spricht sie, und er schaut in eine sehr andere Richtung. Aber sichtbar und unerklärlich haftet an beiden ein unergründliches Strahlen, seit ihre Ärmel sich flüchtig streiften: »Keine Rose, keine Nelke kann blühen so schön.«
Und wenn er am Wochenende ohne sie nach Paris fliegt? Und wenn er sie anruft, dreimal, viermal, und sie ist nicht da? »Setze du mir einen Spiegel / ins Herze hinein.« Heimliche Liebe fragt nicht und fordert nicht, mißtraut und verdächtigt nicht. Heimliche Liebe lebt vom Vertrauen. Einem ungleich tieferen Vertrauen als in jedem offenbaren

Verhältnis, das sich von tausend Tagtäglichkeiten nähren kann. Sehr behutsam müssen, die sich heimlich lieben, miteinander umgehen, weil kein Alltag kleine Verletzungen heilt. Doch heimliche Liebe ist gläubige Liebe. Nicht gefordert, erbeten wird der »Spiegel im Herzen«, aufrichtige Liebe hat nichts zu verbergen, will das Innerste nach außen kehren – für den einen, die eine.
Heimliche Liebe ist sich selbst genug; jenseits aller äußeren Zeichen beweist sie sich allein durch ihr Bestehen. Sie macht ihre eigene Zeitrechnung auf: nur die Zeit der Gemeinsamkeit zählt. Sie hat ihren eigenen Raum, allein von den Leibern der beiden umschlossen. Sie setzt sich ihr eigenes Maß. Nur sie kann alles tun und gar nichts müssen: heimlich Liebende sind Anarchisten.
Einander verschworen leben sie doppelt innerhalb und außerhalb von Beruf und Familie. Sind sie beisammen, zählt nur, was übrigbleibt, wenn das gesellschaftliche Rüstzeug abgelegt ist. Nur dann wachsen sie hinüber ins Reich der Natur und darüber hinaus, blühen sie schöner als »Rosen und Nelken« in den feinen Rissen der Zeit, zu schmal für Behaglichkeit, aber weit genug, um mitunter tief durchzuatmen zu zweit. – Danach gehen sie aus ihrem »Wir« zwischen den Zeilen, zwischen der Zeit wieder in ihr »Du« und »Ich«, als Mann und Frau in ihre Rollen im Alltag, für die sie ihr Wissen und dieses »Wir« stärker macht als Ehren, Orden, Triumphe zuhauf.
Dieses Lied erschien vor rund einhundertachtzig Jahren erstmals im Druck. Heute möchte ich am liebsten noch eine vierte Strophe zufügen, für den Rache- und Schutzengel aller Liebenden im zwanzigsten Jahrhundert: das Telefon. Denn heißer als »Feuer und Kohle« brennt ein Fernsprecher: stumm.

## JOHANN NESTROY
## LIED DES FABIAN

Wird uns'reins alt, is's gute Nacht,
Da hat man keine Freud',
Die Messer schneiden, die man macht,
Doch selbst hat man kein' Schneid.
Die alten Messer, taugen's nit,
Man schleift's, tut's frisch polier'n,
Allein ein alter Messerschmied
Is nit zu renovier'n.

Es gibt kein' Amboß, der rebellt
So stark als dieses Herz,
Und gar kein Messer in der Welt
Schneid't wie mein Liebesschmerz.
Die Lieb' ist da, was nutzt es mich,
Ich g'fall' halt keiner mehr,
Und das bloß aus dem Grund, weil ich
Ins alte Eisen g'hör'.

## WALTER JENS
## WORTE, VIELDEUTIG WIE DAS LEBEN

Ein Lied, das in keiner Anthologie steht. Geschrieben von einem Poeten, dessen Namen man in einer Geschichte der deutschen Lyrik vergebens sucht. Ein Couplet von Johann Nestroy. Eins jener sogenannten Metier-Lieder, mit deren Hilfe sich die Personen im Wiener Lokaltheater vorstellten: Der Seiler besang in metaphorischer Rede den Strick, der Friseur gedachte der gekrönten Häupter, die schon den Kopf vor ihm neigten. Chansons über die Entsprechung von Beruf und Seelenlage, von Metier und persönlichem Schicksal.
Das klingt meistens sehr harmlos. Harmlos wie dieses Auftrittslied des alten Messerschmiedgesellen Fabian aus der Posse »Die Ballnacht«, einem Altwiener Stück, zu dem Nestroy nur die Lieder geschrieben hat. Ein Couplet, das ein bißchen simpel, ein bißchen elegisch und ein bißchen sentimental zu sein scheint – mehr nicht. Doch wenn man genauer hinschaut, dann zeigt es sich plötzlich, daß die Einfachheit trügt: Die Worte haben einen doppelten Boden; die Sprache ist uneigentlich; das Parlieren erweist sich als figürliche Rede: zugeschrieben auf gestische Pointen, auf Körper-, Gesichts- und Requisitbewegungen, die das Wechselspiel von Sinn und Hintersinn verdeutlichen.
Ein vertracktes Lied. Vertrackt schon in der Syntax, die, um der Parallelisierung der Elemente willen, auf äußerste Verknappung abzielt. So einfach der Gegensatz zwischen dem alten Gesellen und seinen Messern zu sein scheint –

er: unnütz, sie: nützlich; er: nicht mehr zu renovieren, sie: ewig reparabel – so unmetaphorisch und einsinnig sich das Klagelied des Mannes gibt, der zum alten Eisen gehört und für den es deshalb »gute Nacht« ist (was soviel heißt wie: Zeit, den endgültigen Abschied zu nehmen) ... wenn man die Worte abklopft und sich zumal der schillernden Bedeutung des bairisch-österreichischen Femininums »Schneid« vergewissert, dann wird man schnell gewahr, warum hier einer so jammert und stöhnt. Weil er kein' Schneid mehr hat: Weil sein Messer stumpf geworden ist und er die Fähigkeit zum Schneiden längst verloren hat. Weil er sich nicht mehr traut: Er, der wie der Wein ist, dem es *ohne Schneid* gleichfalls an Schärfe fehlt. Weil er, im wörtlichen und übertragenen Sinn, impotent ist.

Kein' Schneid mehr zu haben – eine Schneid, wie sie die Büchse des Schützen besitzt –, das heißt: altes Eisen zu sein. Kein Mann mehr, sondern ein Greis, bei dem nur noch das Herz rebellt (rebellen bedeutet: laut dröhnen, Lärm machen – Lärm auch im Bett!) und der Liebesschmerz schneidet. Um die Transposition solcher Gefühle – eine Transposition vom Geistig-Abstrakten ins Sinnlich-Konkrete – dagegen steht's schlecht: was nützt die Liebe, wenn die Partnerin fehlt, die in dem Altgesellen einen sehen mag, der noch ein' Schneid hat? Ohne Schneid kein' Freud! Glücklich die Messer, die, alterslos, mit ihrer blinkenden Schärfe von Schneidekraft zeugen!

Ein gepfeffertes Lied. *Die Messer schneiden, die man macht, doch selbst hat man kein' Schneid.* Der Gegensatz spricht für sich selbst. Eine Geste wird ihn verdeutlicht haben.

Ein zartes Lied. Fehlende Schneid als psychischer Defekt. Als Mangel an Elan, nicht nur als Mangel an Virilität. Als

etwas, das – wie unser melancholischer Schmiedegesell hofft – im gleichen Augenblick behoben wird, wo eine kommt, die davon weiß, daß, kehrt erst einmal der Schneid im preußisch-maskulinen Sinn zurück, sich auch die austriazensische Schneid wieder einstellen mag.
Ein Lied, erfüllt von Wortwitz und Tiefsinn. Hier spielt ein genialer Kerl mit der Ambivalenz sprachlicher Bezeichnungen. (Schneid als Mut. Schneid als Potenz.) Hier zeigt einer, was sich mit einer einzigen Antithese – der Stumpfe macht die Messer scharf – alles aufstellen läßt. Hier beweist jemand, daß es möglich ist, die Vieldeutigkeit der Worte für die Vieldeutigkeit des Lebens sprechen zu lassen. Nestroy: Ein Lyriker, dessen Entdeckung noch aussteht. Das Messer-Lied – ein würdiges Pendant zum Hobel-Lied – hat es verdient, in eine Anthologie aufgenommen zu werden. Zum Beispiel in diese.

## NIKOLAUS LENAU
## DIE BEZAUBERNDE STELLE

Liebende, die weinend mußten scheiden –
Wenn nach heißer Sehnsucht langen Leiden
Sie ans Herz sich endlich dürften pressen
Würden sich zu küssen hier vergessen.

## ROLF VOLLMANN
## DAS KÜSSEN VERGISST SICH

Jetzt bin ich alt, ich küsse nicht mehr, aber ich glaube nicht, daß damals, irgendwo, endlich an dem Mund, den ich wollte, irgendwas mich abgehalten hätte, ihn zu küssen, jedenfalls nicht der Ort des Wiedersehns durch irgendeine Schönheit, irgendeinen Zauber, oder jedenfalls doch durch keinen, der irdisch vertraut gewesen wäre; eigentlich macht doch umgekehrt das Wiederfinden alles erst schön, und dann noch, wenn es so lange hin war zu ihm.

Weinend mußten die Liebenden scheiden, einfach weil sie auseinander mußten, das ist ja immer Grund genug zum Weinen. Dann sehen sie sich sehr lange nicht, sie sehnen sich sehr nacheinander. Endlich sehen sie sich, sie dürfen sich ans Herz pressen – pressen ist ein treffendes Wort, aber irgend etwas Zögerndes liegt in der Luft: Sie dürften, bloß, sie tun es nicht einfach so; dann tun sie es doch, aber es ist da irgendeine Selbstvergessenheit in ihnen: Das Küssen vergißt sich. Ich reise auch nicht mehr so herum, aber ich habe keinen Ort gesehen, der, wenn er wirklich bezaubernd war, nicht ein bißchen das gewesen wäre, was alle Dichter der Welt immer für das Zauberischste gehalten haben, nämlich: ein Platz für die wahren Küsse, ein wahrer Platz für die Liebenden, die, an welchem Ort auch immer, sich ans Herz pressen und küssen.

Es gibt den Ort nicht, der das Küssen vergessen läßt, kein Ort läßt das Küssen vergessen. Und wenn man einen Ort beschreiben wollte, den es wirklich nicht gibt, dann also am besten so, daß man sagte: hier würden sich, vor lauter Bezauberung durch etwas anderes als das Wiedersehen, selbst die nicht küssen, die nichts wollten auf der Welt als dies Wiedersehen, dies Küssen.

Wenn aber die Welt, gewissermaßen uneingedenk uns nicht mehr Küssender, so gebaut ist, nach allem, was selbst wir noch wissen, daß nun immer das Küssen noch mehr ist als alles, dann könnte doch, dann müßte doch ein fast wirklich unendlicher Reiz über einer Stelle liegen, die so wunderbar von dieser Welt befreite (auch von uns befreite, von dem, was wir sind und nicht mehr sind), daß selbst wenn wir noch die alten wären, wir für einmal, hier an dieser Stelle, die würden, die wir jetzt sind in unsrer Sehnsucht, die nicht mehr zurück will, zurück zu den Küssen, den abgetanen.

Nicht irgendwo anders als auf dieser sonst so schönen Welt sollte die Stelle sein, nicht hinter dem Leben, in der Ewigkeit, oder sonst einer Leere (keine Leere bezaubert doch); sie müßte hier sein, unter dem schönen Mond auch sie, nur noch schöner: im Innern der Küsse, wenn ich so sagen darf, und um in einem Wort die beiden Leben zu verbinden, die sonst nur erst als das eine und dann das andre möglich schienen: erst das Küssen, das solche bezaubernden Stellen nicht kennen kann, dann das Leben, das sie zwar auch nicht kennt, aber doch an sie glauben möchte: nun geradezu eben wieder eingedenk des verküßten Lebens.

Ich will wo sein, hätte Lenau auch schreiben können, ich will wo sein, wohin man sich nicht einmal sehnen kann und wovon man einen Begriff erst hat, wenn man dort ist; aber wenn man dann dort ist, weiß man: dies ist die Stelle –

und selbst Liebende, die nach langer Trennung nichts als sich küssen wollten, würden dann sagen: ja, das ist sie, die Stelle, und auch ohne Küsse, ach, fast über alle Küsse, schön, wenn wir uns danach dann küssen dürfen.

## NIKOLAUS LENAU
## DIE DREI ZIGEUNER

Drei Zigeuner fand ich einmal
Liegen an einer Weide,
Als mein Fuhrwerk mit müder Qual
Schlich durch sandige Heide.

Hielt der eine für sich allein
In den Händen die Fiedel,
Spielte, umglüht vom Abendschein,
Sich ein feuriges Liedel.

Hielt der zweite die Pfeif im Mund,
Blickte nach seinem Rauche,
Froh, als ob er vom Erdenrund
Nichts zum Glücke mehr brauche.

Und der dritte behaglich schlief,
Und sein Zimbal am Baum hing,
Über die Saiten der Windhauch lief,
Über sein Herz ein Traum ging.

An den Kleidern trugen die drei
Löcher und bunte Flicken,
Aber sie boten trotzig frei
Spott den Erdengeschicken.

Dreifach haben sie mir gezeigt,
Wenn das Leben uns nachtet,
Wie mans verraucht, verschläft, vergeigt,
Und es dreimal verachtet.

Nach den Zigeunern lang noch schaun
Mußt ich im Weiterfahren,
Nach den Gesichtern dunkelbraun,
Den schwarzlockigen Haaren.

## HANS MAYER
## AUF UNGARISCHE ART

Die Literaturgeschichten pflegen bei diesem einstmals hochberühmten Gedicht, das schön blieb auch in seiner heutigen Unberühmtheit, vom Weltschmerz zu sprechen. Das Lexikon behauptet, Nikolaus Niembsch Edler von Strehlenau, der sich Lenau nannte, sei ein dritter großer Poet des Weltschmerzes neben Lord Byron und Leopardi. Womit über keinen dieser drei so unvergleichbaren Dichter irgend etwas ausgesagt wurde.

Das Gerede vom Weltschmerz paßt hier durchaus nicht, denn der Reisende, der im Vorüberfahren die drei Zigeuner wahrnimmt und ihnen weiter nachsinnt, als die Gruppe längst dem Blick entschwand, ist kein Faust, der das eigene Menschsein verflucht. Man spürt weit eher etwas wie Ekel, keinen Schmerz. Ekel vor der Zivilisation: »Unbehagen in der Kultur«, mit Freud zu sprechen.

Andererseits werden die Zigeuner nicht mehr, wie im 18. Jahrhundert, als edle Exoten geehrt und einer korrupten Zivilisation als Muster hingestellt. Irritierend ist in diesem Gedicht Lenaus die vertrackte Wechselwirkung zwischen Nähe und Distanz. Einerseits fühlt sich der Reisende innig vertraut mit den drei Gestalten, die das Leben verrauchen, verschlafen und vergeigen und dreimal verachten. Was doppeldeutig gemeint ist. Alle drei verachten das Leben, aber gemeint ist zugleich, bei jedem von ihnen, ein dreifacher Fluch nach dem Teufelsritual. Dennoch bleibt es bei der Distanz.

Das lyrische Ich des Reisenden hat den Zigeunern nichts anzubieten als Verständnis und Nachdenklichkeit. Der Wagen wird nicht angehalten; ein Bild und wenig mehr. Lenau schreibt dies kleine Erzählgedicht, das in fünf Vierzeilern den Vorgang berichtet, in einer sechsten Strophe eine kleine Nutzanwendung zieht, die in den Schlußversen bei der Weiterfahrt auch schon wieder entwest wird, um die Jahreswende 1837/38. Lenaus Freund Max von Löwenthal hat mitgeteilt, wie es sich wirklich verhielt mit der Begegnung des deutsch-ungarischen Aristokraten mit den Zigeunern. Er traf zerlumpte und hungrige Zigeuner auf dem Glacis in Wien, »redete sie auf ungarisch an, nahm sie mit sich ins Bierhaus, versorgte sie mit Speise und Trank und ließ sich von ihnen aufspielen«.

Viele Enttäuschungen sind eingegangen in dies Gedicht. Damals hatte Lenau auch bereits das mißglückte Abenteuer eines Farmers in Pennsylvanien hinter sich gebracht. Gleichzeitig europamüde und amerikamüde. Tätiges Leben gibt es für die drei Zigeuner und ihren Zuschauer nur noch in der Musik. Alles andere, Rauchen und Schlafen, ist nur noch ein Zulassen, kein Tun. Die Gruppe der Zigeuner (und der Standort des Gedichts) findet sich in einem Jenseits der Liebe. Man kann das Leben nicht »verlieben«. Auch davon spricht das Gedicht: durch Nichterwähnung.

Einzigartig bleibt schließlich der Rhythmus dieser Verse. Wer von Trochäen redet, geht in die Irre. Dies ist ein deutsches Poem, das Ungarisch spricht. Der Rhythmus der ungarischen Sprache mit dem Akzent auf den ersten Silben der Wörter wird eigensinnig durchgehalten. Dadurch entsteht Synkopenmusik, eine dreifache Fremdheit: Exotismus der Zigeuner; Zweideutigkeit eines Dichtens zwischen zwei voneinander grundverschiedenen Sprachen; Fremdheit zwischen dem Betrachter und seinen fern-nahen Kumpanen. Lenau hat diese Form des Vorüberfahrens gelebt. In seinem vielleicht berühmtesten Gedicht vom »Postillion« stehen die einstmals vielzitierten Verse: »Wald und Flur im schnellen Zug / Kaum gegrüßt-gemieden ...« Ferne und Nähe in einem. Gedichtet und musiziert nach ungarischer Art.

## NIKOLAUS LENAU
### EINSAMKEIT (2)

Der Wind ist fremd, du kannst ihn nicht umfassen,
Der Stein ist tot, du wirst beim kalten, derben
Umsonst um eine Trosteskunde werben,
So fühlst du auch bei Rosen dich verlassen;

Bald siehst du sie, dein ungewahr, erblassen,
Beschäftigt nur mit ihrem eignen Sterben.
Geh weiter: überall grüßt dich Verderben
In der Geschöpfe langen dunklen Gassen;

Siehst hier und dort sie aus den Hütten schauen,
Dann schlagen sie vor dir die Fenster zu,
Die Hütten stürzen, und du fühlst ein Grauen.

Lieblos und ohne Gott! der Weg ist schaurig,
Der Zugwind in den Gassen kalt; und du? –
Die ganze Welt ist zum Verzweifeln traurig.

## SIBYLLE WIRSING
## EIN SÜNDENFALL

Das Sonett stammt aus dem Herbst 1838 und verkündet mitten in der Epoche einer wogenden Naturlyrik und mitten in einem Werk, das ganz auf die naturpoetische Phantasie seines Verfassers vertraut, den Bruch mit der Natur. Was der 36 Jahre alte Lenau hier anzettelt, ist Wahnsinn: er sägt den Ast ab, auf dem er sitzt.
In seinem viermal vierzeiligen Gedicht, das unter demselben Titel »Einsamkeit« einige Jahre früher entstand, war noch alles in Ordnung gewesen: Unter wild verwachsenen dunklen Fichten stimmt das klagende Herz mit der leisen Klage der Quelle und des grauen Vogels überein und weiß seine Trauer aufgehoben im Moose: »Deine Liebe Gott versteht, / Deine tiefe hoffnungslose«.
Und selbst in dem Sonett, das als Nummer eins dem hier zitierten unmittelbar vorausgeht und der Liebe und dem Gottvertrauen schon abgeschworen hat, gibt es für den trostlosen Zustand doch noch einen angemessenen Ort, das Gefilde, das in Lenaus Lyrik der Topos für die kalten Hochgefühle der Einsamkeit ist: »Hast du schon je dich ganz allein gefunden, / Lieblos und ohne Gott auf einer Heide ...?« Die Einöde, das Sand- und Heideland, ist die Trutzburg des Unbehausten, und sei es auch nur, wie es am Ende des ersten Sonetts heißt, »Daß er umarmend stürzt an einen Stein; / ... Und bang dem Winde nach die Arme streckt«.
Dagegen die Antwort des zweiten: Die Fühllosigkeit von

Wind und Stein mögen als eine allgemeine Erfahrung noch hingehen. Aber die abrupte Steigerung der Naturschelte, daß uns auch die Rosen im Stich lassen, ist eine Majestätsbeleidigung. Das ist Revolution. Der Poet, der die Königin der Naturlyrik entthront, verneint alles, was dem Zartgefühl seit barocker Zeit als feste Vereinbarung mit seinem sensiblen Vis-à-vis hat gelten dürfen. Ihm ist nicht mehr zu helfen. Und ganz so sieht auch Lenau die Situation.

Auf die Absage an die roseninnige Vertrautheit mit der Gottesschöpfung folgt das Chaos. Nicht einmal eine Wüste nimmt den Ketzer mehr auf. Er befindet sich an einem ortlosen Ort, »In der Geschöpfe langen dunklen Gassen«, und namenlose Wesen sehen ihn an. So gespenstisch, wie sie für ihn sind, ist er für sie – Kolumbus, der in einem umnachteten Irgend- und Nirgendwo landet. Die Verbarrikadierung quittiert den Augenblick des stieren wechselseitigen Entsetzens, dann stürzt das Quartier zusammen: Menschheitsdämmerung und Weltuntergang. Der Eindringling bleibt mit dem, was er gesehen hat, allein übrig und fühlt »ein Grauen«. Die lebhafteren Empfindungen der Betroffenheit sind ihm vergangen. Als eine verlorene Seele steht er da. Die Frage nach seiner Existenz beantwortet ein Gemeinplatz: »Die ganze Welt ist zum Verzweifeln traurig«. Aber die lakonische Phrase hat am Ende des visionären Gedichts eine unkontrollierbare Schmerzensgewalt.

Mit diesen vierzehn Zeilen, die ihr vorgeschriebenes altes Muster erfüllen, als sei tatsächlich noch alles beim alten, hat sich das Blatt gewendet. Die höhere geistige Einheit des Menschenlebens mit der Natur, die der junge Lenau zum moralischen und ästhetischen Prinzip seiner Dichtung erklärt hatte, ist mit dem Glauben an eine Harmoniesphäre untergegangen. Aber das Sonett aus dem Herbst 1838 trauert nicht um den Verlust, sondern präsentiert in untadeliger Form eine neue Frucht vom Baum der Erkenntnis und läßt uns über den Sündenfall nicht im unklaren.

Nach der Scheidung von der Natur hängt nun alles davon ab, wie sich der Mensch zu sich selber stellt, zu der Frage: »Und du?« Lenau, der kein aktiver, sondern ein leidender Revolutionär war, macht die elende Wirklichkeit zu seiner Innenwelt. Er identifiziert sich mit ihr. Der Kampf um eine neue Selbstbehauptung war nicht mehr seine Sache.

## EDUARD MÖRIKE
## ABSCHIED

Unangeklopft ein Herr tritt abends bei mir ein:
»Ich habe die Ehr, Ihr Rezensent zu sein.«
Sofort nimmt er das Licht in die Hand,
Besieht lang meinen Schatten an der Wand,
Rückt nah und fern: »Nun, lieber junger Mann,
Sehn Sie doch gefälligst mal Ihre Nas so von der Seite an!
Sie geben zu, daß das ein Auswuchs is.«
– Das? Alle Wetter – gewiß!
Ei Hasen! ich dachte nicht,
All mein Lebtage nicht,
Daß ich so eine Weltsnase führt' im Gesicht!!

Der Mann sprach noch verschiednes hin und her,
Ich weiß, auf meine Ehre, nicht mehr;
Meinte vielleicht, ich sollt ihm beichten.
Zuletzt stand er auf; ich tat ihm leuchten.
Wie wir nun an der Treppe sind,
Da geb ich ihm, ganz froh gesinnt,
Einen kleinen Tritt,
Nur so von hinten aufs Gesäße, mit –
Alle Hagel! ward das ein Gerumpel,
Ein Gepurzel, ein Gehumpel!
Dergleichen hab ich nie gesehn,
All mein Lebtage nicht gesehn
Einen Menschen so rasch die Trepp hinabgehn!

## HANS JOACHIM KREUTZER
## DES PFARRERS TRITT

Das Gedicht bildet den Beschluß der Gesamtausgabe von Mörikes Lyrik – seit deren zweiter Auflage, erschienen 1848. Ein doppelsinniger Hinauswurf: an der Oberfläche Abschiedsgruß an den Leser, von etwas zweifelhafter, weil forcierter Heiterkeit. Zugleich aber eine erschreckte, auch schreckenerregende Abwehrgeste gegen vorausbefürchtete Rezensenten. Ein »Rezensent«, das ist hier nicht einfach ein Kritiker. Kritiker besaß Mörike zeitlebens zur Genüge, und die denkbar gewichtigsten. Ihrer wußte er sich zu erwehren, indem er sich ihnen entzog. Die Dichtung Mörikes entstand in geistigen Freundschaftskreisen.

Mörike hatte überaus bedeutende Köpfe zu Freunden, den Theologen David Friedrich Strauß etwa und den Ästhetiker Friedrich Theodor Vischer, die aber beständig auch wider ihn waren, denn sie befanden, er solle anders und anderes schreiben, als er gemeinhin tat.

Die Verse des »Abschieds« sind von unterschiedlicher Länge und sie weisen mancherlei metrische Freiheiten auf. Mörike zitiert damit ein altes Formmuster, den ihm wohlvertrauten Madrigalvers der deutschen Lyrik des 17. und 18. Jahrhunderts. Einem der maßgeblichen Meister dieses Stils, Barthold Hinrich Brockes, hat Mörike einmal eine Hommage in Form eines Epigramms gewidmet: »Führe mich, Alter, nur immer in deinen geschnörkelten Frühlings-Garten!« Auf den ersten Blick gibt sich Mörike zwangloser als der lyrische Ahn, doch die scheinbar regellose Freiheit seiner Verse wird, sieht man genauer zu, durch strenge Reimbindung im Gleichgewicht gehalten. Mörike vereinigt die alte Versart mit der Sprache der Lyrik seiner eigenen Epoche.

Die Handlung der szenischen Miniatur hat zwei Brennpunkte, die präzise berechnet sind, die Mittelverse beider Strophen. Zunächst der Auftritt des Rezensenten. Der beschreibt nun nicht etwa den Autor, sondern dessen Schattenriß, und den entwirft er selber. In seiner Beleuchtung entsteht ein Zerrbild. Wenn man den Mittelvers der ersten Strophe überhaupt skandieren wollte, könnte er acht Hebungen haben; man liest ihn besser als Prosazeile. Das groteske Porträt geht ineins mit der Formlosigkeit des Verses. Damit korrespondiert in der zweiten Strophe, in genau gleicher Position, ein gleichfalls abnormer Vers: der dumpf entschlossene Fußtritt, prosaisch auch er. Der Pfarrer von Cleversulzbach fällt ganz aus der Rolle. Und übrigens der Dichter Eduard Mörike auch: Für Gewalttätigkeit hat er keine poetische Sprache, bloß eine ordinäre Geste.

Mörikes Gedicht hat bereits 1888 eine an Detailgenauigkeit nicht zu übertreffende Interpretation gefunden, in Gestalt der Vertonung durch Hugo Wolf. Welch rasende Freude den Rache-Wunschtraum des Autors durchbebt, hat Wolf aus dem Vers herausgehört: »Der-glei-chen hab ich nie ge-sehn«. Sie kommt am Schluß in einem diabolischen Walzer zum Ausdruck. Er beginnt leise und langsam. Doch dann darf der Begleiter, er ganz alleine, in triumphalen sechzehn Fortissimotakten Nachspiel, des Rezensenten Höllensturz kommentieren. Da kann er kaum laut genug sein, endlich einmal. – Der Wirkung Mörikes hat das Wolfsche Lied wenig genutzt. Ein Dilettant wäre als Sänger überfordert, und zum Begleiter wird geradezu

ein Virtuose erfordert. Das Doppelkunstwerk, das neue, lebt ausschließlich im Kunstraum des Konzertsaals, also gerade im Gegensatz zur persönlichen Adressatenbezogenheit der Lyrik Mörikes.
Doch warum die Gewalttätigkeit? Der Lauf der Dinge, so zufällig er ist, erscheint wie von der Angst des Autors vorgezeichnet. Wenige Monate nach der ersten Auflage von Mörikes Gedichtsammlung, 1838, war Heines »Schwabenspiegel« ausgeliefert worden. Vom Hörensagen kennt Heine Mörike: »Man sagt mir, er besinge nicht bloß Maykäfer, sondern sogar Lerchen und Wachteln, was gewiß sehr löblich ist.« Die Urteile der jungdeutschen Generation haben das Bild Mörikes über die längste Zeit hin geprägt. Heine hat allerdings gegenüber seinem Verleger Campe eingeräumt, daß er Mörike nicht gelesen hatte und auf Campes Einwendungen hin diesem anheimgestellt, Mörikes Namen durch Sternchen zu ersetzen. Die Abneigung zwischen Mörike und Heine war wechselseitig. Zusammengetroffen sind beide nur auf dem Forum der Öffentlichkeit. Ihre Vorurteile brachten sie beide schon mit.
Das Gedicht stimmt nicht heiter: Der Autor, der seine Privatheit paradoxerweise publiziert, und der Kritiker, sie haben bei den Deutschen seit jeher nur höchst unvollkommen zu Verkehrsformen gefunden.

## EDUARD MÖRIKE
## AN EINE ÄOLSHARFE

*Tu semper urges flebilibus modis*
*Mysten ademptum: nec tibi Vespero*
*Surgente decedunt amores,*
*Nec rapidum fugiente Solem.*
*Horaz*

Angelehnt an die Efeuwand
Dieser alten Terrasse,
Du, einer luftgebornen Muse
Geheimnisvolles Saitenspiel,
Fang an,
Fange wieder an
Deine melodische Klage!

Ihr kommet, Winde, fern herüber
Ach! von des Knaben,
Der mir so lieb war,
Frisch grünendem Hügel.
Und Frühlingsblüten unterwegs streifend,
Übersättigt mit Wohlgerüchen,
Wie süß bedrängt ihr dies Herz!
Und säuselt her in die Saiten,
Angezogen von wohllautender Wehmut,
Wachsend im Zug meiner Sehnsucht,
Und hinsterbend wieder.

Aber auf einmal,
Wie der Wind heftiger herstößt,
Ein holder Schrei der Harfe
Wiederholt, mir zu süßem Erschrecken,
Meiner Seele plötzliche Regung;
Und hier – die volle Rose streut, geschüttelt,
All ihre Blätter vor meine Füße!

## SIEGFRIED MELCHINGER
## TOD, GRAB, KLAGE

Immer hatte ich gedacht, es sei nur ein Phantasiegebilde, vom Dichter erdacht, ein imaginärer Zauber – doch weit gefehlt! Schon die Wendung »angelehnt an die Efeuwand« hätte mich stutzig machen müssen, dann, als ich es genauer wissen wollte, stieß ich gleich darauf: so konkret wie diese war das Instrument. Nach dem Gott der Winde ist es benannt, jenem Äolus, der, hilfreich und strafend, aus der Odyssee bekannt ist. Sein Tönen gleicht dem der ägyptischen Memnonssäule, die bei Sonnenaufgang geheimnisvolle Laute von sich gibt; auch dafür hat man eine natürliche Erklärung gefunden, so wie das Saitenspiel, das die Winde mit der in sie gestellten Harfe treiben, nichts Mystisches an sich hat. Erst mit der »melodischen Klage« setzt die Poesie ein; sie rief im Dichter die Erinnerung an die Horazverse wach, die er als Motto vorangestellt hat: die Klagen um den entschwundenen Myste, nicht nachlassend von Sonnenuntergang bis Sonnenaufgang.

Es ist fast immer so bei der Poesie dieses Dichters; sie bewegt sich genau auf der Grenze zwischen Wirklichkeit und Traum, noch in Schmerz oder Lust an dieser empfangen und schon vom anderen drüben berührt. Ist sie uns nicht deswegen so nahe, weil sie eben dort einsetzt, wo wir uns alle befinden, um dann in die Worte überzugehen, deren wir nicht mehr mächtig sind?

Mörike hat die Windharfe in seiner kleinen, so engen Welt kennengelernt und klingen hören. Der Anlaß läßt sich (mindestens vermutungsweise) rekonstruieren. Am 14. Juni 1837 schickte er seinem Vetter Karl Abraham Mörike, Apotheker in Neuenstadt, das Gedicht. Sie hatten einander ein paar Tage vorher in Stuttgart getroffen. Dieser Vetter muß ein Bastler gewesen sein, denn in einem der beiden direkt an ihn gerichteten Gedichte wird er wegen seiner »verdammten Sonnenuhrenmacherei« gehänselt; so hatte er wohl auch die Harfe gebastelt und zu dem Treffen mitgebracht.

Sie sind dann zusammen nach Ludwigsburg gefahren, denn dort war »der Knabe, der mir so lieb war«, begraben, Mörikes Bruder August, der sich mit siebzehn Jahren (wahrscheinlich) das Leben genommen hatte. Wieviel Gram war überhaupt im Leben dieses Dichters: ein anderer Bruder, der kriminelle Carl, sollte bald danach auf dem Hohenasperg sitzen, und nach Ludwigsburg spielt auch die Geschichte mit dem zigeunerischen Mädchen, das er »Peregrina« nannte – sie war um die Zeit, als der »Knabe« starb, wie es heißt, in die Schweiz »abgeschoben« worden ... Gram, der ihn im Urteil vieler grämlich machte, zum Griesgram, zum fast pathologischen »Sonderling«.

Von des »Knaben frisch grünendem Hügel« also kamen dreizehn Jahre später die Winde, die das Instrument zum Tönen brachten, das der Vetter im Ludwigsburger Schloßpark an die Efeuwand einer Terrasse gelehnt hatte, die »melodische Klage«. So wird auch im »Maler Nolten« von »Geisterlauten« gesprochen, »nicht unähnlich den schwermütigen Klängen der Äolsharfe« (und natürlich besaß auch sein Freund, der Geisterseher Justinus Kerner, eine berühmte »Windharfe«). Die Klage tönt fort in die »wohllautende Wehmut« der zweiten Strophe. Und selbst für die Rose der dritten gibt es ein Zeugnis dafür, daß sie

der Erinnerung entstammte; denn ein paar Wochen vor seinem Tod hatte August den Bruder in Tübingen besucht und ihm eine Rose gebracht, die er irgendwo gebrochen hatte.
Dreizehn Jahre danach sah er nun die Blätter der Rose, beim »holden Schrei der Harfe«, vor seine Füße gestreut. So ist auch dieses Gedicht ein Beweis dafür, daß die Nähe und das (Ein-)Verständnis solcher Poesie in unserer Welt liegt und daß das Dichterische auf der Fähigkeit beruht, darüber hinaus, Worte, Zeichen, Bilder zu finden, die gleichsam über die Grenze weisen ins Unbegreifliche. Die Worte fielen Mörike fast zu leicht zu. An so vielen Gelegenheitsgedichten muß man vorbeilesen, um an die Gebilde zu gelangen, deren Tiefe und Wohllaut unvergleichlich sind. Zu ihnen zähle ich dieses Gedicht.

## EDUARD MÖRIKE
## AN EINEM WINTERMORGEN, VOR SONNENAUFGANG

O flaumenleichte Zeit der dunkeln Frühe!
Welch neue Welt bewegest du in mir?
Was ist's, daß ich auf einmal nun in dir
Von sanfter Wollust meines Daseins glühe?

Einem Kristall gleicht meine Seele nun,
Den noch kein falscher Strahl des Lichts getroffen;
Zu fluten scheint mein Geist, er scheint zu ruhn,
Dem Eindruck naher Wunderkräfte offen,
Die aus dem klaren Gürtel blauer Luft
Zuletzt ein Zauberwort vor meine Sinne ruft.

Bei hellen Augen glaub ich doch zu schwanken;
Ich schließe sie, daß nicht der Traum entweiche.
Seh ich hinab in lichte Feenreiche?
Wer hat den bunten Schwarm von Bildern und Gedanken
Zur Pforte meines Herzens hergeladen,
Die glänzend sich in diesem Busen baden,
Goldfarbgen Fischlein gleich im Gartenteiche?

Ich höre bald der Hirtenflöten Klänge,
Wie um die Krippe jener Wundernacht,
Bald weinbekränzter Jugend Lustgesänge;
Wer hat das friedenselige Gedränge
In meine traurigen Wände hergebracht?

Und welch Gefühl entzückter Stärke,
Indem mein Sinn sich frisch zur Ferne lenkt!
Vom ersten Mark des heutgen Tags getränkt,
Fühl ich mir Mut zu jedem frommen Werke.
Die Seele fliegt, so weit der Himmel reicht,
Der Genius jauchzt in mir! Doch sage,
Warum wird jetzt der Blick von Wehmut feucht?
Ist's ein verloren Glück, was mich erweicht?
Ist es ein werdendes, was ich im Herzen trage?
– Hinweg, mein Geist! hier gilt kein Stillestehn:
Es ist ein Augenblick, und alles wird verwehn!

Dort, sieh, am Horizont lüpft sich der Vorhang schon!
Es träumt der Tag, nun sei die Nacht entflohn;
Die Purpurlippe, die geschlossen lag,
Haucht, halbgeöffnet, süße Atemzüge:
Auf einmal blitzt das Aug, und, wie ein Gott, der Tag
Beginnt im Sprung die königlichen Flüge!

## WALTER HINDERER
## DER POETISCHE AUGENBLICK

Zart wie Schneeflocken kommen sie daher, diese Zauberworte, wie hingehaucht, schwebend zwischen Traum und Wachen, zwischen Dämmerung und Morgenlicht. Schon die erste Zeile: Was für eine sprachliche Erfindung, was für ein Worteinfall! Hier ist ein Meister der Zwischentöne am Werk, dem es gelingt, noch das Unterbewußte, das Verborgenste, das Geheimnisvollste andeutungsvoll zu beschwören.
Die Verse stammen von dem einundzwanzigjährigen Theologiestudenten und angehenden Pfarrvikar Eduard Mörike, dessen poetische Inspiration um diese Zeit wegen schmerzlicher persönlicher Erfahrungen gefährdet schien. Er hatte vor kurzem seinen Lieblingsbruder August verloren und sich von seiner »Peregrina«, der ebenso rätselhaften wie faszinierenden Vagantin Maria Meyer, getrennt.
Doch dieser Wintermorgen im Jahre 1825 bewegte in ihm eine »neue Welt« und ließ sein Dasein auf geradezu erotische Weise »von sanfter Wollust« erglühen. Mörikes Landmann und Zeitgenosse, der Ästhetiker Friedrich Theodor Vischer, hat den komplizierten Vorgang des schöpferischen Zustands einmal als das »punktuelle Zünden der Welt im lyrischen Subjekt« bezeichnet. Man kann nur staunen, wie ihn der Dichter in diesem Gedicht veranschaulicht. Er tut das in sechs Strophen von unterschiedlicher Länge und mit einem abwechslungsreich variierten Reimschema. Die überwiegend jambischen Versschritte werden zuweilen

daktylisch beschleunigt. Der »Sohn des Horaz und einer feinen Schwäbin«, wie Gottfried Keller nicht ohne Bewunderung Mörike charakterisiert hat, versteht es, überlieferte Formmuster auf dergestalt ingeniöse Weise zu verändern, daß die Inhalte einen überraschend neuen Ausdruck finden.

Die Aussage- und Fragesätze zwingen zum langsamen, aufmerksamen Lesen und bereiten auf die Höhepunkte in der fünften und sechsten Strophe vor. Geradezu hörbar wird die einprägsame Anfangszeile von der Schlußstrophe übertrumpft: der Epiphanie des Sonnenaufgangs. Der Augenblick, an dem sich am Horizont der Vorhang »lüpft«, die »Purpurlippe« sich halb öffnet und der Tag »die königlichen Flüge« beginnt, wird gefeiert »wie ein Gott«. Eine Steigerung ist danach nicht mehr möglich. Der Zwischenzustand zwischen Nacht und Tag, Traum und Wachen ist aufgehoben, der »bunte Schwarm von Bildern und Gedanken«, die Klänge der Hirtenflöten und die »Lustgesänge« der »weinbekränzten Jugend«, die christliche und dionysische Welt, sind gleichermaßen in der Poesie bewahrt.

Die neuerwachten Kräfte führen zu einer ekstatischen Erfahrung des eigenen Daseins. Aber diesem Gefühl scheint die zweite Strophe zu widersprechen. Hier wird die Seele mit einem durchsichtigen reinen Kristall verglichen, der allerdings gegenüber allen inneren und äußeren Eindrükken offen ist. Kristall und glühendes Dasein stehen also nicht im Widerspruch, sondern sie sind nur zwei Seiten der schöpferischen Existenz, in der Seele und Geist, Gefühl und Verstand, aktive und passive Zustände vereint sind. Die Einbildungskraft wird aus allen Bereichen gespeist, aus der Außen- und der Innenwelt, »dem klaren Gürtel blauer Luft« und dem Traum, dem Unterbewußtsein. Nicht von ungefähr schildert die fünfte, die längste Strophe des Gedichts, ganz ähnlich wie die sechste einen göttlichen Flug: Es handelt sich hier um den Flug der Poesie. Genau in der Mitte der Strophe befindet sich das Erlebnis des höchsten Augenblicks, das dem Dichter den Ausruf entlockt: »Der Genius jauchzt in mir!« Doch noch in derselben Zeile bahnt sich ein Umschwung an: Wehmütige Erinnerungen, Gedanken an verlorenes oder zukünftiges Glück bedrohen das »Gefühl entzückter Stärke«. Aber der Dichter ermahnt sich selbst und weist die trüben Gedanken ab. Er weiß, wenn er diesen Augenblick versäumt, unterbleibt der poetische Sonnenflug der Poesie. In mehr als einer Hinsicht erweist sich dieser glückhafte Wintermorgen im Jahre 1825 für Eduard Mörike als ein Königsweg seiner Dichtung.

## EDUARD MÖRIKE
## AUF EINE CHRISTBLUME

### I

Tochter des Walds, du Lilienverwandte,
So lang von mir gesuchte, unbekannte,
Im fremden Kirchhof, öd und winterlich,
Zum erstenmal, o schöne, find ich dich!

Von welcher Hand gepflegt du hier erblühtest,
Ich weiß es nicht, noch wessen Grab du hütest;
Ist es ein Jüngling, so geschah ihm Heil,
Ists eine Jungfrau, lieblich fiel ihr Teil.

Im nächtgen Hain, von Schneelicht überbreitet,
Wo fromm das Reh an dir vorüberweidet,
Bei der Kapelle, am kristallnen Teich,
Dort sucht ich deiner Heimat Zauberreich.

Schön bist du, Kind des Mondes, nicht der Sonne;
Dir wäre tödlich andrer Blumen Wonne,
Dich nährt, den keuschen Leib voll Reif und Duft,
Himmlischer Kälte balsamsüße Luft.

In deines Busens goldner Fülle gründet
Ein Wohlgeruch, der sich nur kaum verkündet;
so duftete, berührt von Engelshand,
Der benedeiten Mutter Brautgewand.

Dich würden, mahnend an das heilge Leiden,
Fünf Purpurtropfen schön und einzig kleiden:
Doch kindlich zierst du, um die Weihnachtszeit,
Lichtgrün mit einem Hauch dein weißes Kleid.

Der Elfe, der in mitternächtger Stunde
Zum Tanze geht im lichterhellen Grunde,
Vor deiner mystischen Glorie steht er scheu
Neugierig still von fern und huscht vorbei.

II

Im Winterboden schläft, ein Blumenkeim,
Der Schmetterling, der einst um Busch und Hügel
In Frühlingsnächten wiegt den samtnen Flügel;
Nie soll er kosten deinen Honigseim.

Wer aber weiß, ob nicht sein zarter Geist,
Wenn jede Zier des Sommers hingesunken,
Dereinst, von deinem leisen Dufte trunken,
Mir unsichtbar, dich blühende umkreist?

## HANSPETER BRODE
## FLÜGELLEICHTE TRAUER

Im Oktober 1841 findet Eduard Mörike, seit sieben Jahren protestantischer Pfarrer im württembergischen Cleversulzbach, auf dem Friedhof von Neuenstadt am Kocher eine Christblume und nimmt sie mit nach Hause. Bald danach entstehen die beiden Gedichte. Die Verse greifen allerdings weit über den lebensgeschichtlichen Anlaß hinaus: Die »Christblume« wird für den Dichter zum Ausdruck weihnachtlicher Besinnung, wobei die jahreszeitliche Einkehr sich verknüpft mit einer erotischen Wehmut, die Jahrtausende umspannt.

Eigentlich geht es um eine nur mühsam verschleierte Begegnung der Geschlechter. Das »Ich« dieser Strophen stößt auf eine »Tochter des Walds«, und der heftig hervordrängende Ruf »Zum erstenmal, o schöne, find ich dich!« gibt Qualen schmerzlicher, lange währender Triebunterdrückung zu erkennen. Doch sogleich blendet der Dichter ab, allzu heikel sind Ort und Zeit, Spontaneität verbietet sich, wird gedämpft und zensiert: Metaphern des Todes (»Kirchhof«, »Grab«) verbinden sich mit Bildern frühvollendeter Jugend, ja Kindlichkeit, mit Andeutungen geschlechtsloser Unfertigkeit, Kühle, Nacht.

Die wie im Schock erfahrene sinnliche Faszination wird schließlich eingefaßt in den gebieterischen Figuren- und Mythenkanon christlichen Heils. Symbole marianischer Verehrung – Schnee, Lilie, Mond, geläufig auch aus Malerei und bildender Kunst – deuten hin auf unbefleckte

Empfängnis und Reinheit der Gottesmutter. Sonnenhafter Eros wäre dieser Sphäre »tödlich«, der »keusche Leib«, des »Busens goldne Fülle« dürfen nur insoweit ins Bewußtsein treten, als sie sich sogleich unter Hinweis auf »der benedeiten Mutter Brautgewand« entkräften lassen. Wie im Wahn steigert sich der Entsagungsschmerz zur Todesgewißheit: Über die »Weihnachtszeit« hinaus eilt der Gedanke voraus zur österlichen Passion, zum »heilgen Leiden« und zu den »Purpurtropfen« als Mahnzeichen für die fünf Kreuzeswunden des Erlösers.

Mit behutsamer Eindringlichkeit rückt Mörike aber auch eine jeder Askese abholde Gegenwelt der »Sonne« und »Wonne«, der »Frühlingsnächte« und Trunkenheit vor Augen. Schon der »kristallne Teich« und das »Zauberreich« der dritten Strophe wollen sich, märchenhafter Abkunft vermutlich, dem fromm vergeistigten Naturvorgang im Weihnachtsschnee nicht recht fügen. Zum Schluß des ersten Gedichtes betritt dann heidnischer Spuk in Gestalt des »Elfen« die Szene, ein »mitternächtlicher Tanz« weist auf dionysische und orgiastische Ausschweifungen hin, die sich einer bannenden Beschwörung seitens der »mystischen Glorie« des Christentums durchaus entziehen.

Der »Schmetterling« der letzten Verse lenkt den Blick dann in gänzlich andere Weltgegenden: Psyche, das schmetterlingsgeflügelte Seelensymbol der Antike, mag sich in ihm verbergen. Mörike, der Liebhaber und Übersetzer Anakreons und Catulls, der »Sohn des Horaz und einer feinen Schwäbin«, nach einem unvergeßlichen Wort Gottfried Kellers, wird hier anspielen auf Amor und Cupido, die flügelleichten Psychegefährten in den Märchen und Mythen der Alten. »Nie soll er kosten deinen

Honigseim« heißt es von »Schmetterling« und »Christblume«: Die Vitalität der antiken und die Geistigkeit der neuen Weltepoche lassen sich nicht versöhnen; das Gedicht ist eigentlich eine unendliche subtile Klage über die Unmöglichkeit ausgelebter Sinnlichkeit und körperlicher Vereinigung unter den Bedingungen der bürgerlichen Moderne.

So wird die weihnachtliche Naturszene zum Inbild geschichtsphilosophischer Resignation. Mörike, der tiefblickende Pfarrpsychologe, komponiert delikateste Nacht- und Dämmerlichtzustände; er vermag, ohne jeden Zudrang von Bildung, ein tausendfältiges Thema in die Form eines stillen Blumenstückes zu kleiden. Seine »Weihnachtszeit« ist nicht Fest des Hoffens und Neubeginns – die Verheißung ist vielmehr grundiert von Abschied, Trauer, Melancholie.

## EDUARD MÖRIKE
## AUF EINE LAMPE

Noch unverrückt, o schöne Lampe, schmückest du,
An leichten Ketten zierlich aufgehangen hier,
Die Decke des nun fast vergeßnen Lustgemachs.
Auf deiner weißen Marmorschale, deren Rand
Der Efeukranz von goldengrünem Erz umflicht,
Schlingt fröhlich eine Kinderschar den Ringelreihn.
Wie reizend alles! lachend, und ein sanfter Geist
Des Ernstes doch ergossen um die ganze Form –
Ein Kunstgebild der echten Art. Wer achtet sein?
Was aber schön ist, selig scheint es in ihm selbst.

## WULF SEGEBRECHT
## EINGRIFF IN DIE SELIGKEIT DES KUNSTWERKS

Über dieses Gedicht aus dem Jahr 1846 ist schon sehr oft nachgedacht und sehr viel geschrieben worden. Besonders die Schlußzeile – *Was aber schön ist, selig scheint es in ihm selbst* – hat weitreichende und tiefsinnige Kommentare bedeutender Interpreten (unter ihnen Martin Heidegger, Emil Staiger und Leo Spitzer) ausgelöst: Geht es hier um eine abgründige Wesensbestimmung des Schönen schlechthin, um die notwendige Scheinhaftigkeit alles Schönen oder um seine tatsächliche Erscheinungsform, um das Aufleuchten des Schönen oder um seinen bloßen Anschein? Darüber wurde heftig, ausdauernd und sehr geistreich gestritten, bis man wahrzunehmen glaubte, daß die reizende Schlafzimmerbeleuchtung als das hocherotische Dingsymbol eines *Lustgemachs* angesehen werden kann, dessen Betrachtung Eduard Mörike zu einer wehmütigen Erinnerung an längst vergangene oder lange verdrängte sexuelle Lüste geführt habe.

Daß die Lampe schön ist, steht von Anfang an fest. So, als *schöne Lampe*, wird sie sogleich angesprochen und dann detailliert beschrieben, und daß sie schön ist, wird in der letzten Zeile ausdrücklich wiederholt. Die Hinwendung zu der Lampe, die genaue Beschreibung und enthusiastische Charakterisierung ihrer schmucken und bedeutenden Form mündet ein in ein Kunsturteil: Sie sei, heißt es, *Ein Kunstgebild der echten Art*. Allerdings handelt es sich um ein kaum beachtetes Kunstwerk *(Wer achtet sein?)*, und

was nicht beachtet wird, das kann auch nicht wirksam werden.
Sicherlich ist die Lampe auch ohne den Betrachter schön, aber ihre beseligende Wirkung entfaltet sie doch erst durch ihn, den Betrachter. Er bringt in die Begegnung mit dem Kunstwerk seine Erinnerungen, seine Empfindungen, seine Urteilskraft ein. Er, nicht die Lampe, ist es, der dem Schönen einen Sinn gibt; *in ihm selbst*, im Betrachtenden, scheint die Lampe diejenigen Fähigkeiten freizusetzen, die erforderlich sind, um dem Schönen zur Wirksamkeit zu verhelfen. Die Lampe ist eine interesselose Schönheit, ihr Betrachter erst erweckt sie zum Leben.
Diesen Vorgang beschreibt das Gedicht aufs genaueste. Anfangs ist die Lampe *noch unverrückt*, ihre Schönheit ist so selbstgenügsam wie wirkungslos, sie scheint ihren Sinn in sich selbst zu haben und gar keinen Betrachter zu benötigen. Die präzise Beschreibung des Betrachters aber durchbricht diese Selbstgenügsamkeit der Schönheit. Der Betrachter dringt in das fast vergeßne Lustgemach ein, in dem die Lampe unbeachtet hängt, und trägt der Schönheit beschreibend seine von ihr ausgelösten Gefühle und Deutungen zu. Die sinngebende Betrachtung des Schönen ist immer zugleich dessen »Verrückung«; sie läßt ihren Gegenstand nicht unangetastet: Jede Sinngebung des Schönen ist zugleich ein Eingriff in seine Unangetastetheit.
Die Lampe ist also nicht nur eine Lampe. Mörikes Gedicht »Auf eine Lampe« ist zugleich ein Gedicht über das notwendige Dilemma jeder Betrachtung des Schönen, also auch der Betrachtung eines Gedichts. Die Deutung des Schönen setzt dessen »Verrückung«, die Befreiung aus der Unverrücktheit, aus der Autonomie des Kunstwerks, voraus. Das Schöne kann zum Leben nur dadurch erweckt

werden, daß ihm seine Selbstgenügsamkeit genommen und ihm die ganze Empfindungswelt des Interpreten zugemutet wird.

Am Ende ist das Schöne, das dem *Kunstgebild* ohne weiteres und von Anfang an als ihm Eigentümliches zugeschrieben wurde, eine Angelegenheit, die der Betrachter zu verantworten hat: Was am Schönen beseligend sein kann, das muß er selbst zu seiner Begegnung mit dem Kunstwerk mitbringen. Die Bedingung jeder Interpretation ist der Eingriff in die Seligkeit des Kunstwerks.

## EDUARD MÖRIKE
## AUF EINEN KLAVIERSPIELER

Hört ihn und seht sein dürftig Instrument!
Die alte, klepperdürre Mähre,
An der ihr jede Rippe zählen könnt,
Verwandelt sich im Griffe dieses Knaben
Zu einem Pferd von wilder, edler Art,
Das in Arabiens Glut geboren ward!
Es will nicht Zeug, noch Zügel haben,
Es bäumt den Leib, zeigt wiehernd seine Zähne,
Dann schüttelt sich die weiße Mähne,
Wie Schaum des Meers zum Himmel spritzt,
Bis ihm, besiegt von dem gelaßnen Reiter,
Im Aug die bittre Träne blitzt –
O horch! Nun tanzt es sanft auf goldner Töne
Leiter!

## WALTER HELMUT FRITZ
## DAS KLAVIER ALS PFERD

Das Gedicht ist eine kleine Erzählung, einfallsreich, drängend, rasch – bis hin zur leisen, sanften Bewegung, dem Piano der letzten Zeile.

Kein isoliertes Ich, das meditiert, wie wir es, wenn wir Gedichte lesen, häufig vorfinden, sondern eine Szene: der Erzähler, der Publikum hat, Menschen anredet (»hört«), ihnen etwas zeigt, etwas zur Schau stellt (»seht«), nämlich einen Klavierspieler und sein »dürftig Instrument«, das während seines Spiels (»im Griffe dieses Knaben«) unversehens, überraschend zu einem Pferd aus »Arabiens Glut« wird.

Mit diesem Pferd hat der Klavierspieler, zum Reiter geworden, zu kämpfen. Er muß dessen Wildheit vorführen, den sich aufbäumenden Leib, die weiße Mähne – die ihrerseits (eine neue Verwandlung) an den Schaum des Meeres erinnert –, und er muß zugleich zeigen, daß er ein »gelaßner Reiter« ist und die Kraft hat, das merkwürdige Tier schließlich zu zähmen.

Keine »Realität« also, nicht die sprachliche Vergegenwärtigung von etwas, was uns durch alltägliche Erfahrung mehr oder weniger vertraut ist, sondern eine Hervorbringung der Phantasie, ein »Sprung« der Einbildungskraft, der nicht die einzelne Metapher, den einzelnen Vers zum Ziel hat, sondern das ganze Gedicht strukturiert; eine Art des Bild-Entwurfs, die wir als Allegorie bezeichnen, eine besondere Weise des »Spiels« mit Vorstellungsinhalten,

die in der deutschen Dichtung vom Mittelalter bis zum Barock besonders beliebt war.
Bei Mörike selbst – er hat das Gedicht 1825 mit einundzwanzig Jahren geschrieben – sind solche allegorisierenden Arbeiten vergleichsweise selten. Der Grund liegt auf der Hand. Mörike spürte früh die Gefahr, die einem Gedicht wie dem »Klavierspieler« drohen kann: bei aller Phantastik in der Motivbildung ist das Element des Rationalen darin besonders ausgeprägt, die Neigung zu pointieren. Eine solche Mischung ergab ein »auffälliges« Gedicht, das seine Originalität, das Virtuose hervorkehrte, während Mörike – aufs Ganze gesehen – in seinem Leben und in seiner Arbeit das Unauffällige bevorzugte.
Unauffälligkeit wurde zu einer entscheidenden Bedingung für seine Strophen. Aus ihr gewann er Geduld, Gelassenheit, Ruhe und Sicherheit des Blicks, gewann er das, was ihm an Ausdauer möglich war. Die Sparsamkeit im Gebrauch von »vorzeigenden« Gesten gehört mit zur Eigentümlichkeit, zur Intensität dessen, was er hervorgebracht hat. Aber er schrieb auch Gedichte, die einen betont spielerischen, heiteren, »geselligen« Charakter haben. »Auf einen Klavierspieler« gehört dazu.

## EDUARD MÖRIKE
## AUF EINER WANDERUNG

In ein freundliches Städtchen tret ich ein,
In den Straßen liegt roter Abendschein.
Aus einem offnen Fenster eben,
Über den reichsten Blumenflor
Hinweg, hört man Goldglockentöne schweben,
Und *eine* Stimme scheint ein Nachtigallenchor,
Daß die Blüten beben,
Daß die Lüfte leben,
Daß in höherem Rot die Rosen leuchten vor.

Lang hielt ich staunend, lustbeklommen.
Wie ich hinaus vors Tor gekommen,
Ich weiß es wahrlich selber nicht.
Ach hier, wie liegt die Welt so licht!
Der Himmel wogt in purpurnem Gewühle,
Rückwärts die Stadt in goldnem Rauch;
Wie rauscht der Erlenbach, wie rauscht im Grund die Mühl
Ich bin wie trunken, irrgeführt –
O Muse, du hast mein Herz berührt
Mit einem Liebeshauch!

## HANS MAYER
## EIN UNVERMUTETER ZWISCHENFALL

Es ist schwer, zu diesem Gedicht, das schlicht daherzukommen scheint, ein lyrisches Gegenstück zu finden. Hier wird der Augenblick einer Gedichtentstehung als Gedicht gefaßt. Die Inspiration macht nicht Außenwelt oder irgendwelche Gefühle zu ihrem Thema, sondern sich selbst.

Alles wirkt gegenstandsfroh, und ist doch abgefeimt. Die Überschrift bereits spielt mit dem Trug. »Auf einer Wanderung«: das gibt sich als hübsches Wanderlied, als habe es ein Kleinmeister der romantischen Nachfolge verfaßt, während doch der inkommensurable Augenblick gemeint ist, da etwas im poetischen Subjekt zur Sprache wird. Auch eine andere Zeit- oder Ortsbestimmung wäre als Überschrift möglich gewesen: bei einem nicht vorhersehbaren Vorgang plötzlicher Kreation.

Nicht einmal der scheinbar strikten Einteilung in zwei Strophen sollte man vertrauen. Bei genauem Lesen entdeckt man ein vierteiliges Gebilde. Die ersten und die letzten beiden Zeilen bilden eine Klammer. Sie meinen den Tag und das Alltagsbewußtsein. Dazwischen liegt ein Ungewisses und ein Ungefähr aus halber Bewußtheit: als Dämmerung, worin Verse entstehen können.

Der Einzug ins Städtchen vollzieht sich in sprachlicher Banalität: die Ortschaft ist »freundlich«, der Abendschein »rot«. Man muß nicht Mörike heißen, um so zu benennen. Doch gehört die Banalität zur Komposition. Jäh beginnt

die Verwandlung der Szenerie in Wahrnehmung und Sprachgebung. Ein offenes Fenster, reichster Blumenflor: das gehört noch zur alltäglichen Wahrnehmung.
Alles aber ist unscharf geworden: Goldglockentöne als Verbund aus Farbe und Klang: Woher kommen sie, aus dem offenen Fenster? Es ist alles zu verwischt, um das auszumachen. Einzelwahrnehmungen werden verweigert. Einzelne Geräusche sind als Unisono gehört. Nachtigallenchor: ist er real oder bereits poetisiert, weil die Amsel und gar der Sperling die dichterische Umformung des Wahrgenommenen erschweren könnten? Nun macht sich die Sprache selbst zur Musik, bricht den Rhythmus, beginnt zu singen. Das Rot der Rosen ist ein »höheres Rot«; als Farbe der Kunst, nicht der Natur.
Geht sie weiter, die Wanderung? Wurde noch irgend etwas wahrgenommen vom und im »freundlichen Städtchen?« Das bleibt ausgespart. Eine zweite Gedichtstrophe, die nicht geschrieben wurde. Hier gehört die weiße Fläche zwischen der ersten und zweiten Strophe zur Struktur des Gedichts. Ein Musiker von Genie, der die Verse Mörikes vertonte, Hugo Wolf, hat es natürlich gemerkt. Sein Lied macht sich selbständig, so wie sich die Sprache vorher autonom gesetzt hatte gegenüber aller Wahrnehmung. Ein langes instrumentales, also »wortloses« Zwischenspiel des Klaviers führt den Gesang weiter: dies ist nun absolute Musik. Die Wanderung führte weit weg vom Wanderziel.
Die zweite Strophe schildert Erwachen und Rückblick. In der Reminiszenz blieb die Erinnerung an Enthusiasmus, »lustbeklommen«, als Gemisch aus Wonne und Qual. Es wird erzählt; die Zeitform ist Vergangenheit. Nun liegt das Städtchen schon zurück. Man hat zuviel wahrgenom-

men, also kaum etwas. Kopfschütteln. »Wie ich hinaus vors Tor gekommen, ich weiß es wahrlich selber nicht.« Das ist nüchterne Alltagssprache nach dem Erwachen.

Allein auch dies Erwachen vor dem zweiten Stadttor und vor dem Weiterwandern ist trügerisch. Der poetische Rausch kehrt noch einmal zurück. Das Auge hat sich festgesogen an der Weite, am Auf- und Zurückblicken. Abermals beginnt die Verformung der Wahrnehmung. Kein banaler roter Abendschein, sondern eine neue Art jenes »höheren Rot«. »Der Himmel wogt in purpurnem Gewühle«. Alles ist Rot und Gold. Den »Goldglockentönen« korrespondiert jetzt der »goldne Rauch«.

Auf dem Höhepunkt der poetischen Ergriffenheit, mitten in der Stadt, hatte die Sprache den Gesang evoziert. Nunmehr, beim poetischen »Rückfall«, weicht sie ins Stammeln aus. »Wie rauscht der Erlenbach, wie rauscht im Grund die Mühle!« Der schlechte Poet hätte für Erlenbach und Mühle die Metaphern bemüht: Mörike benennt bloß. Das »Wie« der Metapher ist hier die Sache selbst. Die Außenwelt wurde zur Poesie und kann als solche ins Gedicht eingehen.

»Ich bin wie trunken, irrgeführt –« Wer spricht so? Kaum mehr ein Trunkener. Das neue Erwachen hub an. Der Gedankenstrich meint abermals Kopfschütteln, Augenreiben. Die Wanderung ist zu Ende. Zwei letzte Zeilen fassen zusammen. – »O Muse ...« Die Muse gar, als wäre man noch ein Dichter in Klopstocks Gefolge? Es klingt etwas verlegen, vielleicht »lustbeklommen«. Das war ein unvermuteter Zwischenfall auf der Wanderschaft. Man war auf einer Wanderung. Wohin? Zum Gedicht.

## EDUARD MÖRIKE
## DAS VERLASSENE MÄGDLEIN

Früh, wann die Hähne krähn,
Eh die Sternlein verschwinden,
Muß ich am Herde stehn,
Muß Feuer zünden.

Schön ist der Flammen Schein,
Es springen die Funken;
Ich schaue so drein
In Leid versunken.

Plötzlich, da kommt es mir,
Treuloser Knabe,
Daß ich die Nacht von dir
Geträumet habe.

Träne auf Träne dann
Stürzet hernieder;
So kommt der Tag heran –
O ging er wieder!

## HERMANN KESTEN
## KUNST FÜRS VOLK? KUNST VOM VOLK?

Mörike schrieb »Das verlassene Mägdlein« 1829, als er mit 25 Jahren in die »Vikariatsknechtschaft« heimkehrte, verliebt in die Pfarrerstochter Luise Rau, von der er nach vier Jahren Verlobung wegging.

Obwohl ich das Nachgemachte, künstlich Volkstümliche empfinde, übt dieses Gedicht seit meiner Kindheit bis heute einen unbeschreiblichen Zauber auf mich aus. Was sonst mir unerträglich vorkäme, vom »Mägdlein« zu den »Sternlein«, stört mich hier nicht, ob nun Mörike oder sein verlassenes Mägdlein diese diminutiv sentimentale Beziehung zu den Gestirnen hat. Es ist eine banale, sentimentale, für das 19. Jahrhundert klischeemäßige Situation, doch ergreifend frei vom geringsten Hauch des Falschen. Ein unheilbarer Schmerz spricht in knappen vier Strophen, deren jede eine genußvolle, schier fröhliche Zeile aufweist: »Früh, wann die Hähne krähn« und »Schön ist der Flammen Schein« und »Daß ich die Nacht von dir« und »So kommt der Tag heran«.

Jedesmal folgt auf das Licht ein Dunkel, auf das Frische der schnöde Schmerz. Alle vier Strophen zeigen nur das Mädchen, wie in einer Großaufnahme im Film, wie in einer Theaterszene. Man hört die Hähne krähn, lustvoll, schon steht das Mädchen am Herd, *muß* Feuer zünden. Eine Magd? Ein Bauernmädchen? Armer Leute Kind? Ist sie mit den Sternlein so intim, weil sie (vor Liebeskummer wach) sie nachts sieht? In Leid versunken bemerkt sie doch, wie schön der Flammen Schein ist. Die Flamme, auch ein stechender Schmerz, »plötzlich« erinnert sie sich, sie sah *ihn* im Traum: »Treuloser Knabe«! Sie sagt nichts vom Inhalt des Traums.

Am neunten Vers merkt man die Naivität Mörikes, der im Vorwort zu seiner »Classischen Blumenlese« (1840), noch der Pfarrer von Cleversulzbach, zu Homer, Horaz, Catull, Tibull, sagen »muß«: »Was die Auswahl der Gedichte selbst betrifft, die für den ersten Teil durchaus von dem Herausgeber besorgt wurde, so wird die Frage nach dem Sittlichen wie billig nicht die letzte sein.« Kein moderner Lyriker dürfte ungestraft von einer jungen Dame, die intensiv an ihren Liebhaber denkt, sagen: »Ich schaue so drein / In Leid versunken.« Mörike darf es.

In sechzehn Versen findet man ganze dreizehn Haupt-Worte, die reale Substanz dieses Gedichts: Hähne, Sternlein, Herde, Feuer, Flammen, Schein, Funken, Leid, Knabe, Nacht, Träne, Träne, Tag. Man sieht das Mädchen zum Herd gebückt sich wieder aufrichten, in die Flammen schaun, den treulosen Knaben im Traum, ihre Tränen, ihre Verzweiflung. *So* kommt der Tag heran. Was die meisten Menschen begrüßen, der neue Tag, beginnt bei ihr mit stürzenden Tränen, mit Mißmut am schnöden Leben. Obwohl das ganze Gedicht ein Monolog des verratenen Mädchens ist, scheint sie erst in der letzten Zeile zu sprechen, auch auszusprechen, plötzlich ihren Schmerz hinauszuschreien. Es ist ein stiller, unausgeführter Selbstmord, die Flucht vor einem unerträglich gewordenen Leben, die Unerbittlichkeit der unglücklichen Liebe, der in Leid versunkenen Verlassenen.

Es ist die Fassung des Mädchens, die mich so rührt. Sie klagt, und sie klagt nicht, klagt an und vergibt, spricht ohne Selbstmitleid von ihren stürzenden Tränen. Sie wünscht die neue Nacht, die den treulosen Knaben wenigstens im Traum wiederbringt. Man kann nicht knapper malen, nicht konziser sprechen, nicht tiefer fühlen, als Mörike in diesen sechzehn naiven Versen.

Es ist stärkste »antikische« Kunst im scheinbar hingesprochenen Volkslied, ein Gemälde eines vorimpressionistischen Meisters, ein Porträt wie von Corot.

## EDUARD MÖRIKE
## DENK ES, O SEELE

Ein Tännlein grünet wo,
Wer weiß, im Walde,
Ein Rosenstrauch, wer sagt,
In welchem Garten?
Sie sind erlesen schon,
Denk es, o Seele,
Auf deinem Grab zu wurzeln
Und zu wachsen.

Zwei schwarze Rößlein weiden
Auf der Wiese,
Sie kehren heim zur Stadt
In muntern Sprüngen.
Sie werden schrittweis gehn
Mit deiner Leiche;
Vielleicht, vielleicht noch eh
An ihren Hufen
Das Eisen los wird,
das ich blitzen sehe!

## HANS CHRISTOPH BUCH
## GEGENWART DES TODES

Dieses Gedicht ist hinter seiner eigenen Berühmtheit fast zur Unkenntlichkeit verblaßt. Ich weiß nicht, wie oft es in Lesebüchern und Anthologien abgedruckt worden ist und welchen möglichen Mißverständnissen es seinen Erfolg verdankt; ich weiß nur, daß es eines der schönsten Gedichte deutscher Sprache ist.

Als Literaturkritiker ist man versucht, über Anthologiestücke wie Goethes »Über allen Gipfeln ist Ruh«, Rilkes »Panther« oder Hölderlins »Hälfte des Lebens« die Nase zu rümpfen: als mache allzu große Popularität ein Gedicht suspekt oder als werde durch sie der Blick auf die ursprüngliche Intention des Dichters verstellt. Das Gegenteil scheint mir der Fall zu sein: erst wenn man ein Gedicht wieder und wieder gelesen hat, wenn es einen, unter wechselnden Lebensumständen, über Jahre und Jahrzehnte hinweg begleitet, wird man hellhörig für die Ober-, Unter- und Zwischentöne des Gedichts, für metrische Feinheiten ebenso wie für verborgenen Doppel- und Hintersinn.

Anstatt Mörikes Gedicht hier literarhistorisch zu interpretieren, will ich versuchen, die Wirkung zu beschreiben, die es noch heute, mehr als fünfzehn Jahre, nachdem ich es zum ersten Mal gelesen habe, auf mich ausübt: es läuft mir kalt den Rücken hinunter.

Das Gedicht beginnt scheinbar harmlos, mit gespielter Naivität und Unschuld: die Diminutiva (»Tännlein«, »Rößlein«) verweisen ebenso auf Mörikes schwäbische

Mundart wie auf den kalkulierten Kunstcharakter des romantischen Volkslieds, das dem Volk nur bestimmte Töne abgelauscht hat – das Volk selbst war nie »tümlich«.
Das Gedicht ist antithetisch gebaut: auf die idyllischen Eingangsverse folgt, jeweils in der Mitte der Strophe, der jähe Umschlag von Schönheit in Schrecken, dessen Wirkung durch die direkte Anrede an den Leser noch verstärkt wird: »Sie sind erlesen schon/ ... Auf *deinem* Grab zu wurzeln«, »Sie werden schrittweis gehn/ Mit *deiner* Leiche« – das Gedicht selbst verfällt hier ins Schrittempo. Das Verfahren erinnert an die eingangs erwähnten Gedichte von Goethe und Hölderlin, die mit einer ähnlichen Technik der »kalten Dusche« arbeiten (»Weh mir, wo nehm ich«; »Warte nur, balde«), oder an Mörikes »Erinna an Sappho«, wo Erinna, beim morgendlichen Blick in den Spiegel, ihrem eigenen Tod begegnet: »wie wenn schwarzgefiedert ein tödlicher Pfeil/ Streifte die Schläfe«...
Was Mörikes Gedicht darüber hinaus mit seinen Vorläufern verbindet, ist der nur durch den Reim gebundene lockere Rhythmus, der das klassische Versmaß nicht nachbuchstabiert, sondern kongenial nachschafft – wobei der Verstoß gegen das regelmäßige Metrum kein »Fehler« ist, sondern bewußtes Kunstmittel. Man hat Mörike deshalb einen »attischen Schwaben« genannt, der griechische Tragik und schwäbische Gemütlichkeit, sapphische Ode und romantisches Volkslied zu einer raffinierten Synthese vereint. Die letzten Zeilen, auf die das Gedicht zusteuert, verdichten seine lyrische Botschaft, in der Momentaufnahme des blitzenden Hufeisens, zu einer einzigartigen poetischen Metapher, die zugleich eine existentielle Erfahrung ausdrückt: die Gegenwart des Todes – mitten im Leben.
Diese Erfahrung ist ebenso zeitlos wie, gerade heute, un-

zeitgemäß: der Tod unterliegt in unserer Gesellschaft einer stärkeren Verdrängung als die Sexualität, deren mythischer Zwillingsbruder er ist: Eros und Thanatos, die Libido als Lebensprinzip und der Tod als »Kunstgriff der Natur, viel Leben zu haben« (Goethe) gehören untrennbar zusammen: eins ist ohne das andere nicht zu haben. Mörikes Gedicht hat diese Erfahrung spielerisch, fast absichtslos in Poesie verwandelt – es wirkt nicht gemacht, sondern wie gefunden. Insofern trifft auf Mörike zu, was Hegel an einer berühmten Stelle der Vorrede zur Phänomenologie des Geistes ausführt, wo er die dem Gedicht zugrunde liegende Dialektik auf den Begriff bringt: »Der Tod, wenn wir jene Unwirklichkeit so nennen wollen, ist das Furchtbarste, und das Tote festzuhalten das, was die größte Kraft erfordert. Die kraftlose Schönheit haßt den Verstand, weil er ihr dies zumutet, was sie nicht vermag. Aber nicht das Leben, das sich vor dem Tode scheut und von der Verwüstung rein bewahrt, sondern das ihn erträgt und in ihm sich erhält, ist das Leben des Geistes.«

## EDUARD MÖRIKE
## DER TAMBOUR

Wenn meine Mutter hexen könnt,
Da müßt sie mit dem Regiment,
Nach Frankreich, überall mit hin,
Und wär die Marketenderin.
Im Lager, wohl um Mitternacht,
Wenn niemand auf ist als die Wacht,
Und alles schnarchet, Roß und Mann,
Vor meiner Trommel säß ich dann:
Die Trommel müßt eine Schüssel sein,
Ein warmes Sauerkraut darein,
Die Schlegel Messer und Gabel,
Ein lange Wurst mein Sabel,
Mein Tschako wär ein Humpen gut,
Den füll ich mit Burgunderblut.
Und weil es mir an Lichte fehlt,
Da scheint der Mond in mein Gezelt;
Scheint er auch auf franzö'sch herein,
Mir fällt meine Liebste ein:
Ach weh! Jetzt hat der Spaß ein End!
– Wenn nur meine Mutter hexen könnt!

## HANSPETER BRODE
## DIE DUNKLE KEHRSEITE DES KRIEGERS

Als »drollig« und »anspruchslos« hat man diese Verse bezeichnet. Der Germanistenpapst einer verflossenen Epoche, Benno von Wiese, vertrat gar die Meinung, ein solches Gedicht bedürfe keiner besonderen Auslegung. Dabei hätte bereits die Vertonung durch Hugo Wolf hellhörig machen müssen, die Trommelwirbel und Marschtritt andeutend, das verzweifelt Illusionäre, wehmutsvoll Sehnsüchtige dieser Zeilen auszuleuchten sucht.

Mörike wandelt mit seinem Text von 1837 in den Spuren der romantischen Liedersammlung »Des Knaben Wunderhorn«. Dort gibt es mehrfach Gedichte, die die trostlose Verlassenheit des einsamen Soldaten auf dem nächtlichen Schlachtfeld zur Sprache bringen: »Der Schildwache Nachtlied« findet sich dort; oder ein »Tamburgsell« erwartet – als eingefangener Deserteur – für den kommenden Tag seine Hinrichtung am Galgen. Gustav Mahler hat beide Texte später als Chiffren allerletzter, man darf sagen: existentieller Heimatlosigkeit in Musik gesetzt.

Die Perspektive von Mörikes »Tambour« ist nicht ganz so entsetzlich. Freilich haben wir ein armes, geschundenes Wesen vor uns, keinen aufrührerischen Blechtrommler. Was überhaupt hat er in Frankreich zu suchen? Sicherlich handelt es sich in Mörikes Text, ähnlich wie schon im »Wunderhorn«, um einen Reflex der napoleonischen Feldzüge und des nach Frankreich hineingetragenen Befreiungskrieges. Zur Erinnerung: In der *Grande Armée*, die

1812/13 im russischen Winter so gräßlich zugrunde ging, zogen auch sechzehntausend Württemberger mit, Mörikes Landsleute also. Nur eintausend sahen die Heimat wieder.

Ist Mörikes Tambour kriegslüstern, gar blutgierig? Die Anspielung auf »Burgunderblut« im Tschako, einer militärischen Kopfbedeckung, könnte wohl als Hinweis darauf gelesen werden, aber eigentlich geht es wohl doch nur um den Wein eines unter den gegebenen Umständen nicht besonders gastfreundlichen Landes. Dann aber der Trübsinn eines miserabel ausgerüsteten Feldlagers: Der Soldat kampiert, schlecht geschützt gegen die Unbilden der Witterung, in einem nach außen hin offenen »Gezelt«, Licht gibt es nicht; und nun entspinnen sich Hungerphantasien eines jungen Mannes, der aufgrund ungenügender Versorgung keinen Schlaf findet. Hilfloses Ausgeliefertsein führt zurück in kindliche Bewußtseinszustände, das Urbild der nährenden Mutter tritt vors innere Auge. Das also ist die dunkle Kehrseite des Kriegers, jener aufs Gehorchen gedrillten, aufs Töten abgerichteten Kreatur, deren anonymes Sterben später am Denkmal des »unbekannten Soldaten« gefeiert werden wird. Bei Leipzig und vor Moskau, bei Stalingrad und Verdun werden Hunderttausende Ähnliches gefühlt haben wie dieser kleine Trommler, der damit rechnen muß, daß die bedrückende Nacht zugleich seine letzte ist. Mörikes so überaus redliches Gedicht zeigt, was nicht immer bemerkt wird: Auch der Täter ist Opfer.

Keine drollige Anekdote also, sondern ein Gedicht gegen den Krieg, ein Friedensgedicht. Der »Mond«, der hier, wir stehen im Lande des vermeintlichen Erbfeindes, »auf franzö'sch« hereinscheint, gemahnt an die »Liebste« zu Hause. Löst dies etwa romantische Regungen aus? Mitnichten,

Mörike hält hart dagegen: Der »Spaß«, der jetzt ein jähes Ende nimmt, bezieht gewiß auch die ferne Geliebte ein, mit der offenbar nicht durchweg gut Kirschen essen war. Und dann noch jene delikate Verschiebung: Das Mädchen vertreibt das archaische Bild von der fürsorglichen Mutter, ein Ablösungsprozeß tut sich kund, der nicht ohne Reibung und Schmerz vonstatten geht.

Warum holpert der letzte Vers so eigentümlich, rhythmisch abweichend gegenüber der ersten Gedichtzeile? Der Trommler ist nun ganz konfus, artikuliert nicht einmal mehr im Versschema des Beginns. Phantasie und Wirklichkeit, Realität und Erinnern sind ihm derart auseinander geglitten, daß er stolpert, nicht mehr weiterweiß.

## EDUARD MÖRIKE
## EIN IRRSAL KAM

Ein Irrsal kam in die Mondscheingärten
Einer einst heiligen Liebe.
Schaudernd entdeckt ich verjährten Betrug.
Und mit weinendem Blick, doch grausam,
Hieß ich das schlanke,
Zauberhafte Mädchen
Ferne gehen von mir.
Ach, ihre hohe Stirn,
War gesenkt, denn sie liebte mich;
Aber sie zog mit Schweigen
Fort in die graue
Welt hinaus.

Krank seitdem,
Wund ist und wehe mein Herz.
Nimmer wird es genesen!

Als ginge, luftgesponnen, ein Zauberfaden
Von ihr zu mir, ein ängstig Band,
So zieht es, zieht mich schmachtend ihr nach!
– Wie? wenn ich eines Tags auf meiner Schwelle
Sie sitzen fände, wie einst, im Morgen-Zwielicht,
Das Wanderbündel neben ihr,
Und ihr Auge, treuherzig zu mir aufschauend,
Sagte, da bin ich wieder
Hergekommen aus weiter Welt!

## RENATE SCHOSTACK
## DER TRAUM VON DER WIEDERKEHR DER LIEBE

Macho verstößt Frau wider alles Recht; träumt davon, daß sie wiederkehre. Ist es das? Ach, fast jedes Dichtwerk läßt sich auf eine Trivialität reduzieren, vor allem, wenn wie hier von einer Ursituation die Rede ist. Am Anfang hat jede Liebe die Aura des Heiligen. Und immer kommt irgendein »Irrsal«: falsches Verhalten, schlimmes Geschick. Die Frau hat sich vergangen, an der Liebe vermutlich – Banales läßt der Text nicht zu; der Mann verstößt sie. Das ist zugestandenes Männerrecht in vielen Kulturen. Andersherum geht es nicht: eine Frau verstößt nicht, ihr kommt die Opferrolle zu.

Aber warum handelt er so, wenn doch ihr Betrug »verjährt« ist? Freilich, »verjährt« ist ein juristischer Begriff. In Liebesdingen, wo es um Existentielles geht, verjährt nichts. Liebende können vergeben, aber nicht vergessen. Immerhin ist sich der Mann, grausam von Natur trotz der Tränen – eine wohlbekannte Mischung –, seines unrechten Tuns bewußt. Auch das eine Grundkonstellation. Liebende handeln so – sie tun das Falsche, wider besseres Wissen.

Um die Verkehrtheit recht deutlich zu machen, wird das verstoßene Wesen mit wenigen Adjektiven – ein Meisterwerk verkürzter Charakteristik – ins Licht gerückt. Jung ist sie, ein Mädchen noch, schön, von magischer Anziehungskraft und edlem Sinn. An ihrer Liebe ist nicht zu zweifeln. Und sie schickt sich in ihr Los, ohne Aufhebens zu machen – wie es Männer mögen. Doch der Gewaltakt, das ist psychisches Gesetz, verletzt nicht nur das Opfer, sondern auch den Täter. Er kommt darüber nicht hinweg. Allerdings, der Frau nachzugehen, sie zurückzuholen, bringt er nicht über sich, Betrug und Verstoßung, in der Vergangenheitsform erzählt, sind irreversibel. So träumt er den Traum vieler Liebender: daß die falsche Tat – ohne eigenes Zutun – rückgängig zu machen wäre, daß die Verstoßene das Richtige täte, daß sie zurückkäme, schweigend, ohne Vorwürfe, ganz so, wie sie gegangen ist.

Von den Verfinsterungen führt der luftgesponnene Faden der Sehnsucht zum geträumten Tag, der im fahlen Licht des Optativs, der Wunschform, erscheint. Ein irisierendes Geflecht von Bildern und Klängen, von Verkürzungen und magischen Sprüngen charakterisiert das Gedicht. Wörter, geschöpft aus einer Tiefe, wo die Sprache quellfrisch ist, eine Musikalität von betörendem Klang. Wortkorrespondenzen, Bild- und Klangkomplexe setzen dem lockeren freien Fluß der reimlosen Verse das befestigende Ufer. Grundiert, aber nicht bestimmt ist das Gedicht von romantischen Vorstellungen, von Schaudern und Schmachten in Mondscheingärten und Morgendämmerung. Peregrina, die Fremde mit dem Wanderbündel, entspricht einem Prototyp der Zeit. Doch diese Schweigerin ist mehr als das. Die Freie und Treue, dem Morgen-Zwielicht zugehörig, zauberhaft wie eine Hexe, duldend wie ein Engel – was ist sie anderes als die Verkörperung der Liebe selbst?

Geschrieben hat das vom eigenen Erleben elektrisch aufgeladene Gedicht – das Mittelstück und früheste des Peregrina-Zyklus – ein neunzehnjähriger Theologiestudent, den die verstörende Begegnung mit einer zwanzigjährigen

Herumtreiberin von zigeunerhafter Schönheit, der zwielichtigen Tochter einer Prostituierten, für immer aus der Verankerung seines Wesens riß. Die »heilige Sünderin«, in der ihm die Verlockung und das Vernichtungspotential der Sexualität entgegentraten, machte ihn zum Dichter.

## EDUARD MÖRIKE
## FRÜH IM WAGEN

Es graut vom Morgenreif
In Dämmerung das Feld,
Da schon ein blasser Streif
Den fernen Ost erhellt;

Man sieht im Lichte bald
Den Morgenstern vergehn,
Und doch am Fichtenwald
Den vollen Mond noch stehn:

So ist mein scheuer Blick,
Den schon die Ferne drängt,
Noch in das Schmerzensglück
Der Abschiedsnacht versenkt.

Dein blaues Auge steht,
Ein dunkler See, vor mir,
Dein Kuß, dein Hauch umweht,
Dein Flüstern mich noch hier.

An deinem Hals begräbt
Sich weinend mein Gesicht,
Und Purpurschwärze webt
Mir vor dem Auge dicht.

Die Sonne kommt; – sie scheucht
Den Traum hinweg im Nu,
Und von den Bergen streicht
Ein Schauer auf mich zu.

## BARBARA STIERLE
## ERFAHRENER AUGENBLICK

Wenn es Gedichte gibt, die man aufnimmt wie klares Wasser und die man doch ein halbes Leben als schönes, beklemmendes Rätsel mit sich herumträgt, die man unmerklich auswendig lernt, ohne sie schon zu besitzen, dann scheint Mörikes »Früh im Wagen« (1846) zu dieser Kategorie zu gehören.

Warum? Eine erste Antwort gibt die Situation dessen, der da spricht, eines, der nach über zwanzigjähriger dichterischer Praxis und poetischer Erfahrung einen fast zaghaften Rhythmus, einfache Reime und einen Augenblick des Abschieds mit anscheinend leichter Hand zu einem unvergeßlichen Gedicht zusammenfügt. Ein Gedicht der angestauten Erfahrung also, nicht des jungen Verliebtseins.

Aber welcher Mörike spricht hier? Kaum der launige Briefschreiber, der behagliche Erzähler; auch nicht der Verfasser zärtlicher Gelegenheitsgedichte und am wenigsten der Pfarrer, der zwischen zwei »scharfen Predigten« seinen Anakreon übersetzt, sich in deutschen Hexametern übt und aus der Distanz das Treiben des geflügelten Erosknaben schildert. Nein, hier spricht der zwischen Predigen und Dichten zerrissene Mörike, dem die Morgenlieder der Kirche in den Gedanken geistern, der ihren Rhythmus im Ohr hat und der zugleich eine ureigene Fähigkeit besitzt, das, was man gewöhnlich Liebe nennt, immer wieder neu als identitätsgefährdende »Gefühlsverschränkung« zu erleben und ins Gedicht zu setzen.

Was sich im Titel als Thema noch biedermeierlich ankündigt, schlägt mit der ersten Zeile des Gedichts um in die Nüchternheit einer spezifisch modernen Liebeserfahrung. Hinter jedem der einfachen Worte tut sich der Abgrund einer inkommensurablen Erfahrung auf. Tag und Sonnenlicht werden nicht froh begrüßt; in quälendem Widerstreit trennen sich Nacht und Morgen, und in Verkehrung der kirchlichen Liturgie steht das Dunkel der Nacht nicht für die höllische Versuchung, sondern für die Erfüllung einer nicht selbstverständlichen Liebe.

Wie wird nun der andere sichtbar, dem dieser Abschied gilt? Ähnlich wie der Liebende selbst zuerst nur als »Blick« präsent ist, nimmt das Bild der Geliebten vom Auge (»Dein blaues Auge steht, / Ein dunkler See, vor mir«) seinen Ausgang. Und wieder findet sich der Leser unvermittelt am Abgrund, wenn in plötzlichem Umschwung an die Stelle der wirklichen Landschaft die Landschaft der inneren Erfahrung, die metaphorische, tritt. Der da fährt und sieht, hat den Blick nach innen gewandt, für ihn gehören Kuß, Hauch und Flüstern nicht der Erinnerung, sondern ganz der sinnlich erlebten Gegenwart an. So besteht denn die letzte Steigerung des Gedichts darin, daß dem Sehen, dem äußeren wie dem inneren, durch den »Schauer«, der aus der wirklichen Landschaft kommt und doch den Liebesschauer meint, ein Ende gesetzt wird.

Den eigentlichen Höhepunkt des Gedichts jedoch enthält die vorletzte Strophe, die in erneuter Unvermitteltheit die Abschiedsnacht selbst evoziert, die aus der Kette der Strophen unverbunden, wie in örtlich und zeitlich unbegrenzbarer Distanz herausfällt. Die äußerste Tiefe der Erinnerung ist nun vollends mit der Gegenwart gleichgesetzt »Und Purpurschwärze webt / Mir vor den Augen dicht.«

Nicht nur verschließt sich der Fahrende dem Anblick der Landschaft, auch das Bild der Geliebten wird zu einer neuen Tiefe aufgebrochen, vom umgrenzten Blau des Auges zur gestaltlosen, gleichsam chaotischen und alles umgreifenden Purpurschwärze der Umarmung. Verschränkung von Lust und Schmerz und zugleich beider Intensität in einem Farbeindruck gegenstandslos zum Ausdruck zu bringen nimmt Kühnheiten der modernen Lyrik vorweg.

Welcher Abschied entspricht aber diesem Schmerz? Ist es ein letzter Abschied, ohne Wiedersehen, ein von außen kommender oder ein freiwilliger? Er scheint so notwendig wie der Wechsel von Nacht zu Tag und wird wie dieser ohnmächtig erlebt. Und welcher Art ist der Schmerz, der sich so ganz auf die Erinnerung der Körperlichkeit konzentriert? Gilt dieser Schmerz vielleicht auch dem Abschied von einer Liebesauffassung, für die körperliche und geistige Erfahrung wesentlich untrennbar sind? Gilt er der Einsicht in die Verletzlichkeit der »am Pfahl gebundenen«, »heiligen« Liebe? Läge hier das beklemmend Moderne des Gedichts?

## EDUARD MÖRIKE
## GESANG ZU ZWEIEN IN DER NACHT

*Sie:* Wie süß der Nachtwind nun die Wiese streift,
Und klingend jetzt den jungen Hain durchläuft!
Da noch der freche Tag verstummt,
Hört man der Erdenkräfte flüsterndes Gedränge,
Das aufwärts in die zärtlichen Gesänge
Der reingestimmten Lüfte summt.

*Er:* Vernehm ich doch die wunderbarsten Stimmen,
Vom lauen Wind wollüstig hingeschleift,
Indes, mit ungewissem Licht gestreift,
Der Himmel selber scheinet hinzuschwimmen.

*Sie:* Wie ein Gewebe zuckt die Luft manchmal,
Durchsichtiger und heller aufzuwehen;
Dazwischen hört man weiche Töne gehen
Von selgen Feen, die im blauen Saal
Zum Sphärenklang,
Und fleißig mit Gesang,
Silberne Spindeln hin und wieder drehen.

*Er:* O holde Nacht, du gehst mit leisem Tritt
Auf schwarzem Samt, der nur am Tage grünet,
Und luftig schwirrender Musik bedienet
Sich nun dein Fuß zum leichten Schritt,
Womit du Stund um Stunde missest,
Dich lieblich in dir selbst vergissest –
Du schwärmst, es schwärmt der Schöpfung Seele mit!

## WALTER HINCK
## DIE TÖNENDE WELT

Wohl manchem Leser werden wie mir beim Anfang des Gedichtes Verse aus Shakespeares »Kaufmann von Venedig« in der Schlegel-Tieckschen Übersetzung mitklingen, Lorenzos Worte aus dem Dialog mit Jessica auf dem Landsitz Belmont (V,1): *Wie süß das Mondlicht auf dem Hügel schläft! / Hier sitzen wir und lassen die Musik / Zum Ohre schlüpfen.* Der dramatische Dialog wird zur lyrischen Rede, die Liebe des Paares stimmt ein in den Zusammenhang von Mensch und Natur, ja in eine Weltharmonie. Denn die musikerfüllte Welt von Belmont hat teil an jener Sphärenharmonie, die – glaubt man der Lehre der Pythagoreer – den wohlproportionierten Kosmos durchtönt.
Und der Mörike–Leser wird vielleicht beim »Nachtwind«, der klingend *den jungen Hain durchläuft*, außerdem Verse aus dem Gedicht »An eine Äolsharfe« mithören, Mörikes Verse vom Wind, der in die Harfe fährt und sie zu *geheimnisvollem Saitenspiel* bewegt. Im »Gesang zu Zweien in der Nacht« bedarf es nicht einmal des Instruments; es ist die Natur selbst, es sind die Bäume des Hains, die sich dem Wind als Saiten bieten. Alles Dasein wird zu Musik, sobald Geräusche und Lärm des Tags verstummen.
Ein Mysterium vollzieht sich. Erdkräfte senden ihre *zärtlichen Gesänge* aufwärts; der Wind *schleift* sie mit, und seiner Bewegung folgt ein *hinschwimmendes* Licht des Himmels. Musik lenkt (zweite Strophe der Partnerin) die Vorstellung zu den Feen hin, die mit Gesang die Spindel drehen – Ver-

weise auf die Parzen oder Nornen, die den Faden des Schicksals spinnen. Und mit dem Sphärenklang stellt sich auch das Schlüsselwort für die Harmonie des Kosmos ein. Aber nicht nur der Weltenraum, selbst der lautlose Stundenschritt der Nacht (Schlußstrophe), die Zeit also, hat teil an der alles durchwirkenden Musik. In der schwärmenden Musik- und Selbstvergessenheit der Nacht feiert die Schöpfung sich selbst.

Eine Vielzahl von Verben und Substantiven, Adjektiven und Adverben bezeichnet Akustisches oder läßt es assoziieren. Der Musikalisierung der Welt entspricht die Musikalisierung der lyrischen Sprache. Das Schmelzende, Sanfte, Lösende bestimmt die Verskunst: der Wechsel der Verslänge, das Melodiöse der Vokale und der Reime, die Vielfalt der Reimanordnung, die Mannigfaltigkeit der rhythmischen Bögen, der Wechselgesang der Partner. Es ist allerdings die Nacht, nicht die Zeit des *frechen Tags*, die solche Musik hörbar macht. Und ebendieser Vorbehalt bewahrt das Gedicht vor dem Verdacht der Beschönigung einer zerspaltenen Wirklichkeit. Die *Sphärenharmonie* des Gedichts ist eine Wahrnehmung hochsensibler und, sagen wir es ruhig, poetischer Sinne. So hält der »Gesang zu Zweien in der Nacht« als ein Gebilde vollkommener Poesie auch Erfahrungen stand, die so viel rauher geworden sind als die des schwäbischen Pfarrers in der Windstille nach den Napoleonischen Kriegen.

Ein berühmter Vierzeiler Eichendorffs lautet: *Schläft ein Lied in allen Dingen, / Die da träumen fort und fort, / Und die Welt hebt an zu singen, / Triffst du nur das Zauberwort.* Nur wenige Dichter haben wie Eduard Mörike diesen Zauberschlüssel zu nutzen gewußt, nur wenige Gedichte wie »Gesang zu Zweien in der Nacht« die Welt so vollkommen als tönende Welt beschworen.

## EDUARD MÖRIKE
## MASCHINKA

Dieser schwellende Mund, den Reiz der Heimat noch atmend,
Kennt die Sprache nicht mehr, die ihn so lieblich geformt:
Nach der Grammatik greifet die müßige Schöne verdrießlich,
Stammelt russischen Laut, weil es der Vater befiehlt.
Euer Stammeln ist süß, doch pflegt ihr, trutzige Lippen,
Heimlich ein ander Geschäft, das euch vor allem verschönt.

REINHARD LAUER

# DIE TOCHTER DES BADEPÄCHTERS UND IHRE DISKRETEN GESCHÄFTE

In Eduard Mörikes Miniatur »Maschinka« wird junge Mädchenblüte von den schwellenden, bald lieblichen, bald trutzigen Lippen her begriffen. Glaubte der russische Formalist Jurij Tynjanow, daß die unverwechselbaren Gestalten der russischen Romanliteratur von den Lippenspitzen, also von ihrer Redeweise her, vorstellbar würden, so sind Maschinkas Lippen von der reizvollen Heimat und mehr noch von der lieblichen russischen Sprache geformt. Läßt sich einer Sprache größeres Lob zollen, als es hier geschieht?

Doch sehr zum Leidweisen ihres Vaters bedient sich Maschinka des Russischen nur widerwillig, und noch weniger behagt es ihr, die Grammatik zur Hand zu nehmen. Sie ahnt gar nicht, was sie ihrer Muttersprache verdankt. Aber rührt denn die trotzige Schönheit der Lippen allein von der russischen Sprache her? Nein, der da spricht, weiß von einem »ander Geschäft«. Maschinka ist nicht auf der zweiten, sondern auf der ersten Silbe zu betonen, sie ist kein »Maschinchen«, vielmehr ist der Name von Mascha und dies wiederum von Maria abgeleitet. Wer aber war Maschinka? Welch ander Geschäft mochte sie treiben?

Mörike, unzufrieden und kränkelnd am Pfarrort Cleversulzbach, trat im August 1837, begleitet von seiner Schwester Klara, einen Kururlaub in Bad Mergentheim an. Man stieg bei dem Badepächter Jacob Gary ab, und schon zwei

Tage nach der Ankunft berichtete Mörike in einem Brief, man werde Schloß und Ruine Neuhaus zu Fuß besuchen: »Die Tochter des Badepächters (Anninka mit Namen, eine geborene Russin, sehr gut erzogen und eine fertige Klavierspielerin) wird uns begleiten.« Die genannten Merkmale könnten auch auf Maschinka zutreffen. Hat Mörike im Gedicht Anninka in Maschinka umbenannt? Und wenn ja, zur Tarnung? Aus Diskretion? Oder hatte Anninka eine Schwester? (In »Maschinkas Lied«, einem anderen Gedicht aus der Mergentheimer Zeit, werden Geschwister erwähnt.)

Über Anninka erfahren wir aus Mörikes Korrespondenz bald mehr. Sie ist »auf dem Klaviere wohl daheim, auch sonst nicht dumm und von guter Erziehung, mit einer angenehmen Stimme«. Wenn nicht alles trügt, war es ihre kunstgeübte Hand, die Mörike während des Mergentheimer Aufenthaltes im Laufe dreier Tage die Mozart-Opern »Così fan tutte«, »Figaros Hochzeit« und »Don Giovanni« aus dem Klavierauszug vortrug. Einer der frühesten Impulse zur genialen Mozart-Novelle mag hier zu suchen sein. Hat ihr Mörike dafür Lob gezollt in dem Gedicht »An eine Sängerin«, ebenfalls aus den Mergentheimer Tagen?

Bildeten Mozart-Opern, Klavierspiel und Gesang also das »ander Geschäft«, das die junge Russin verschönte? Oder steckte dahinter Intimeres, wie es aus den Gedichten »Versuchung«, »Leichte Beute« oder »Götterwink« herauszulesen wäre? Wußte Mörike um Maschinkas Geheimnis und, endlich, um ihr Herzeleid (das in »Maschinkas Lied« Ausdruck fand) als Vertrauter oder gar als beteiligter Liebhaber? Wir wissen es nicht. Der Kommentar der kritischen Mörike-Ausgabe vermerkt nur knapp, über Jacob

Gary und seine Familie sei sonst nichts bekannt. Aus dem Mörike-Archiv ist zu erfahren, daß Jacob Gary offenbar nur ein Jahr, von Mai 1837 bis Mai 1838, Badepächter in Mergentheim war.
Mörike hat das kleine Gedicht in der Form der klassischen Epigramme, in Distichen, bestehend aus wechselnden Hexametern und Pentametern, geschrieben. Dank der Übertragungen römischer Liebespoesie (Catull, Horaz) gingen ihm in jener Zeit die klassischen Metren leicht von der Hand. Wie die drei Distichen an Maschinka zeigen, konnte er die graziöse These durch prosaische Wendungen erst konterkarieren, um sie am Schluß in die rätselhafte Pointe umzumünzen. Fragt man aber nach Maschinka und ihrem »ander Geschäft«, so kommt man zu keinem Ende. Es gibt wenig deutsche Dichter, die das Private so offen dargetan und wieder auch streng verborgen haben wie Eduard Mörike. Gelegenheitsgedichte, gewiß, aber über die Gelegenheiten wird der Schleier der Diskretion gebreitet.

## EDUARD MÖRIKE
## RESTAURATION

*nach Durchlesung eines Manuskripts*
*mit Gedichten*

Das süße Zeug ohne Saft und Kraft!
Es hat mir all mein Gedärm erschlafft.
Es roch, ich will des Henkers sein,
Wie lauter welke Rosen und Camilleblümlein.
Mir ward ganz übel, mauserig, dumm,
Ich sah mich schnell nach was Tüchtigem um,
Lief in den Garten hinterm Haus,
Zog einen herzhaften Rettich aus,
Fraß ihn auch auf bis auf den Schwanz,
Da war ich wieder frisch und genesen ganz.

## HERBERT HECKMANN
## LOB DES RETTICHS

Dieser gereimte Seufzer »nach Durchlesung eines Manuskripts mit Gedichten«, den Eduard Mörike 1837 zu Papier brachte, wird all denen aus dem Herzen gesprochen sein, die aus Freundlichkeit oder aus beruflichen Gründen den Umgang mit zugesandter Lyrik pflegen müssen. Das poetische Dilettieren, das mitunter epidemische Formen annehmen kann, geht in einem ganz besonderen Maße auf Mitteilung, die eine an Selbstquälerei reichende Geduld voraussetzt.

Was Wunder also, daß sich der lyrisch Geplagte zu »restaurieren« sucht. Nach süßem Gesäusel will er etwas Kräftigeres, das ihn gleichsam wieder auf die Füße stellt. Gewöhnlich ist »das süße Zeug ohne Saft und Kraft« ein gefühliges Nachgeklingel bekannter bis sattsam bekannter Muster. Es beginnt das Dichten in den meisten Fällen mit der Nachahmung von Dichtung und dabei bleibt es auch oft. Für den Urheber solcher Nach-Empfindungen mag das von größter Befriedigung sein, für den mehr oder weniger tapferen Leser jedoch nicht. Eduard Mörike »ward ganz übel, mauserig, dumm« davon. Nichts Neues erfuhr er, sondern lediglich das Aufgesüßte von gestern und vorgestern.

Jeder Literaturfreund kennt dieses Gefühl des Überdrusses, das sich nach derartigen Leseleiden einstellt. Der Vergleich mit dem Ekel an Speisen drängt sich auf, die nur füllen, aber nicht kräftigen. Ein nicht geringer Teil der Literatur verdient tatsächlich diese despektierliche, gastronomische Metaphorik. Man kann sich durchaus im übertragenen wie auch im eigentlichen Wortsinn den Magen verderben. Karl Kraus bemerkte einmal, daß man ein Ei nicht ganz essen müsse, um festzustellen, ob es faul sei. Wohl dem Leser, der diese Binsenweisheit zu beherzigen weiß! Wer sich jedoch einmal zuviel zugemutet hat, wird wie Eduard Mörike nach einem kräftigen Gegenmittel greifen wollen, nämlich nach einem Rettich. Die Schwaben lieben den roten, den sie vor allem als Verdauungsförderer schätzen. Auch soll sein Saft, mit Honig oder Zukker versüßt, Husten und Heiserkeit vertreiben. Sein beißender, strenger Geschmack hat eine berserkerhafte Kraft, die jede süße Betäubung aufhebt. »Herzhaft« nennt Mörike den Rettich, und er gibt ihm unumwunden vor all dem »süßen Zeug ohne Saft und Kraft« den Vorzug. Für ihn ist er so etwas wie ein poetischer Zuchtmeister.

Poesie ist kein Widerpart der Wirklichkeit. Im Gegenteil: in ihr erfüllt sich die Wirklichkeit, in ihr findet die Sprache zur Triftigkeit. Wer redet da von Schönfärberei, die alles mit Zucker übergießt, in der Hoffnung, daß es so ansehnlicher wäre! Eduard Mörike gab seinem kleinen, mit Absicht ein wenig grob gereimten Gedicht die Überschrift »Restauration«, die er als eine notwendige Befreiungsaktion verstand. Der Leser süßlicher nachempfundener Lyrizismen oder Wortverzückungen aus zweiter Hand gerät sehr schnell in ein wirklichkeitsfremdes Abseits, in dem alles so schön wesenlos wird und welk.

Es tut gut, von einem gestandenen Dichter selbst zu hören, wie man diese poetische Erschöpfung wieder loswerden kann. Ihr Leut, kauft Rettiche, wenn ihr sie nicht selbst schon im Garten habt!

## EDUARD MÖRIKE
## SOMMER-REFEKTORIUM

Sommerlich hell empfängt dich ein Saal; man glaubt sich in einem
Dom; doch ein heiterer Geist spricht im Erhabnen dich an.
Ha, wie entzückt aufsteiget das Aug im Flug mit den schlanken
Pfeilern! Der Palme vergleicht fast sich ihr luftiger Bau.
Denn vielstrahlig umher aus dem Büschel verlaufen die Rippen
Oben und knüpfen, geschweift, jenes unendliche Netz,
Dessen Felder phantastisch mit grünenden Ranken der Maler
Leicht ausfüllte; da lebt, was nur im Walde sich nährt:
Frei in der Luft ein springender Eber, der Hirsch und das Eichhorn;
Habicht und Kauz und Fasan schaukeln sich auf dem Gezweig.
– Wenn von der Jagd herkommend als Gast hier speiste der Pfalzgraf,
Sah er beim Becher mit Lust über sich sein Paradies.

## HERMANN BURGER
## IN ALLER STILLE GEZAUBERT

Im Herbst 1863 wohnte Mörike im »Gasthaus« der ehemaligen Zisterzienser-Abtei Bebenhausen und schrieb *en passant* einen Zyklus von elf bezaubernden »Bildern« in klassischen Distichen. Genau hundert Jahre später verirrte sich ein junger Architekturstudent in eine Gruppe von Zürcher Germanisten, welche das Sommer-Refektorium im Kloster besichtigten und das »Sommer-Refektorium« halblaut im Chor deklamierten, als müßte den drei schlanken Pfeilern bewiesen werden, daß der hochgotische Raum und das Gedicht eines Spätlings etwas miteinander zu tun hätten.

Im Quod-erat-demonstrandum-Taumel pilgerte die Schar zurück nach Tübingen, um noch selbigen Tages die Wurmlinger Kapelle zu stürmen. Ich aber blieb stehen im steinkühlen Saal und lernte das Staunen, das mir bis heute nicht vergangen ist. Hier hatte ein genialer Transformist in aller Stille gezaubert: Steinornamente in Worte und Sprache wieder in Stein verwandelt. Hier erlebte ich den Schein, der nicht trügt.

Im »Sommer-Refektorium«, dem Kernstück der »Bilder aus Bebenhausen«, sind Mörike drei Dinge auf einmal geglückt. Zunächst definiert er den gotischen Raum in antikischen Versen, was allein schon einer stilistischen Volte gleichkommt. Zum zweiten erfaßt er das Wesen der Gotik, die Vertikaltendenz, mit poetischen Mitteln viel präziser als die Kunsthistoriker seiner Epoche mit wissenschaftlichen Termini. Und drittens gelingt es ihm, die eigene Position des »Epigonen«, des »Nachgeborenen« im ursprünglichen Wortsinn, mit einzubringen, als Perspektive des Betrachters.

Vergleicht man das Epigramm auf den Kapitelsaal mit dem »Sommer-Refektorium«, wird sogleich klar, wie Mörike die Schwerkraft überwindet. Für die romanische Halle verwendet er vier in sich geschlossene Distichen, analog den vier gedrungenen Säulen. Im »Sommer-Refektorium« wird dieses Blockprinzip durchbrochen. Der eine Satz, in dem sich die ornamentale Pracht des Sterngewölbes entfaltet, spannt sich über drei Hexameter/Pentameter-Paare, so wie die Rippen das »unendliche Netz« über den drei achteckigen Pfeilern knüpfen.

Wie richtig Mörike die gotische Raumidee begreift und wie kühn er sie umsetzt, zeigt Karl Klunzingers wissenschaftlicher Versuch, dem »germanischen Styl« gerecht zu werden. Klunzinger beginnt brav ordentlich mit der Schilderung des Gewölbes, das auf den Pfeilern »ruht«; der Dichter baut sein Refektorium konsequent von unten nach oben auf. »Im Flug« läßt er das Auge mit den »Palmen« emporschießen. Bis und mit Vers acht stehen lauter »Vertikalwörter« am Anfang der Pentameter: »Dom«, »Pfeiler«, »oben«, »leicht«. Und mit der Reminiszenz an den tafelnden Pfalzgrafen (Götz von Tübingen) wird der Blick noch einmal nach oben gelenkt, so daß dem Leser schwindlig werden könnte. Denn es gibt keine Gewölbekappen, die Felder lösen sich auf in grünende Ranken und schaukelnde Vögel.

Daß hier ein Erbe spricht, der sich selbst und seine Epoche längst überlebt hat wie König Ulmon im szenischen Spiel »Der letzte König von Orplid«: dies geht nicht aus Einzelheiten, sondern aus der Mischform der elegischen Idylle in Distichen hervor. Das klassische Epigramm hätte nur die Funktion, das architektonische Kleinod auszuzeichnen. Die Idylle gilt dem ausgesparten Schutzbezirk, dem »locus amoenus«. Der elegische Grundton aber besingt und beklagt das Schöne zugleich. Und gerade darin gibt sich der spätromantische Geist zu erkennen. »Was aber schön ist, selig scheint es in ihm selbst.« Es leuchtet ohne unser Dazutun.

Der Zyklus schließt mit dem Gedicht »Verzicht«. Kunst ab- und nachzubilden: Was soll's? Das ist die Melancholie des Virtuosen, dem sich spielend alles in alles verwandelt; der Preis, den der Sprachmagier für unsere Begeisterung bezahlt.

## EDUARD MÖRIKE
## UM MITTERNACHT

Gelassen stieg die Nacht ans Land,
Lehnt träumend an der Berge Wand,
Ihr Auge sieht die goldne Waage nun
Der Zeit in gleichen Schalen stille ruhn;
Und kecker rauschen die Quellen hervor,
Sie singen der Mutter, der Nacht, ins Ohr
Vom Tage,
Vom heute gewesenen Tage.

Das uralt alte Schlummerlied,
Sie achtet's nicht, sie ist es müd';
Ihr klingt des Himmels Bläue süßer noch,
Der flücht'gen Stunden gleichgeschwung'nes
Joch,
Doch immer behalten die Quellen das Wort,
Es singen die Wasser im Schlaf noch fort
Vom Tage,
Vom heute gewesenen Tage.

## HEINZ POLITZER
## MUTTER NACHT

Das erste Wort dieses Gedichtes ist ein Goethe-Wort. Mit gelassener Hand sät der uralte heilige Vater segnende Blitze über die Erde (»Grenzen der Menschheit«). Auch das Lebensbild des Alten, das den gleichen Titel führt wie das Gedicht des dreiundzwanzigjährigen Mörike und das anfängt: »Um Mitternacht ging ich, nicht eben gerne, / Klein, kleiner Knabe, jenen Kirchhof hin / Zu Vaters Haus ...«, ist von Gelassenheit geprägt, von einer mystischen Gelassenheit, und dies so sehr, daß das Wort »gelassen« in ihm nicht mehr vorzukommen braucht. Hat Mörike das »Mitternacht«-Gedicht des anderen gekannt? Goethes Gedicht lag seit 1821 in einer Liedersammlung vor; Mörike hat das seine im Oktober 1827 geschrieben. Im Ja-Fall wäre sein Gedicht als Antwort auf Goethes Verse zu lesen, beinahe als eine Provokation des Vielgeliebten.

Goethes Verse sind väterlich, Mörikes Gedicht ist mütterlich gesonnen. Ganz ausdrücklich wird die Nacht als Mutter der Quellen apostrophiert, der kecken Quellen, und damit der Existenz überhaupt. (Der Übersetzer des Catull, des Horaz und des Tibull war Lateiner und Dichter genug, um, schon von der Schule her, zu wissen, daß »keck« von *»vivere«* kommt und daß der Quickborn der Ursprung des Lebens ist.) Die Gelassenheit seiner Nacht ist eine matriarchalische Gebärde, die wiegende und wägende Geste einer Mutter, die ihr Kind an die Brust nimmt. So urtümlich ist die Geste dieser Gelassenheit gefaßt, so weltweit das ganze Gedicht gespannt, als hätte der junge Vikar die erzromantische Lehre Johann Jakob Bachofens vom Mutterrecht gekannt. Die aber ist leider erst 1861 erschienen.

Archaisch ist auch die Bewegung der Strophen, eine Bewegung, die von der Ruhe handelt und, aber nur scheinbar, in die Stille mündet. Ein Riesenweib, steigt die Nacht aus dem Meer, Unendlichkeit aus Unendlichkeit, und verweilt bei den Kindern der großen Mutter Erde, den Bergen.

Sie träumt. Ausgelöscht ist vor diesem Wort das Ich des Dichters. Das Gedicht ist keineswegs objektiv, daran hindert es schon die schwermütige Leichtfüßigkeit seines Ganges, aber es ist menschenleer, obwohl doch auch wieder die Stunde, nach der es genannt ist, eine Zahl, das Maß des Menschen, verrät. Es ist das Auge der Nacht und nicht das des Dichters, das die Waage der Zeit sieht, deren Schalen für einen Augenblick ins Gleichgewicht geraten sind. Nur mehr im Wechsel der Tempora von »stieg« zu »sieht« deutet sich der Fluß der Zeit an. Nun aber sieht sie in voller verbaler Gegenwart »der flücht'gen Stunden gleichgeschwung'nes Joch«. Dieser Vers, in dem der Gegensatz zwischen Flucht und Ruhe der Zeit aufgehoben wird, ist vollkommen. Aussage, Bild und Tonfall ist ein und dasselbe: ausgewogen. Der Atem der gebundenen Rede vergeht im Wehen der mütterlichen Nacht. Hugo Wolf ist es dann geglückt, die Melodie dieses Verses noch einmal in Töne zu setzen. Musik aus Musik; Metamusik, sozusagen.

Noch aber rauschen Quellen; die Nacht, ihre Mutter und die Mutter des Seins, ist, was sie macht: müde. Wie das

Wort »müde« hier steht, reicht es weit über das Quellenlied hinaus, auf das es bezogen ist. Die Welt schläft ein. In kosmischer Synästhesie lauscht die Nacht dem Blau des Firmaments, womit die Elemente der Luft, des Wassers und der Erde, der die Quellen entsprangen, vereinigt sind. Auch Mörikes Verse bilden ein Lebenslied, ein Lied vom Leben der Welt.

Goethes Gedicht hatte einen Refrain gehabt: seinen Titel. In Mörikes Kehrreim definiert sich die Mitternacht als der einzige Augenblick des Tages, an dem dieser noch Gegenwart und doch schon vorbei ist. Vorsorglich aber hat der Dichter den Stillstand der Zeit wieder zurückgenommen. In der drittletzten Zeile seines Quellenlieds singen die Wasser auch durch Schlaf und Traum noch fort vom Tage, der heute gewesen ist und morgen (wunderbare Verschweigung!) wieder sein wird.

## EDUARD MÖRIKE
## VERBORGENHEIT

Laß, o Welt, o laß mich sein!
Locket nicht mit Liebesgaben,
Laßt dies Herz alleine haben
Seine Wonne, seine Pein!

Was ich traure weiß ich nicht,
Es ist unbekanntes Wehe;
Immerdar durch Tränen sehe
Ich der Sonne liebes Licht.

Oft bin ich mir kaum bewußt,
Und die helle Freude zücket
Durch die Schwere, so mich drücket
Wonniglich in meiner Brust.

Laß, o Welt, o laß mich sein!
Locket nicht mit Liebesgaben,
Laßt dies Herz alleine haben
Seine Wonne, seine Pein!

## HERMANN BURGER
## HIMMELHOCH JAUCHZEND, ZU TODE BETRÜBT

Wer die extremen zyklischen Ausschläge von depressivem Tief und manischem Hoch kennt, wer weiß, wie oft die beiden gegensätzlichen Gefühlslagen ineinander verschachtelt sind, muß von diesem gewissermaßen inversen Liebesgedicht Eduard Mörikes restlos fasziniert sein. Man denkt zunächst, es seien die Verse eines alten, resignierten Mannes, und ist nicht wenig erstaunt, wenn man auf das Entstehungsdatum 1832 stößt.

Mörike ist erst achtundzwanzig und zieht seit vier Jahren als Vikar von einem Provisorium zum andern, Möhringen, Köngen, Pflummern, Plattenhardt auf den Fildern, wo er eine Zuneigung zur Pfarrerstochter Luise Rau faßt. Doch die Liebe des romantischen Zauderers erschöpft sich in Briefen, im Spätherbst 1833 erfolgt die Trennung. Der Pfarrerberuf quält und langweilt den Schöpfer des »Orplid«-Mythos, aber der Versuch, als freier Schriftsteller oder als Hofmeister zu existieren, ist gescheitert.

Im selben Jahr, in dem »Verborgenheit« entstand, erschien Mörikes erster und einziger Roman, der »Maler Nolten«. Da ist von einer ganz anderen, elementar verzehrenden Liebe die Rede, von der Leidenschaft zur Zigeunerin Elisabeth, die in den »Peregrina«-Gedichten wiederkehrt, wo es heißt: *In diese Nacht des Blickes mich zu tauchen, / Unwissend Kind, du selber lädst mich ein – / Willst, ich soll kecklich mich und dich entzünden, / Reichst lächelnd mir den Tod im Kelch der Sünden!*

Die rätselhafte Wilde, Maria Meyer, die Eduard Mörike in seiner Tübinger Studentenzeit heimsuchte, ist der eine Pol für das Verständnis des Gedichts, denn es ist nicht zu überlesen, daß das Sich-Entzünden den Tod bringen kann, die bürgerliche Affäre mit Luise Rau der andere. Doch das Wort »Entsagung« wäre zu tief gegriffen. Der hier spricht, wurde wie Hölderlin »von Klippe zu Klippe« geworfen und ist zutiefst aufgerührt.

Daher geht uns der Kontrast so nahe, der virtuos geglättete Volksliedton, der vierstrophige Aufbau mit dem Refrain am Schluß. Der Plural *locket* nach dem Singular *Laß, o Welt, o laß mich sein!* ist durchaus konkret als Anrede an die Frauen zu verstehen. Mörike hat denn auch als Pfarrer in Cleversulzbach nicht mit einer Lebensgefährtin, sondern mit seiner Mutter und seiner Schwester gelebt, also im engsten familiären Kreis, der ihn vor den tödlichen Pfeilen Amors schützen sollte.

Es spricht aber auch der Dichter, der seine Höhen und Tiefen allein austragen will, in der »Verborgenheit«, dort wo die Metamorphosen der Erlebnisse stattfinden, wo sich die Worte ballen, die Zeilen formen. Der Schmerz um die Welt, *unbekanntes Wehe,* ist mächtiger als die spezifische Trauer um Maria Meyer oder Luise Rau; man darf hier das oft mißbrauchte, in diesem Fall treffende Wort »Weltschmerz« setzen, das Grundgefühl des Romantikers.

Ebenso die *helle Freude*, die durch die Schwere zücket, sie erfährt nur, wer durch die Hölle gegangen ist. Mörike wäre ein schlechter Lyriker, wenn er nun der Sonne die zweite und dem Schatten die dritte Strophe gewidmet hätte. Was die Größe dieses Gedichtes ausmacht, ist das nahtlose Ineinander von Wonne und Pein, etwa in den

Versen: *Immerdar durch Tränen sehe / Ich der Sonne liebes Licht.*

Syntaktisch isoliert steht die Zeile *Oft bin ich mir kaum bewußt.* Hier wird ein moderner Terminus der Psychologie evoziert, das Unbewußte. Der Dichter vermag die archaischen Bilder nicht zu steuern, die aus dieser Zone in ihm aufsteigen, aber daß er von ihnen nicht überflutet wird, sondern seine Dämonen an die Wand malt, dadurch erst wird er zum Künstler und unterscheidet sich vom psychisch Kranken.

So erreicht er denn auf eine höchst moderne Art die Verschmelzung des Antithetischen, das die erste Strophe exponiert; die Trauer ist unbekannter Herkunft, das Licht bricht sich in den Tränen, die Schwere der Brust, das Alpdrücken, wird *wonniglich*. Genauer hat keiner die Ambivalenz der Gefühle beschrieben, die am Anfang eines Gedichtes stehen, nicht himmelhoch jauchzend, nicht zum Tode betrübt, beides miteinander und ineinander.

## EDUARD MÖRIKE
### ZU VIEL

Der Himmel glänzt vom reinsten Frühlingslichte,
Ihm schwillt der Hügel sehnsuchtsvoll entgegen,
Die starre Welt zerfließt in Liebessegen
und schmiegt sich rund zum zärtlichsten Gedichte.

Am Dorfeshang, dort bei der luftgen Fichte,
ist meiner Liebsten kleines Haus gelegen –
O Herz, was hilft dein Wiegen und dein Wägen,
Daß all der Wonnestreit in dir sich schlichte!

Du, Liebe, hilf den süßen Zauber lösen,
Womit Natur in meinem Innern wühlet!
Und du, o Frühling, hilf die Liebe beugen!

Lisch aus, o Tag! Laß mich in Nacht genesen!
Indes ihr sanften Sterne göttlich kühlet,
will ich zum Abgrund der Betrachtung steigen.

## GERTRUD FUSSENEGGER
## DIE LIST DER POESIE

Das Sonett ist 1830 geschrieben; der junge Pfarrvikar Eduard Mörike ist im Jahr zuvor aus Pflummern nach Plattenhardt auf den Fildern versetzt worden, hat sich dort in die Pfarrerstochter Luise Rau verliebt und sich mit ihr verlobt.

Idyll im Frühling, schwäbisch lieblich: »Am Dorfeshang der Liebsten kleines Haus«, »der Himmel glänzt«, »die starre Welt zerfließt« und schmiegt sich dem jungen Poeten »zum zärtlichsten Gedichte«. Was kann er noch wünschen? Nach langen, quälenden Verwicklungen scheint er am Ziel.

Und doch hat es schon der Titel kurz und bündig klargemacht: »Zu viel«. Wer »zu viel!« sagt, wehrt ab, zieht sich zurück, verkriecht sich in sich selbst, versagt sich. Was ist denn eigentlich hier »zu viel«? Zu viel Glanz? Zu viel nachklassisch, nachgoethisch vibrierendes Natur- und Weltgefühl? Oder zu viel Nähe, allzu drängende Forderung, den konturlos fließenden »Liebessegen« in solide Partnerschaft, in festen Ehealltag einzubringen?

So ist es wohl. Denn kaum ist, nach Rühmung der Landschaft, das »kleine Haus der Liebsten« angetönt, schlägt der lobpreisende Ton um in höchst persönliches banges Fragen: »O Herz, was hilft dein Wiegen und dein Wägen ...« Der innere Widerstreit ist wieder da, der alte, wohlbekannte, der Mörike schon seit Jahren umtreibt, er läßt sich auch diesmal nicht ganz abwiegeln.

Noch nennt ihn der Dichter »Wonnestreit«; eine merkwürdige Vokabel, die mehr zudecken als preisgeben will. Doch wie ihm eigentlich zumute ist, verraten die weiteren Anrufe: o Liebe, o Frühling, o Tag. Sie werden als Nothelfer beschworen, »den süßen Zauber zu lösen«, »die Liebe zu beugen« – und endlich bricht sich die volle Wahrheit Bahn: »Lisch aus, o Tag! Laß mich in Nacht genesen!« Genesen offenbar von der Blendung durch das »reinste Frühlingslicht«, von schwellenden Hügeln und seliger Landschaft, kurz gesagt, vom zu Vielen und Vielzuvielen, von diesem allzu heftigen und zudringlichen Ansturm des Lebens, das – soviel weiß Eduard schon und soviel hat er längst fürchten gelernt – auch mit dem »Engel« Luise Rau in die platte Ödenei einer »Vikariatsknechtschaft« münden müßte.
Immerhin wird sich die Beziehung noch jahrelang hinziehen. Freilich: Im Gedicht scheint das Ende schon vorausgeahnt, schon vorweggenommen. Unter sanften, göttlich kühlenden Sternen will der Dichter »zum Abgrund der Betrachtung« steigen. Er *will*! Merken wir auf! Er, der sich bis jetzt nur als Betrachtender hingab, sich im Wiegen und Wägen des Herzens und im Wonnestreit treiben ließ, er *will* mit einem Male den Abstieg in den Brunnenschacht (oder in die Grube) des eigenen Ich. Dort hofft er zu genesen. Denn dort ist er für sich allein, dort kann er sich finden als der, der er wirklich ist, Dichter, »in sanfter Wollust seines Daseins glühend«.
Doch nein, noch nicht. In der letzten Zeile bricht ein fremdes Element in die Sinnfälligkeit der Mörikeschen Metaphorik ein. »Betrachtung« ist ein Terminus theologischer Herkunft. Fromme Betrachtungen sind das tägliche Brot kirchlicher Würdenträger. Betrachtung dient der Er-

bauung. Doch seit wann steigt man in Abgründe, um sich zu erbauen?
Die seltsame Verquickung deckt den Trick auf, den der junge Pfarrvikar anwendet, um seinen Widerstreit, vielleicht sogar vor sich selbst, religionspädagogisch zu tarnen. Fluchtbewegung wird zum Rückzugsgefecht: List der Poesie.

## AUS DES KNABEN WUNDERHORN
## DAS BUCKLICHTE MÄNNLEIN

Will ich in mein Gärtlein gehn,
Will mein Zwiebeln gießen;
Steht ein bucklicht Männlein da,
Fängt als an zu nießen.

Will ich in mein Küchel gehn,
Will mein Süpplein kochen;
Steht ein bucklicht Männlein da,
Hat mein Töpflein brochen.

Will ich in mein Stüblein gehn,
Will mein Müßlein essen;
Steht ein bucklicht Männlein da,
Hats schon halber gessen.

Will ich auf mein Boden gehn,
Will mein Hölzlein holen;
Steht ein bucklicht Männlein da,
Hat mirs halber g'stohlen.

Will ich in mein Keller gehn,
Will mein Weinlein zapfen;
Steht ein bucklicht Männlein da,
Thut mir'n Krug wegschnappen.

Setz ich mich ans Rädlein hin,
Will mein Fädlein drehen;
Steht ein bucklicht Männlein da,
Läßt mirs Rad nicht gehen.

Geh ich in mein Kämmerlein,
Will mein Bettlein machen;
Steht ein bucklicht Männlein da,
Fängt als an zu lachen.

Wenn ich an mein Bänklein knie,
Will ein bislein beten;
Steht ein bucklicht Männlein da,
Fängt als an zu reden.

Liebes Kindlein, ach ich bitt,
Bet' für's bucklicht Männlein mit!

## HEINZ POLITZER
## SOZUSAGEN EIN DOPPELGÄNGER

Dies ist eines der geisterreichsten Stücke aus der an geisterreichen Liedern auch sonst nicht armen Anthologie Arnims und Brentanos. »Des Knaben Wunderhorn« ist ein Sammelsurium und, obwohl Brentano behauptet hat, die letzten sechs Zeilen stammten von ihm, eines der bruchlosesten. Jedenfalls kennt keines der Vorbilder, die aus der Schweiz, aus Niederösterreich und dem Elsaß belegt sind, das Finale.

Diminutive herrschen vor, und doch ist es kein einfaches Kinderlied. Vielmehr sind es kindliche, wenn auch simpel-ländliche Leute, denen das Unglück mit dem »bucklichten Männlein« zustößt. Gleichförmig, mit Ausnahme wieder des Schlusses, nimmt das »bucklichte Männlein« die dritte Zeile einer jeden Strophe völlig für sich in Anspruch, umgeben von Männlein und Weiblein, kindlich-simpel, wie es das vorindustrielle Zeitalter gerade noch zuließ. Die Frau geht in Küche, in Keller, und nur das Spinnrad dient ihr als tertiäres Geschlechtsmerkmal. Der Mann gerät in »Stüblein« und Dachkammer, Jedermann und Jedefrau.

Der Buckel aber lastet schwer auf dem Männlein; sein stereotypes Erscheinen in jeder Strophe zeichnet es aus. Etwas Unheimliches liegt in der Luft, die es atmet. Es ist ein Kobold und doch ein Mensch wie ich und du, sozusagen eine Art von Doppelgänger, in dem der Mensch seine Fehltritte und -leistungen erkennen könnte. Derselbe

Schöpfer hat auch das Männlein geschaffen. Außerdem erscheint es so übel nicht; es verzehrt vom »Müßlein« nur die Hälfte und hat das »Hölzlein« nur »halber g'stohlen«. Nur daß es am Anfang über die Zwiebel »nießt«, die gerade erst begossen wird, macht es einigermaßen verdächtig.

Der Doppelgänger verheißt Unglück. Aber das Unglück mag jedermann geschehen sein: der Topf war wohl schon brüchig; am Rade war der Rocken steckengeblieben. Das Männlein ist der Spökenkieker des kleinen Unglücks, lautlos kündet es ein Ärgernis an.

Das Grauen, das das Männlein verbreitet, liegt darin, daß es, wie es Sigmund Freud in seiner Schrift vom »Unheimlichen« dargetan hat, den Vorboten eines weit größeren Schreckens, den Boten des Todes, darstellt. Demnach wäre das »bucklichte Männlein« die Kunde vom Ende, etwa wie die »flache sternartige Spule«, von der Kafka in der »Sorge des Hausvaters« gesagt hat: »Die Vorstellung, daß er mich auch noch überleben sollte, ist mir eine fast schmerzliche.« Walter Benjamin hat in einem Aufsatz vom 18. Dezember 1934, der des Dritten Reiches wegen nur in der »Jüdischen Rundschau« erscheinen durfte, das Lachen des »bucklichten Männleins« mit dem Lachen des Dinges Odradek verglichen: »Es klingt etwa so, wie das Rascheln in gefallenen Blättern.« Das Rascheln im herbstlichen Laub aber ist ein böses Omen, besonders war es das für einen deutschen Juden im Jahre 1934.

Das »bucklichte Männlein« lacht zum Beschluß. Das ist keine Warnung vor kleinem Unglück mehr, sondern eine fatale Selbstenthüllung. Und Selbstenthüllung sind auch die Worte, die das »bucklichte Männlein« spricht, die einzigen Wörter, die in dem Gedicht laut werden und in denen es das »Kindlein«, das ein »bischen« beten geht, anfleht, es in sein Credo miteinzuschließen. Hier wird der Buckel zum Klumpfuß, der körperlich Verwachsene zum Vermaledeiten. Der Bruch gegenüber dem Rest des Liedes ist offenbar, gleichviel ob der nun aus der Feder Brentanos geflossen oder aus dem Grund einer verdammten Seele gerissen ist.

Der Wunsch des »bucklichten Männleins« ist die Bitte eines gestürzten Engels, der an die Erhörung des Gebetes glauben will. Es steckt auch ein »bißchen« Hoffnung darin, Hoffnung einer eigenen kindlichen Art. »Dies Männlein«, hat Benjamin gesagt, »ist der Insasse des entstellten Lebens; es wird verschwinden, wenn der Messias kommt, von dem ein großer Rabbi gesagt hat, daß er nicht mit Gewalt die Welt verändern wolle, sondern nur um ein geringes sie zurückstellen werde.«

## UNBEKANNTER DICHTER
## DIE JUDENTOCHTER

Es war eine schöne Jüdin,
Ein wunderschönes Weib,
Sie hatt'ein schöne Tochter,
Ihr Haar war schön geflochten,
Zum Tanz war sie bereit.

»Ach, liebste, liebste Mutter!
Was thut mir mein Herz so weh!
Ach, laßt mich eine Weile
Spazieren auf grüner Heide,
Bis daß mir's besser wird.«

Die Mutter wandt den Rücken,
Die Tochter sprang in die Gaß,
Wo alle Schreiber saßen:
»Ach liebster, liebster Schreiber!
Was thut mir mein Herz so weh.«

»Wenn du dich lässest taufen,
Luisa sollst du heissen,
Mein Weibchen sollst du seyn.«
»Eh ich mich lasse taufen,
Lieber will ich mich versaufen
Ins tiefe, tiefe Meer.

Gut Nacht, mein Vater und Mutter,
Wie auch mein stolzer Bruder,
Ihr seht mich nimmermehr!
Die Sonne ist untergegangen
Im tiefen, tiefen Meer.«

## GERHARD SCHULZ
## AUCH EIN LIEBESTOD

Solche Verse lassen sich heute nicht unbefangen und allein mit einem auf volkskundliche Traditionen beschränkten Interesse lesen. Ganz unbefangen haben sie allerdings wohl auch schon die beiden Sammler und Herausgeber des »Wunderhorns« nicht betrachtet. Ihr Ruf hinsichtlich ihrer Einstellung zu den Juden war nicht der beste. Arnim, dessen Judenfeindlichkeit unverhohlen war, hat das Lied später, ein Jahrzehnt oder mehr nach dem Erscheinen der Liedersammlung im Jahre 1806, in seiner Novelle »Die Majoratsherren« wiederaufgenommen und umgedichtet: »Es war eine alte Jüdin, / Ein grimmig gelbes Weib ...« Die Tochter, die sie Arnim haben läßt, ist überdies nicht einmal die leibliche, sondern eine vertauschte Christin. Unbekannt mit ihrer Herkunft, zieht es sie dennoch weg von den Juden zum Meere als der Taufe im Tod. Nur weiß dann die böse Stiefmutter dergleichen mörderisch zu verhindern. Von Liebe ist nicht die Rede.

Die Ballade von der Judentochter ist so alt wie das gespannte Zusammenleben von Christen und Juden und ebenso verbreitet wie dieses. Lange bevor sie von Johannes Brahms vertont wurde, hat man sie als Volkslied gesungen, und die Geschichte dieser Strophen ist sorgfältig dokumentiert worden, unter anderem mit dem Hinweis auf die Verwandtschaft zu jener anderen, vielbekannten Ballade von den zwei Königskindern, die des tiefen Wassers und der Starrköpfigkeit der Familien wegen »beisammen« nicht kommen konnten. Bezüge dieser Art mögen helfen, aber können auch irritieren, denn so steht es ja doch mit der Judentochter eigentlich nicht. Arnims späte, umgedichtete Fassung hat mit guter und schlechter Religion nach seinem Sinne zu tun. Nathans »unbestochne, von Vorurteilen freie Liebe« ist bei ihm verschwunden, die drei Ringe haben ihren gleichen Wert verloren, und die Judentochter sehnt sich nach der Taufe, wenn es sein muß, im Tod. So liberal, tolerant und human wie in Lessings Drama, wo Recha Judentochter, Christin und Nichte eines Sultans zugleich sein darf, geht es bei Arnim nicht mehr zu.

Die Volksballade wiederum ist illiberal in anderer Hinsicht, denn ungleich ist das Gewicht verteilt zwischen den Liebenden. Der Schreiber jedenfalls ist schnell fertig mit der Forderung nach Verwandlung einer Rahel oder Esther in die Gestalt einer kreuzbraven, getauften Luisa. Von seinem Leiden wird nicht gesprochen, und nichts deutet an, daß es überhaupt existiert. Es ist das Mädchen allein, dem, wie es scheint, die Macht des alten, angestammten, von den Eltern überkommenen Glaubens das Herz zerreißt, als die Liebe darin Unruhe stiftet.

In der Fassung des »Wunderhorns« ist die Ballade damit zugleich das Lied vom Stolz einer Frau. Wie bei den Königskindern kommt es auch hier zum Liebestod, aber nur zu dem des einen Königskindes, nur zu dem einer Isolde und nicht eines Tristan. Zwei Demütigungen und ihre Abwehr im Stolz verschmelzen: Die verachtete Religion und das herablassend behandelte Geschlecht erheben sich gemeinsam in dieser jungen Frau. Dennoch mag stimmen, daß das Lied aus christlichen Quellen stammt, wie die Forschung vermutet. Vielleicht zeugt davon allein schon

das alte, letztlich genießerisch hochmütige Klischee von den »schönen Jüdinnen«, wie es bis heute fortlebt. Nicht weniger als viermal sind Mutter und Tochter »schön« in der ersten Strophe. Dergleichen hat die Tendenz, den Bezeichneten etwas Warenhaftes zu verleihen.
Goethe, dem das »Wunderhorn« dediziert war, hat es sich angelegen sein lassen, in einer Rezension, wie sie in ihrer Formlosigkeit wohl nur er sich leisten konnte, jedes einzelne Gedicht zu kommentieren. Zu diesem schreibt er: »Passender, seltsamer Vortrag zu confusem und zerrüttetem Gemüthswesen.« Da hatte er sicherlich nicht unrecht, nur, daß uns inzwischen die Ursachen der Symptome mehr beschäftigen als ihn.

## UNBEKANNTER DICHTER
### ERNTELIED

Es ist ein Schnitter, der heißt Tod,
Hat Gewalt vom höchsten Gott;
  Heut wetzt er das Messer
  Es schneidt schon viel besser,
    Bald wird er drein schneiden,
    Wir müssen's nur leiden.
      Hüte dich, schöns Blümelein!

Was heut noch grün und frisch da steht,
Wird morgen schon hinweggemäht;
  Die edlen Narzissen,
  Die Zierden der Wiesen,
    Die schön Hyazinthen,
    Die türkischen Binden.
      Hüte dich, schöns Blümelein!

Viel hunderttausend ungezählt.
Was nur unter die Sichel fällt,
  Ihr Rosen, ihr Lilien,
  Euch wird er austilgen.
    Auch die Kaiserkronen,
    Wird er nicht verschonen.
      Hüte dich, schöns Blümelein!

Das himmelfarbe Ehrenpreis,
Die Tulipanen gelb und weiß,
Die silbernen Glocken,
Die goldenen Flocken,
Sinkt alles zur Erden
Was wird daraus werden?
Hüte dich, schöns Blümelein!

Ihr hübsch Lavendel, Rosmarein,
Ihr vielfärbige Röselein,
Ihr stolze Schwertlilien,
Ihr krause Basilien,
Ihr zarte Violen,
Man wird euch bald holen.
Hüte dich, schöns Blümelein!

Trotz! Tod, komm her, ich fürcht dich nit
Trotz, eil daher in einem Schnitt.
Werd ich nur verletzet,
So werd ich versetzet
In den himmlischen Garten,
Auf den alle wir warten.
Freu dich, du schöns Blümelein!

## HERMANN KURZKE
## WIR MÜSSEN'S NUR LEIDEN

Wir alle müssen sterben und wollen doch nichts davon wissen. Es ist leicht gesagt, man solle den Tod nicht verdrängen. Aber kann man überhaupt leben, wenn man seiner ständig gedenkt? Muß man ihn nicht verdrängen? Der Tod ist doch keine Neurose, die durch fleißiges Erinnern, Besprechen und Durcharbeiten aufgelöst werden könnte! Während du redest, um die Angst zu vertreiben, wetzt er das Messer und treibt dich in die Enge, hilflos ahnst du, er werde dich zur Strecke bringen, er umkreist dich in einer immer enger werdenden Spirale, es schneidt schon viel besser.

Es ist ein Schnitter, der heißt Tod. Mit lapidarer Majestät setzt das Lied ein. Hat Gewalt vom höchsten Gott. Es gibt daran nichts zu rütteln, nichts zu diskutieren. Wuchtig fallen die Sätze, wie Beilhiebe, wie Guillotinenmesser, unentrinnbar. Man wird euch bald holen. Bald wird er drein schneiden. Euch wird er austilgen. Sinkt alles zur Erden. Wie ohnmächtig ist dagegen Lessings gutgemeinter Versuch (in »Wie die Alten den Tod gebildet«), den Menschenschnitter als schönen Jüngling zu imaginieren, der eine Fackel senkt. Der Humanist wollte Freund Hein lieblich und tadelte das schaurige christliche Gerippe mit seinem martialischen Requisiten. Unser Lied weiß nichts von solchen Harmlosigkeiten. Es mäht.

»Viel Hunderttausend ungezählt / Was nur unter die Sichel fällt«, singt Lucile am Ende von Georg Büchners

Drama »Dantons Tod«, bevor sie sich dem Henker ausliefert. Auf das große Warum des Sterbens hat sie keine andere Antwort als das »Wir müssen's nur leiden«. Doch ihre Liebe versüßt die Bitternis. Es gibt so etwas Verrücktes wie den Liebestod. Die Guillotine ist ein stiller Todesengel, eine liebe Wiege, eine Totenglocke. Lucile stirbt aus freiem Willen. »Trotz! Tod, komm her, ich fürcht dich nit / Trotz, eil daher in einem Schnitt!« Sie stirbt ihrem Geliebten nach, den die Sichel schon hinweggemäht hat.

Es gehört zu den Eigentümlichkeiten dieses großen Gedichts, daß es trotz allem nicht grausam wirkt. Es spricht von einer Selbstverständlichkeit, nicht von einer speziellen Brutalität. Der Tod ist kein Mörder. Er ist ein Beauftragter, der seine Pflicht tut, und das nicht ohne eine gewisse Kultur. Er vollzieht sein Geschäft tanzend im Dreivierteltakt. Melodie und Versmaß setzen langsam und elegisch ein, nehmen dann Tempo auf, bis die schwerfällige, von Runde zu Runde absinkende Drehung im abrupten Sichelfall endet: »Hüte dich, schöns Blümelein!« Der Tod ist dabei guter Laune, so wie bei Alfred Döblin in »Berlin Alexanderplatz«, wo er den Mantel rollt und lacht und strahlt und singt: »O ja, o ja!«

Die Gesellschaft ist eine Wiese. Die Menschen sind Gras, das – wie es in den Psalmen heißt – »da frühe blüht und bald welk wird und des Abends abgehauen wird und verdorrt.« Die einzelnen Pflanzen sind die Stände und Gruppen, ohne daß es auf sie genau ankäme. Das Lied, das ursprünglich sechzehn Strophen mit mehr als vierzig Blumen hat, ist in »Des Knaben Wunderhorn« geschickt auf sechs Strophen mit sechzehn Blumen zusammengezogen, die den gleichen Zweck erfüllen. Die zahlreichen Kräuter sollen ja nur den Erwartungsdruck erhöhen, der endlich ins erlösende »Freu dich« mündet. Am Schluß spricht ein mutiges Blümlein. Es fordert den großen Tod heraus. »Komm her, ich fürcht dich nit.« Das Machtgefälle kehrt sich plötzlich um. Der bisher so übermächtige Schnitter entpuppt sich als Diener. Er verpflanzt die Blume in einen viel schöneren Garten. »Freu dich, du schöns Blümelein!«

Von einem unbekannten Autor im Jahr 1637 geschrieben, in der Zeit des Dreißigjährigen Krieges, setzt das Lied eine Todeserfahrung voraus, die von der des zwanzigsten Jahrhunderts nicht weit entfernt ist. Es lebt vom gleichgültigen Sicheln der Todesmaschine und von der Angstlust, im Zerschnittenwerden sei Hoffnung. Der Schnitter Tod gehört zum Vollzugspersonal des Endgerichts. Er gleicht dem Todesengel der Johannes-Apokalypse, der »eine scharfe Sichel« führt. Er tut dem ein Gutes, den er wegmäht. »Wann er mich wegfretzet«, heißt es drastisch im barocken Original, »so werd ich versetzet / ich will es erwarten / in himmlischen Garten.« Dort ist es schöner, als es je auf Erden sein kann.

»Die Botschaft hör ich wohl, allein mir fehlt der Glaube«, so antwortet Faust einst für uns alle. Der achtzigjährige Goethe wollte es nicht dabei belassen. Die Natur sei verpflichtet, ihm eine andere Form des Daseins anzuweisen, wenn die jetzige seinen Geist nicht ferner auszuhalten vermöge, erklärte er Eckermann. »Der Mensch soll an Unsterblichkeit glauben, er hat dazu ein Recht, es ist seiner Natur gemäß.« Ob mit, ob ohne solche Hoffnung, gewiß ist »Wir müssen's nur leiden.«

## UNBEKANNTER DICHTER
## REWELGE

Des Morgens zwischen drein und vieren
Da müssen wir Soldaten marschieren
Das Gäßlein auf und ab;
Tralali, Tralalei, Tralala,
Mein Schätzel sieht herab.

»Ach Bruder, jetzt bin ich geschossen,
Die Kugel hat mich schwer getroffen,
Trag mich in mein Quartier,
Tralali, Tralalei, Tralala,
Es ist nicht weit von hier.«

»Ach Bruder, ich kann dich nicht tragen,
Die Feinde haben uns geschlagen,
Helf dir der liebe Gott;
Tralali, Tralalei, Tralala,
Ich muß marschieren in Tod.«

»Ach Brüder, ihr geht ja vorüber,
Als wär es mit mir schon vorüber,
Ihr Lumpenfeind seid da;
Tralali, Tralalei, Tralala,
Ihr tretet mir zu nah.

Ich muß wohl meine Trommel rühren,
Sonst werde ich mich ganz verlieren;
Die Brüder dick gesät,
Tralali, Tralalei, Tralala,
Sie liegen wie gemäht.«

Er schlägt die Trommel auf und nieder,
Er wecket seine stillen Brüder,
Sie schlagen ihren Feind,
Tralali,Tralalei, Tralala,
Ein Schrecken schlägt den Feind.

Er schägt die Trommel auf und nieder,
Sie sind vorm Nachtquartier schon wieder,
Ins Gäßlein hell hinaus,
Tralali, Tralalei, Tralala,
Sie ziehn vor Schätzels Haus.

Da stehen morgens die Gebeine
In Reih und Glied wie Leichensteine
Die Trommel steht voran,
Tralali, Tralalei,Tralala,
Daß sie ihn sehen kann.

## ECKART KLESSMANN
## DER TOTEN MARSCH

Als dieses Lied aus dem ersten Band von »Des Knaben Wunderhorn« im Dezember 1805 veröffentlicht wurde, hatte Napoleon gerade die Schlacht von Austerlitz gewonnen, die einigen tausend französischen, österreichischen und russischen Soldaten das Leben kostete. In den Armeen jener Zeit war es die Aufgabe der Tambours, Signale zu trommeln: von der »Rewelge« (vom französischen *réveiller* = wecken) über das Marschtempo bis zum Angriff in der Schlacht, wo die hundertfach getrommelte rhythmische Monotonie die Soldaten, die in den Tod marschieren mußten, geradezu narkotisierte.
Dieses Lied, das Bettine Brentano aufgezeichnet hatte und das ihr Bruder Clemens überarbeitete und erweiterte, rühmte Goethe als »unschätzbar für den, dessen Phantasie folgen kann«. Es waltet in dem Soldatengesang statt heroischer Gefühle das schreckliche Gesetz des dreimaligen »muß«. Und dieses Muß ist nicht nur der militärische Auftrag der noch Lebenden; am Ende gilt das Muß auch den Toten, die als Wiedergänger erscheinen. Aber sie sind nicht nur dem Feind »ein Schrecken«, sie sind es auch der Liebsten. Sie verlassen als Lebende die Stadt, auf dem Weg zur Schlacht sieht ihnen »mein Schätzel« vom Fenster zu. Und als Getötete beziehen sie ihr »Nachtquartier schon wieder« und präsentieren sich am anderen Morgen dem Schätzel als Skelette, auch da noch »in Reih und Glied wie Leichensteine«, und der Liebste ist dem Schätzel unter allen Knochen nur noch kenntlich an seiner Trommel.

Der junge Heine hat sich im »Buch Le Grand« über diese Gespensterparade »mit innerem Grauen« entsetzt, aber sich gleichwohl der Faszination, wie sie ihm der Tambour Le Grand vermittelte, nicht entziehen können. Der zurückgelassene Sterbende begegnet uns auch in seiner Ballade von den beiden Grenadieren. Auch Uhland erinnert sich im Lied vom guten Kameraden an das Motiv des »Ach Bruder, ich kann dich nicht tragen«. Und Joseph Christian von Zedlitz machte aus dem Thema die biedermeierlich verharmlosende Ballade von der »Nächtlichen Heerschau«.

Nein, heroisch ist hier nichts, eher phantastisch. Denn den geschlagenen Soldaten helfen, von der Trommel des tödlich verwundeten Tambours wiederbelebt, die gefallenen Kameraden, »seine stillen Brüder«, die durch das Entsetzen, das sie verbreiten, den Feind zurückweichen lassen, da der über solche Alliierten offenbar nicht verfügt. Und das unausgesetzte Trommeln des Sterbenden führt die toten Soldaten schließlich zu ihrem Ausgangspunkt zurück, in eine Stadt, die wie ausgestorben wirkt. Was in dieser *marche macabre* befremdet, ist das so mechanische wie unfrohe »Tralali, Tralalei, Tralala«, dessen fatale Juchzer Gustav Mahlers geniale Vertonung in trübe, klagende Ausrufe verwandelt, wie denn überhaupt seine Musik dem Text eine Ausdeutung gibt, deren Schaurigkeit die bieder-gefällige Originalmelodie weit hinter sich läßt.

Heute wird nicht mehr unter einpeitschenden Trommelschlägen in den Krieg marschiert, aber die Mechanik des Tötens und Sterbens ist so unverändert geblieben wie die ideologische Verklärung, die sich als moralisches Recht versteht. Die »Rewelge« ist keine literarhistorische Antiquität, sie erscheint nur so dem ersten Blick. Tatsächlich ist dieses Lied lebendig wie die Skelette in ihren uniformen Lumpen. Nur die Accessoires haben sich geändert. In allen Kriegen, damals wie heute, geht eine imaginäre Trommel voran, erst ideologisch und dann militärisch, und am Ende bleibt dann der schöne gepflegte Soldatenfriedhof, auf dem die Leichensteine in Reih und Glied wie die Gebeine ausgerichtet sind.

## UNBEKANNTER DICHTER
## WIE KOMMT ES, DASS DU TRAURIG BIST?

Wie kommt's, daß du so traurig bist,
Und gar nicht einmal lachst?

Ich seh dir's an den Augen an,
Daß du geweinet hast.

»Und wenn ich auch geweinet hab,
Was geht es dich denn an?
Ich wein, daß du es weißt, um Freud,
Die mir nicht werden kann.«

Wenn ich in Freuden leben will,
Geh ich in grünen Wald,
Vergeht mir all mein Traurigkeit,
Und leb, wie's mir gefällt.

»Mein Schatz ein wackrer Jäger ist,
Er trägt ein grünes Kleid,
Er hat ein zart rot Mündelein,
Das mir mein Herz erfreut.«

Mein Schatz ein holde Schäfrin ist,
Sie trägt ein weißes Kleid,
Sie hat zwei zarte Brüstelein,
Die mir mein Herz erfreun.

»So bin ich's wohl, so bist du's wohl,
Feins Lieb, schöns Engelskind,
So ist uns allen beiden wohl,
Daß wir beisammen sind.«

## BRIGITTE KRONAUER
## DER STREIT ALS GESCHENK

Kennen sich die beiden nun, bevor sie ihr Duett beginnen, oder nicht? Geht es um einen ersten Flirt? Um eine Versöhnung? Hundertprozentig sicher kann man auch nach mehrfachem Lesen nicht sein, und gerade das ist natürlich das Schöne.

Was aber schöner wäre, sich bei der ersten Strophe vorzustellen, ein liebender Jägersmann spräche sein traurig schmollendes Liebchen an oder ein Vorbeispazierender wählte, die günstige Gelegenheit beim Schopfe packend, die Rolle des zartfühlenden Trösters, ist schwer zu entscheiden. Er jedenfalls, der zutraulich Anredende, kassiert zunächst eine kratzbürstige Zweizeilenabfuhr, die noch eben rechtzeitig ins geheimnistuerisch Hinhaltende, schon zuschnappend Kokette gewendet wird.

Seine Reaktion allerdings ist in mehrfacher Hinsicht hervorragend. Er beweist 1., daß er besagtes Gefühl und 2. ein Mittel dagegen kennt, 3. eine versteckte Einladung zu lancieren und 4. für alle Eventualitäten das Gesicht durch Bekräftigung seiner enormen Unabhängigkeit zu bewahren weiß, was ihn 5. noch attraktiver macht.

Die Schäferin honoriert es mit radikalem Gesinnungswandel und einer das Spiel energisch vorantreibenden Entdekkung: Einen gewissen, herzerfreuenden Jägerschatz habe sie! Auf der Stelle begreift der Gemeinte die Avancen und das Gesetz des Indirekten. Er antwortet in makelloser Symmetrie, nur das zarte Detail des Körperkompliments fällt bei ihm, wie es sich schickt, ein freches Schrittchen intimer aus. Mit Masken, also geschützt, leiten Jäger und Schäferin ihre erste oder erneute Annäherung in die Wege. Sie sprechen von Dritten, die sie selber sind. Diskretion, ja eine nahezu höfische Etikette ist garantiert trotz Zügigkeit des Arrangements.

Dann aber können sie ihr wechselseitiges ›Erkennen‹ nicht länger leugnen und müssen den erwiesenen Gleichklang der Herzen durch eine formale Steigerung noch zwingender dokumentieren, noch jauchzender feiern. Frisches Paar? Versöhntes Paar? Der Unterschied ist gar nicht so groß. Das Geschenk eines Streits zwischen Liebenden und manchmal seine einzige Absicht ist die Erneuerung erotisierender Fremdheit und die letzte Strophe nicht ohne die vorangegangenen zu haben. Was der Prosa nie und der Musik, wenn sie will, vollkommen gelingt, das Beschwören der Vereinigung mit jedem zusammen gesprochenen Wort, mit jeder gemeinsam gesungenen Note, zaubert hier ein Finale, bei dem man gern der Dritte im Bunde sein möchte, aus lauter Vergnügen darüber, daß alles so glücklich gegliedert verlaufen ist und Takt und Kühnheit der beiden sich die Waage hielten.

Am besten aber gefällt mir der Anfang. So würde man hier und da wohl gern getröstet werden, mit solchen Aufmerksamkeiten, einschmeichelnd – und leicht auswendig zu lernen. Das haben andere früher konstatiert und genutzt: In meiner »Wunderhorn«-Ausgabe finden sich schon nach sieben Seiten wieder jene vier Zeilen. Hier aber ist es ein »Unkraut«, das in treulicher Adaption die Eröffnungssätze zum »Gärtner« sagt, der sein Leid ohne Zögern halb symbolisch, halb direkt ausplaudert: Ein stein'ger Acker, ein stumpfer Pflug, ein zum Schelmen gewordener Schatz.

Das jetzt nur vierstrophige Zwiegespräch schließt mit dem festen Vorsatz des – dreistrophig dominierenden! – Unkrauts, ein solches zu bleiben, nämlich »kein gut« zu tun.
Sollte etwa der Jäger zum erfolglosen Gärtner gezähmt und das Liebchen zum Unkraut verwildert sein, ohne Illusionen inzwischen, aber noch immer mit Dezenz und Witz der Maskierung, mit zäher Dezenz, giftigem Witz, in ein bißchen grob gewordener Erinnerung an ein ehemals reizendes, intelligentes Zeremoniell? Ach was, vermutlich haben sich die beiden, nach zu vielen Schäferspielen, zur Robustierung nur einmal als Buffo-Paar kostümiert.

## ADOLF GLASSBRENNER
## DAS MÄRCHEN VOM REICHTUM UND DER NOT

's war einmal Bruder und Schwester:
Der Reichtum und die Not;
Er schwelgte in tausend Genüssen,
Sie hatte kaum trocken Brot.

Die Schwester diente beim Bruder
Viel hundert Jahre lang;
Ihn rührt' es nicht, wenn sie weinte,
Noch, wenn sie ihr Leiden besang.

Er fluchte und trat sie mit Füßen;
Er schlug ihr ins sanfte Gesicht;
Sie fiel auf die Erde und flehte:
Hilfst du, o Gott, mir nicht?

Wie wird das Lied wohl enden?
Das ist ein traurig Lied!
Ich will's nicht weiterhören,
Wenn nichts für die Schwester geschieht!

Das ist das Ende vom Liede,
Vom Reichtum und der Not:
An einem schönen Morgen
Schlug sie ihren Bruder tot.

## INGRID HEINRICH-JOST
## DIE ILLUSION DER BEFREIUNG

Wenige Monate nach seiner Veröffentlichung schien dieses Märchen Wirklichkeit zu werden. Im Juni 1844 revoltierten die vom Elend ausgezehrten schlesischen Weber. Bald darauf plünderten Hungernde in Berlin die Marktstände. 1848 schließlich erhoben sich die Bürger in allen Teilen Deutschlands und vertrieben die Aristokraten, die ihnen das System des spätfeudalen Absolutismus so lange hatten aufdrücken können.

Die wachen Dichter des Vormärz beobachteten, kommentierten, begleiteten die politische Entwicklung und versuchten, mit der Feder den Weg in eine bessere Zukunft zu weisen. Adolf Glaßbrenner wollte mit Hilfe seiner Literatur »die Schlafmützen Deutschlands verbrennen, um freie Köpfe« hervorzuholen. Die Schlafmützen, freiwillig gewählte und staatlich verordnete, fand er in allen Schichten der Gesellschaft. Deshalb richtet sich die Aufforderung in seinem Gedicht an mehrere Adressaten.

Damit er von möglichst vielen verstanden werde, bedient sich der Dichter der populären Formen des Märchens sowie des Liedes und lehnt sich dabei an die Moritat und deren Variante in der Darbietung des Guckkästners an, der »for'n Sechser« an der Straßenecke die Weltgeschichte erklärt – Glaßbrenner hat eine solche Szene wiederholt geschildert. So kann er der Schwester sagen, daß ihr lediglich der eine Ausweg aus der Not bleibt. Vergebens hat sie auf Beistand gehofft.

Die Zuversicht auf das »Morgenrot der Freiheit«, das Glaßbrenner mit den übrigen »Zeitschriftstellern« (Ludwig Börne) herbeisingen wollte, geht in diesen Versen einher mit der Verzweiflung darüber, daß ein gewaltsamer Umsturz nur der Ausdruck tiefster Ohnmacht wäre. Daher appelliert er gleichzeitig an Einsicht und Vernunft, die das Äußerste verhindern könnten. Doch bittet er nicht die Fürsten um Almosen, sondern legt im Geist des Humanismus und der Aufklärung das natürliche Recht der Menschen dar, die ohne Ausnahme gleich geboren sind. Aus dieser Argumentation spricht das politische Ideal der konstitutionellen Monarchie mit einem aufgeklärten Regenten als dem *primus inter pares*, das die Mehrzahl der liberalen Oppositionellen im Vormärz teilte.

Die sozialen und gesellschaftlichen Widersprüche, die sich in den vierziger Jahren des vorigen Jahrhunderts zuspitzten, verliehen der Lyrik dieser Zeit eine in Deutschland bis dahin nie gekannte Sprengkraft. Entsprechend streng reagierten Zensur und Polizei. Glaßbrenner mußte seine »Verbotenen Lieder« anonym in der Schweiz herausbringen. Als das Bändchen mit dem provozierenden Titel den Weg nach Preußen fand, begrüßte es ein Rezensent freudig als »wahres Volksbuch der Freiheit«. Angesichts der politischen Verhältnisse im Land wirkten ja schon die harmlosesten aktuellen Reimereien als Agitation.

Das in dieser Sammlung von Zeitgedichten enthaltene »Märchen vom Reichtum und der Not« geht über die zweckgebundene Tageslyrik hinaus, die in dieser Periode vorherrschte und die Heinrich Heine als »Tendenzpoesie« verachtet hat. Hinter der einfachen Fabel und der eingängigen Sprachmelodie seines Liedes entfaltet Glaßbrenner ein Bild des Obrigkeitsstaates, bei dem die Macht der

Minderheit auf der Machtlosigkeit der Mehrheit, das Wohlleben der wenigen auf der Fron der vielen beruht. Diese gesellschaftliche Struktur bestand in Deutschland über Jahrhunderte hinweg unangefochten, und was Glaßbrenner befürchtet hatte, traf ein: sie überdauerte auch die kurze Irritation durch die Barrikadenkämpfe des März 1848.

## HERMANN VON GILM ZU ROSENEGG

### ALLERSEELEN

Stell' auf den Tisch die duftenden Reseden,
Die letzten roten Astern trag' herbei
Und laß uns wieder von der Liebe reden,
Wie einst im Mai.

Gieb mir die Hand, daß ich sie heimlich drücke,
Und wenn man's sieht, mir ist es einerlei;
Gieb mir nur einen deiner süßen Blicke,
Wie einst im Mai.

Es blüht und funkelt heut' auf jedem Grabe,
Ein Tag im Jahre ist den Toten frei;
Komm' an mein Herz, daß ich dich wieder habe,
Wie einst im Mai.

## PETER VON MATT
## DIE LETZTEN BLUMEN

Die literarische Unsterblichkeit kann seltsame Wege gehen. Autoren gibt es, die schreiben ihr Leben lang und sinken mit all ihren Büchern lautlos in Vergessenheit. Statistisch gesehen, bilden sie wohl überhaupt die melancholische Mehrheit. Andere tauchen nach Jahrzehnten wieder auf und gelten plötzlich, was sie zu Lebzeiten nie gegolten haben. Besonders merkwürdig sind jene, von deren ausgreifendem Œuvre ein einziger Text überlebt. Fouqué gehört zu ihnen, mit der »Undine«. Niemand mag seine endlosen Romane mehr lesen, aber die »Undine« klettert immer neu aus ihren Flüssen und Brunnen an Land und läuft triefend durch Seminare und Lesekränzchen.

Ähnlich steht es mit Hoffmann von Fallersleben. Ihm verdankt die Nachwelt neben viel Geklimper und Geklapper zwei Evergreens, und zwar in einer Paarung, die es in sich hat: »Deutschland, Deutschland über alles« und »Ein Männlein steht im Walde«.

Mit Hermann von Gilm zu Rosenegg, einem österreichischen Generationsgenossen der Keller, Storm, Fontane, der allerdings schon 1864 starb, ging es noch seltsamer zu. Sein Name ist niemand mehr vertraut, aber eines seiner Gedichte lebt im allgemeinen Bewußtsein fort. Es ist sogar bloß die erste Strophe, von der dies mit Sicherheit gesagt werden kann. Sie existiert bald als Ganzes weiter, bald nur in einzelnen Versen. Der Refrain »Wie einst im Mai« hat sich vollends vom Gedichtkörper abgesetzt und ist sprichwörtlich geworden.

Eine wahrhaft extravagante Unsterblichkeit also. Soll man sie zufällig nennen? Lieber nicht. Erinnern ist anstrengend. Vergessen erleichtert. Was bleibt, muß etwas an sich haben, das es unersetzlich macht. Und in der Tat sind diesem Autor hier eine Handvoll Verse von eigentümlicher Magie gelungen. Die erste Strophe ist ein lyrisches Ereignis. Warum?

Die Klangregie der Zeilen allein kann es nicht ausmachen. Allerdings geht das Gedicht auch darin über die Poetik seiner Zeit hinaus. Es entwickelt eine gedehnte Musikalität, ein Languendo, das auf die Lyrik der Jahrhundertwende vorausweist und, über sie hinweg, auf die süchtigen Zeilen Gottfried Benns. Auch Astern und Reseden gehören ja in die erlesene Bennsche Blumenreihe. Daß die Erinnerung an Gilms Verse dazu beigetragen hat, ist nicht auszuschließen. Richard Strauss hat das Gedicht schon früh, 1885, vertont (Opus 10. Nr. 8).

Dennoch, die Klänge allein tun's nicht. Hinzu tritt die Verbindung von Eindeutigkeit und Geheimnis. »Und laß uns wieder von der Liebe reden …« Ist das alles? Oder kommt es nur darauf an? »Kommt, reden wir zusammen / wer redet, ist nicht tot«, wird es bei Benn heißen. Daß Liebe Gespräch ist, wie sehr sie immer auch Gespräch ist, redselig, von Nonsens durchsetzt und kindlich erzählversessen nach den wortlosen Augenblicken, davon haben Gilms Verse eine Ahnung. Und daß zuerst die herzliche Rede stirbt, wenn Liebe kaputtgeht, wissen sie ebenfalls. Der Text lebt vom Paradox, daß »von der Liebe reden« einen Abstand bezeichnet und gleichzeitig ein ureigenstes Element der Liebe. Dieses Paradox wird nicht aufgelöst. Auch am Schluß noch ist die Liebe nur als Tote wieder lebendig, fast unheimlich: »Ein Tag im Jahre ist den Toten frei.«

Die mittlere Strophe hält die Höhe der andern beiden nicht. Da hört man eher jenen Mann, von dem die »Neue deutsche Biographie« treuherzig berichtet: »… er besaß die Gabe, die Erlebnisse seiner zahlreichen Liebschaften in wohlklingende Verse zu bannen.« Daß aus diesem Geschäft ein einziges Mal etwas anderes wurde, gehört zu den winzigen Wundern der Literatur.

## FRIEDRICH WILHELM GÜLL
## WILL SEHEN, WAS ICH WEISS,
## VOM BÜBLEIN AUF DEM EIS

Gefroren hat es heuer
Noch gar kein festes Eis.
Das Büblein steht am Weiher
Und spricht so zu sich leis:
»Ich will es einmal wagen,
Das Eis, es muß doch tragen.«
Wer weiß?

Das Büblein stampft und hacket
Mit seinem Stiefelein.
Das Eis auf einmal knacket
Und krach! schon bricht's hinein.
Das Büblein platscht und krabbelt
Als wie ein Krebs und zappelt
mit Schrei'n.

»O helft, ich muß versinken
In lauter Eis und Schnee!
O helft, ich muß ertrinken
Im tiefen, tiefen See!«
Wär nicht ein Mann gekommen,
Der sich ein Herz genommen –
o weh!

Der packt es bei dem Schopfe
Und zieht es dann heraus
Vom Fuße bis zum Kopfe
Wie eine Wassermaus.
Das Büblein hat getropfet,
Der Vater hat's geklopfet
zu Haus.

## ARMIN AYREN
## PÄDAGOGISCHE MASSNAHME

Im Jahre 1836 erschien in Stuttgart Friedrich Gülls »Kinderheimath«, illustriert von Julius Nisle. Die Liedersammlung enthielt 48 Gedichte. Zehn Jahre später wurde sie, auf 75 Gedichte angewachsen, neu aufgelegt, diesmal mit Bildern von Franz Graf Pocci. Neu in dieser vermehrten Auflage war auch das »Büblein auf dem Eis«.

Ein Meisterwerk ist das Gedicht gewiß nicht, aber es stand wohl nicht von ungefähr jahrzehntelang in Volksschullesebüchern, weckt bei älteren Lesern Erinnerungen und vermag noch heute zu rühren. Sein Verfasser, 1812 in Ansbach geboren und 1879, nur drei Jahre nach seiner Pensionierung, in München gestorben, war Lehrer in Altdorf bei Nürnberg, in Flachslanden bei Ansbach und in München, daneben acht Jahre lang Erzieher in einem Fürstenhaus.

Das Nachwort von Hubert Göbels zum Neudruck der ersten Ausgabe der »Kinderheimath« zeichnet das Lebensbild eines Mannes, der mit Leib und Seele Pädagoge war und gleichzeitig, wie so viele Lehrer, ein verhinderter Dichter. Vom »Märtyrerloos des Schulmeister-Poeten« spricht ein Zeitgenosse Gülls, von einem schönen, hohen Mann mit freundlich-ernster Miene. Gülls erste dichterische Versuche, Sonette, galten seiner Freundin und späteren Frau. Zum Dichter von Kinderliedern wurde er unter dem Einfluß von Achim von Arnims und Clemens Brentanos »Wunderhorn«, in dessen drittem Band es einen Anhang mit »Ammenreimen« gab. Das bekannte »Wer will gute Kuchen backen, der muß haben sieben Sachen« dort inspirierte Güll zu »Wer will unter die Soldaten«.

Gustav Schwab steuerte zum Erstdruck der »Kinderheimath« ein rühmendes Vorwort bei, in dem er vermutet, Güll sei auch durch Friedrich Rückerts 1813 erschienene »Fünf Märlein zum Einschlafen fürs Schwesterlein« angeregt worden. In der Tat ist die Diktion auffallend ähnlich. Die Lieder beider Dichter treffen den einfachen, kindgerechten Ton besonders gut und halten ihn auch durch. Gülls Verse erscheinen auf den ersten Blick simpler, zuweilen auch unbeholfener, offenbaren aber auf den zweiten Blick verborgene Kunstfertigkeit, die herkömmliche poetische Mittel geschickt nutzt. Dazu gehören: die Lautmalerei, etwa das *a* in der zweiten Strophe in Verbindung mit Konsonanten, die hörbar machen, wie da Eis bricht und Wasser schwappt, oder die vier *-opfe-* in der vierten; ebenso die Doppelungen: *stampft* und *hacket*, *platscht* und *krabbelt*, zweimal *o helft*, im *tiefen, tiefen* See – man sieht den Lehrer, der den Zeigefinger hebt und wiederholt, was er gesagt hat, förmlich vor sich.

Für antiautoritäre Erzieher von gestern und heute ist der Schluß des Gedichts gewiß ein Graus. Statt froh zu sein, daß er sein Büblein heil wiederhat, statt den Mann, der's aus dem Wasser gezogen, vor Dankbarkeit und Rührung zu umarmen und das Büblein gleich mit – was tut der gestrenge Vater? Er klopft es. Er klopft das nasse Büblein trocken und straft es. Indem Güll die drei letzten Verse aus dem Präsens ins Perfekt rückt, schafft er auch gleich den gebührenden Abstand, aus dem heraus die pädagogische Maßnahme zur Moral aus der Geschichte wird: Kinderlein, geht nicht aufs Eis, sonst brecht ihr ein und bekommt noch obendrein den Hintern voll!

Wer Güll oder seiner Zeit wegen des Verklopfens einen Vorwurf machen wollte, müßte bedenken, daß man damals, als sich Kinder, vor allem in kinderreichen Familien und auf dem Lande, weitgehend selbst erzogen, unsere Rücksichten gar nicht kannte. Güll beschreibt in seinen Erinnerungen den pädagogischen Alltag in Flachslanden: »In zwei Klassen machten mir 120 Kinder von sechs bis zehn Jahren den Tag über vollauf zu schaffen.« Jeder Lehrer, der einmal vor auch nur annähernd so großen Klassen gestanden hat, weiß, daß da anders als mit Strenge kein Unterricht möglich ist. Über eine fünfte Strophe, in der berichtet würde, wie das Büblein ob des Verklopftwerdens seelischen Schaden nahm und später etwa gar in ärztliche Behandlung mußte, hätten wohl selbst die Schulkinder von 1846 nur den Kopf geschüttelt.

## FRIEDRICH HEBBEL
## DÄMMEREMPFINDUNG

Was treibt mich hier von hinnen?
  Was lockt mich dort geheimnisvoll?
Was ist's, das ich gewinnen,
  und was, womit ich's kaufen soll?

Trat unsichtbar mein Erbe,
  ein Geist, ein luft'ger, schon heran,
und drängt mich, daß ich sterbe,
  weil er nicht eher leben kann?

Und winkt mir aus der Ferne
  die Traube schon, die mir gereift
auf einem andern Sterne,
  und will, daß meine Hand sie streift?

## DIETER WELLERSHOFF
## NÄHE DES UNHEIMLICHEN

Das Gedicht »Dämmerempfindung« von Friedrich Hebbel findet sich noch nicht in der Erstausgabe der Gedichte von 1842, wohl aber in der Werkausgabe von 1857, muß also in dem dazwischenliegenden Zeitraum, spätestens sechs Jahre vor seinem Tod im Jahre 1863, entstanden sein. In diesen Jahren, das belegen seine Tagebücher, hat er häufig an den Tod gedacht. »Dumpfheit im Kopf, vielleicht schon beginnender Tod«, schreibt er 1843. Und 1857 heißt es: »Du atmest fremden Tod als dein Leben ein und fremdes Leben als deinen Tod aus.«
Je länger man in den Tagebüchern liest, desto stärker wird der Eindruck eines willensbetonten, kämpferischen Lebens, das den Schatten des möglichen Scheiterns und des Todes ständig in sich trug. Hebbel hatte entbehrungsreiche Armutsjahre hinter sich, bevor er als Autor Erfolg fand. Seine Gesundheit war geschwächt. Er starb mit fünfzig Jahren an einer qualvollen Krankheit, die er bis zuletzt für Rheuma gehalten hat. Das hört sich nicht nur nach einer falschen Diagnose der Ärzte an, sondern auch nach verleugnetem eigenen Todeswissen. Schon vom Tode gezeichnet, sagte Hebbel zu Heinrich Laube: »Wir werden den widerspenstigen Leib zur Räson bringen.«
Ganz anders klingt das Jahre früher geschriebene Gedicht. Sein Titel »Dämmerempfindung« kann ein Hinweis auf die Stunde der Inspiration sein, ist aber vor allem ein Bild des dargestellten Zwischenzustandes. In der Dämmerung

halten sich Tag und Nacht eine Weile in der Schwebe. Allmählich entzieht sich uns die sichtbare, greifbare Welt, und wenn wir nicht künstliches Licht gegen die Nacht aufbieten, nötigt uns die Dunkelheit, die Augen zu schließen und uns in den Schlaf zurückzuziehen. Seit jeher ist dieser Vorgang als ein Abbild des Sterbens empfunden worden.

Das Gedicht erfaßt den Anfang dieses Geschehens: die Loslösung, den beginnenden Weltentzug. Wie in der Dämmerung entschwindet dem Ich die Welt. Es fühlt sich forttreiben in etwas Dunkles und Unbekanntes.

Der Vorgang ist fast unmerklich und wird nur mit einer leisen Bangigkeit und Befremdung wahrgenommen. Denn zugleich haben die Kräfte der Verdrängung der Todesahnung einen beruhigenden Sinn gegeben. Was sich ankündigt, ist kein Ausgelöschtwerden, sondern ein Hinüberwechseln in einen anderen Zustand, ein Tausch der Existenz. Die von der Welt abgelösten Lebenskräfte tasten nach diesem neuen Sinn, befragen die Abgründigkeit des Todes mit dem Bild des Ruhestandes. Ein anderer wird an die eigene Stelle treten. Man selbst wird entschädigt werden für das, was man verloren hat.

Allerdings wird die Anstrengung der Phantasie, das beängstigende Gefühl der Schwächung des eigenen Lebens in beruhigenden Bildern aufzufangen, durch die Frageform des Gedichtes ganz ins Ungewisse und bloß Hypothetische getaucht. Unterschwellig – und vielleicht ohne die Absicht des Autors – deutet das Gedicht die Wesenlosigkeit der erhofften Kompensationen an. Man wird seinen Platz in der Welt und im Körper mit der Unwirklichkeit eines luftigen Geistes tauschen, und die eigene Hand, die in der anderen Existenz nach dem Trostbild der gereiften Traube greift, hat keinen eigenen Willen und bekommt nichts zu fassen. Sie »streift« die Traube nur und macht sie so kenntlich als Phantom.

Das Gedicht hält die Auflösungserfahrung in seiner strophisch gegliederten, durch Reime gesicherten Form fest und macht sie ruhig anschaubar. Doch seine phänomenale Stille spricht unüberhörbar von der Nähe des Unheimlichen, das sich ankündigt, unter dem Schleier der Illusion.

## FRIEDRICH HEBBEL
## DAVID UND GOLIATH

Diesen Riesen zu töten, war leicht für den mutigen Hirten,
Welcher, im Schleudern geschickt, sicher versandte den Stein.
Schwerer fand er es schon, den Toten des Haupts zu berauben,
Doch es gelang ihm zuletzt durch den verdoppelten Streich.
Aber dem Letzten erliegt er, er soll es dem König ja bringen,
Und nun schleppt er sich tot an der gewaltigen Last.

## PETER VON MATT
## ARMER SIEGER

David und Goliath – warum hat sich diese Geschichte den Menschen so eingeprägt? Tausend andere Episoden aus der Bibel kennen nur noch die Fachleute oder die besonders gründlichen Gläubigen. Aber wer David und Goliath sind, weiß jeder. Der Riese, der Prahler, unbesiegbar, ein lärmender Überrowdy, vor dem alle sich verkriechen: *Er hatte Knochen wie ein Gaul / Und eine freche Stirn / Und ein entsetzlich großes Maul / Und nur ein kleines Hirn*. So hat ihn Matthias Claudius nachgereimt. Und dann steht unverhofft der Hirtenjunge dem Ungetüm gegenüber, mit nichts als seiner Schleuder, und der Stein fliegt, und der Dichter hat wieder zu reimen: *Da fiel der große Esel hin, / So lang und dick er war. / Und David haut' in guter Ruh / Ihm nun den Kopf noch ab dazu.*

Das Vergnügen, mit dem Claudius seine Verse hinsetzt, stammt aus dem Vergnügen an der Moral der Geschichte: Auch der Gewaltige kann besiegt werden, auch der Schwache kann triumphieren, wenn er nur Mut hat und einige Geschicklichkeit. Daß diese Moral mehr ein Wunschtraum ist als eine Erfahrung, hat der Geschichte nicht geschadet. Im Gegenteil. Hier liegt der Grund zu ihrem Erfolg.

Jetzt kommt Friedrich Hebbel und kehrt alles um. Auf die unnötigste, unsinnigste Art, so scheint es, verwandelt er die populäre kleine Legende in eine Absurdität. Und dies im klassischen Maß, in Distichen, jener Form, in der Schiller der Klarheit seines Denkens griechischen Umriß gab.

Dabei war Hebbel selbst auf das Denken erpicht bis zum Fanatischen. Er glaubte, daß die Wahrheit in den philosophischen Systemen wohnt, wie nur ein Deutscher es glauben kann. Die Überzeugung, daß die größte Dichtung mit den Systemen zur Deckung kommen müsse, statt deren Begrenztheit zu erweisen, hat ihm vermutlich die eigene Möglichkeit zu größten Dichtungen verstellt.

Gelegentlich allerdings läßt er seiner Einbildungskraft die Zügel schießen. Gelegentlich verzichtet er darauf, seine steile Idee vom Weltprozeß in Bilder zu übersetzen, und läßt die Bilder selber wuchern. Dann wird der Mann, der einem wie das verkörperte neunzehnte Jahrhundert erscheint und dessen Tragödien sich ausnehmen wie die Haupthalle des Musée d'Orsay, unverhofft modern. Er hört nicht zu denken auf, aber er denkt nun aus der Imagination heraus. In den Tagebüchern führt dies zu einer versteckten Kultur des Grotesken, des Absurden, einer schrägen metaphysischen Komik. Da erfindet er den »Ehemann, der sich von seiner Frau jedesmal Quittung geben läßt, wenn er seiner Pflicht Genüge getan hat«, oder den »Einsiedler, der in einem Wirtshaus wohnt«. Er denkt sich einen aus, »der an einem Tage alle Gebote zugleich erfüllt und übertritt«, und einen anderen läßt er erklären: »Ich habe nie geliebt. Ich bin kurzsichtig.«

Auch die Umformung der Goliath-Geschichte nährt sich aus Hebbels heimlicher Leidenschaft zum Grotesken. Daß David sich am Haupt des Riesen zu Tode schleppt, enthält ein mythisches Element, das die kontrollierte Philosophie sprengt. Der Kopf scheint ja wahrhaftig noch zu wachsen in den Händen des Siegers, zu wachsen, bis alle Logik von Triumph und Niederlage sich ins Gegenteil verkehrt hat. Die künstlerische Leistung des Textes aber besteht in der antiken Lapidarität, mit der die drei Doppelverse das Geschehen vor uns hinstellen.

Erst jetzt wird das Ganze seinerseits zur Provokation. Das Gedicht, das in allen Hebbel-Ausgaben und Hebbel-Anthologien auf dem Markte fehlt, zwingt selbst zum Denken. Plötzlich merkt man, daß hier eine historische Wahrheit anschaulich wird, an der das späte zwanzigste Jahrhundert hilflos laboriert. Kolonialreiche zu stürzen, Tyranneien zu beseitigen, waffenstarrende Herrschaft zu liquidieren, Todesstreifen und verminte Grenzen zu öffnen: es erschien einst als das Schwierigste überhaupt, war das Undenkbare schlechthin. Doch wie leicht erscheint es heute angesichts der Last, die mit den unförmigen Trümmern zu schleppen geblieben ist.

## FRIEDRICH HEBBEL
## HERBSTBILD

Dies ist ein Herbsttag, wie ich keinen sah!
Die Luft ist still, als atmete man kaum,
Und dennoch fallen raschelnd, fern und nah,
Die schönsten Früchte ab von jedem Baum.

O stört sie nicht, die Feier der Natur!
Dies ist die Lese, die sie selber hält,
Denn heute löst sich von den Zweigen nur,
Was vor dem milden Strahl der Sonne fällt.

## ROLF SCHNEIDER
## WACHSTUM UND VERGÄNGLICHKEIT

Dies ist ein hochberühmtes Herbstgedicht unserer Literatur. Vielleicht ist es das berühmteste. Der erste Vers darf geradezu beanspruchen, sprichwörtlich oder geflügelt zu sein, was nun im Bereich der absoluten Lyrik durchaus zu den Ausnahmen rechnet.

Es fällt auf, beim Lesen oder Wiederlesen, wie dieses Gedicht für seinen Ruhm eher bescheidene denn auffällige Voraussetzungen mitbringt: ganze zwei Strophen zu jeweils vier Versen, Kreuzreim, keine prunkenden Metaphern und keine ausufernd dargetane Schicksalhaftigkeit, die sich zu Zitaten plündern läßt. Beschrieben ist auch nicht die Totalität der vorgegebenen Jahreszeit. Beschrieben ist ein einziger und winziger Augenblick.

Es ist jener eines Umschlags. Gezeigt werden soll der zeitliche Schnittpunkt zwischen dem Ende des Wachstums und dem Anfang der Vergänglichkeit. Gezeigt werden soll er an einem Vorgang, mit welchem jeder vertraut ist, der schon einmal in einem herbstlichen Obstgarten gestanden hat. Ein paar Früchte brechen unvermutet aus den Zweigen. Sie fahren geräuschvoll durchs Laub und schlagen auf. Die Sonne streut jene letzte und melancholische Wärme aus, die dem Einbruch von Nebel und November vorangeht.

Der Vorgang ist derart einfach, daß er fast banal anmuten könnte. Die Einfachheit der Form scheint dem auch zu entsprechen, aber jedenfalls dieser Eindruck ist falsch.

Denn die, auf den ersten Blick, Lied-Gestalt der zwei vierzeiligen Strophen wird deutlich unterlaufen. Herkömmlich gemacht, will sagen im Geschmack der auslaufenden Eichendorff-Romantik, hätten die Verse nämlich bloß jeweils vier Hebungen, und bei den Reimen würden weibliche und männliche Kadenzen miteinander wechseln.

Es ist aber hier der Vers der fünffüßige Jambus, und das ist der seit Shakespeare und den Weimarer Klassikern geheiligte Vers der großen szenischen Bedeutsamkeit. Die Reime sind durchweg männliche, was eine eingeübte Erwartungshaltung in Sachen Rhythmik irritieren muß. Dafür stellt sich ein beinahe priesterlicher Ton ein. Mit einem Wort wie »Feier«, mit den beiden gebieterischen Mitteilungen, jeweils eine am Anfang einer Strophe, wird er auch bedient.

Das Gedicht steckt voller kleiner, feiner Bezüglichkeiten. In der ersten Strophe ist dem Eindruck, es werde nicht geatmet, mit dem Geräusch des Raschelns widersprochen; raschelnder Atem ist fast schon röchelnder Atem, er ist jedenfalls kein gesundes Geräusch und in einem Zeitalter, da die Lungenschwindsucht eine Volksseuche war, auch kein ungewohntes Geräusch.

Die zweite Strophe spielt dann mit den Worten »lesen« und »lösen« so eindringlich, daß man an deren klanglicher Ähnlichkeit (die auf sprachgeschichtlicher Verwandtschaft beruht) schwerlich vorbeikommt. Ernten, wofür hier Lese steht, ist Ablösen und Fortnehmen. Es ist eine Handlung, zielgerichtet auf Entblößen und Verlust. Auch das Wort Verlust gehört in den Zirkel der Worte »lesen« und »lösen« und klingt in ihnen heimlich mit.

Wir wissen, wann und wo das Gedicht geschrieben wurde: Oktober 1852 in Wien. Der Verfasser stand damals im neununddreißigsten Jahr; er war nicht mehr jung, wie er noch nicht alt war. Der Schauplatz Wien aber lieferte nicht nur die äußerliche Topographie, jene der in Überfülle schwelgenden Gärten und Weinhänge. Sie stellte auch eine zweihundertjährige Einübung auf das barocke Thema der Vergänglichkeit, mit unübersehbaren und mühelos zitierbaren Zeugnissen.

Der vom Dichter beschriebene Augenblick ist der des österreichischen Barock. Es gibt keinen anderen. Das Gedicht hält ihn fest mit einer Gebärde aus gänzlich barockem Geist: heitere Festlichkeit, die bloß inszenierter Vorwand ist für Fatalität und Trauer.

## FRIEDRICH HEBBEL
## SOMMERBILD

Ich sah des Sommers letzte Rose stehn,
Sie war, als ob sie bluten könne, rot;
Da sprach ich schauernd im Vorübergehn:
So weit im Leben, ist zu nah am Tod!

Es regte sich kein Hauch am heißen Tag,
Nur leise strich ein weißer Schmetterling;
Doch, ob auch kaum die Luft sein Flügelschlag
Bewegte, sie empfand es und verging.

## REINHOLD GRIMM
## EMPFUNDENE BEWEGUNG

Im Grunde mag ich Friedrich Hebbel nicht besonders, zumindest nicht als Lyriker – bei allem Respekt, versteht sich, den ich auch ihm sonst gern zu zollen gewillt bin. Doch entstammt jene Mißstimmung, die mir Hebbels Lyrik mitunter bereitet, gar nicht eigentlich ihrer Gedanklichkeit und deren Folgen: also dem Spröden, fast Harten, weil allzusehr mit Logik und Reflexion Befrachteten, das in ihr herrscht und das dem Autor manche seiner Kritiker vorwerfen zu müssen glauben. Gedicht und Gedanke vertragen sich, scheint mir, durchaus. Nein, was mich an Hebbels Versen und Strophen gelegentlich stört, ist eher ihr forciertes Pathos, ihre Bühnenrhetorik, überhaupt das Gestellte und Arrangierte, das ihnen anhaftet. Nicht einmal seine berühmtesten Gedichte sind davon völlig frei.

Aber es gibt Ausnahmen. Und eine von ihnen – eine hinreißende in ihrer Einfachheit, um dies gleich vorweg zu bekennen – bietet für mich das Gedicht »Sommerbild«. Übrigens wurde es nicht etwa, wie man zunächst vermuten könnte, in heimischer Landschaft und Umwelt geschaffen, sondern in städtischer Fremde: Hebbel schrieb es an einem Augusttag des Jahres 1844 in Paris. Daß es trotz solcher Schlichtheit seinen Verfasser, den Dramatiker und Denker, ja Grübler, schwerlich verleugnet, ist allerdings ebensowenig bestreitbar.

In der Tat, der Dichter zeichnet ein Bild, entwirft eine Szene, berichtet uns einen Vorgang; er tritt sogar, mit

Wort und Gebärde, selber in das Geschilderte ein. Doch wie verhalten und karg und dennoch wie reich und erfüllt ist jede seiner acht Zeilen! Erst nachträglich fällt einem auf, daß sie nichts anderes tun, als den alten Vergänglichkeitstopos, das mahnende *Media in vita in morte sumus*, neu zu gestalten. Keinerlei sentenziöse Deutlichkeit eignet dem bangen Ausspruch dieses Schauernden, der hier mitten im Leben den Tod erfährt und verkündet – und dabei hat Hebbel seine Vorlage, sie bloß geringfügig ändernd, förmlich pointiert und dramatisiert, sie jedenfalls kühn in spannungsvolles Geschehen verwandelt!

Wird nicht behauptet, Urteilssätze seien rein diskursiv und deshalb meist unlyrisch? Der Hebbelsche aber fügt sich nicht allein der szenischen Schau und Entwicklung, auch nicht nur dem steten Gleichmaß des Jambentakts und dem dennoch so vielfältig in ihm pochenden Rhythmus, sondern selbst der gedämpften Wortmusik des Gedichts, dem Wohllaut seiner Assonanzen und Reime, ja Binnen- und Stabreime, makellos und melodisch ein. Freilich, gegen Schluß wird das gelassene Schreiten der Verse, der ruhige Gang und Klang der geregelten Fünfheber, jäh unterbrochen. Gerade darin jedoch, in ihrem Abweichen von der Norm, dem sogenannten Enjambement, erreichen sie ihre höchste Vollendung.

Der rhythmische Stau vor dem »ob« ist gleichsam der tödliche »Flügelschlag«, dessen lebendiger »Hauch« durch die »Luft« wie konkret durch die Zeile, worin er beschworen wird, weiterbebt, sich fortpflanzend auch und erst recht über deren Einheit hinweg, bis er die »Rose« trifft, die unter ihm vergeht. Mit genialer Selbstverständlichkeit, kraft der bloßen Anordnung von Sprachmaterial und Sinn im Wechselspiel mit der Versgestalt, vollzieht das Gedicht, was es aussagt. Wenn ich als Lyrikleser je eine Bewegung empfunden habe, je von einer Empfindung bewegt worden bin, dann im betroffenen Nachvollzug dieses winzigen technischen Details, das meisterhafte Kunst ist und mehr: pure Poesie des Metrums.

## FRIEDRICH HEBBEL
## WENN DIE ROSEN EWIG BLÜHTEN . . .

Wenn die Rosen ewig blühten,
Die man nicht vom Stock gebrochen,
Würden sich die Mädchen hüten,
Wenn die Bursche nächtlich pochen.

Aber, da der Sturm vernichtet,
Was die Finger übrigließen,
Fühlen sie sich nicht verpflichtet,
Ihre Kammern zu verschließen.

## MARCEL REICH-RANICKI
## DIE KAMMERN DER MÄDCHEN WERDEN NICHT VERSCHLOSSEN

Gegen Ende des neunzehnten Jahrhunderts galt Hebbel als der jüngste, der letzte der deutschen Klassiker. Vieles aus seiner Feder wurde geschätzt, manches sogar, die Tagebücher zumal, bewundert. Aber wurde er je geliebt? Seine Werke seien, hieß es immer wieder, spekulativ, kalt und konstruiert. Nicht das Sinnliche und Anschauliche dominiere bei ihm, sondern das Gedankliche und Weltanschauliche, oft ist vom Grüblerischen die Rede. Das trifft schon zu, und es fällt mir schwer, an eine Hebbel-Renaissance zu glauben. Nur sollte man nicht vergessen, daß er zu den exemplarischen Autoren des neunzehnten Jahrhunderts gehört.

Der Tradition verpflichtet, war er keineswegs altmodisch. Sein Drama verdankt viel den deutschen Klassikern, weist aber zugleich auf Ibsen voraus. Es gibt bei ihm Gedichte, die an Mörike erinnern (freilich ohne dessen wunderbare Sanftheit) und an Heine (freilich ohne dessen Witz), und andere, die an das frühe zwanzigste Jahrhundert denken lassen, mitunter wird man von Rilke-Tönen überrascht. Sicher ist: Seiner Lyrik geschieht ein Unrecht. Sie wurde schon vor hundert Jahren unterschätzt und wird es heute erst recht. Gewiß, in größeren Anthologien gibt es auch für ihn Platz, fast immer für dieselben vier oder fünf (sehr schönen) Gedichte, für das »Herbstbild« und das »Sommerbild«, für das »Nachtlied« und das »Abendgefühl«.

Ich will hier eine Lanze brechen für Hebbels Lyrik, und dies mit Hilfe eines so unbekannten Gedichts, das man sogar in der 1965 im Hanser Verlag erschienenen fünfbändigen Ausgabe seiner »Werke« vergeblich sucht. Aber ich will gleich zugeben, daß ich in diesem Fall befangen bin. Die Sache ist die: Ich war fünfzehn Jahre alt, als mir in einem alten Hebbel-Band sein Gedicht »Wenn die Rosen ewig blühten ...« auffiel. Ich habe es in den seitdem verstrichenen über sechzig Jahren nicht vergessen. Was hat mich damals so beeindruckt? Wohl zunächst Eigenschaften, auf die die Lyrik nicht angewiesen ist und von denen die Seher unter den deutschen Poeten nichts wissen wollten: die Klarheit, meine ich, und die Logik.

Die einfache These des Gedichts lautet: Da das Leben vergänglich ist, haben die Mädchen keine Bedenken, die Burschen in ihre Kammern einzulassen. Ob Hebbel dies für bedauerlich oder für empfehlenswert hält, verrät er uns nicht. Er sagt nur: So ist es. Nun findet sich dieser Gedanke in zahllosen Versen, im Mittelalter ebenso wie in der Antike. Auch das Motiv, das hier die Vergänglichkeit veranschaulicht – das Verblühen der Blumen –, ist uralt. Also ein banales Gedicht? Schwamm drüber?

Die meisten Gedichte, die Elementares ausdrücken, sind gedanklich trivial. Wenn es aber unter ihnen auch solche gibt, die uns noch nach Jahrhunderten, ja nach Jahrtausenden rühren, so hat es nur mit ihrem dichterischen Reiz zu tun, einem Reiz, der die Lyrik von der Prosa unterscheidet und der sich letztlich einer überzeugenden Definition entzieht. Überdies: Wer ganz Schlichtes poetisch formulieren möchte, ist gut beraten, sich einer möglichst schlichten, unauffälligen Sprache zu bedienen und auch eine möglichst schlichte Form zu wählen.

Alle Worte dieser Verse entstammen dem Alltag, keine Wendung ist erkünstelt, kein Reim ist erzwungen. Das Gedicht besteht aus klaren Feststellungen und einfachen Mitteilungen. Die Form hat Hebbel übernommen – von Eichendorff, Heine, Mörike und von vielen anderen, Goethe natürlich nicht ausgeschlossen: Es ist die vierzeilige im deutschen Volkslied besonders beliebte Strophe mit dem Kreuzreim, also a-b-a-b in der ersten Strophe und c-d-c-d in der zweiten.

Hebbels Kunst zeigt sich vor allem in der Stimmung des Gedichts: Es ist elegisch und schwermütig, seine Melodie zeugt von Resignation. Der Mensch ist, wie es schon in den Psalmen heißt, nur »ein Gast auf Erden« – damit müssen wir uns abfinden. Aber wir dürfen uns von niemandem und von keiner Institution hindern lassen, aus dieser bitteren Erkenntnis die Folgerung zu ziehen. Denn wir wollen glücklich sein – hienieden und nicht erst im Himmelreich. Daher werden die Kammern der Mädchen, wenn die Burschen nächtlich pochen, gern geöffnet.

Daß wir nur einmal auf Erden sind, dieser Einsicht und dem, was sich aus ihr ergibt oder ergeben sollte, verhilft das kleine Gedicht, das wie ein Volkslied anmutet, zur einleuchtenden, ja zur leuchtenden Wirkung.

## RICHARD WAGNER
## EIN RUNDES, EIN SCHÖNES GEDICHT

Mein Freund! In holder Jugendzeit,
wenn uns von mächt'gen Trieben
zum sel'gen ersten Lieben
die Brust sich schwellet hoch und weit
ein schönes Lied zu singen
mocht' vielen da gelingen:
der Lenz, der sang für sie.

Kam Sommer, Herbst und Winterzeit,
viel Not und Sorg' im Leben,
manch ehlich Glück daneben,
Kindtauf', Geschäfte, Zwist und Streit:
denen's dann noch will gelingen,
ein schönes Lied zu singen,
seht, Meister nennt man die.

## MARCEL REICH-RANICKI
## ALLER ANFANG IST LEICHT

Ein rundes, ein schönes Gedicht von Richard Wagner? In der Tat, das gibt es. Allerdings ist es versteckt, wenn auch an einer keineswegs entlegenen Stelle. Es geht um den Ritter Walther von Stolzing, der unlängst aus dem Frankenland nach Nürnberg gekommen ist. Er möchte dringend das Fräulein Pogner ehelichen, welches fatalerweise schon einem anderen versprochen ist, einem nämlich, der ein öffentliches Wettsingen gewinnen werde. Sie wird also von ihrem ehrgeizigen Vater als Preispokal mißbraucht, was übrigens den Nürnberger Feministinnen des 16. Jahrhunderts gar nicht gefallen hat.

Für den Rittersmann gibt es nur eine Chance: Auch er muß an dem geplanten Wettbewerb teilnehmen und ihn natürlich gewinnen. Die Sache hat einen Haken: Er hat die Prüfung, das Probesingen am Vortag in der Kirche, nicht bestanden. Sein Lied war für die Meistersinger – und ohne sie läuft in Nürnberg nichts – zu feurig, zu stürmisch und, vor allem, zu modern.

Aber der Ritter hat Glück: Er findet einen Bewunderer, der sich in den Kopf gesetzt hat, zwischen dem Neuankömmling und dem städtischen Kulturbetrieb zu vermitteln. Hans Sachs ist es, der nun als Stolzings Mentor und Impresario fungiert. Er will, daß der schmucke Rittersmann ein Lied dichtet und komponiert, das von seiner künstlerischen Eigenart zeugen würde und das dennoch den Meistern und womöglich auch dem Volk gefallen könnte. Er soll nicht nur ein schönes Lied verfertigen, sondern zugleich ein Meisterlied. Da fragt es sich, was das denn eigentlich sei – ein Meisterlied? Das möchte Stolzing wissen – und wir auch.

Sachs formuliert seine Antwort in einem Gedicht, das aus zwei siebenzeiligen gereimten Liedstrophen besteht. Was er zu sagen hat, ist ganz einfach: Die beliebte Wendung »Alles Anfang ist schwer« wird von ihm außer Kraft gesetzt. Für die Dichter, für die Künstler gelte oft gerade das Umgekehrte. In holder Jugendzeit, da sei schon vielen ein schönes Lied gelungen, denn: »der Lenz, der sang für sie«. Jene, die später, also nach dem frühen Erfolg, trotz der Sorgen und Widrigkeiten im täglichen Leben der Dichtung treu bleiben und weiterhin schöne Lieder singen, die erst, meinen Richard Wagner und Hans Sachs, hätten sich als Meister bewährt. Haben sie recht?

Viele Autoren schaffen ein erstes Buch von beachtlicher oder sogar wunderbarer Qualität, haben dann jedoch große Schwierigkeiten, den frühen Erfolg einzuholen. Er hat in der Regel zwei Ursachen. Da ist zunächst ein Grunderlebnis des angehenden Schriftstellers (Liebe, Krieg, Vater-Sohn-Konflikt und ähnliches), dem jugendliche Frische und Unmittelbarkeit des Ausdrucks zur Wirkung verhelfen. Kurz: Beim Debüt, da hat dem Autor der Lenz geholfen.

Stimmt das? Hier gleich drei Beispiele auf der Ebene unserer Klassiker: Goethes »Werther«, Heines »Buch der Lieder«, Thomas Manns »Buddenbrooks«. Es hat viele Jahre gedauert, bis Goethe und Thomas Mann wieder einen Roman von größtem Format veröffentlichen konnten. Kein Wort des Lobes über die »Wahlverwandtschaften« und den »Zauberberg« ist zuviel. Aber die Energie und die

Spannkraft der jugendlichen Erstlinge kann man ihnen nicht mehr nachrühmen. Von Heine gibt es bessere und tiefere Verse als die frühen Gedichte, die er im »Buch der Lieder« zusammengefaßt hat. Aber gibt es auch schönere und erfolgreichere? Sicher ist: In allen drei Fällen war der Lenz im Spiel. Vielleicht trifft das auch auf das Werk eines zeitgenössischen Klassikers zu. Ich meine die »Blechtrommel«.

Es mag nicht ganz einfach sein, sich mit dem betulichen und etwas altbackenen Vokabular dieses Wagner-Gedichts abzufinden. Was immer er war – ein moderner Sprachkünstler war er bestimmt nicht. Doch zuviel klagen sollten wir nicht, denn das »Meistersinger«-Libretto, ein Glanzstück dieser Gattung, ist zumindest in stilistischer Hinsicht dem »Tristan«-Libretto haushoch überlegen. Wie auch immer: Mir gefällt diese weise, diese nachdenkliche Belehrung, ich halte sie für einen der poetischen Höhepunkte der »Meistersinger«. Wagner, dieser geniale Halunke, er konnte, wenn ihm daran lag, auch ein rundes, ein schönes Gedicht schreiben.

## EMANUEL GEIBEL
## DEUTSCHLANDS BERUF

Soll's denn ewig von Gewittern
Am umwölkten Himmel braun?
Soll denn stets der Boden zittern,
Drauf wir unsre Hütten baun?
Oder wollt ihr mit den Waffen
Endlich Rast und Frieden schaffen?

Daß die Welt nicht mehr, in Sorgen
Um ihr leichterschüttert Glück,
Täglich bebe vor dem Morgen,
Gebt ihr ihren Kern zurück!
Macht Europas Herz gesunden,
Und das Heil ist euch gefunden.

Einen Hort geht aufzurichten,
Einen Hort im deutschen Land!
Sucht zum Lenken und zum Schlichten
Eine schwerterprobte Hand,
Die den güldnen Apfel halte
Und des Reichs in Treuen walte.

Sein gefürstet Banner trage
Jeder Stamm, wie er's erkor,
Aber über alle rage
Stolzentfaltet eins empor,
Hoch, im Schmuck der Eichenreiser,
Wall' es vor dem deutschen Kaiser.

Wenn die heilge Krone wieder
Einen hohe Scheitel schmückt,
Aus dem Haupt durch alle Glieder
Stark ein einger Wille zückt,
Wird im Völkerrat vor allen
Deutscher Spruch aufs neu erschallen.

Dann nicht mehr zum Weltgesetze
Wird die Laun' am Seinestrom,
Dann vergeblich seine Netze
Wirft der Fischer aus in Rom,
Länger nicht mit seinen Horden
Schreckt uns der Koloß im Norden.

Macht und Freiheit, Recht und Sitte,
Klarer Geist und scharfer Hieb
Zügeln dann aus starker Mitte
Jeder Selbstsucht wilden Trieb,
Und es mag am deutschen Wesen
Einmal noch die Welt genesen.

## JÖRG VON UTHMANN
## DEUTSCHES WESEN UND UNWESEN

Auf Gedichte, die die Wiedervereinigung feiern, werden wir wohl verzichten müssen. Jubel- und Preislieder sind außer Mode gekommen. Auch kann die deutsche Poetenzunft dem Ereignis wenig abgewinnen. Bei unserer vorletzten Wiedervereinigung – vor hundertzwanzig Jahren – war das anders. Damals dichtete Emanuel Geibel: *Nun wirf hinweg den Witwenschleier, / Nun gürte dich zur Hochzeitsfeier, / O Deutschland, hohe Siegerin! / Die du mit Klagen und Entsagen / Durch vierundsechzig Jahr' getragen, / Die Zeit der Trauer ist dahin.*

Geibel gehört zu den Vergessenen der Literaturgeschichte. In der zweiten Hälfte des neunzehnten Jahrhunderts war er der populärste deutsche Lyriker. Seine Gedichte erschienen in hohen Auflagen und wurden von Schumann, Brahms, Reger und Pfitzner vertont. Heute halten selbst gebildete Leute *Der Mai ist gekommen* für ein Volkslied und die beiden Schlußzeilen des nebenstehenden Gedichts für einen nationalsozialistischen Kalenderspruch.

Obwohl Geibel aus Lübeck stammte und Professor in München war, erhoffte er die Vereinigung Deutschlands von Preußen. Das konnte nicht gutgehen. Ein Hymnus auf den Vorläufer des Reiches, den Norddeutschen Bund, kostete ihn seine Münchner Stelle. Auch mit seinem Gönner, dem preußischen König Friedrich Wilhelm IV., hatte er es schwer. Zwar zahlte ihm Berlin vierzig Jahre lang ein

Ehrengehalt von dreihundert Talern, aber von seinen poetischen Ratschlägen wollte man dort nichts hören. Tief enttäuscht mußte Geibel erleben, daß der »Romantiker auf dem Thron« die ihm angetragene Kaiserkrone ausschlug und unter österreichischem Druck seine zaghafte Unionspolitik schließlich ganz aufgab.

1852 erklomm Napoleons Neffe den leerstehenden Kaiserthron und machte sich sogleich daran, die vom Wiener Kongreß festgelegte Nachkriegsordnung Europas umzustoßen. Als Napoleon III. 1859 an der Seite Sardiniens in den italienischen Befreiungskrieg eingriff, wurde dies in Deutschland als erster Schritt zur Revision der französischen Ostgrenze aufgefaßt. Trotzdem konnte sich Berlin wieder einmal nicht entscheiden: Die »Laun' am Seinestrom« triumphierte. Zwei Jahre danach stürzte der Streit um die Verlängerung des Militärdienstes Preußen in eine tiefe Krise. Der frischgekrönte König Wilhelm erwog allen Ernstes, auf seinen Thron gleich wieder zu verzichten.

Vor diesem historischen Hintergrund muß man Geibels Gedicht lesen, das 1861 entstand. Der Dichter läßt keinen Zweifel daran, auf welcher Seite er steht. Von der Devise »Frieden schaffen ohne Waffen« hält er nichts. Nur der »schwerterprobten Hand« wird der Reichsapfel zufallen. Diesmal hat es Geibel richtig getroffen: Statt zurückzutreten, nimmt König Wilhelm den Kampf mit den widerspenstigen Abgeordneten auf und ernennt den Botschafter in Paris, Otto von Bismarck, zum Ministerpräsidenten. Bei seinem ersten Auftreten vor dem Haushaltsausschuß macht Bismarck klar, daß er sich die Einigung Deutschlands nur durch »Eisen und Blut« vorstellen kann. Der Gedanke freilich, das »deutsche Wesen« sei das geeignete

Vorbild für den Rest der Welt, liegt ihm unendlich fern: »Ich weiß, daß ich viele Erwartungen enttäusche«, wird er später vor dem Reichstag sagen, »aber ich bin nicht der Meinung, daß wir der Schulmeister in Europa sein sollten«.

Justament dies ist aber immer noch die Meinung vieler deutscher Professoren und Dichter. Anders als vor hundertdreißig Jahren predigen sie zwar nicht mehr die Aufrüstung Deutschlands, sondern einen radikalen Pazifismus. Gleichgeblieben ist jedoch der missionarische Drang, der Welt das »deutsche Wesen« als Heilmittel aufzuschwatzen. Sollte der epidemische Ausbruch von Friedensliebe während des Golfkriegs nur der jüngste Beweis dafür sein, daß Nietzsche schon recht hatte, als er unsere Ideale dort vermutete, »wo unsere Schwächen liegen«? Wie auch immer – vom »scharfen Hieb« sind die deutschen Intellektuellen zum Glück abgekommen. Vom »klaren Geist« würde man ihnen gern mehr wünschen.

## GEORG HERWEGH
## LUDWIG UHLAND

Nur selten noch, fast graut's mir, es zu sagen,
Nehm' ich der Freiheit Evangelium,
Den Schatz von Minne und von Rittertum
Zur Hand in unsern hartbedrängten Tagen.

Wie hab' ich einst so heiß dafür geschlagen!
Wie hastig dreht' ich Blatt um Blatt herum!
Ich kann nicht mehr – ich kann nicht – sei es drum!
Es soll doch niemand mich zu schelten wagen.

Ein ander Hassen und ein ander Lieben
Ist in die Welt gekommen, und von allen
Sind wenig Herzen nur sich *gleich* geblieben.

So sind auch *deine* Lieder mir entfallen;
Ein einziges steht fest in mir geschrieben;
Kennst du das Lied: »Weh euch, ihr stolzen Hallen!«

## WALTER HINCK
## EIN ZEITALTER WIRD VERABSCHIEDET

Das Sonett »Ludwig Uhland« ist ein Gedicht, dem Vollkommenheit fehlt, weil der Autor sprachlichen Leerlauf nicht immer vermeidet. Aber es hat seinen Wert als Dokument. Dieses Sonett stammt aus den »Gedichten eines Lebendigen« (1841), die Herwegh berühmt machten, und ist eine Absage, keine Eloge. Und doch huldigt es noch, wo es abschwört. Der Dreiundzwanzigjährige, der hier die Freiheitsidee und das Dichteridol seiner frühesten Jugend verabschiedet, gebärdet sich nicht wie ein wilder Renegat. Auch nicht in Triumph und Überlegenheit äußert sich das Bewußtsein der Zeitenwende. Staunen und ein leises Bedauern über den Wandel halten das bedingungslose Plädoyer für die Gegenwart, für ihr »ander Hassen« und ihr »ander Lieben«, in der Schwebe.

Dem Autor der »Gedichte eines Lebendigen« stehen auch andere Töne zu Gebote: das Pathos und die Rhetorik politischer Kampflyrik – sie vor allem haben seinen Ruhm bei Freunden und Feinden begründet. Und immer ist Herwegh ein radikaler Demokrat und Republikaner geblieben, über die Grablegung der Revolution von 1848/49 und den Festjubel der Reichsgründung von 1871 hinaus. Was kaum schon genug beachtet worden ist: Die besten der späteren Gedichte lassen die Vormärzlyrik hinter sich; ihre Sprache, an Heinescher Satire geschliffen, münzt rhetorischen Überschuß in zugeschärfte Präzision um.

Im Uhland-Gedicht erlaubt das Formkorsett weder eine

ausladende noch eine abgerissene Sprachgebärde, es zwingt den Gedankengang in bestimmte Schrittfolgen. Der Tanzmeister Sonett ruft zwei Quartette und zwei Terzette und dazu den Wechsel der Reimpartner ab.
Herwegh hat das Angebot der Form, den natürlichen Einschnitt zwischen den zwei Vierer- und den beiden Dreierstrophen zu einer Antithese zu nutzen, wahrgenommen. Der erste Teil des Sonetts holt im Erinnerungsvorgang noch einmal den mächtigen Zauber Uhlandscher Dichtung zurück, der zweite läßt ihn erloschen sein. Dem schönsten Vers des Gedichts setzt aber die behutsame bildliche Assoziation zum Laubfall des Herbstes einen Schuß von Melancholie zu: »So sind auch *deine* Lieder mir entfallen.«
Das Mittelalter, wie es Uhland in seinen Romanzen und Balladen besungen hat, die Welt der »holden« Frauen, der »wackren Ringer« und der »edlen Knappen«, ist fragwürdig geworden (freilich – wie wir wissen – nicht überall und nicht für immer: Was Uhlands durch historische Quellen geweckte Phantasie an Gestalten improvisierte, das wird durch unzählige deutsche Ritterballaden des 19. Jahrhunderts als Zwergenvolk in Ritterpanzern wimmeln). Nicht die Geschichte selbst, die Epoche des Rittertums und des Minnesangs, wird *ad acta* gelegt, wohl aber die Illusion von Freiheit, die Uhland ins Mittelalter hineinträumte. Im eisernen Griff von Polizei und Zensur ebenjener restaurativen Monarchien, die das mittelalterliche Reich beerbt haben, ist die falsche, rückwärts gewandte Utopie zerronnen. Und in Verruf gebracht hat sich ein Vergangenheitsverständnis, dem die Geschichte zum Leihhaus wird, in dem man Kostüme und Rüstungen ausborgen kann.
Mit Ludwig Uhland wird ein Zeitalter verabschiedet. Und

doch ist unter den spät- und nachromantischen Autoren er es, der zwischen den Generationen vermittelt – mit Versen, die im Gedächtnis Herweghs fest verankert bleiben. Gemeint ist die Ballade, in der »Des Sängers Fluch« gegen den mörderischen königlichen Despoten furchtbar in Erfüllung geht, jenes Gedicht des leidenschaftlichen liberalen Demokraten Uhland also, das bereits etwas vom Geist der Märztage des Jahres 1848 signalisiert.

So geht der schon Verabschiedete doch noch ein Stück des Weges mit, und so wird dieses »Gedicht eines Lebendigen« schließlich doch noch zum Gedicht über einen Lebendigen.

## THEODOR STORM
## ABENDS

Warum duften die Levkojen
so viel schöner bei der Nacht?
Warum brennen deine Lippen
so viel röter bei der Nacht?
Warum ist in meinem Herzen
so die Sehnsucht auferwacht
Diese brennend roten Lippen
dir zu küssen bei der Nacht?

## KARL KROLOW
## OFFENES GEHEIMNIS

Theodor Storm war auch in seinen Gedichten von unterschiedlicher Qualität. Er war politisch leidenschaftlich und zugleich jemand, der ein spätes norddeutsches Biedermeier in seinen Versen zeigte, Gedichte, ganz abseits und still, als gäbe es keine Gegenwart, keinen dänisch-deutschen Konflikt. Es sind scheue Verse. Doch plötzlich werden sie erregt, halten sich nicht mehr zurück. Sie fragen. Es sind Fragen, auf die keine Antworten erwartet werden. Fragen, ununterdrückbar, heftig, überraschend und wie aus einem Versteck heraus versucht. Von dieser Art ist der Text »Abends«: ein leidenschaftlich fragend hingehauchtes Liebesgedicht, vier Zeilen, die nahezu an diesem Fragebedürfnis ersticken in ihrem hastigen, ihrem kurzen, jähen Atem. Die vier Zeilen scheinen mit halber Stimme herausgepreßt, denn »hingesprochen« wäre schon eine zu ruhige Deutung des Vorgangs. Es klingt eher wie ein ersticktes Flüstern.
»Abends« gehört weder zu den bekannten noch zu den besten Stücken Storms. Aber es offenbart sich in ihm etwas kaum Beschreibbares, nur in solchem schnellen, leisen Reden, Flüstern Ausdrückbares: Heftigkeit des Gefühls, des Verlangens, eines Verlangens nach Leben, Liebe, während draußen die Dämmerung, das Dunkel kommt und vorsichtig atmosphärisch wird. »Dämmerung ist gesehene Nacht«, heißt es bei Storms norddeutschem Landsmann Friedrich Hebbel in dessen »Tagebüchern«.

Dies hier ist ein Dämmerungsgedicht; die Nacht ist schon spürbar. Sie wird sinnlich wahrnehmbar in dem kurzen Liebestext: als Duften, als Lichtveränderung, als Unruhe, als nicht mehr zurückzuhaltende Bekundung von Zuneigung, von Liebe, von sinnlichem Impuls.

Ich las das Gedicht früh, schon als Schüler. Ich wußte, wie Levkojen, diese Blumen aus niederdeutschen Bauerngärten in der großen Ebene, duften können, wie sie ihren Geruch verströmen, nach einem warmen Regen, nach einem heißen Tag, in der Feuchtigkeit der Luft. Storms Liebes- und Landschaftsgedicht hat in seiner Unruhe, seiner erotischen »Aufladung« Suggestion, die überspringt. Sie hat gerade in ihrer Knappheit etwas Unwiderstehliches. Die vier Zeilen lassen sich keine Zeit für anderes. Wer sie liest, ist so ratlos wie die Fragen, die ratlos ins Dunkel gerichtet sind. In manchem der kleinen Storm-Gedichte ist etwas von einem erregten, einem hauchfeinen Verstummen, in dem sich die Wörter aufzulösen scheinen. Bangigkeit und Glück sind nicht mehr als Empfindung zu unterscheiden. Sehnsucht ist ganz konkret, der Wunsch, die brennend roten Lippen der Geliebten zu küssen, und zugleich verwirrend: ein Nicht-aus-noch-ein-Wissen, das sich kaum Zeit läßt, diesen Zustand auszudrücken.

Was alles wird hier geliebt: ein Mädchen, eine Frau, ein Wesen in seiner sinnlichen Erscheinung, und zugleich mit dieser nahen und doch nicht faßlichen Erscheinung der Tagesmoment, die Jahreszeit, die Landschaft. Alles ist angedeutet. Es kommt nicht einmal zu einem flüchtigen Umriß, sondern das Gewünschte, das heftig Ersehnte huscht in einem Nu vorbei, wachtraum-ähnlich. Die wenigen Zeilen wirken wie aus einer Trance formuliert, wie aus einer Betäubung heraus notiert. Das »schöne« Duften wird rauschhaft wahrgenommen. Alles ist in dieser hereinbrechenden Nacht nochmals und intensiver da und wird doch atmosphärisch zerstäubt. Diese ergibt die kaum erträgliche Spannung, das Fragen und wieder Fragen, ergibt das Unfaßliche.

Und doch ist in einem solchen Gedicht zarteste Konsistenz bewahrt. Es hat eine kaum merkliche, gleichsam vegetabile Festigkeit. Das kurze heftige Erleben wird nicht zum Lallen, zum Verschwinden in entrücktem, benommenem Stillschweigen. Vielmehr bleibt der kleine Text fragend offen, so offen wie denkbar. Diese Offenheit ist aufregend, ohne rätselhaft zu sein. Das offene Geheimnis hat nichts mit Mystifikation zu tun.

## THEODOR STORM
## BEGEGNUNG

Das süße Lächeln starb dir im Gesicht
Und meine Lippen zuckten wie im Fieber;
Doch schwiegen sie – wir grüßten uns auch nicht,
wir sahn uns an und gingen uns vorüber.

## DORIS RUNGE
## ALS IHR LÄCHELN STARB, DA STARB AUCH IHRE LIEBE

Die Begegnung ist Vergangenheit: »wir ... gingen uns vorüber.« Nur das Gedicht ist Gegenwart. Vier Zeilen genügen Storm für den Rückblick auf das Zusammentreffen: Eine Frau und ein Mann begegnen sich, wort- und grußlos – »wir sahn uns an ...«. Ist das alles, diese nachträgliche Reflexion über eine verpaßte Gelegenheit? Was ist daran beunruhigend? Alles, was in diesen wenigen Zeilen unausgesprochen bleibt, alles, was der Blickwechsel ins Licht zieht: eine Szene, wie von einem Blitz erhellt. Aus dem Dunkel tauchen die Protagonisten auf.

Wir wissen nichts von ihnen, nicht, woher sie kommen, nicht, wohin sie gehen, nicht, was sie verbindet. Für einen Augenblick sehen wir das Gesicht der Frau aufscheinen, sehen »das süße Lächeln« sterben, und die Lippen des Mannes zucken »wie im Fieber« – »doch schwiegen sie«. Schwiegen sie wirklich? Oder fanden sie nur die Worte nicht? Denn die fiebrigen Lippen sprechen – von Glut, Begehren, Verlangen, – von Liebespassion. Ist es das, was die Vorübergehende von seinen wortlosen Lippen ablas, was sie in Furcht und Schrecken versetzte, so daß ihr das Lächeln starb? Sterben heißt starr, steif, kalt werden. Sterben umfaßt alle Todesarten. Und wenn ihr Lächeln starb, dann heißt es wohl, daß ihre Liebe starb.

Die Abfolge der Schlüsselwörter – starb, Fieber, vorüber – verrät Ursache und Wirkung. Die tragische Liebe ist nicht die unerfüllte, sondern die unerwiderte Liebe. Aber die Liebe ist, wie alle Krankheiten, die nicht unheilbar sind und mit dem Tode enden, vorübergehend. Das Schicksal, das hier jeweils in der Gestalt des anderen auftrat, hat sie noch einmal verschont. Verschont, um welchen Preis? »Wir sahn uns an und gingen uns vorüber«, meint das, wir gingen uns verloren? Oder auch, wir sind verloren ohne einander? Die grammatikalische Ungenauigkeit in der Schlußzeile läßt mehrere Deutungen zu.

Die besten lyrischen Gedichte sind für Storm »immer unmittelbar aus der vom Leben gegebenen Situation heraus geschrieben worden«. Gewiß ist dieses Gedicht, das Storm dem Leben »abschrieb«, keines seiner Meisterstücke, obgleich es erfüllt, was der Dichter von einer lyrischen Momentaufnahme forderte: das Aufeinandertreffen von Stimmung und Situation, die Verwandlung des »Naturlautes« in Kunst. Zeitlebens hat Theodor Storm den Stimmen der Natur gelauscht – und die Liebe ist eine elementare Stimme.

Anhand von Briefen und Tagebucheintragungen läßt sich »das süße Lächeln« identifizieren. Bertha von Buchan heißt das Lockenköpfchen, das Storm 1836 bei Verwandten in Hamburg als Zehnjährige kennen- und liebenlernt. In der Liebe zu Bertha sucht er den paradiesischen Garten, das verlorene Reich der Kindheit wiederzufinden. Unschuldig, zart, scheu und formbar sollte die Auserwählte sein – eine Kindfrau, in der sich Schwester und Geliebte, sexuelle Wünsche und die Sehnsucht nach ewiger Kindlichkeit vereinigten. Aus winzigen realistischen Zeichen, harmloser Korrespondenz, gelegentlichen Blickkontakten wird seine Leidenschaft gespeist, werden die Wunschbilder entworfen. Im März 1842 (auf dieses Jahr wird die Entstehung des Gedichtes datiert) traf Theodor unverhofft auf das Mädchen, das nichts von seinem Aufenthalt in Hamburg wußte – wir sahen uns an, wir sagten nichts, wir grüßten uns auch nicht – beschreibt Storm in seinem Tagebuch die zufällige Begegnung.

Doch das Schicksal ist blind für persönliche Sehnsüchte, Wünsche und Träume. Und sind nicht oft genug gerade die erfüllten Träume die späteren Albträume? Bertha hat Storms schmerzliche Leidenschaft nicht auf die ersehnte Weise erwidert. Seinen späteren Heiratsantrag lehnt die Siebzehnjährige ab. Als er nach fast zwanzig Jahren seine »alte Flamme« in Hamburg wiedertraf, lautete sein Urteil: »... recht hübsch und interessant ..., auch nett und liebenswürdig gegen mich, obgleich ein Etwas in mir in ihr die fromme, selbstgerechte alte Jungfer herausfühlte. Himmel, wenn das meine Frau geworden wäre!«

## THEODOR STORM
## HYAZINTHEN

Fern hallt Musik; doch hier ist stille Nacht,
Mit Schlummerduft anhauchen mich die Pflanzen;
Ich habe immer, immer dein gedacht,
Ich möchte schlafen; aber du mußt tanzen.

Es hört nicht auf, es rast ohn Unterlaß;
Die Kerzen brennen und die Geigen schreien,
Es teilen und es schließen sich die Reihen,
Und alle glühen; aber du bist blaß.

Und du mußt tanzen; fremde Arme schmiegen
Sich an dein Herz; o leide nicht Gewalt!
Ich seh dein weißes Kleid vorüberfliegen
Und deine leichte, zärtliche Gestalt.

Und süßer strömend quillt der Duft der Nacht
Und träumerischer aus dem Kelch der Pflanzen.
Ich habe immer, immer dein gedacht;
Ich möchte schlafen; aber du mußt tanzen.

## HANS BENDER
## LIEBESMÜDIGKEIT

Wenn jemand Theodor Storm herabsetzt, ergreife ich für ihn Partei: einiger Erzählungen, einiger Gedichte wegen. Ich führe »Hyazinthen« an und zitiere die vier Strophen, die ich auswendig weiß. Auf Thomas Mann berufe ich mich dann und dessen Sympathie für Storm. Ich zitiere, was er Tonio Kröger sagen und erklären läßt »Ein wunderschönes Gedicht von Storm fiel ihm ein: ›Ich möchte schlafen, aber du mußt tanzen.‹ Der demütigende Widersinn quält ihn, der darin lag, tanzen zu müssen, während man liebte ...« Im Adjektiv »wunderschön« ist die Faszination, die das Gedicht ausstrahlt, auch für mich, salopp zusammengefaßt.

Der Liebhaber Storms muß jedoch nicht selber tanzen; seine Geliebte tanzt, mit Leidenschaft anscheinend. Er hat den Ballsaal eben verlassen; oder ihn erst gar nicht betreten. Er hört und sieht, wie es drinnen zugeht, grell und laut; ganz entgegengesetzt seiner verzweifelten, eifersüchtigen Melancholie. Er möchte »schlafen« – zweimal wünscht er es – »schlafen«, um alle Peinigungen ersticken zu können, die ihm die »leichte, zärtliche Gestalt«, an deren Herz sich »fremde Arme schmiegen«, bereitet.

Man muß den Vorgang – die bekannte »Königskinder«-Situation – eigentlich nicht nacherzählen. Doch man wird verleitet nachzuforschen, welches autobiographische Motiv dem Gedicht zugrunde liegt. Die Vorform zu »Hyazinthen« verrät es. Im »Liederbuch dreier Freunde« war

sie 1843 unter dem Titel »Junges Leid« erschienen. Sie enthält bereits alle Stimmungen und Requisiten des »Hyazinthen«-Gedichts: den » kerzenhellen Saal«, des »Tanzes Zaubertöne«, die »dunklen Schmerzen der Erinnerungen« ; auch die Tänzerin und die gedämpfte Sehnsucht nach ihr: »Noch blüht dein Mund, noch glühen deine Wangen / Noch ist mein Herz wie deines stark und jung.«
Bertha von Buchan hat dieses »Junge Leid« verursacht. Als elfjähriges Mädchen hatte der Oberprimaner Storm sie im Haus seines Onkels Scherff in Altona kennengelernt. Für Bertha von Buchan schrieb er seine erste Prosa, das Kindermärchen »Hans Bär«. Er hat sie geliebt, immer mehr, und nicht nur mit platonischen Gefühlen. Er riskierte, als sie sechzehn war, eine Werbung – und wurde abgewiesen. Sie war adelig, katholisch; sie blieb »Jungfer«. Seltsam, seiner Braut sogar, Constanze Esmarch, die er 1846 heiratete, hat er in einem Brief bekannt, welchen Schmerz ihm »jenes Kind« bereitet hat, und wie er überwunden wurde: »Vielleicht wäre ich daran zugrunde gegangen, wenn dies Gefühl mir nicht zum Objekt geworden, das ich künstlerisch zu gestalten suchte.«
Aus der epigonalen Vorform »Junges Leid« ging im Abstand der Jahre das bewußter gearbeitete Gedicht »Hyazinthen« hervor. In der Refrainzeile – »Ich habe immer, immer dein gedacht« – kippt es zweimal aus dem Präsens ins Perfekt. Gegenwart und Vergangenheit, Erlebnis und Erinnerung verschränken sich. Die »Hyazinthen«, die im Titel stehen, werden in den Strophen selber nicht mehr aufgerufen; und doch durchströmt ihr Aroma das ganze Gedicht. Von heftigen Verben ist der Tonfall bestimmt: »Anhauchen«, »rasen«, »schreien«, »brennen«, »vorüberfliegen«. Sie, die Verben, vor allem wirken mit, das

Gedicht abzuheben von anderen Storm-Gedichten; von ihrer »Weichheit« oder »Sentimentalität«. Es war die Zeit, als Mörike und Keller ihre Gedichte schrieben, aber auch Rückert, Geibel und Heyse. »Hyazinthen« zählt gewiß noch zum Kapitel »Spätromantik«; es weist aber auch, seiner geheimnisvollen Instrumentation wegen, voraus auf Gedichte, die drei, vier Jahrzehnte später geschrieben wurden; von den symbolistischen Lyrikern des Fin de siècle.

Fontane zählte zu den Bewunderern Storms. Für ihn war er »vor allem ein erotischer Dichter«. Thomas Mann ist in seinem Aufsatz »Theodor Storm« (1930) nochmals eigens auf »Hyazinthen« zu sprechen gekommen. Seitdem kann man das Gedicht nicht mehr lesen oder interpretieren, ohne sich dessen preziöser und geradezu liebevoller Charakteristik zu erinnern. Thomas Mann war hingerissen von »seiner cellomäßig gezogenen Fülle von Empfindung, Schwermut, Liebesmüdigkeit, dem unendlich gefühlssymbolischen Refrain: ›Ich möchte schlafen, aber du mußt tanzen‹.«

## THEODOR STORM
## LIED DES HARFENMÄDCHENS

Heute, nur heute
Bin ich so schön;
Morgen, ach morgen
Muß Alles vergehn!
Nur diese Stunde
Bist du noch mein;
Sterben, ach sterben
Soll ich allein.

## MARCEL REICH-RANICKI
## SPIEGEL UNSERER SEELE

Er gehörte zu meinen literarischen Jugenderlebnissen: Ich bewunderte seine Novellistik, und ich habe mich sofort (ich war vierzehn Jahre alt) in einige seiner Gedichte verliebt. Ein großer Dichter – meinte Fontane – war er, Theodor Storm, wohl nicht, doch »ein liebenswürdiger durch und durch, und, wenn der Ausdruck gestattet ist, ein recht poetischer Poet«. Das mag etwas schlampig formuliert sein, aber es trifft ins Schwarze.

Er schrieb keine Epen, keine mächtigen Oden, keine gewaltigen Hymnen. Seine Verse sind still und scheu, herb und herzlich. In ihnen gibt es keine ärgerlichen Klänge, keine falschen Töne: Diese Lyrik ist (man sehe mir die oft mißbrauchten Worte nach) innig und innerlich, wehmütig, doch nicht wehleidig – wie die zartesten, die schönsten deutschen Volkslieder.

Daseinsbejahung war Storms Sache nicht, das Glück und die Freude, den Erfolg und den Sieg hat er fast nie besungen. In seiner kleinen Welt scheinen Sonne, Mond und Sterne gewiß, nur bleibt ihr Licht gedämpft. Denn das Naturphänomen, das es ihm vor allem angetan hat, ist der Nebel, der undurchsichtige und unerbittliche, der reale und der symbolische. Seine nordischen Elegien schämen sich des Provinziellen nicht, ihr Thema ist das bittere Los des Menschen, also die große Vergeblichkeit.

Die Lektüre Storms habe ich mit jener düsteren und doch milden Idylle begonnen, die sich hier und da dem Sentimentalen nähert – mit der Novelle »Immensee«. Sie rührte mich, aber was mich aufschreckte, war nicht diese Liebesgeschichte, vielmehr ein Lied, das in ihr vorkommt, gesungen von einem »Zithermädchen mit zigeunerhaften Zügen«. Storm hat es später, als er es in seinen ersten Lyrikband aufnahm, mit einer das Instrument ein wenig nobilitierenden Überschrift versehen: »Lied des Harfenmädchens«.

Ich zögere nicht, dieses Gedicht zu den schönsten poetischen Gebilden in deutscher Sprache zu zählen. Seine Wirkung hängt zunächst mit dem zusammen, was es ausspart, was in ihm nicht enthalten ist. Es besteht aus nur 26 Worten. Sie bieten uns vier lapidare Feststellungen und – um es gleich zu sagen – keinen neuen oder selbständigen Gedanken. Woher die sanfte Kraft dieses Gedichts? Natürlich: vom Stil.

In diesen Versen ist alles vermieden, was auch nur im entferntesten an etwas Feinsinniges erinnern würde, in ihnen gibt es kein einziges Bild und keinen einzigen Ausdruck, die der Leser als poetisch empfinden könnte. Und Storm verzichtet auch auf die von den meisten Lyrikern so geliebten Eigenschaftswörter (mit einer einzigen Ausnahme: »schön«), er verwendet ausschließlich die gebräuchlichsten Vokabeln der Alltagssprache.

So haben wir es mit maximaler Selbstbeschränkung zu tun. Es gehen aber in der Dichtung derartige Verknappungen oft auf Kosten der Natürlichkeit der Sprache und der Melodik der Verse. Davon kann bei Storm nicht die Rede sein, diese poetische Miniatur kennt keine Künstlichkeit. Im Gegenteil: Noch leichter und lockerer läßt sich das Deutsche nicht handhaben, und der Wohlklang ist in diesen acht Zeilen so unauffällig wie vollkommen.

Was uns der Autor zu sagen hat? Nun, das Leben des Menschen sei vergänglich, und wir fürchteten den Tod, den einsamen zumal. Das ist alles – und wir wußten es längst. Wozu also Gedichte, die uns weiter nichts mitzuteilen haben? Wir brauchen sie, damit sie uns unsere Empfindungen und Leiden, unsere Hoffnungen und Ängste bewußt und erkennbar machen. Wir brauchen Gedichte, in denen wir uns wiederfinden können, Gedichte, die sich, um ein großes Wort zu riskieren, als Spiegel unserer Seele verwenden lassen.

»Heute«, »morgen« und »sterben« – drei Worte bilden die Achse des Liedes, und sie reichen aus, um zu vergegenwärtigen, was Storm vergegenwärtigen will. Ihre zentrale Rolle deutet er mit dem einfachsten und zugleich wirkungsvollsten Mittel an: Er wiederholt jedes der Schlüsselworte, jeweils nur eine Silbe zwischen sie stellend. Überdies folgen die drei Verse dem gleichen Muster: »Heute, nur heute ... Morgen, ach morgen ... Sterben, ach sterben«. Ob sich vielleicht in der Wiederholung des Schemas das Geheimnis des Zaubers verbirgt, der von diesem Lied ausgeht?

Jedenfalls kenne ich kein schlichteres Gedicht in deutscher Sprache. Dennoch ist es in höchstem Maße originell. Dennoch? Nein, Storms »Lied des Harfenmädchens« verdankt seine Originalität der einzigartigen Schlichtheit.

## THEODOR STORM
## MEERESSTRAND

An's Haf nun fliegt die Möwe,
Und Dämm'rung bricht herein;
Über die feuchten Watten
Spiegelt der Abendschein.

Graues Geflügel huschet
Neben dem Wasser her;
Wie Träume liegen die Inseln
Im Nebel auf dem Meer.

Ich höre des gärenden Schlammes
Geheimnisvollen Ton,
Einsames Vogelrufen –
So war es immer schon.

Noch einmal schauert leise
Und schweiget dann der Wind;
Vernehmlich werden die Stimmen,
Die über der Tiefe sind.

## GERHARD KAISER
## IM GEFLÜSTER DER STIMMEN ODER VOM SELBSTGENUSS DER VERLASSENHEIT

In religiösen Abendliedern findet Heimkehr in den Hafen statt. Hier fliegt die Möwe hinaus. Storm vermerkt »für binnenländische Leser: Haf das Meer«. Erläuterungsbedürftig war in der Entstehungszeit auch »Watt«. Eduard Mörike erhielt brieflich am 27. August 1855 eine Erklärung. Die befremdenden Wörter führen ins »Un-heimliche«.

Bereits der Standpunkt, von dem das Sprechen ausgeht, ist unsicher; ein amphibischer Zwischenraum, wo sich Land und Meer ständig gegeneinander verschieben, im zeitlichen Zwischenraum der Dämmerung. Wunderbar genaue Augenwahrnehmungen erfassen das Ungenaue: den Übergang von größeren zu geringeren Helligkeitswerten, größerer zu geringerer Umrißschärfe. Daß Inseln wie Träume im Nebel auf dem Meer liegen, ist selber wie eine Traumwahrnehmung, das Bild einer Stimmung. Sie befindet sich an der Gleitfläche von der optischen zur akustischen Orientierung, welche die zweite Gedichthälfte beherrscht.

Erweckt sind Vorstellungen, die das Geschehen dem Ich und seinen Empfindungen anzunähern versuchen. Genau in der Mitte des Gedichts hebt es sich heraus. Aber indem es mit allen Sinnen und aller Empfindungsfähigkeit die Natur aufnimmt, spürte es als Summe seiner Eindrücke, daß sie ihm gegenüber verschlossen ist. Die menschliche

Einfühlungssehnsucht ist angezogen und gleitet ab. Die Möwe (allein!), das Geflügel (eine Sorte!), der Dämmerungsanbruch ziehen uns an und lassen uns stehen. Das Kommunikationssignal »Vogelruf« bleibt ohne Antwort. Was den Menschen bei der lyrischen Landschaft dieses Gedichts am meisten berührt, ja untergründig erschüttert, ist, daß sie nichts mit ihm zu tun hat und ihn teilnahmslos sich selbst überläßt.

Nicht der Vogelruf ist einsam, nicht die Naturerscheinungen sind es; das ist der Mensch. Er genießt als letzte Weise, mit der Natur verbunden zu sein, daß er seine Vereinzelung in ihre Einzelerscheinungen und in ihre Gesamtheit projiziert. Das ergibt ein leichtes Pathos, einen Selbstgenuß der Verlassenheit. Nur im Bewußtlosen besteht Verbindung, als Ungeschiedenheit. Lediglich in seiner Biologie und als Leiche hat der Mensch an den Gärungsprozessen der Naturzyklik Anteil.

Zuletzt wird hörbar, was man als Gehörtes nicht mehr identifizieren kann. Aber das Gedicht spricht nicht von Geräuschen; es versucht noch einmal die Annäherung. Es sagt »Stimmen«. Sind es Stimmen der Toten, der Geister, der leidenden Menschheit, der – laut dem Römerbrief des Neuen Testaments – ängstlich auf die Offenbarung harrenden Kreatur? Sie sind alles zusammen und nichts gewiß. Die Stimmen, die über der Tiefe sind, mögen vernehmlich sein, aber sie bleiben jenseits der Grenze der Verständlichkeit, rühren sie nur an. Das unterscheidet »Vernehmen« von »Hören«: vernehmen kann man äußerlich und innerlich. »Stimmen vernehmen« ist eine Bezeichnung für die mediale Wahrnehmung okkulter Phänomene. Die Stimmen über der Tiefe sind in ihrer Fremdheit wir, weil auch wir uns fremd sind. Die Spiegelung des Abendscheins in den feuchten Watten am Anfang des Gedichts läßt oben und unten reziprok getrennt. »Über der Tiefe« ist ein abgründiger Ort. Nur die Überschrift »Meeresstrand« zieht eine Linie der klaren Unterscheidung, die sich alsbald im Feld der Gezeiten verflüssigt.

Am Ende versinkt alles im Geflüster der Stimmen, die mich angehen, aber nicht meinen. Das Ich, in der Mitte des Gedichts aufgetaucht, wird selber zum dämmernden, amphibischen Zwischenreich. Die Verse sind Geflüster über die bodenlos gewordene Tiefe der Natur und des Menschen. Geflüster aus uns, zu uns und an uns vorbei.

## THEODOR STORM
## TIEFE SCHATTEN

In der Gruft bei den alten Särgen
Steht nun ein neuer Sarg,
Darin vor meiner Liebe
Sich das süßeste Antlitz barg.

Den schwarzen Deckel der Truhe
Verhängen die Kränze ganz;
Ein Kranz von Myrtenreisern,
Ein weißer Syringenkranz.

Was noch vor wenig Tagen
Im Wald die Sonne beschien,
Das duftet nun hier unten:
Maililien und Buchengrün.

Geschlossen sind die Steine,
Nur oben ein Gitterlein;
Es liegt die geliebte Tote
Verlassen und allein.

Vielleicht im Mondenlichte,
Wenn die Welt zur Ruhe ging,
Summt noch um die weißen Blüten
Ein dunkler Schmetterling.

## GERD EVERSBERG
## UNENDLICHES LEID, UNENDLICHE LIEBE

Am 20. Mai 1865 starb Constanze Storm kurz nach der Geburt ihres siebten Kindes. Leider ein durchaus alltägliches Schicksal, das man damals bei jeder Niederkunft befürchten mußte. Der Tod seiner geliebten Frau aber stürzte den Dichter in die größte Krise seines Lebens. An einem der nächsten Tage bereits schrieb er diese fünf Strophen: ein mühsam um Fassung ringendes Zeugnis von der Wirkung dieses Schicksalsschlages. Bis zum August 1865 folgten vier weitere Gedichte. Sie spiegeln dann das tiefe Erschrecken, vor allem jedoch die Trostlosigkeit wider, in der sich Storm befand. Alle fünf Poeme fügte der Dichter später zu einem Zyklus zusammen, dem er den Titel »Tiefe Schatten« gab: Für Thomas Mann enthielt diese Sammlung »die durchdringendsten Trauer- und Abschiedsgedichte…, welche wohl überhaupt die deutsche Lyrik aufzuweisen hat«.
In der unmittelbaren Todeserfahrung findet Storm zunächst nur das konventionelle Bild der Toten als der schlafenden Geliebten, wie er es aus der Tradition, etwa aus Matthias Claudius' »Der Tod und das Mädchen«, kannte. *Gruft, Sarg, schwarzer Deckel* und *Kränze*, das sind die wenigen realistischen Details eines idyllischen Stillebens, dem kaum etwas von schauerlicher Friedhofsatmosphäre anhaftet. Vielmehr leitet Storm durch das Wort *Kranz*, das sowohl für den Grab- als auch den Hochzeitsschmuck stehen kann, auf gängige Frühlings- und Hochzeitsbilder

über *(Myrtenreiser, Syringenkranz, Maililien und Buchengrün)* und verstärkt diesen Eindruck von blühender Lebendigkeit, indem er das lyrische Ich klagen läßt, das »süße Antlitz« habe sich vor ihm bloß verborgen. Erst in der vierten Strophe wird Leid spürbar: Hinter dem *Gitterlein* weiß der Dichter *die geliebte Tote / Verlassen und allein*. Storm neigt zur Reduktion des erfahrenen Schmerzes auf die melancholisch-elegischen Motive Vergänglichkeit und Sterblichkeit. Keine Reflexion mischt sich in die Verszeilen: das Gedicht entspricht genau der Forderung, die sein Verfasser an vollendete Poesie stellte. Keine Regel aber ohne Ausnahme: In den folgenden Gedichten des Zyklus treten an die Stelle des Anschaulichen bisweilen Nachdenklichkeit und philosophisches Sinnen. Der Tod der geliebten Frau entzieht Storm vorübergehend den Boden, auf dem sich Lebenssinn erfüllen könnte. Da hilft auch keine tröstliche Hoffnung auf ein Wiedersehen im Jenseits; der Alleingebliebene ist auf sich selbst zurückgeworfen. Aber der Dichter stürzt nicht in den Abgrund der Depression. Im Gegenteil, die künstlerische Überhöhung seiner Empfindungen und Gefühle hilft Storm in dieser Krise, sich von Constanze zu verabschieden und zu lösen. Ein Jahr nach ihrem Tod heiratet er Dorothea Jensen. In sie hatte er sich schon kurze Zeit nach der Hochzeit mit Constanze leidenschaftlich verliebt, weil er, wie er später bekannte, ihren sinnlichen Reizen nicht widerstehen konnte.

## THEODOR STORM
## ÜBER DIE HEIDE

Über die Heide hallet mein Schritt;
Dumpf aus der Erde wandert es mit.

Herbst ist gekommen, Frühling ist weit –
Gab es denn einmal selige Zeit?

Brauende Nebel geisten umher,
Schwarz ist das Kraut und der Himmel so leer.

Wär' ich hier nur nicht gegangen im Mai!
Leben und Liebe – wie flog es vorbei!

## HELMUTH NÜRNBERGER
## DER HALL DES EIGENEN SCHRITTES

In Storms noch in jüngeren Mannesjahren geschriebener Novelle »Ein grünes Blatt« ist von einem für den trockenen Heideboden charakteristischen Geräusch die Rede, das den Fußgänger begleitet; eher beiläufig, in Verbindung mit anderen Geräuschen, wird es erwähnt. Ein verirrter Wanderer, ein Student, »vielleicht ein junger Dichter«, hat auf einem niedrigen Hügel »in die warmen Kräuter« sich zur Ruhe gestreckt: »Und wie nun ... der Hall des eigenen Schrittes, der bisher mit ihm gewandelt, aufgehört hatte und er nichts vernahm als ... das Zirpen der Heuschrecken und das Summen der Bienen ..., mitunter in unsichtbarer Höhe ... den Gesang der Heidelerche ...« Sommermüdigkeit überkommt den jungen Freischärler (ein solcher ist er auch, die Söhne des Landes waffnen sich gegen fremde Herrschaft, aber noch sind es nicht die Dänen, die ihn auf seinem duftenden Kräuterpolster beschäftigen), in Traum und Erwachen sieht er zunächst eine geschuppte Schlange, dann blonde Zöpfe, tiefblaue Augen. Sie gehören Regina, der Tochter des Schulmeisters.

Nach der Erklärung, die Storm seinen Berliner Freunden gibt, ist sie zugleich der Genius der Heimat. Der Erzählung eingefügte melodiöse Verse lassen Poesie und Wirklichkeit einander noch tiefer durchdringen. In der Phantasie seiner Leser sind schleswigsche Natur und Stormsche Dichtung wohl bis heute unlöslich verbunden.

Das Gedicht »Über die Heide«, ein Vierteljahrhundert

später als »Ein grünes Blatt« entstanden, beschreibt eine völlig andere Lebenssituation. Nun ist der Wanderer wirklich allein. Nur sein eigener Schritt ist hörbar, und einzig ein dumpfes Mitwandern unter der Erde meint er zu spüren. Das Gedicht – vier paarweise gereimte Zweizeiler, einfacher kann eine Form nicht sein – konzentriert die akustische Information auf die ersten zwei Zeilen. Die sinnliche Erfahrung der beschriebenen Stimmung führt zunächst nicht über das Auge, sondern über das Ohr. Der Leser spürt die Monotonie in dieser gleichmäßigen, ruhelosen Folge der Schritte, einen herben, kräftigen Rhythmus.

»Ein grünes Blatt« plante Storm zeitweilig als ein Idyll in Hexametern auszuführen; »Über die Heide« wirkt dagegen wie ein Muster lyrischer Verknappung. Nach dem ›Hall‹ der lakonischen Anfangszeilen scheint es tatsächlich überflüssig, von Einsamkeit, Alter oder Tod noch eigens zu sprechen. Überdies sind das Abstraktionen von eher unbestimmter Qualität. Sie dienen der Verständigung über das, was als allgemeines Erfahrungsgut überliefert ist, der einzelne jedoch zunächst nur vom Hörensagen kennt. Für das persönliche Erlebnis ist es, allem Vorwissen zum Trotz, nicht leicht, den treffenden Ausdruck zu finden, weil uns, wenn es Ernst wird, bekanntlich die Worte fehlen. Das gilt in Freude und Glück nicht anders als in Trauer und Unglück. Für starke Eindrücke reichen die Worte eben gemeinhin nicht aus. Doch einige Abhilfen gibt es: Storms Heidegedicht bietet dafür ein überzeugendes Beispiel. Einc Rhetorik des Schweigens kann uns zu Hilfe kommen, die es vermeidet, von dem zu reden, was uns bewegt, es statt dessen indirekt zu sagen weiß.

Storm vergegenwärtigt die trostlose Stimmung seines Wanderers nahezu klaglos. Die Zweizeiler, die dem akustischen Auftakt noch folgen, nennen zunächst die Jahreszeit und kennzeichnen sie durch einige augenfällige Wahrnehmungen, die zugleich von symbolischer Bedeutung sind: brauende Nebel, schwarzes Kraut und ein leerer Himmel. Die altertümlich anmutende Nebenform »geisten«, die der Dichter wählt, verstärkt noch die fast spukhafte Stimmung. Wenn er den Wanderer bedauern läßt, die herbstlich veränderte Landschaft auch im Mai kennengelernt zu haben, stellt das ebenfalls einen Umweg dar. Die pessimistische Intention dieser Redefigur lautet: Der Schmerz wäre geringer, wenn man Freude und Lust nicht kennengelernt hätte. Das Wissen des Alters um die unwiederholbare Zeit läßt Sehnsucht und Reue – immer ist Versäumtes zu beklagen – als Stachel zurück.

Einige Verszeilen in »Ein grünes Blatt« äußern Vorgefühl für Kommendes (nicht zufällig verdankt ihnen die Novelle auch ihren Titel): *Ein Blatt aus sommerlichen Tagen, / Ich nahm es so beim Wandern mit, / Auf daß es einst mir könne sagen, / Wie laut die Nachtigall geschlagen, / Wie grün der Wald, den ich durchschritt.* Im Herbstgedicht von 1875 wird solche Erinnerung jedoch – zumindest verbal – abgewiesen. Auch die Vergangenheit ist also nicht unverlierbar.

Die poetische Erfahrung, die hier präzisiert wird, ist so entschiedener Natur und so allgemeingültig geprägt, daß sich die Frage nach den Umständen ihrer Entstehung nahezu erübrigt. Die Wirkung auf den Leser, nicht die Biographie des Dichters entscheidet über das Erlebnisgedicht. »Über die Heide« ist das Werk eines Mannes, der sich auch als Poet altern fühlte (allerdings sollte seine beste Zeit als Novellist erst noch kommen). Storm schrieb im Wagen, als er zum Begräbnis seines Schwiegervaters fuhr. »Auf der weiten Heide, durch die der Weg führte«, erläuterte er später brieflich einer unbekannten Dame, »war ich einst mit ihr gegangen, der das Gedicht ›Trost‹ galt und die damals mich schon lang auf Nimmerwiedersehen verlassen hatte.« Gemeint ist Constanze, seine verstorbene erste Frau; ihr hatte er seinerzeit »Ein grünes Blatt« gewidmet.

## QUELLENHINWEISE

Annette von Droste-Hülshoff 1797 auf Schloß Hülshoff bei Münster geboren, gestorben 1848 in Meersburg/Bodensee, S. 49.
Am Turme. Aus: Annette von Droste-Hülshoff, Sämtliche Gedichte. Nachwort von Ricarda Huch. Insel Verlag Frankfurt am Main 1988.
An ***. Das Spiegelbild. Die Taxuswand. Guten Willens Ungeschick. Aus: Annette von Droste-Hülshoff, Sämtliche Werke in zwei Bänden. Herausgegeben von Bodo Plachta und Winfried Woesler. Band 1: Gedichte. Deutscher Klassiker Verlag Frankfurt am Main 1994.
An meine Mutter. Aus: Annette von Droste-Hülshoff, Gedichte. Auswahl und Nachwort von Siegfried Sudhof. Verlag Philipp Reclam jun., Stuttgart 1974.
Auf hohem Felsen lieg' ich hier. Die Steppe. Im Grase. Aus: Annette von Droste-Hülshoff, Sämtliche Werke. Herausgegeben von Clemens Heselhaus. Carl Hanser Verlag, München 1974.
Locke nicht. Aus: Annette von Droste-Hülshoff, Sämtliche Werke in zwei Bänden. Band 2: Gedichte, Versepik, Prosa und Dramen. Herausgegeben von Günther Weydt und Winfried Woesler. Winkler Verlag, München 1989.

Emanuel Geibel 1815 in Lübeck geboren, dort 1884 gestorben, S. 497.
Deutschlands Beruf. Aus: Das große deutsche Gedichtbuch. Herausgegeben von Karl Otto Conrady. Anton Hain Verlag, Frankfurt am Main 1987.

Hermann von Gilm zu Rosenegg 1812 in Innsbruck geboren, gestorben 1864 in Linz, S. 463.
Allerseelen. Aus: Liebe. Liebesgedichte deutscher, österreichischer und Schweizer Autoren vom 16. Jahrhundert bis zur Gegenwart. Herausgegeben von Nina Kindler. Kindler Verlag, München 1980.

Adolf Glassbrenner 1810 in Berlin geboren, dort 1876 gestorben, S. 459.
Das Märchen vom Reichtum und der Not. Aus: Der politisierende Eckensteher. Auswahl und Nachwort von Jost Hermand. Verlag Philipp Reclam jun., Stuttgart 1969.

Friedrich Wilhelm Güll 1812 in Ansbach geboren, gestorben 1879 in München, S. 467.

Will sehen, was ich weiß, vom Büblein auf dem Eis. Aus: Hausbuch der schönsten Kindergedichte. Gesammelt von Herbert Heckmann und Michael Krüger. Rowohlt Taschenbuch Verlag GmbH, Reinbek 1980.

Friedrich Hebbel 1813 in Wesselburen geboren, gestorben 1863 in Wien, S. 473.

Dämmerempfindung. Wenn die Rosen ewig blühten. Aus: Friedrich Hebbel, Gedichte. Verlag Philipp Reclam jun., Stuttgart 1977.

David und Goliath. Aus: Friedrich Hebbel, Sämtliche Werke. Historisch-kritische Ausgabe, besorgt von Richard Maria Werner. Sechster Band. B. Behr's Verlag, Berlin 1902.

Herbstbild. Aus: Friedrich Hebbel, Werke. Band 3. Herausgegeben von Gerhard Fricke und anderen. Carl Hanser Verlag, München 1966.

Sommerbild. Aus: Das große deutsche Gedichtbuch. Herausgegeben von Karl Otto Conrady. Athenäum Verlag, Königstein/Taunus 1977.

Heinrich Heine 1797 in Düsseldorf geboren, gestorben 1856 in Paris, S. 101.

An die Jungen. An einen ehemaligen Goetheaner. An einen politischen Dichter. An meine Mutter. Anno 1839. Autodafé. Begegnung. Belsatzar. Das Fräulein stand am Meere. Das Meer erglänzte weit hinaus. Das neue Israelitische Hospital zu Hamburg. Der Asra. Der Scheidende. Die alten, bösen Lieder. Die Grenadiere. Die Jahre kommen und gehen. Die Loreley. Die schlesischen Weber. Doktrin. Ein Fichtenbaum. Ein Jüngling liebt ein Mädchen. Enfant perdu. Epilog. Gedächtnisfeier. Helena. Ich hab im Traum geweinet. Ich hatte einst ein schönes Vaterland. Ich rief den Teufel. Im Rhein, im schönen Strome. In den Küssen. Leise zieht durch mein Gemüt. Lotosblume. Mein Herz, mein Herz. Mein Kind, wir waren Kinder. Nachtgedanken. »Nicht gedacht soll seiner werden!«. Pomare. Prolog. Sei mir gegrüßt. Sie haben dir viel erzählet. Wenn ich, beseligt von schönen Küssen. Wie langsam kriechet sie dahin. Wo? Worte! Worte! Keine Taten! Zum Lazarus. Aus: Heinrich Heine, Sämtliche Gedichte in zeitlicher Folge. Herausgegeben von Klaus Briegleb. Insel Verlag Frankfurt am Main und Leipzig 1993.

Georg Herwegh 1817 in Stuttgart geboren, gestorben 1875 in Lichtenthal/Baden-Baden, S. 503.

Ludwig Uhland. Aus: Georg Herwegh, Werke in einem Band. Aufbau-Verlag, Berlin 1967.

August Heinrich Hoffmann von Fallersleben 1798 in Fallersleben bei Lüneburg geboren, gestorben 1874 in Corvey/Weser, S. 309.
Das Lied der Deutschen. Aus: August Heinrich Hoffmann von Fallersleben, Auswahl in drei Teilen. 2 Bände. Vorwort von Augusta Weldler-Steinberg. (Nachdruck der Ausgabe Berlin 1912). Verlag Georg Olms, Hildesheim 1973.
Der Deutsche Zollverein. Aus: Hoffmann von Fallersleben, Unpolitische Lieder. 1. Theil. Hoffmann & Campe, 1840.
Michel-Enthusiast. Aus: Das große deutsche Gedichtbuch. Von 1500 bis zur Gegenwart. Neu herausgegeben und aktualisiert von Karl Otto Conrady. Verlag Artemis & Winkler. Düsseldorf, 4. Auflage 1995.

Nikolaus Lenau 1802 in Csatád/Ungarn geboren, gestorben 1850 in Oberdöbling bei Wien, S. 331.
Die bezaubernde Stelle. Aus: Ewiger Vorrat deutscher Poesie. Bes. von Rudolf Borchardt. Klett-Cotta, Stuttgart 1977. Nachdruck der Erstausgabe von 1926.
Die drei Zigeuner. Einsamkeit (2). Aus: Nikolaus Lenau, Sämtliche Werke und Briefe in zwei Bänden. Erster Band: Gedichte. Versepen. Auf der Grundlage der historisch-kritischen Ausgabe von Eduard Castle herausgegeben von Walter Dietze. Insel Verlag Frankfurt am Main 1971.

Eduard Mörike 1804 in Ludwigsburg geboren, gestorben 1875 in Stuttgart, S. 345.
Abschied. Gesang zu Zweien in der Nacht. Aus: Eduard Mörike, Werke in einem Band. Herausgegeben von Herbert G. Göpfert. Deutscher Taschenbuch Verlag, München 1995.
An eine Äolsharfe. Auf eine Christblume. Auf einen Klavierspieler. Auf einer Wanderung. Das verlassene Mägdlein. Denk es, o Seele. Früh im Wagen. Restauration. Sommer-Refektorium. Um Mitternacht. Verborgenheit. Zu viel. Aus: Eduard Mörike, Sämtliche Gedichte. Herausgegeben von Herbert G. Göpfert. Nachwort von Georg Britting. R. Piper & Co. Verlag, München 1987.
An einem Wintermorgen, vor Sonnenaufgang. Maschinka. Aus: Eduard Mörike, Die schönsten Gedichte. Insel Verlag Frankfurt am Main und Leipzig 1999.
Auf eine Lampe. Aus: Eduard Mörike, Gedichte und Erzählungen. Mit einem Nachwort von Werner Zemp. Manesse Verlag, Zürich, 7. Aufl. 1994.

Der Tambour. Aus: Eduard Mörike, Gedichte. Ausgewählt und mit einem Nachwort von Bernhard Zeller. Verlag Philipp Reclam jun., Stuttgart 1994.

Ein Irrsal kam. Aus: Eduard Mörike, Werke in einem Band. Herausgegeben von Herbert G. Göpfert. Carl Hanser Verlag, München, 5. Auflage 1979.

JOHANN NESTROY 1801 in Wien geboren, gestorben 1862 in Graz, S. 327.

Lied des Fabian. Aus: Johann Nestroy, Gesammelte Werke in sechs Bänden. Verlag Anton Schroll, Wien/München 1962.

AUGUST VON PLATEN 1796 in Ansbach geboren, gestorben 1835 in Syrakus, S. 13.

Dies Land der Mühe. Es liegt an eines Menschen Schmerz. Lebensstimmung. Wer wußte je das Leben? Aus: August von Platen, Gedichte. Auswahl und Nachwort von Heinrich Henel. Verlag Philipp Reclam jun., Stuttgart 1968.

Mein Auge ließ das hohe Meer zurücke. Mein Herz ist zerrissen. Tristan. Aus: August von Platen, Lyrik. Herausgegeben von Jürgen Link. Winkler Verlag, München 1982.

FRANZ SCHUBERT 1797 in Wien geboren, 1928 dort gestorben, S. 305.

Klage an das Volk. Aus: Franz Schubert. Briefe, Gedichte, Notizen. Auswahl, Erläuterungen und Nachwort Rüdiger Görner. Mit 12 Abbildungen. Insel Verlag Frankfurt am Main 1966.

THEODOR STORM 1817 in Husum/Schleswig geboren, gestorben 1888 in Hademarschen/Holstein, S. 507.

Abends. Begegnung. Hyazinthen. Lied des Harfenmädchens. Meeresstrand. Über die Heide. Aus: Theodor Storm, Sämtliche Werke. Vier Bände. Herausgegeben von Karl E. Lange und Dieter Lohmeier. Deutscher Klassiker Verlag Frankfurt am Main 1988.

Tiefe Schatten. Aus: Theodor Storm, Gedichte. Herausgegeben von Gunter Grimm. Verlag Philipp Reclam, Stuttgart 1978.

RICHARD WAGNER 1813 in Leipzig geboren, 1883 in Venedig gestorben, S. 493.

Ein rundes, ein schönes Gedicht. Aus: Richard Wagner, Die Meistersinger von Nürnberg. Handlung in drei Aufzügen. Hrsg. von Wilhelm Zentner. Verlag Philipp Reclam jun., Stuttgart 1988.

UNBEKANNTER DICHTER/Des Knaben Wunderhorn, S. 429.

Das bucklichte Männlein. Aus: Allerleirauh. Viele schöne Kinderreime versammelt von Hans Magnus Enzensberger. Insel Verlag Frankfurt am Main 1974. © Suhrkamp Verlag Frankfurt am Main 1961.

Die Judentochter. Wie kommt es, daß du traurig bist? Rewelge. Aus: Des Knaben Wunderhorn. Alte deutsche Lieder, gesammelt von Achim von Arnim und Clemens Brentano. Kritische Ausgabe in drei Bänden. Herausgegeben und kommentiert von Heinz Rölleke. Verlag Philipp Reclam jun., Stuttgart 1987.

Erntelied. Aus: Des Knaben Wunderhorn. Alte deutsche Lieder. Gesammelt von Achim von Arnim und Clemens Brentano. Nachdruck der Ausgabe von 1923. Insel Verlag Frankfurt am Main und Leipzig 2000.

Unbekannter Dichter

Kein Feuer, keine Kohle, S. 323. Aus: Deutsche Lieder. Texte und Melodien. Zwei Bände. Ausgewählt und eingeleitet von Ernst Klusen. Insel Verlag Frankfurt am Main 1981.